经纬文库
01

纳兰性德

〔上册〕

池舒涵 / 著

中国纺织出版社

内 容 提 要

本书以清代著名词人纳兰性德的生平大事为主线,以生动写实的笔法讲述了一个真实历史中文武双全、情深意厚的才子,从懵懂少年成长为肩担重任的男人的起伏人生,同时更有挣扎在家国情怀、亲情羁绊、真挚友情、缠绵爱情间的无奈和抗争。除主人公外,作品还刻画了如康熙、明珠、索额图、曹寅、张纯修、顾贞观、吴兆骞、朱彝尊以及如萱、苇卿、玉禄玳、颜儿等鲜活丰满的人物形象。呼之欲出的人物形象、生活化的人物语言、精致细腻的场景描写、此起彼伏的矛盾冲突将带给读者欲罢不能的阅读体验。

图书在版编目(CIP)数据

纳兰性德:全2册/池舒涵著. —北京:中国纺织出版社,2016.3
ISBN 978-7-5180-2292-2

Ⅰ.①纳⋯ Ⅱ.①池⋯ Ⅲ.①长篇历史小说—中国—当代 Ⅳ.①I247.5

中国版本图书馆CIP数据核字(2016)第005860号

责任编辑:张永俊　　特约编辑:金　菊　　责任印制:储志伟

中国纺织出版社出版发行
地址:北京市朝阳区百子湾东里A407号楼　邮政编码:100124
销售电话:010—67004422　传真:010—87155801
http://www.c-textilep.com
E-mail:faxing@c-textilep.com
中国纺织出版社天猫旗舰店
官方微博http://weibo.com/2119887771
北京通天印刷有限责任公司印刷　各地新华书店经销
2016年3月第1版第1次印刷
开本:710×1000　1/16　印张:39
字数:526千字　定价:68.00元

凡购本书,如有缺页、倒页、脱页,由本社图书营销中心调换

前言Preface

"人生若只如初见"，"不是人间富贵花"——近年来，纳兰词的风行使得"纳兰容若"这个诗意的名字成为众多读者追捧的对象。然而，在清初政治上风起云涌、经济上日新月异、文化上革故鼎新的大时代下，那样一位翩翩公子、文武全才其魅力又何止于文字纸笔之间？

纳兰性德（1655-1685），原名纳兰成德，字容若，康熙朝重臣纳兰明珠的长子，康熙皇帝的同辈近亲，才华横溢文采风流。鉴于他显赫的身世和过人的天资，有后世的红学家将其生平与小说《红楼梦》中的主要人物联系起来，连乾隆皇帝竟也称曹雪芹笔下的《石头记》是"盖明珠之家事"，然而，这位清朝的传奇才子真的是宝玉的原型吗？

短暂的青春里，著书立说、建功立业，足迹遍布大江南北，心中有万千丘壑，却又不得不纠结辗转于家庭、朝廷、宫廷和亲情、友情、爱情间的他，有着怎样不为人知的伤心苦楚，他的那些不忍卒读的断肠词句仅仅是在无病呻吟，还是一个至情至性男人生命的绝唱？

关于纳兰性德还有太多的传奇故事不为人知：在当时特殊的历史时期和复杂的文化背景下，他作为一个天子近臣，为满汉文化融合所作出的杰出贡献；作为一个武职官员，远赴黑龙江边地出生入死的英雄豪气；作为一个贵族子弟，对投身门下的落魄文人提供的无私帮助；作为一个赤诚君子，倾尽心血营造出的忠贞不渝的情感世界；作为一个爱好广泛的痴迷者，在音乐、书法、篆刻等领域的独特见解和成绩，都是可圈可点的。他高洁的人格、浪漫的思想、出众的才华、细腻的情感，使他在历史的长河中成为一颗耀眼的明星。

本书（初名《渌水拾梦》）的创作初衷，正是基于史实，以现实主义题材小说的形式较完整地讲述纳兰性德（成德）生平，还原一个多情才子短暂而绚烂的人生和围绕在其身边的世间百态人情冷暖，其间穿插了包括从文、从艺、从政、从军、从商等各领域人物在内的"书生"群体，和或温婉贤淑、或聪明伶俐、或深情款款、或冷漠自私的女性形象，以及官场中的各色人物，鲜活全面地展现了成德跻身其间的复杂环境中的复杂人性。

为了加深对人物内心世界的了解，尽可能贴近人物，创作初期和创作过程中，笔者参阅了如《渌水亭杂识》《饮水词》《通志堂集》《纳兰性德研究论丛》《纳兰性德年表》等相关著作和材料，实地考察了纳兰生前所及的大部分可考历史古迹，先后历时数年，几易其稿。

除了知识层面的积累和考据，笔者更得到了哈尔滨书香门第及旗下的主要文化平台若愚读书会的大力支持，笔者正是受到书香门第所倡导的"传播龙江文化，打造书香龙江"的使命感之鼓舞，才得以将此书稿公之于众。

如果说，创作初衷只是前行的号角，前期的准备和参考仅是创作的基石，那么本书的最终成稿则是为这位传奇才子真诚铺就的五光十色的舞台，伴随着和谐时代下的优美乐音，大幕已经徐徐拉开……

池舒海

2015年10月于冰城哈尔滨

目录Contents

01 | 渌水初春

一

大清康熙十年，二月，当朝宠臣纳兰明珠府中，宾客络绎，门庭若市。

原来，时任左都御史的明珠又刚刚领了经筵日讲的差使，同时，其长子，远近闻名的青年才俊纳兰成德，于这几日将入国子监进学，按理本不值大肆庆贺，可朝中众同僚还是借道贺之机联络巴结。

二

明府的会客厅里。

明珠与其亲自选的教师，也是自己的同僚，国子监祭酒徐元文正在面谈，内容便是关于纳兰府的大公子纳兰成德的。正相谈甚欢之时，明珠着小厮问成哥儿怎么还不来见客，有失体统，又问今儿哥儿都上了什么课，来人只道，哥儿卯正就起了，辰时在家学里念书，已时跟着董师傅到阜成门外骑马去了。

"出城骑马？董先生偌大年纪，怎么跟着他胡闹？"

小厮忙道："哥儿今儿的书答得好，诗也做得好，先生高兴，放了半日的假，又听说哥儿是想骑马出城，先生不放心，便跟了去。"

"原来如此。只是若是读书都这样奖赏，什么时候能念出个名堂？"明珠虽是嗔怪，却早已面露得意。

小厮又道："也不是常这样，只是今儿，奴才听那师生二人还是哼唱着小曲出得门呢。"

"又是那些词曲小令，于前程有甚益处？请先生提携。"

徐元文问道："这董先生是何人？"

明珠正要答话，忽有人来报说，成大爷已正往会客厅来。

明珠道："倒叫我们等他？哼，枯坐无味，近日小子刚落成一处别业，虽粗鄙不入流，倒也和它处有别，不如请先生同去赏玩？"

徐元文应了，二人正要同行。话音未落，只见一十七八岁的翩翩佳公子穿堂过院，大步流星地朝厅堂走来。

进得正厅，这公子在已候在门口的下人服侍下麻利地解下镶貂子毛黑缎披风，三步并作两步走上前来，干净利索打下袖口俯身打千行礼，正声道："问阿玛安！"

明珠眼里虽闪着骄傲和期许的神采，却正色道："唤了许久，怎么才来，还不见过徐先生？"

"嗻。"

公子转身向徐元文拱手低头毕恭毕敬道："徐先生好！"

待徐元文细细看去，不禁诧异，这公子生来奇绝：虽年纪尚轻，还不甚高挑，却骨格清奇，风采卓然，正视时眼波流转，顾盼生辉，额首处双颊似水，唇齿若笑，眉宇间结北地风流，眼角处展南国情思，额前碎发梳成一缕小辫和脑后发束总结成一根长辫垂在背上，一头青丝蓬松漆黑，拿一条大红底攒金边暖额齐眉勒着，只留两道裁过似的鬓角熨帖地敷在两颊，更显得整齐标致。此时正是初春时节，这公子衣着白缎洒银箭袖四开衩长袍，胸前绣同色缠枝莲大团花，赤色捻金穿珠的袖口。巴掌宽的嵌玉腰带下垂坠两道杏黄宫绦，带上只系玉佩小刀，膝下半露水蓝色的缲丝裤腿，足登皂色厚底缎面小朝靴。气宇轩昂难掩柔情刻骨，玉树临风又显谦谦气度，举手投足皆有钟鸣鼎食大族风范，谈吐挥洒全无纨绔膏粱小子陋习，细看时，连右额上一块隐约可见的淡伤在这玉人面上竟也如白碧生瑕一般，熠熠不掩其华，更见得这般才俊，上天也生嫉恨，要留个记号才作罢。再加上刚进门时已见这公子此时节还披着斗篷，便知他虽天资厚赐，却恐怕不似强健永寿的多福之人，心下不免叹息。

待寒暄过后，明珠便道："回来得正好，成德，我已邀了徐先生同赏渌水园呢，快去见过你母亲再来伺候吧！"成德应着，退了出去，直奔后院，却不见额娘，乃是后话。

三

待欲穿过偏厦下连着府、院两处的曲折廊桥，跑着赶来相见时，成德远远看见父亲明珠陪着徐先生已缓步走下廊桥，到了渌水园门前。

其实，这园子本没有通往府院的正门，也就更无匾额，不过几块灵璧石倦态静置，徐元文遂问明珠："这壁上所题可是大公子的手笔？"

明珠笑道："确是小儿所书，先生见笑了！"

正说着，成德已走近，未敢插话，垂手立在明珠身后。徐元文抚须又仔细端详那"渌水园"三个秀丽挺拔的赵体行书，又扭头上下重新打量成德一番，不由点头，由衷想夸赞几句，余光扫到明珠，却未多言语。

正此时，忽见管家安仁拎着袍子，弓着腰一溜小跑过来，扎安报道："老爷！李成凤李大人求见。"

礼毕站起来时，右手袖管里传出一声不为人察觉的"啪嗒"一声。成德自幼习武，先就练得眼观六路，耳听八方，自然是听去了，只是见惯了这奴才的嘴脸，但凡老爷的门客幕僚前来求见，这小人是笃定要先打下一记秋风的，可笑那起专擅营私走官的国器蠹虫们，人前高官显贵，不可一世，见了这奴才，竟又卑躬屈膝地讨好，想到此，成德不由掩了一下鼻尖，转过头和徐元文目光交汇。

明珠并未听说过这李大人为何人，又守着同为经筵讲官的徐元文，这边正欲佯装推脱，安仁却上前耳语了几句，明珠一怔，目光既而移向成德，转瞬又沉吟不语，徐元文却道："下官今日特为拜见大公子而来，却已讨扰大人半日，大人如今正是春风得意，高朋满座，若为下官怠慢了，岂非下官之罪，大人还请自便。"明珠笑着拱手径自去了，又嘱咐安仁："好生伺候！"于是留师徒俩经渌水亭穿过回廊向通志堂游赏而来，安仁仍旧弓着腰跟在二人身后。

四

时值昭节仲春，惊蛰初始，草长莺飞，走在渌水亭下的宽敞草坪上，草地四周种的柳树刚刚萌发嫩绿的小芽，见这景致，徐元文随口说了句："这景色倒是和了贺知章的诗：不知细叶谁裁出，二月春风似剪刀。成德这渌水园果然与众不同，在下所游之家园中，似乎很少有种柳树的。"

成德垂首道："先生说的是，乡间俚语就有云：前不种桑，后不栽柳。只因春尽时，柳絮漫卷，甚是恼人。不过学生这园子却有个好处：您看……"成德一指二人刚刚穿过的回廊："京城里春季常刮西北风，正是往那边回廊的方向，那回廊下的水，是由府院外引来的一处活水，出园后汇入府门前的海子里去。学生的住处和书斋又离得远，也就少受打扰了。"

徐元文收回目光，点了点头："原来如此！前面这是书斋？"

成德笑道："是。请。"

五

且说这渌水园，原是明珠新授了官职，仕途已现光景，又想着长子日渐出息，也该有个自己的天地了，遂命人挨着御史府修造了此处别业。一日比一日大的成哥儿就这样从明府父母身边搬出，并将这园子命名为渌水园。唯独明珠的夫人，皇姑觉罗氏对此甚是放不下心，一来成德自幼长在自己眼皮下，行动坐卧没有一点儿差池过，二来做母亲的，知道成德素来对下人宽容，倘或纵容得这起奴才奸懒馋滑起来，岂不是比往昔住在府里更让人操心。因此，这几日，觉罗氏太太除了料理好府里家事和照应来往的命妇贵戚，下剩的功夫就全用在了检视园子上了，说是检视园子，倒不如说是眼睛只长在那宝贝儿子身上。

这日亦不例外，前文说成德奔后院却不见母亲，哪知太太已带着下人抱着小爷揆叙来渌水园的住处看他。几个人从府里后宅出来，抄近路过了月亮门进得园子，透过门旁的竹林屏障，当头正碰上几个小丫头和小厮围着成德的居室晓梦斋门口的石桌旁玩笑，嬉笑声四起。原来，这些小厮们平日在老爷夫人跟前拘谨惯了，一到了园子里，就散了羊，搭着成德这个好性情的主子，可不快活。

夫人嗔怪道："我说什么来着，没人约束管辖，这群小子们，还不反上天？"

跟随的嬷嬷其中一个受了意，急上前去抢过了一个小丫头将接到手的口袋，在她脑门儿上一戳："都这么大了，玩儿个嘎啦哈还能迷成这样，夫人来了也看不见！你不在表姑娘处伺候，竟到这儿来野，看我不告诉你妈打你！"

被教训的小丫头不服气，努着小嘴下巴颏儿指了一下屋子又低头咕哝："表姑娘有如萱陪着在屋里坐着呢！"

老嬷嬷见她回嘴，免不了要发狠，正此时，只听屋里一声轻唤："若荟！"

放眼望去，只见一持重丫鬟挑帘而立，身后站一位出挑美人，年纪十八九岁，身量修长，气度端庄，神情不怒自威，眉眼无情却媚。那美人唤的正是那被教训的自己的丫头。

嬷嬷讪笑着退到夫人身后，众人立即散成圈儿，向夫人行礼，夫人也不理，只问道："这功夫成哥儿早该下学了，怎么人呢？"

小厮答道："今儿老爷给哥儿请了位先生，这会儿正会客呢。"

方才召唤若荟的美人早移步出来，向夫人施施然行礼道："太太吉祥！"

太太嘴角略略上扬哦了一声："姑姑也在。"

表姑娘又欠身道："是，前儿成哥儿差人问我要阮籍的琴谱，我只说有虽有，一时半会儿怕找不出来，可巧今儿就收拾出来了，知道他快下学了，略等他回来，想兼就他乔迁道贺，谁知等了这半日，小厮们也冷得难受，就随他们热闹一会儿，让太太操心了……"

听着半个主子委委讲着原故，老妈子们都不吱声，退到后面等着太太示下。那得了教训的若荟却得了意，嘟起小嘴，背着的小手里攥住羊骨竟搓出了一声轻响，旁人没听到，却把自己吓了一跳。

听了蕙表姑娘的话，夫人脸上才着实浮出些笑意，一面拉了蕙表姑娘的手，朝上房里来，一面道："见着你就觉着舒心，到底是要随王伴驾的人，说话行事越发得体了！你也听那些宫里的人说了，宫里不比家里，规矩大得很，行动坐卧都有定数，宁可少说一句，决不多行半步，不是我说句惹姑姑恼的话：做皇上的女人难。不像我这样打小生在皇城里，走到哪都有人敬着是个格格的，纵是不得势，寻个像样的嫁了，好歹没的气受。进宫做皇上的枕边人就大不同了，姑姑凡事都要小心才是。"

正说着，已进了成德住处晓梦斋的外间屋，姑嫂二人对坐在炕沿儿上倾心说话，旁边奶子抱着小爷咿咿呀呀地往这边够，太太伸手接过来，抱在怀里哄逗了一会儿，岔开话头又说："话又说回来，我年纪也大了，眼下这小小子还看不出个眉目，我这毕生的指望就全在成哥儿一个身上，谁想老天爷真真儿是怜惜我，又把你送了来，虽说与你是姑嫂相称，可我那三个女孩儿也是嫁的嫁，殁的殁，你又年幼失慈，论情分，说咱们母女也不为过。不怕你想我巴结，姑姑若愿意听我一言半语，进得宫去，必定少走些弯路，倘皇上垂怜得了体面，日后一飞冲天，咱们纳兰家也好根基巩固，事事遂心……"

见嫂子言辞恳切，又想到自己的身世和刚过八岁就夭折的小格格，蕙表姑娘不由动容，起身拿帕子给小爷拭去涎水，见太太抱着孩子着实吃力，就索性俯身要过来，那孩子虽小，却也知好知歹，趴在姑姑肩上一声不吭，摇晃着就要睡着，怕惊着孩子，蕙表姑娘一面手上轻轻拍着，一面柔声道："嫂子说的极是，这几年在府里，吃穿用度不说，单是待人接物，进退拿捏，也没一样不是劳烦嫂子您教的，宫里的嬷嬷来，毕竟是一应大小事公事公办，'侯门'尚且深似海，不知我这皇门一入，还能不能再遇上个推心置腹的人……"说着话，不觉眼眶一阵泛酸。

太太见她如此，赶紧站起来哄："快休如此，才夸你说话做事讲体面，有分寸，怎么这会儿又小家子气起来了？嫂子可不受这个！咱们虽都是女人，可命既如此，活到了，还不是和男人一样为了争个脸面？到了外头，可不许这样软塌塌的没刚性儿，你那天之骄子的爷们儿不得意，旁人更有哪个怜惜？"

蕙姑娘只扭过头镇定片刻，又含笑道："正是呢！外头有哥哥庇护周旋，嫂子您又是皇亲，过从来往再没有比咱们更亲近方便的了，我还发这些个闲愁做什么？成哥儿现进了太学，转眼也是大出息了，这光宗耀祖的事儿，除了咱们家，还等着谁呢？"

听了这话，太太才心下慢了，见孩子已睡稳，使个眼色给身旁唤作颜儿的大丫头接过去，送回西暖阁，又嘱咐醒了别立刻喂食，也别由着四处乱跑等话。姑嫂二人沿着湖边一路走着，更聊得细致起来，从外戚到内廷，无所不及。

六

成德早送徐元文从园子对街的正门出来，二人又说说讲讲踱到府门前，成德吩咐安仁将正门三间里徐大人的随从唤出来，再备一顶大轿，亲自送徐大人回府。

回来时已是傍晚，成德见海子沿儿上的迎春花开得好，下轿折了几枝，径自进园。兴高采烈的成德回到住处，下人问怎么这么早就回来了，晚膳可用过了？成德则说要更便衣，就在自己处吃，不回老爷处用晚膳了，一边把海子边儿折的迎春花枝交与如萱。如萱等纳闷为何新来的先生不用陪？

成德道："此位先生不比寻常，断不肯留，明日少不得要到他府上回访，横竖不亏了礼节才好。"如萱才着意伺候成德更衣。

见桌上已插着花枝，成德笑问道："今儿你也去水边玩了？可哪儿来的这花呢？"

如萱道："并不曾去，是宫里来人了，若荟送出去时折的。"

"宫里？"

"嗯，说表姑娘进宫事定啦！"

"定了？什么时候？"成哥儿刚洗净了手，拿了手巾胡乱抹了两下，扔下便问。

"年前！太太还说表姑娘那边伺候的人不够了，意下暂调我过去……"

成德心里舍不得，嘴上不好说，只道："让表姑姑住进来，你两头都照应岂不好，我这就回额娘去！"

这边几个小丫头忙着伺候羹汤。如萱却说："表姑娘是要做娘娘的人，行动居住定不同于旁人了，如今哥儿姐儿们都大了，倘仍一处住着，岂不使人多心了？日后进宫去，更不好说，老爷怕正是这个心才让你搬进来，你倒忘了？"

成德笑道："怪不得额娘成日价夸你懂事，让人放心！我这哥儿没长进，你个小丫头却是出落得越发伶俐了，都想着为主子分忧啦！"

如萱白了一眼道："这些事，原也不该我们做奴才的想着的！"

成德听出酸意，忙解释道："你想哪儿去了，我不过是跟你打趣，哪里还当真了？"又道："你怎么忘了，当今皇上主子和我发小长到大，他的脾气秉性我是知道的，倘一味尊礼数忘了人伦，他是最见不得的，前年因爱着太皇太后身边的一个要紧的丫头，下了诏定要封妃，谁知那丫头竟大不乐意，就这样皇上都不曾怪罪，只收回了成命，可知皇上心胸气度并不为闲言左右，表姑娘往后日子也应舒心，你呀，操心太多啦……"

如萱手上替成德解着暖额，嘴上道："我是替你想……"不觉触到成德面上伤痕处，痒得成德"嗳"的一声，止不住摩挲，如萱关切地问："好了许久了，怎么还疼？"

成德软语道："不是疼，只是风一吹便觉痒。"又逗趣道："你一看就不痒了。"

如萱脸一红，唬道："你就这样了吧，任跟谁都没个亲疏，赶明儿可不许和小厮们没轻没重地胡闹了，这回多悬，竟差点儿伤了眼睛……"

成哥儿笑道："成日里读书，得空舞枪弄棒阿玛也是乐意见的，只是你可别告诉了额娘说是他们伤的，你看那些日子蔻儿躲阿玛跟什么似的，倘若把这事说破了，那小子还指不定怎么着呢！哈哈哈……"

正说笑着，又一丫头挑帘抻头进来，听到里厢有说有笑，不免跟着插科打诨起来："什么笑话？说得我们姑娘脸都红了！"

二人看去，正是若荟，如萱收了手，忙把换下的褂子收了，笑骂到："亏得这丫头心大，撂爪就忘，白天刚挨了她姥娘的骂，这会儿就又欢实了！"

若荟被说得不好意思，挤出个鬼脸还回她。成德问道："不是说表姑娘那边人手不够吗？怎么你反倒闲了？"

若荟转身把捧着的食盒放在外间屋的茶桌上，又进来道："太太吩咐新来的厨子做的时鲜笋馅，说是这个时节吃最好，让给大爷和表姑姑尝尝。还有件事要跟大爷说……"

"什么事？"如萱猜到定是和表姑娘有关，却又把眼睛放回到成德身上。

成德示意若荟坐下。若荟向着成德坐在饭桌旁，开口道："这不今儿宫里来了两个教引嬷嬷，专事给姑娘上课的，可巧撞见齐嬷嬷一时没看住二爷，竟跑到东暖阁里去，围着姑娘死活不离开半步，太太也在，好挂不住脸儿，两位嬷嬷倒是不说，只是离进宫还有大半年呢，总这么着也不是法，太太正为这愁呢！"

如萱听了，斜眼瞧了瞧成德，笑而不语，成德也笑着摇摇头道："这也不难，我这园子虽不大，住进个把人倒是富余的，只是平日里来往的友人多，表姑姑若觉着不便宜，只说哪里好，我就命人隔出个院子来也就是了。"叮嘱如萱道："我既上了国子监，怕也不能总在家里住了，既这样，你们不好干闷着，正好多到表姑姑处坐着吧，一来人多不至于冷清，二来表姑姑进宫去，皇上恩旨可带原先自己的人进去，若荟她们早晚也是要去的，我知你们姐妹长伴一处，自然情深，多会会，尽了情分才好。"顿了顿，又叹道："在家住的日子也不多了，好歹不能委屈了姑姑。"

刚心平气和落了座，就有小厮进来递帖子，如萱接过来将信札上的题款一字一句认真念道："成——容——若？这说的是哪个？"

成德接过来笑道："哦，那是白天见的徐先生送我的字，唉，阿玛说先生学风端正，不想还这样用心良苦，我这才到家，教导的话就到了，反显得我这个学生无礼了。"

"什么字？我不明白。"若荟以为常伴成德左右的如萱懂。

如萱却摇头嗔道："这个先生也真怪，怎么不知道，《礼记》有云'男子二十冠而字'，大爷还小呢，这不是逾礼了？"

"我呀，就不该教你看那些书！"成德拿信札轻刮了如萱鼻头笑道："瞧把你教的，这么小心谨慎，半点也不敢多说多做的，哪里就来那么多规矩的？我平素最不喜欢的就是那些莫名的规矩。实话告诉你们，先生自然知道那些，不肯依我，只是耐不住我央求，再者，做学问的总墨守成规哪儿成啊？我不过求个字而已，先生已经嘱咐过了，暂且私底下叫一叫，又不在人前炫耀……"

"可是我还是不明白，既然是称字，也该姓与字共称的呀，譬如李白，称李太白，杜甫，称杜子美的，谁听说在人家名儿里摘出一个字来，和着字一块儿念的？咱们府既姓纳兰，就该叫你纳兰容若才对啊。"

"都不错的。这里就有个缘故。本来咱们满人的姓氏，与汉人大不相同，况且也无'字'的说法，彼此只称名，就如你们，叫我'成德'也是可以的。"若荟如萱都笑说不敢。

成德笑道："后来既然入了关，就要满汉融合，也学着汉人的样子，彼此只取名的第一字尊称，你们平时不是也听门客们叫老爷'明大人'嘛，就是这个道理，再后来，才又有了'字'的。自然，也该许人将这第一字与后来冠的字共称喽，所以，在下，成容若是也！"成德学着宿儒们的样子，做出捻须的怪样子，逗得二人咯咯笑。

成德又思忖道："其实，说到这姓氏，我家祖上也原本不姓纳兰呢。"

二人都好奇起来。成德却不细说，只轻轻一叹，道："原是祖上打了胜仗，随了那原主人的。"

"这也奇了，既然打了胜仗，怎么反倒随了人家的姓了？"若荟天真地笑道。

成德正要耐心解释，忽小丫头进来传话说蔻儿来报，国子监张大爷来访，正在二门上候着。成德顾不得嘴里没咽下的饭食，咕哝道："快请快请……"说着就要出门迎接。

如萱忙喝道："穿上衣服！"成哥哦了一声转身接过袄褂，看如萱正含笑看着自己，不觉不好意思起来，讪笑一下，雏鹰似的飞出去了。

七

见到蔻儿，成德一边整理衣帽，一边急匆匆朝院子外去，口里还不住嘱咐道："以后这位张大爷来，不用来回，只管请进来就是，千万不可怠慢了。"

蔻儿一溜小跑跟在后面，不住应着："是，大爷！哪来的这么个张大爷，竟这么稀罕？平日老爷多少贵重门客来请大爷拜会，哪回也没见您这么着！"

成德驻足瞪了一眼道："蠢东西，你哪里知道这学家与官家的不同！堂客西宾们前来拜会，一则是官场礼数，二则说不准是互有所谋，哪里能和此等专为做学问的先生们混为一谈？若说官场，见阳兄还不过是个贡生，若比才学，"说到才学，成德倒是像那旷古的奇才也长在自家身上一样，嗓子眼儿也关不住地"呵"了一声，缓步道，"若能成见阳兄之才，纵是折损几年阳寿也不足为憾哪！"

蔻儿听了这话，不住掌嘴："啊呸呸呸，哥儿可不敢胡乱说话，小的自打记事起就奉老子命跟着哥儿伺候，到这么大了，也不过才几年！人一辈子能有几个几年？小的巴望着哥儿长命百岁，小的好长长久久地伺候着您，等您……"

蔻儿先说得痛快，一时没了词儿，成德笑问："几句不要紧的，竟这么些些着着的！等我怎么样？等我像老爷一样，做了一品大员了，才是好了？"

蔻儿头点的像小鸡儿啄米似的："对对！等哥儿圆了！小的才好落点好赏头！"

成哥儿更忍不住乐，拍着蔻儿的头催道："小子别胡说了，谁圆了？快走，见阳兄一定是给我送宝贝来了，待会儿也让你开开眼！"主仆二人一前一后直奔院子外藤萝架边上的客堂上来。

这时园子门边两间里，张纯修早已候着，闻听成大爷亲自来接，也招引随身伺候的下人急急走出来，刚立在廊下的台阶上，便见那等着见宝贝的主仆俩迎了上来。成德迫不及待上前拱手道："见阳兄久候了！"

待蔻儿抬眼望去，果然是非凡的人品：紫缎马甲，白玉帽正，眉清目秀，举止有礼，身量比自家大爷略高些，因有些瘦，越发显得清癯高雅，书卷气十足。

02 | 新朋旧友

一

这边成德和张纯修刚一落座，便命蔻儿："回去告诉她们早些安置，不用等了，我和见阳兄怕要秉烛夜谈了。"蔻儿应了扭身出去了，回头往南楼上瞧，因是刚开春，窗棂上年前的旧桑皮纸还没来得及换下，此刻正映出两位璧人的快乐剪影。

二

蔻儿回来见了如萱和若荟，啧啧叹道："我世面见得真是少，原以为只有咱们大爷和曹公子他们是天下的奇人了，没想到来个张大爷，也是那么……"又没词儿了。

如萱一面细心地把床铺铺好，一面随口问道："奇成什么样儿，咱们也见见？"

"听大爷说，这位张大爷是去年承祖荫上的国子监……"

若荟一听就撇嘴了，凑到如萱耳边嘀咕了一句："那能了不得到哪去？"两人扑哧一声乐出来。

"切！你们见了就知道了。"蔻儿得意道，"还是咱们家大爷有心计！还没等进学，就先认得了这个张大爷，也多亏了曹大爷，听说他跟曹大爷是世家之好……"

若荟附和道："嗯，我觉得这倒是呢！进了国子监的都什么人哪？不是高官就是显贵，咱们未必显得出来，有个老人趟道，进了国子监也能吃得开！"

如萱嗔道："两个心术不正的！你们当国子监是什么地方啊？他们都是读书人，见面自然有的聊，竟被你们这样编排！"

"唉！姐姐这是护着咱们大少爷啊，还是护着那还没见上面的——"若荟故意拉长了音，"张大爷啊？"

"死蹄子！越发没人话了，让你们表姑娘知道，撕烂你的嘴！"如萱素来就是这样，只嘴上发狠，心却软，若荟等正是知道她这脾气，才从不拘束她是大少爷眼里的人。蔻儿嘻嘻笑着，也不插话，讪讪地去了。

三

说到兵马未动，粮草先行，成德父亲明珠可是想得长远得多。早在成德入学之前，这做父亲的就已经放下都御史的架子，挑了个休学的日子，亲自前往国子监，以经筵讲官求学的由头，拜会了先前那位国子监祭酒——成德的老师徐元文——赫赫有名的"昆山三徐"之一。一身便服便帽的明珠由徐元文领着，一行人自国子监三进院中敬一亭的祭酒厢房里呼呼啦啦观景似的往六堂这边来。这徐元文虽名重士流，学林中唯其马首是瞻，其为人却恭谨敬上，见明珠也不以其为重臣才低眉顺目，而是极尽地主之谊，前馆后院地介绍个不停。只是学究气难免重了些，自顾自滔滔不绝却未见明珠尴尬神情，原来，陪侍明珠前前后后这一行人尽皆出于翰林，唯明珠一人，空顶着弘文院学士的头衔，却只在銮仪卫这样的职上发达起来，并非科举出身，走在这文昌上林，难免有失颜面，好在有长子成德光耀门楣指日可待，想到此，明珠眼里才又多了些喜色。

一行人走走停停逛到正义堂，见正有一班值役打扫内室，搬桌弄椅声响不断，那监工也就未曾注意这来人不是等闲，对着值役们吆五喝六不停使唤。明珠斜眼瞧了，待认出那人，却不免心生厌恶，原来那尖嘴高颧骨的监工，正是当日向安仁行了贿得以进府，借送诸生名帖之名联络的那个学正——李成凤！话说这学正之职，在明珠这位当朝一品大员来说，原不过是个不入流的九品芝麻小官，却因为掌上明珠的长子即由这人管辖，而不得不笑脸相迎，言辞谦恭了。按说，拨弄开一个小小的学正，于身为都察院长官的明珠，无非是弹弹指甲，可县官不如现管，又有"阎王好见小鬼难缠"的俗语，再加之成德所在学舍已是国子监是年中最好的，为徐元文亲自督学，若使徐祭酒见罪，岂非因小失大？明珠心下也就全当这是个玻璃人儿了，却不想，日后，在此人身上，竟埋下了成德一块心病，此乃后话。

在国子监中瞻仰完毕，算是与监中要紧人都有所相识，明珠这才放心上轿，回都察院检事去了，倒是那李成凤早早绕开了前来送行的上司们，远远地在成贤街的彩绘牌坊下候着，安仁随行主子的便轿，骑在马上不错眼珠，哪里正眼看他？眼见着左都御史大人一行人在自己眼前绝尘而去，李成凤两手插进袖管里，不甘心地叹了口气，盘算着一步三摇地向国子监去了。

四

渌水园的南楼上，就着影影绰绰的灯光，看着展开的字画，蔻儿撇嘴道："就这个？！老爷的穴砚斋里都堆成山了，大爷要多少没有？"

成德嗔道："亏你跟着我这些年，此乃是前明王绂所绘的《竹枝图》，见阳兄赠我此画，该是用心良苦啊。"小心卷起画轴后，正色交与蔻儿："好好收着！"蔻儿应了刚要接，成德又收回手，打开交趾黄檀画柜的二层抽屉，小心翼翼将画收在最里面的一档。

主仆二人走下南楼，弦月已是偏西，廊下的石阶虽不陡，却是原石累成，黑灯瞎火地跌一跤也够小厮们受的，蔻儿正犯愁，却见成德舒爽地伸了一下懒腰，信口吟道："无语问添衣，桐阴月已西。"蔻儿抬头正见如萱姐姐领着一前一后两个小丫头，臂上搭着那件镶貂子毛黑缎披风，衣袂飘摇着沿回廊走来，前面小丫头手举着绣球灯笼，步子迈得稳，灯火和着月色，平淡又暖和。

五

国子监门前的成贤街上，街道两侧高槐夹道，树影参差。两位翩翩佳公子，一个骑马，一个坐轿，刚过了成贤街，便又分别下马下轿，一路有说有笑，并肩穿过集贤门，成德的国子监生涯就此开始。蒙状元及第出身的徐元文亲授经史理学、诸子文章，成德自然学业大进，每日六堂里琅琅读书声和师生间的论辩之声填满了他的求学时代。

六

这日，国子监里那急着攀龙附凤的李成凤又找了个不像样的借口，往明府来。其时，管家安仁早已瞧见他朝府上来，只是混在几个小厮中间，远远地不好辨识，不然如李成凤这等人，还不巴巴赶上来请安道福了。倒是安仁这奴才早也体察了主子的心思，明知老爷对这臭虫已是不厌其烦，为了几个小钱伤了主子对自己的信任，这买卖岂不亏了？遂使个法儿，脱身进门，只吩咐小厮们支应罢了。李成凤见事有不成，就索性围着海子北沿的明府、渌水园、桦树斜街一线溜溜儿转了一圈。待转回渌水园门前，正瞧见一顶双抬软轿在园门前停了下来，一对俊俏姑娘臂上挽着绣缎包袱，有说有笑打打闹闹地下来。李成凤盯着瞧了瞧，抚了一下半旧的瓜皮帽，眼珠一转，径自走上前去，弯腰拾起二人打闹中掉落的一块帕子，拱手唤住二人："两位姑娘请留步！"

如萱若荟相视一怔，回头见这人：眼珠子突突的唬人，低着头都看得出，颧骨高高的也唬人，隔着那突出的眼珠子都看得出！若荟却没搭理，径自走在前面。如萱无奈，略一福身，道："您——？"

李成凤两手一交，挺身道："在下纳兰公子之四门馆学正，李成凤是也。"说着，仍就低了头，拱手送上了帕子。

如萱哪明白什么几门馆的话，只听说自家大爷的名讳被信口道了出来，疑虑不免打消了大半，只是并不接帕子，怯道："哦，原来是李大人，李大人吉祥！"。

"哦哦，姑娘有礼，姑娘有礼。"李成凤不住地哈腰。

若荟倒是等不及了，疾步上来，拽起如萱的袖子就要往回走，定睛瞅见李成凤手中的鲛丝帕，又一怔，抬眼也斜了那学正一眼，劈手抻过来，麻利道："谢过先生，我家大爷进学去了，您有事只管到东府里头唤人，"又转向如萱道："走吧，如萱姐姐，表姑娘等着看衣裳呢！"拉起如萱回了园子，慌慌张张地命人掩了园门。

若荟正纳闷儿："不过是个学正，姐姐又不认识那人，怎么竟唬成这样？"

如萱一手挽着为表姑娘刚做的新衣，一面若有所思道："我倒怕他做什么？只是这人生得面恶，好像要应了什么似的。"

二人有一搭没一搭往晓梦斋后院来，留下李成凤一人，讪讪地站在风里，嘴里念叨着"如萱"。

七

转眼已到清明，成德入太学后，每日埋头经史，不知眼下已到了国子监每年一度的祭孔大典——上丁日释奠礼。原来，这孔庙就坐落在国子监东边，与之仅一墙之隔，每逢清明节，监中诸生即要应节祭礼，按正例，祭孔大典若为官祭，理应由皇帝亲临，启孔庙正门，从启扃仪式起，皆由朝廷礼部司仪官掌，但今年不同，仅为官学常例，御驾并不亲临，也未请孔氏子孙陪祭，只命礼部代奠，因此是岁的祭孔大礼只由国子监祭酒及司业主祭，诸生行拜谒礼，乐礼舞礼也仅沿袭本朝初年的定例，较往常的冗长仪制精致了许多。即便如此，礼祀仍要将上祀、奠帛、颂祝、三拜九叩等礼一一行过，以示尊师重教。

此日辰正吉时一到，国子监诸官及诸生在监察和巡视等学官指挥下，于通往文庙的戟门外分列成两队，依次按恩贡、拔贡、副贡、岁贡、优贡和例贡等逐队排列整齐，唯例监则不同，原是捐了银子就可得的，再加人数众多，故而奠礼中并不入祭，只在大成门外拜谒，成德为权宜之后，在补贡之列，张纯修原系承祖荫入监，在荫贡之列。只等内边鼓师于大成殿下两侧击大鼓三十六响，大钟撞十八响，浩浩荡荡的生员队伍便整理衣冠，目不斜视，神情肃穆，由两位司业引领，祭酒徐元文亲自带队，鱼贯而入，穿过孔庙西边的两列碑林，至大成门外列队等候入祭。

此时孔庙的大成门外，古槐参天，铁干虬枝，已然大开的大成门内，红毯自台阶一路向前直铺到大成殿上，殿下设着盘螭九龙太保铜鼎，香气氤氲。先前已就位的执各器乐生百人，及左手执籥、右手执翟的舞生百人，把个大成殿下两旁布了个满满当当。这厢只听一位执礼鸣赞于殿前一声赞道："礼时至，入庙行礼——乐！"只听得先是大成殿西侧的乐坊内，一声大吕黄钟洪鸣，继而殿下四周排布的乐生手中八音齐奏，雅音正声隔空旋起，庄严宏大的礼乐响彻天宇，两队长龙和着礼乐并排步入大成门，仍旧按诸生贡奉等例，在大成殿下整肃立正。

众人就位，一麾生举麾令道："乐——止！"，登时礼乐戛然而止。只听鸣赞又赞道："供事官、执事官就位——" 则由监中监丞、博士、助教、学正、学录、典簿人等司掌的祭礼典仪、协律、司馔、执纛、监察、巡视官等分别在殿上殿下及两队诸生旁就位，又赞道："分献官就位！正献官就位！"旁一引赞官引领徐元文及两位司业由大成殿下走上殿前左侧伫立。鸣赞又一声高喝："分班！"两列诸生及诸学官分别向东西转身向殿下左右两侧阔步走开，与乐生舞生一处，大成殿下立刻闪出红毯来。鸣赞既而正声赞道："迎神——"立刻有两旁执事人来，持祭铲将预先垫在鼎内的薪炭翻燃，正献官徐元文则从另一执事手中接过祭爵，郑重将其中香酒浇在殿前的青砖地上，此时，乐生则齐奏《昭平之章》。其乐首音訇然而起，收声绵然而长，不惊不馁，清神悦耳。乐毕，随着一声"神至——礼！"令下，呼啦啦众人尽皆原地跪倒，行三拜九叩之大礼，一时殿下诸生，屈膝时济济犹如河川朝海贝联珠贯，叩首时彬彬好似骏骐低吟万籁俱寂，拜兴时跄跄恍若三军铁骑虎跃龙骧。其时又有乐生高奏《宁平之章》，亦是悠然金声。

礼毕，又有引赞唱道："兴，奠——"各司奉者上前，如司帛者捧帛，司香者捧香，司祝者捧祝，司爵者捧爵，各诣于神位前，徐元文恭谨上前接过正黄鲁锦，双手掷于鼎内燃尽，又拈香礼拜等，后捧过祝辞，向正殿内先师谒礼，再转身向殿下众人，朗声诵祝，那祝文虽晦涩难懂，却是文采飞扬，音韵雄浑，成德素来崇文，不免细听，却道是：

大哉至圣，峻德宏功，敷文衍化，百王是崇，

典则有常，昭兹辟雍，有虔籩簋，有严鼓钟。

觉我生民，陶铸前圣，巍巍泰山，实予景行，

礼备乐和，豆笾惟静，既述六经，爰斟三正。

至哉圣师，天授明德，木铎万世，式是群辟，

清酒惟醑，言观秉翟，太和常流，英材斯植。

猗欤素王，示予物轨，瞻之在前，神其宁止，

酌彼金罍，惟清且旨，登献既终，弗遐有喜。

璧水渊渊，崇牙业业，既歆宣圣，亦仪十哲，

声金振玉，告兹将彻，献假有成，羹墙靡愒。

煌煌学宫，四方来宗，甄陶胄子，暨予微躬，

思皇多士，肤奏厥功，佐予永清，三王是隆。

……

伏惟尚飨！

诵毕，见徐元文又从司爵者手中接过青铜爵，洒地祭神，又有礼乐《安平之章》响起。继而又行升坛、彻馔、饮福、受胙等礼，礼乐奏《景平之章》，诸生复又礼拜等，祭礼全程中，每有礼乐颂祝，即有舞生在两旁各执

礼器复做"六佾舞"。礼仪繁复，不能赘述。

和着复奏的《咸平之章》，众官生依次向祭坛走来，从司仪官手中接过香纸和金银箔等，逐一供向鼎中，足足燃了将近一个时辰，后有鸣赞唱过礼成，才算尽了礼。诸官学人等逐人入殿进香拜谒先师像位，不必细说。

八

这些日子，成德不在园子里住，如萱却也没闲着，表姑娘处若荟一人支应不来，如萱就索性听了成德的话，暂住到后院儿来，和好姐妹一处伴着。白天姐妹俩家里外头的张罗，到了晚间，待到表姑娘睡了，两人一处作伴，却把这几年来因为各自伺候主子淡了的时光都补了回来。这天晚上，如萱为讨成德欢喜，晚上趁同伴熟睡，一个人儿披衣来到外间屋，将私藏的红得炫目的凤仙花瓣悄悄捣碎，不知是作什么使。却不想被睡得不老实的若荟看在眼里，不觉偷笑，那古怪憨坏的模样倒和白天主子们面前的机灵劲儿大相径庭了。

待若荟偷偷走到如萱身背后，呵到："嘿！大半夜的不消停，一人儿跟这儿闹什么妖蛾子？"

如萱吓了一跳，悄声骂道："小蹄子！不作出来就当你死啦？"

若荟仔细瞧了如萱的手，又扳过如萱手中的缸子，坏笑道："才染的指甲，又换颜色？给谁看啊，这是？哦！可是明儿有人到家呀！"

说到成德入学后一直住在学里，偶得休沐明日到家来，这几日府里上上下下各等侍女仆役，包括如萱及伺候表姑娘的若荟并太太的心腹颜儿在内，着实忙活了一番，洒扫庭除，剪裁花木倒还是小事，单只为几位监中先生所赠的各色书目及典籍，如萱及几个稳妥的大丫头就整整打理了两天，只为哄得那尊贵的爷开个心。白日里打理家事，及到晚间，难得抽空儿作些女儿家的私事，说些闺房里的体己话。

此时，既是若荟先开了口，如萱也不再向好姐妹隐瞒，"好妹妹，我原知自个儿还算明白，纵有解不开的，也从不瞒你，可这回，我是自己先糊涂了。"

听姐姐打开了话匣子，且又是心事，若荟料定准是和大爷有关。想这些年来，主仆之间在家里，形影不离照顾周全虽然也是应该应分，却不见哪家公子的丫头，为了辅助上进的主子读书，竟偷偷记住了一车的字在肚子里，每有友人门客来访，说些好笑好玩的故事，成大爷若是觉得有意思，便记下来，间或说给府里亲近的人听，日子久了，他便只管说，竟是如萱，常常家里没事做，瞒着众人跑到书楼去，打理大爷的新鲜故事，这一两年下来，加之原来誊抄的，竟也快可编辑成册了，可知这如萱心里，是再容不下别的了，也难怪成德眼里也只有她这么一个，事事也让着她，背人时，这丫头竟不像丫头，也并不把成德当成千里之外的主子了。这会儿听姐姐却说是为难的事，若荟自然是要往心里去的，便从炕里拽过个枕头，挨着坐下，细听她说。

"按说，咱们是一天大似一天了，他虽无功名，却也早晚都要出息的，断不能日日在这园子里头厮磨，如今见他去了，原也高兴的，可也不知怎的，这心里却是空落落的。" 其实若荟心里早有要紧的话等着，却见如萱不肯将事说破，便索性也不搭理，只由她自己唠叨，听如萱又似自言自语般："唉，你知道上回他告诉我，我这名字的来历吗？"

若荟推开枕头打了个哈欠，问："名字？就是个叫法儿呗！随主子开心，想叫什么，应一声就是了。"

如萱不屑道："你就不能有个正形儿！他说了，萱草，是一样仙草的名字！"

若荟这急性子，一肚子话早想说，见如萱这痴样，越发按捺不住，不等她说完，喝道："萱草？什么萱草？再仙，也就是棵草呗？主仆身份悬殊，虽然成哥儿眼前待你是一片痴心，日后保不住会怎么样，到时，你的命可真就应了这名字——一棵草啦！"

如萱登时住了手，又想这丫头平时就是一惊一乍，瞪了一眼，起身要睡去，若荟却不等她答话，正色道："我的好姐姐，你是单在这里的，阖府上下的历史典故你也未必都知晓，我只和你说一件……"说着话，按着如萱的肩头坐下来，一本正经地说："我听我妈说，她年轻那会儿，府里原有个整齐标致的丫头的，一应俱好，服侍主子不见半点错处的，谁知就因为老爷赞了句说'这丫头的眼睛生得真好！'你猜怎么着？"

"这又碍着谁了？"如萱有一搭没一搭又自顾捣着花瓣。

"谁？太……"若荟敛了声道，"咱们太太第二天竟把个血淋淋的眼珠子拿给老爷看！"

如萱唬了一跳，手里花杵不偏不倚正砸在端缸的左手拇指上，指甲登时青紫了一块。若荟却不住口："咱们那老爷，什么没见过？竟也吓得一声儿都不敢吱。"

想是若荟的话是说中了自己的心事，如萱不觉怔住了，捣花的木杵虽慢了下来，却是一下比一下重。见如萱是听进去了，怕她想绝了，若荟又不免宽慰起来："姐姐，我也不知这好些事儿如何答对，可只一件，咱们姐妹一场，若是因我少说了一句，害你吃了亏，我怕是再难放下的，若我说了，你觉不妥，只当是咱们解闷儿了，你也甭往心里头去。"

如萱自然是个聪明人，怎会不明白这掏心的话，只是又碍于女儿家羞怯，又碍于自认做得确有错处不能承认，不免要强起来："我就说你这小蹄子总该有个厉害主子调教的，就是满口的胡话，该说不该说的，总想也不想随口说出来，不怕吃亏，反倒管我吃亏不吃亏，你才真是让人不放心呢！你也是要进宫的人呢，那里哪比得咱们家，也该多条心才是！"

若荟被臊了一鼻子灰，不言语了，想这两个丫头，又各自有各自的心事，又总放不下人家的心，又不知自己的话管用不管用，真是人心隔肚皮，未把话说开，却更为眼前人悬心了，一夜并头躺在一处，都望着大月亮发呆，挨到天边鱼肚白了，若荟心大，才翻身昏昏睡去，如萱则辗转了一夜。

03 | 京郊之行

一

第二天，明府里上上下下都准备停当，凡吃的，用的，虽不似年节的礼，却样样齐全，件件周到，单等着成大爷回来，尤其是渌水园里，一早就派出一干小厮远远地到成贤街上去迎，若不是国子监中不由各富家子胡乱矫情，明府的高头大马都能进了集贤门。这边儿个个兴冲冲地翘首以待，却不知成德正游赏得兴起，及到午饭时分，才在小厮们前呼后拥下回府。

二

却道这半天儿成德往哪里游赏？按说有着三天的定例休沐，在京籍的生员，都讨了假回家去，只成德趁着空儿，连早饭也没顾上吃，一个人偷偷跑出国子监与孔庙相通的戟门。原来，早在进礼之时，成德就瞧见了这戟门两旁矗立的花岗岩石鼓。这两队石鼓左右各五，一应不到半人高，敦实厚重，寂寂候在这戟门两旁并不惹眼，只是鼓面上所篆之铭文，虽字迹湮灭不清，若有好文嗜古如成德者，则是定不放过的。

成德这边只管自己聚精会神，却不知正有一人也从另一旁走来正端详这古物而不自持，两人正碰到当头，相视而笑，正是张纯修。

张生见成德摩挲着石鼓上的篆文，若有所思，便问：“贤弟对此类古迹也有嗜好？想这石鼓虽年代久远，却到唐朝方显于世，观乎尘世兴衰，察及朝代更迭，算来已是千年了。我辈有幸时时玩味，岂非幸事？”

成德点头道："见阳兄所言极是。自入太学以来，小弟闲时略究些古志，关于这石鼓，原在《元和志》中有些记载，书中说这鼓上所记的是周宣王在岐阳时的故事。如今眼见为实，其数、其貌皆不差。"

张纯修点头和道："不错，你看鼓上这些篆字，尽皆雄浑，极具古风，难怪古时之虞永兴、褚河南，皆称其妙！"

成德赞道："是啊！只知道见阳兄素善书画，不想，对周古迹也深谙若此？"

张纯修略一沉吟，道："言及《元和志》之周宣王一说，虽史家考证多从此说，可我也读到有些史家仍存有异议，你知道吗？"

成德兴趣盎然，道："异议？见阳兄请细细道来，小弟试解之！"

张纯修遂扳指发难起来："其一疑也，有宋时欧阳修疑：自周宣王至宋代，已有两千余载，一般石料，如何能经风刀雨剑，完璧若此？"

成德甩着发梢的丝线连子，笑道："不然，不然，见阳兄不闻岣嵝山、岳麓山的禹王碑？其具体年代虽也不可考，但其暴于日蚀风侵更甚，而此石鼓唐前还一直埋在地下，后来才破土面世的，为何不得存了呢？此不足疑一也。"

张纯修略一沉思，摸索着第三面鼓上一个篆字"岐"，又道："有理！其二疑也，有宋时程大昌疑，因《左传》记有周成王'岐阳之搜'的史实，认为此石鼓应为成王之物，而岐阳离周朝首都镐京尚远，周宣王未必有机会来此地。"

成德又摇头笑道："此疑又差矣。此鼓上所记的岐阳之事不同于'岐阳之搜'，其他古典中并无记载，而帝王也不必困于某处，周宣王亦如此，此不足疑二也。"

张纯修点头称是，却又道："还有温彦威等，皆疑为后周文帝所作。"

成德自然不服："这却为何？"

张纯修略笑道："贤弟不知，史载有'大统十一年西狩岐阳'的话吗？"

成德摇头笑道："哈哈，见阳兄书法是一绝的，怎么竟糊涂了？"说得张纯修却不知所以了。成德又道："后周时的古人中，能有几人将篆书写成这样雄浑的，若真出自有名人之手，又如何不留名呢？况且这字里行间语法与后周时区别也甚大。见阳兄方才所提的书法大家虞世南，褚遂良都是唐初人，若真为后周之物，怎么会对近在咫尺的前人作品不置一词呢。此不足疑三也。"

张纯修不甘，又搜肠刮肚想出："也有学者郑樵，王顺伯等人，说残唐五代时有一面石鼓失落了，现在看到的不知是真是假。"

成德点头："这倒有理，不过，咱们先生在一篇文章里也有论述说'数内第十一鼓不类，访之民间，得一鼓，字半缺者，校验甚真，乃易置以足其数。'此不足疑四也。"

张纯修："郑樵还认为经过靖康之变，鼓也可能遗失；王顺伯又认为金人将此物弃于济河之中。"

成德不禁哈哈大笑道："此二人已是自相矛盾了！既然遗失，如何又弃呢？倒是小弟读过一篇文章，文中就曾说：'金人徙鼓而北，藏于王宣抚宅，追集言于时宰，乃得移至国学。'此不足疑五也。"

成德越说越起劲儿，眉飞色舞，手舞足蹈，语速也跟着快起来。张纯修不由点头叹道："贤弟博学，愚兄自叹不如啊！"

成德摇头笑道："诡辩玩笑之词而已，小弟在见阳兄面前不过搏一笑。"

张纯修摆手道："哪里，贤弟过谦了，今日你我之辩，若是撰写成文，也不失为一篇论古佳作啊！"

成德笑而不言，心中倒有些主意。

三

过了午时，成德往明府后堂见父母。明珠问起，"为什么徐先生着人送来了那好些书籍？"成德便说起一日夜间心烦难眠，索性披衣起身读书，正巧被夜巡的徐元文看到，很是赞赏，带成德来到敬一亭的祭酒厢房，给成德看了自己的藏书，还答应将自己的其他藏书也借与成德。

明珠虽欢喜，却又疑惑，倒是太太心细："大半夜的起来读书，可是睡得不安稳？有什么不好的，要和你阿玛说，别委屈着自己。瞧瞧这些日子，眼巴巴地瘦了。"

"额娘，学里不比家里，我长这么大是第一回在外头住这么久，不习惯总是有的，况且我原也不是去享福图受用去的，额娘不必为这些事烦心。"

其实，皆是成德不肯生事，只在父母跟前说一半留一半。因在国子监的住处，成德被与一名陕中监生安排在一处住。到了夜里，不是拉着成德说东道西，就是晚上睡后，那鼾声如雷，成德哪里睡得成，只是怕说与父亲，再去为这些许小事求人烦己，确实不是纳兰家风，也就不细说了。

明珠点头称是："话虽如此，能图个便宜倒也无妨。"又听母子两无非说些家常事了，便自唤了管家安仁，出去见门客了。

太太又问："别的我倒不操心，只是这一个月来，身边也没个稳妥的人伺候，你那恶寒的旧病可又发了？"

成德笑道："自然没有！课业一忙起来，连病也忘了生了！"

太太也怪好笑地道："你只管哄我，哪有个病还是想起来生就生一回的呢？"又想起早上的事儿，便又说："早起子清来看你，扑了个空，又赶紧回去当值了，说明日有空再见。"

成德听道："唉，子清这提铃喝号的差使，不知事的人还以为整日介在皇上跟前多尊贵体面，谁知净日没个自由，倒不如寒门薄宦来去自主的好。"

"成德！少混说，人家比你小四岁，行动却和你一般稳当老实，我看比你还强，可见是宫里行走磨炼的益处，你不学人家，反倒揶揄人家！"

"额娘，儿子只是随口说说的，额娘怎就当真了，自从子清当了宫里伴读的差，我们见得都少了好多，现在我也去了，以后更难见了。"

"想你阿玛年轻时，也做过御前行走呢，等你出息了，叫你阿玛给你谋份宫里的差，也不难的。"

"额娘，儿子不去……"

"成德！"太太略有愠色，正要教训，恰有大丫头，唤作颀儿的，来报说："太太，家庙里管事来回，说清明祭礼的事儿完了，开销簿子出造好送来了，请太太过目。"说着递上了册子。

"嗯，倒也麻利。"说着太太接过来。

颀儿又报说："来人还请示下余下的账归到哪里去？"

太太略皱了眉头道："这还用问？"又一思忖，笑道："呵，我说怎么这么痛快，还想着这抿子好处呢！"

颀儿又道："哦，如萱那边把书楼打理好了，也请大爷过目呢。"

见太太撂下自己的事，成德又把另一事掂兑起，一并说了："额娘，子清明日来了正好，我约了见阳兄一起往西郊玩儿去，额娘可放儿子走？额娘家事忙，儿子就先过去了，晚饭再来。"

太太也未细听，只"嗯"了声，成德便跳起来，径自向西园来了。太太瞧着儿子的背影，发起牢骚："哼，你都约好了客，还问我使不使得，分明是翅膀硬了，当额娘的就成个摆设了！"

四

回到晓梦斋，如萱等早上来伺候，又是解衣，又是献茶，倒围了一屋子丫头嬷嬷。

如萱边打理着成德新上身的湖蓝镶领长袍，边问："不是一早儿就休沐了吗？怎么这会儿才回？"

成德："今儿清明，老爷太太必往家庙里头去的，我早回来扑个空，跟去也是晚了，不守礼，不去又不是，索性只说外头耽搁了，清静一会儿，也不致落个口实。"

如萱："嗯，祭则致其严，缘也有理。"边说边收起了刚换下来的绛红抒边褂。

成德："好了不得的丫头！连《孝经》都看啦？真是士别三日当刮目相看哪！"说着作了个揖，又瞧见这几日如萱抄下的平时成德说给她听的趣闻，字迹工整，清晰秀丽，足有十来张毛面粗纸。又道："写得也好多了呢，只是怎么竟用这个纸？可惜了你这功夫了。"

如萱："不值什么的，不过是习字，哪敢动那些正经东西，净让爷笑话罢了。"

二人又谈讲些这些日子来的趣闻，不觉日已渐西。

五

明珠未在后院和家人吃晚饭，外书房案头正在起草的折子已经斟酌了许久。浙东的御史盐官以巡历地方为名搜刮民脂民膏早就不是什么新鲜事儿，年轻的皇上想整治吏治，授意自己从众矢之的的肥差开始本不足为奇，可奇的是，偏偏拿索额图门下的人开刀，是不是什么暗示？明珠清楚，以自己目前在朝廷上的地位，出这个头，就是向权威宣战，结局有两个：驳了索额图的势——或者仅仅是激怒他这位国丈，或者，蠲了几十年辛辛苦苦经营起来的前程。明珠捋了捋山羊胡，下颌上的胡须又长了，却还是精致细密得很。他皱了皱眉，啜了一口茶，忽然想起什么来，吩咐来传太太话请去吃晚饭的安仁："那姓李的小子有点难缠，没遂愿便不与成德方便。"

安仁应声道："老爷有什么吩咐？小的这就去办。"

明珠低头思忖，眼睛还停在手里的折子上，道："能怎么样？儿子是要紧的。少不得你去支会吏部小魏一声，哪处还有缺空，补一个也就是了。"

安仁应得痛快："是，还讨老爷的示下：是这会儿就拿了名帖去呢？还是先去打了招呼，正经办时才着人写？"

明珠不耐烦道："还递什么名帖？管是哪里，只随便安插一个空也就是了，小子定个不合用的，只从太学里调出来也就是了，这种人，原也不该在国子监里供职的，"挥手屏退安仁，又愤愤道，"癞蛤蟆跳脚面，不咬人恶心人。"

安仁赔笑应着退了出去，多余的话，他是再不说的。

六

翌日，天晴日朗，晓梦斋门外的如萱在院中晾晒成哥儿过季的衣服——一件白底箭袖大红绣金短貂绒长袍，衬得昨夜刚染的指甲鲜红耀眼，坐在院中边看书边等张纯修的成德不觉看痴了，想逗逗她，又怕吓坏了她生气，只静静走过去，贴着唤了一声："丫头！"

如萱却头也没抬，手里照样忙活着，只口里应着："开春儿大太阳正好，晒晒这些衣服，你要吃茶只管叫小丫头们，我待会儿就去。"

见她不理，成德觉得没趣儿，忽又计上心来，佯声正色道："唉？背上是什么呀？虫子！"

吓得如萱又叫又跳，一面不住在背上乱抓，一旁成德见她这娇憨模样乐不可支。

见被如此戏弄，如萱气得红了脸，跺脚道："爷们儿近来可是上得好学，越发的眼里没人了，我们也不敢再服侍了，明儿告诉太太，换可心的给你使，我们也不受这个闲气了！"说完，把剩下的一件褂子甩在成德怀里，扭身儿就走，却和径自进来的张纯修撞了个满怀。

张纯修笑道："以后纳兰公子的府上还是要通报啊！" 如萱略一福身，手捻着帕子，挡着脸去了。

七

就在院子角儿的下房里，若荟妈要打起窗子正好瞧见此番情景，撂下窗子，低头瞥见炕头上正聚精会神打着扣子的若荟，自言自语道："不是妈不放心你呀，你这孩子没个心眼儿，真要是进了宫……唉"说着，眼泪就要滚下来。

若荟头也没抬，只嘴里敷衍："妈您这是怎么了？表姑娘是多有心思的人，不会亏待我的。"

"她？妈怎么不知道她？"若荟妈听着就把话匣子打开了，"但凡娘家有靠山，她能不寻条像样儿的路走？跑到那到老都见不着人的去处？她是想着给家里头争脸哪！"若荟见妈又来了神儿，也就不理会，由着她唠叨了。"一个败落人家的独生女儿，无依无靠地投奔了来，连选秀这事儿都是老爷太太给她周旋，她不惦着给家里增光还能想什么？"

"不都说进宫能出息，光彩呗！"

"出息？进宫要是好，老爷太太怎么紧赶着慢赶着地把二格格嫁到贝勒府去了？小格格刚殁了，大格格是已经嫁了，可咱二格格可是和她同岁呀，哼，一天生的也未必是一个命！"说到"命"，若荟妈故意拉长了声音，又叹道："表姑娘是家里没人，硬是给推出去了，就她娘家现在的境况，进了宫，恐怕连个像样的名分都未必有，还能顾得上你？"

"依我看，表姑娘肯定能出息，不然太太对她那样好？"若荟倒来了精神。

"小孩子家能看出什么来？以咱们这样的人家，对她好点儿还能费什么事？太太这连压宝都算不上，顺手就把人情做了，日后发达了，自然错不了，就是不出息，她不也是落个好？何况，那是老爷的远房表妹，不冲飞黄腾达，也冲家和万事兴啊！"若荟说不出来了，又低头按昨儿如萱刚教的法儿打着那唤作双生花的扣子。她妈倒是越说越起劲儿，劈手夺了若荟手里的活计："你就成天跟着那小蹄子屁股后头胡混吧，也不学点儿有用的。"

"妈！"若荟也无法，扭身委坐在炕桌旁，两手不停揉搓着衣襟，小嘴嘟得老高。

"不是妈说你，你也学学如萱那小蹄子，你看她一天那个狐媚样子，把咱们那大少爷迷得那样儿！"

若荟又乐了："您不是最看不惯如萱姐姐吗？怎么又叫我学她？"

若荟妈一戳闺女的脑袋："哎？小蹄子！别顶嘴！她那狐媚样子可是不白做的啊！还不是指着那棵大树往上爬？不过也不是我说呀，那小妮子说不定还真有些个福分呢！"母女俩说不到一块儿，若荟妈又起身推开了窗子，见成德已揽着张纯修上回廊往南楼去了。

八

若荟没趣儿，一甩手出来找如萱玩，走在回廊下的后湖边，抬头正见曹寅曹子清一身便装手里提着纸包兴冲冲地打园子正门进来，远远地打了个招呼："若荟姐姐！"

若荟："不敢，曹少爷！可是来会我们家大爷的？在南楼上呢，估计等你半天了，快上去吧！"

曹寅："嗯！哦，若荟姐姐，这是宫里上用的明前茶，皇上嫌我伴读犯困，嘿嘿，赏我的，比外头的都好呢，你拿去沏了来吧。"

若荟应了，拎着茶包去了。

曹寅迈步上楼正见偏阁里两人有说有笑，丫鬟如萱忙着伺候找书。见他来了都欲上前招呼，倒是曹寅麻利，先拱手道："张大哥也在！成德，你可回来了，难得咱们凑得齐全！"

成德："正是呢，还要多谢你引荐，见阳兄和我都要请你呢。"

曹寅："世交之谊，何出此言，别说请不请的，也别学那些俗人，我刚拿了些新茶，叫若荟拿去沏了来，咱们谈谈讲讲，也是难得了。"

正此时，若荟端着茶盘来，后面还跟着两个执茶器的小丫头。

成德："说得有理。只是我难得回来一趟，往后越发难了，可别憋在家里头，我和见阳兄商议，今儿去他那儿坐坐，你可还有值？不如同去。"

若荟放下茶盘，胳膊肘轻轻触了如萱，轻声戏谑道："哎，刚回来就要走啊？"

不想成德却听去了，道："哦，她也一同去的。"

如萱推托道："爷是想一出是一出，没听过爷们儿出门还带着个丫头的，叫外人笑话。"

成德："哦，又不是外人，全当自家亲戚走动，况且太太也说了，怕玩得太晚，要个妥当的人跟着才放心，我想来想去，只你最妥当，你若不肯去，我也不敢强你，那就只咱们三个，唤了小厮们这就走吧。"

缘由昨夜两人的交谈，若荟是着实不想让如萱跟了去的，只是这丫头野得很，小园子里向来圈不住她，自然也是想跟了去的，就又挑唆如萱："你真不去？谁不知道外头好玩儿？真羡慕你们，还能出去……"

成德笑道："这也不难，你去回了表姑姑，她若放你，我也带你去。"

若荟："真的？"

成德："快去吧，我们等你。"

若荟："哎！"转身就疾步去了。

成德："子清来了，你们就先坐坐，我换件衣服这就来。"

张纯修："这件不是很好？"指着成德身上的白底蓝缠枝莲纹圆领袍。

如萱见成德不言语，只看自己，便道："这件是家常的，又素，出门欢欢喜喜的，换件亮色的吧，我去拿那件莲青绣领的缎面袍子可好？"

成德："嗯，就是这话。"说毕，主仆二人一前一后地去了。

曹寅："见阳兄不知道，这位爷，臭美着呢！"

成德装作没听见，径自去了，独如萱回头窃笑。

九

明府东府的外书房里，三个下属臣僚下了早朝就陪着明珠复议上疏议奏盐差御史的事，忽听安仁在帘外报进，得命挑帘一探，见有客在，眼珠一转，扎安道："禀老爷，大少爷的外书房工程上业已完工，另有字画陈设请老爷裁处。"

明珠不解："嗯？"抬眼见安仁是正顾忌身边几个人，"哦"了一声，挥手道："说吧。"

安仁才放下心禀道："是。魏大人回老爷：眼下只有一个从七品典簿的缺儿，若是老爷的人要紧，只好再等，下官一定尽力办。眼下还可由咱们左都御史府再拿个有错处的，腾出个空儿来，这样恐怕要耽搁些日子，再者年后刚放了一批捐的，立刻又免了，怕两家脸上不好看，还请老爷再斟酌，下官唯大人马首是瞻。"

明珠听罢笑道："这个小魏，还这么客气，还斟酌什么？九品升七品，已经便宜他了呢，给我找麻烦，倒赏他个官升，哼！"说着朝向那两名下僚，哈哈笑起来，笑毕又咬住了牙。那两人也赶紧跟着笑起来，还没等出声儿，见明珠止住了，又把笑声生憋了回去。

明珠又差安仁："告诉太太一声去，教她不必当个事儿了。"

<h1 style="text-align:center">十</h1>

一驾双驾马车停在明府西园临街的门前，蔻儿坐在车前挥着鞭子吆喝着，成德一行人说说笑笑穿过藤萝架疾步出来，成德笑问："怎么只你一人儿？张顺儿他们呢？"

蔻儿呵呵笑道："爷没唤，我就知道爷不想那么些个人，就没传他们几个，"又瞧了身边另一个小童，"只我和张大爷家的小弟伺候，爷看可够使？"

成德一边扶了如萱上车，一边指着蔻儿道："你就鬼吧，等我回来，也只赏你一个！"正要伸手拉若荟，那丫头却笑吟吟地自己踩了车辕蹦进车里了。刚要坐下，却不知摸着了什么，"咦，什么劳什子？"顺手摸过去，却是个包袱，已在正面右沿上坐好的如萱一把拽过来："看着点儿，别坐皱了。"若荟一撇嘴："心思真多！奴才不问啦！"真就乖乖坐在右边儿的轿凳上，等着三位主子陆续上来，张纯修年长沉稳，照顾两位昆弟在正面轿凳上坐下，自己坐在若荟对面，蔻儿一声"主子姐姐们坐好了，驾"，一骑车马沿后海沿儿轻快驶远。

十一

车里，成德仍与曹寅盘算着："今儿天清气爽，不但要到见阳兄别业造访，还可以踏青。"

若荟摇头晃脑地接话，头上的布摇晃得直打眼："城郊也有水呢，咱们还能钓鱼！在园子里憋了这么久，教引嬷嬷三天两头来一趟，我们跟前伺候的，头抬不得，脸儿笑不得，话也不敢高声说，闷死了。"

如萱抿着嘴笑她："光看你就够一出大戏了，还有什么闷的？"

曹寅倒是信口道："戏里有唱'河桥柳色迎风诉'的，倒是咱们真的走在这样的风景里了。"

如萱低了头不说话，只淡淡地笑。若荟也不接别人的话，却掀起轿帘一角往外瞧，轿外是粼粼的湖面和柔曼的柳丝，"要是积水潭和这后海、什刹海都是连着的，那咱们这京城不是像坐船一样，漂在水上了吗？"

如萱听不懂她这话，知她又不知从哪听来的不经的传闻，小嘴闲不住胡诌出来，便小声劝她："你安心坐着吧，手闲口不闲的，人家可要把你当活宝贝了。"

若荟又被抢白，哪肯服软："才不是胡诌！这是大爷跟我说的，我不过问问。"

如萱自觉和成德亲近，外头的趣事，成德总是回来说给自己听，听了若荟这话，却觉得这回是当了局外人，心下不是滋味，嘟了一下嘴再不言语。成德也是个心细的，一见如萱不快，生怕冷了场，胳膊肘故意碰了碰她，如萱却像没反应，成德只好又逗若荟："你倒说说，我是怎么说的？"

若荟哪记得许多，一句话就被问住了，嘟囔着："呃，记不真切了，反正这水边还有个叫'百春园'的园子来着。"被问住了，若荟一时羞赧起来。

成德拽着如萱的袖子，手指着支支吾吾的若荟，像见着什么西洋景似的，等着看若荟出笑话，一句"百春园"出口，连张纯修也笑了："连我也要埋怨成德了，这样作壁上观可是有失君子风范，"抬头望向若荟耐心道："若荟姑娘，我们不是故意笑你，只怕是你记错了，那是'万春园'，那本不是个什么园子，只因连你家府第那一带在内的一片地界，久负盛名，前有湖光山色，后有名园古迹，后人就浑叫起来了。"

若荟在明府里，因着爽朗的性情，无论主子丫头，都当她是个开心果，她出什么笑话，大家只笑笑就罢了，真像张纯修这般苦心孤诣，她还是第一回碰上，不免低下头，脸红不语。成德和如萱相视一笑，成德又晃晃身子，朝如萱身边挤了挤。

04 | 家风渐变

一

北京西郊，玉泉山下。

一行人络绎走在树荫下的石阶上，有松鼠在石上来回跳，并不怕人，若荟好奇地追过去，那松鼠见追得紧了，嗖的一声窜上就近的一棵碗口粗的玉兰，躲在树后抱着树干偷偷探出头来看人，逗得如萱若荟都咯咯地笑，见她们笑，成德三人也笑，窝里懒洋洋的归燕被吵得扑棱棱飞起来。

沿着平整的石阶一径向上，便是"见阳山庄"了。

这西郊的宅院并不甚广阔，按张纯修自己的话"此宅为先父在时所修，不过安置了十几个家眷及奴役，只是前后两套跨院儿，山上一处书房而已。"院中清幽肃静，宽敞的前院正有两个妇人打扫，见有人来，忙侍立两旁，成德由张纯修引领，和曹寅等来到书房，见当地摆着一张紫檀大案，案上井然置着字帖、闲章、笔筒及砚台等物，成德走近，见案上一块白釉描兰镇纸下，镇着一个已写了几个草书的暗花腊笺，细看去，笺右下画着一丛芝兰，题款 "侧帽"二字，下方又印同字章，因这腊笺本就是浸了兰膏的，伴着新墨，清香四溢，成德笑道："如此精致的题笺，见阳兄是花了心思的，不是自用吧？可有主人了？"

张纯修指着成德摇头道："成德眼光伶俐，藏我是藏不住了，原也是要聊赠一物，以示敬贺，这笺是早写好的，你若爱，只管收着，不要见笑才好。"一边嘱咐伺候的丫头，盛在锦盒里，等成大爷回时送来。

若荟和如萱小声嘀咕："来了就在书房里闷着也没意思，叫爷们儿出去玩儿？来时没见山下那一片湖水，水边好像还有好大一片空地，只可惜咱们没带风筝来。"

张纯修听去，上来道："若荟姑娘喜欢出去？我这院子确实比不得你们府里开阔，可这山前山后景色却也赏心悦目，不如我就带你们转转。"

几人都说好，唯如萱又推脱不去，道："你们爷们儿又是诗又是曲儿的，我就不跟去了，张大爷的人不知道我们爷的口味，我就留下和姐姐奶奶们一块儿备办茶饭吧。"

成德道："那你就带了吃食一齐送到……"

张纯修明白，指示自己的人："一会儿就送到湖边的草滩上去吧，我们在那儿等。"

如萱又嘱咐若荟："别紧着玩儿，听着使唤！"若荟应了，随几人一齐去了。

<h1 style="text-align:center">二</h1>

出了见阳山庄，一行人走走停停，转过山脚，"那正是瓮山泊了。"张纯修一指脚下那片波光。

成德远眺景山，俯视湖水，不由心生感慨："好一派天然气象，住在这里，犹如行走画中啊。"

曹寅道："成德也不必羡慕见阳兄，如今你已大了，像你这年纪的上三旗子弟，哪个还不置个别院？你明儿回你们太太，也寻个宽敞去处，建处宅子，说话儿两三年，琼楼玉宇就在眼前，管保比世人的都好呢！"

成德叹道："府里的园子刚收拾停当没多些日子，阿玛又为我修葺了南楼和书楼，再大兴土木耗费钱财，岂不浪费，'由俭入奢易，由奢入俭难'，我是真心摒弃俗事，潜心作文，倘若为求得清静之所，却落个穷奢极欲的话在世人口中，不是有失本心吗？"

张纯修笑道："京城里要紧的地界，都是上三旗子弟的封地，我家不过是正白旗的包衣，家宅只能就近京都而已，加之家父秉性恬淡，正好在此坐宅。"

若荟笑道："既然我们大爷厌弃城里喧嚣，那不如折中，也在这里建几处茅屋，自己住着，又自由，又清静！"

大家都当是个笑话，成德却当了真，盯着若荟道："正是这个主意好！"又疾步上前，遥指那片湖水道："你们看，就在那湖边儿，在傍山临水的沙滩上，筑几间茅檐草舍，再建四面竹篱，推窗垂钓，掩户抚琴，哎呀，真真神仙日子。"见他说得这般有眉有目，又想到与他名门贵胄的身份甚是不搭，定是做梦，几人都笑开了。

三

这草滩空旷平坦，绿茵茵的新草蔓延入水，草叶上细密的露珠像被洒落的水晶，一片片闪着耀眼的光，丛丛野花随风飘摇，花片小得很，却色彩绚烂，没规矩，却一派生机，微风拂过的时候，叶在动，花在动，水也在动，一层层浪，依次荡过去，荡得人心都飘起来，听不清那翠毯上一行红男绿女的话语，只有阵阵笑声，和着香风，随着那波澜飘远……

四

偏不凑巧，不等如萱和张府丫头们的茶饭送来，天就淅淅沥沥地下起小雨，雨虽不大，打在脸上却也冰凉。贪玩的若荟没忘姐姐的嘱咐，拉着成德道："偏咱们不能放纵一回，这会儿下起雨，定是如萱姑奶奶在家里催呢，爷快回吧，着了凉她非吃了我！"

成德笑道："不妨事的，开春能有多大雨？"片刻还觉无妨，这雨却越下越大了，湖面上的涟漪一会儿便密实紧凑了起来，成德低头看时，雪底儿皂罗靴已经被雨水雾水打湿一半。

等几人一路嬉笑跑回张宅书房的廊下时，只有又笑又叫的若荟衣裳湿得最多，去时沿路采的栀子花却更精神了。几人站在廊上整理衣帽，又抖又掸，成德福大，多亏如萱来时还带了衣服为他换了，却看见若荟的狼狈样，问道："头发都散了，簪子呢？"

若荟往头上一摸，果然来时带的白玉樱花簪不见了，说了声："不好了！"拔腿就往雨里跑。

张纯修在后面大喊："什么要紧的东西？"

若荟连头也没回："那是表姑娘赏我的，断不能丢的！"

张纯修忙命人将绸伞送去，自己又跟出去帮忙找。成德却对曹寅笑道："她这个样儿，却给了我一句《荷叶杯》：莫道芳时易度，朝暮，珍重好花天，为伊指点再来缘，疏雨洗遗钿。"刚正目送下人找簪子的张纯修听了，低头不语，曹寅在一旁也品出了什么，瞅着张纯修偷笑。

五

回来的路上，若荟坐在车里一直闷闷不乐。曹寅劝慰她："也不值什么的，你们表姑娘人品贵重，不会因为这点子事儿在意，罚不着的，怕什么。"

若荟："可到底是她一片心。好不容易出来一趟，就丢了东西，下回再想出来，怕不能了。"

如萱笑道："我就说你不是好作吧，不安生在家里待着，还想着出来野呢！"若荟撅着嘴一声也不吭。

成德笑道："怕是有人已拾去了也未可知呢！"曹寅又笑，如萱听了若有所思地看了若荟一眼，说不出是忧是喜，抱着成德换下的湿衣和锦盒，一路也没说几句话。

六

成德复学已有些时日了。明府里依旧恢复了之前的整肃，唯一暗流涌动的地方，就是东府里的外书房。

奏请裁撤浙东盐差御史的折子，皇上欣然批复，还为表彰明珠的深入民情和公正清明，几次赏了明府亲眷法帖、扇坠等物，但明珠却得意不起来。按本朝体例，奏本不同于题本，是由上奏官员自己选派专人送到乾清门，交内奏事处而直达御前，所议之事都是对外保密的，但是，不出明珠所料，没有包住火的纸、不透风的墙，身为保和殿大学士和户部尚书的索额图，早已是人称"索相"的朝廷炙手可热的红人，眼线遍布，怎会不知道有人背后给自己的人放冷箭？和索相比，自己虽也算得同为一品，但无论是从对朝廷的功劳，还是与天子的关系上考虑，自己见罪于索而站在与其对立的阵营里，都是一件极为冒险的事。但"箭在弦上不得不发"，自从受意于皇上，"渐去其党"，明珠就明白，作为皇上放出的一支离弦的箭，自己已经卷入了一场没有退路的战争里，所以，这些天，明珠似乎比从前更沉默，也更决然了。

明珠无心地看着书案上，来自索府的邀帖——索额图做寿，邀群僚入府赴宴——本着避免被人构陷"私结朋党打击异己"的目的，明珠被"盛情"相邀，但他清楚，虽算不上鸿门宴，此去也是尴尬相见，无奈若不到场，更给人话柄，终逃不出被冷落出局的命运，只能硬着头皮上了轿。

七

索府。这天是索相庆生的正日子，一众官宾都在索府戏楼对面的承福楼里落座，明珠被安排在离索相咫尺之遥的邻桌，女宾则由索府女眷招待在楼下的阁子里聚会，戏台上一应祝寿戏文，千篇一律，戏台下众僚觥筹交错，笑脸相迎。索额图乐在兴头，指着台上向众僚卖弄："这班小戏，乃是老夫丁忧期满，太皇太后恩赏于老夫的，据老祖宗说，凡世上有的戏文，没有其不会的，诸位大人若有兴致，不妨都点来，今天都要尽兴啊！哈哈哈……"大笑之余，余光扫到了旁边的明珠，明珠正低头不语。

八

明府这边，成德带着蔻儿逃学回来，刚过藤萝架，迎头正遇见如萱和颜儿，问起为何回来了，成德只说今日教师告假无课业，如萱笑道："快别信他，那学里的教习岂是说告假就告假的？分明是最让他头疼的算学课，他熬不过了，才逃出来的！亏得太太不在家，若是太太问起，看不罚他！"边说边望向蔻儿。

蔻儿在旁嘻嘻笑："前儿得信儿说太太今天外头赴宴去，一早儿就告诉爷啦！"

成德手指节敲了蔻儿脑门一下，下巴指着颜儿，向如萱嘀咕："你说给她听，她必转告太太，还怕太太不知道？"

颜儿不服道："哎？我知道你的事倒也多了，可哪一样告诉人去了？"

如萱笑道："那是自然，爷快别乱猜疑，颜儿姐姐可不是那样的人呢。只是一件，要我说，统共能有几天这个算学课？你就缩起头来，连我也看不起。"

颜儿和道："真是这样，咱们府里、园子里、家庙里、家学里、外头的地租祖茔，家里亲戚，外头堂客，人来送往的，太太每日过目的账目本子怕是有好几车呢，不是照样精神儿的！"

"我又不去做堂管账，乡试又不问这个。学那些劳什子做什么？头都大了。"

如萱缓声劝成德："那也毕竟是样本事啊，学到身上别人还能抢去不成？外头人都说爷是前途无量，既这么着，谁又能料定将来用得上哪一门功夫呢？"

成德却叹道："什么前途无量？我也承望不起，朝廷肯垂青，赏我个埋头经史、文章报国的机会是我的造化，不然，只求山泽鱼鸟，乐得自在呢！"

如萱嗔道："快休再说这些胡话了。你每每在太太面前说起，太太总以为是我们教唆的，多嫌着我们碍眼，要打发我们去呢，我们又难分辩。你若安心如此，也只好由你说，我们管不着，这就去了。"说着拉了颜儿转身便走。

成德忙拦住，本还有千言万语要和如萱解释，碍于有颜儿在场，只轻轻拉着道："去了许久，还不许我想家吗？"那两人都抿嘴乐着去了。成德呆呆地望着如萱的背影，嘟起嘴也不好意思了，蹿起来猛拉住藤萝架的条藤，荡起来老高。

九

渌水园里寂寂无声。晓梦斋后的凌月阁是成德单给表姑娘开辟出来的一处暖阁，与成德的住处只隔着蕊香幢，连着一圈儿屋舍围成的唤作锦澜院，日前刚刚收拾停当，闲来无事时，表姑娘常踱出院子往园子里赏景，趁着左右无人，也偷偷一个人在回廊下的空地上荡秋千。这会儿，表姑娘又一个人在园子里散心，忽听得小渠边的桃树下有人轻声叹息，待表姑娘拨开花枝看来，原来是若荟一个人坐在石头上发呆，手里刚摘的花枝不知不觉竟散了一地。表姑娘见丫头这呆样，不由靠近过来打趣地笑道："这丫头，发哪门子呆，可不是有心事了？"

这表姑娘的为人素来恭谨，待人接物少有半点差池，只背人处对若荟多有关照，这丫头也心下认了这主子作姐妹，无话不谈。这会儿听见唤，回过神儿道："姑娘瞎说！哪有心事……"

表姑娘见她无心应对，便也不问了，只说石头上凉，别病着，边扶若荟站起来。若荟也顾不上抖落衣裳，直扶着姑娘央求道："好姑娘，阖府上下都知道姑娘明理，我可有一事托姑娘，好歹您帮着说说，不单是为她好，也是……也是为哥儿好……"

表姑娘听这话不觉一怔，不知这"她"是哪个，只劝若荟："你慢慢讲，她是谁？我要没猜错，可是你那好姐妹如萱？"

若荟点头道："姑娘猜得是。我和如萱虽出身不同，我是家生女儿，姥娘爷爷一辈儿都在府上做，虽说各干各的一摊儿，凡事都是主子选派，可遇事好歹还有个商量，可她不行，五六岁上被罚没进府，亲爹妈模样早忘了，问她姓什么都不知道，只听安总管提过一回是南边来的。我俩从小一块儿长大，伺候姑娘前，我们是一桌吃一床睡，都把彼此当亲姐妹，有事没有不说没有不操心的……"

表姑娘怅然道："是了。想世间各色人等，纵有上天入地的本事，终也难逃出个命字去，何况我等女儿身，难得的是到底有个情字，活着倒也不觉无趣了。"

见表姑娘说出这些人情冷暖的话来，再想到她也是个苦命寂寞的，若荟又生出几分心疼，忙把话头引到正事上，道："说起这情字，还不知是帮人还是害人呢！姑娘没觉着成哥儿他……？"

听到这儿，表姑娘猛然想起什么。"按理，既是他姑姑，劝他没他不听的理儿，可一来怎么说我也年轻，二来成哥儿那个性情……"表姑娘到嘴边儿的话又吞了回去。

十

索府里，台上已换了戏码，是一出新戏《林冲夜奔》，台上那小戏年纪尚小，面容也清秀，只不过因为是个女孩儿，嗓音细了些，身段却伶俐，听她边做边唱道一曲《驻马听》："凉夜迢迢，凉夜迢迢，投宿休将他门户敲。遥瞻残月，暗渡重关，奔走荒郊，俺的身轻不惮路迢遥，心忙又恐怕人惊觉。吓得俺魄散魂销，魄散魂销，红尘中误了俺武陵年少。"明珠虽发迹于内务府总管上的职，是个"树新画不古"的暴发户，可眼下结交的多是文人出身的同僚，为了不被人背地里嘲笑，硬是打破头装成个附庸风雅之人，听了如此新鲜雅致的戏文，故意摇头摆尾作沉醉其中状，又见台上小戏秀丽可人，不免放松了精神。

索额图细听去，略皱了皱眉，叹道："谁点了这么出戏？丧气！"

一旁有下僚附耳笑道："是明珠大人。"其实，来宾众多，哪里还有人记得哪个点了出什么戏，不过是掂量没人因为一出戏挑当朝一品的理，不让大家难堪罢了，不想，却给了有心人一个口实。

索额图掐了三个指头捻着胡须道："哼，明珠大人竟喜欢这样颓败的东西！"

旁有下僚笑脸和稀泥道："索相官居户部，掌管天下钱粮，之前又辅助皇上铲除鳌拜一党，与朝廷立下平贼奇功，时运旺极，戏文里纵有不雅之语，又怎会沾惹到您呢？"

"老夫的寿诞上本不讲究这些，听听时鲜的小曲儿倒也不要紧，只是明珠大人不怕这丧气沾惹上身？"

明珠听出索额图的口气不对，在这景况下，因一件小事狡辩确实有失身份，加之已料到索额图的意图，便不紧不慢诉道："索相，在下方才正是闻听索相您夸赞府上小戏来头大，遂随意点个新鲜玩意儿开开眼界，不想索相却嫌不喜庆，不喜欢，不过依在下看，此曲文辞新雅，小戏做得也中规中矩……"

索额图此刻本见明珠有气：想自康熙八年来，以辅臣索尼托衣钵之子、小皇帝和太皇太后所倚重臣的身份，立下不世之功，皇家恩威并施，将其女赫舍里氏册封为皇后，至此，索额图又添"国丈"名号，处尊居显，深为百官景仰，甚或朝中十臣，八九皆为索相党羽，纵有无福无门能拜于索相门下之流，对这炙手可热的权相，也是不敬即怕，唯明珠此人，却在这光景下，背着索相，办了索相的人，消息还并未为众人所知，索额图已是心生忌惮，见明珠此时却又如此不以为然，更加怒火中烧，便点道："可是林冲那下流小卒还是得罪了权贵，流落于草寇之属！"果然是气头上的话不在理，此言一出，索额图立刻觉得失了口，掂起面前的天目茶碗啜了一口。

明珠被打断，面上却浮出一丝不易被察觉的笑意，又娓娓道来："是啊，高俅依势仗权，纵容爪牙迫害贤良，虽害得英雄末路，自己也落个权奸的恶名。"

索额图听罢此言，已是怒不可遏："明珠！你这是说给老夫听吗？！"手中的茶碗重重撂在桌上，席间众人一语不发。

明珠未料到索额图这么容易就把窗户纸捅破，索性起身拱手道："索相！在下从未有过针对索相之举，请索相明察！在下身为左都御史，本就有'风闻奏事'之权，为天子之犬马，为黎民之口舌，纠劾百司乃是本职，原盐差御史一职本为虚设，又兼贪腐成例，证据确凿，上辱主子，下祸民生，裁撤此职既是为索相您肃清门户，也是为皇上办差，在下无愧于心！"明珠说得义正词严，手心里却满是汗。

索额图本无意将二人台下攻讦之事公之于众，此时，不想明珠这样不动声色地挑了出来，不免更恨之入骨，咬牙切齿却又无言以对，喉咙里闷恨一声，拂袖而去，留下众官宾面面相觑，有诌媚之流皆尾随索额图而去，留明珠讪讪无趣；有圆融之辈凑上来好言相劝，指点明珠变通处事，以图息事宁人；更有骑墙之徒，心知明珠此举定是来者不善，只是底牌未亮，暂且韬光养晦，索额图虽气焰高涨，只怕也有强弩之末之嫌，不然怎会如此被人强白？既然如此，不如真的看起戏来，待两虎相争胜败分晓之时，再投怀送抱未为晚矣，也便窃窃私语着径自散去了。

十一

明府后堂。太太闷闷地坐在炕桌边，一语不发，攥佛珠的手握得紧紧的。旁边一位穿着朴素的半老徐娘似的女人，正为明珠打理上身的亮红缎开衩长袍，明珠很满意，积极地配合着。

太太强压着怒气，压低嗓音道："是了，老爷春秋正盛，再添子嗣于家业也有益，我怎么就没想到呢？"

明珠笑道："就是嘛，想开些。哦，东边厢房许久不住人了，要好好归置一下，陈设也要热闹好看些才好，这些事我从不插手，就有劳你多费心了。"女人递过来镜子，明珠自顾自看着镜中的自己：不到四十岁的男人，已是可以自称"老夫"了，可人逢喜事精神爽，今天的自己明显比往日轻松了许多，年轻了许多，尤其两鬓依然油亮，仅有的眼角上的皱纹也只有从不由衷的笑意里才可以看出，柔顺的胡须挡着微微发福的下颌，随着得意的语气快乐地跳动。一旁伺候的女人很沉默，眼珠不时瞄向太太，偶尔露出幸灾乐祸的神情，转向明珠时，又变得忧心忡忡了。

此时的明珠，旁若无人，继续吩咐："哦，那边也要多添置几个妥当人伺候，柳絮儿初来乍到的，要多给几个人陪着，哦，对了，还有，府里有个叫如萱的吗？留着别动。"

太太终于按捺不住，露出了从前的锐利："老爷是不是过了？"听太太语气已经不对，那女人怯怯地垂手立在了一边。"纳个戏子进府来已是不成体统，既然说是外头当玩意儿送的，不好回绝，也就罢了，难不成连儿子的丫头也要上手不成？有我在，断不能依！"黄蜜蜡佛珠被甩在炕桌上。

"哎？你想哪儿去了嘛！"明珠忙拽了把椅子在对面坐下，"哪里是我？夫人也把做丈夫的想得太不堪了。"

太太不以为然地一撇嘴："还是我错怪老爷了？"

"自然！"明珠赔笑道，"夫人不问，我也正要和你商量的。那姓李的小子也不是白孝敬我，昨儿来送人时，还特意跟管家提起来，说也不知哪日来时，竟看上了个丫头。唉，不是我说你，也是府里管教得不严，怎么纵得丫头也招起风来了？"明珠试探着埋怨的口气让太太像吃了个苍蝇："堂堂的御史，还用和个典簿礼尚往来吗？老爷这借口编得也太离谱了。"

明珠见这恶妇言辞稍有和缓，又将情由细细道来。

05 | 小荷微露

一

　　原来，索额图的寿宴上，引得明珠看痴了的那个小戏子，便是这明府新纳的小妾。那日，位卑职低却苦于钻营的李成凤也闻风前来，只是贺寿还远轮不着他，只和远来的乡客们挤在主坐后面的席外，戏是看不到的，却看到了明珠色迷迷的眼神，明珠一番言语搅散了宴席，众人皆散，李成凤却溜至后台，打听着可巧这小戏原和自己是同乡。听来人还是个官爷，小戏便信任有加，相互攀谈起来，一来二去，更被其说动，同意进明府为妾。甫一进府，明珠见了便喜笑颜开，开了脸，赐了名字，还将其下处安置在东厢房里。而这东厢房，原是那伺候的女人——乔姨娘的屋子。

　　话说这乔姨娘，也是个有来头的。其母亲原是太太的乳母，因太太娘家父亲谋逆而被全家削爵，身为奴才的乔氏无家可归，忠心耿耿伺候主子一场，临死前求还是姑娘的太太，替自幼娇惯的独女寻个出路。太太念乳母抚育之恩，加之彼时自己也无甚身价，就当着乳母的面，认了这女孩儿做体己丫头，从此伴其左右，及到后来嫁给明珠不久，见明珠色心难妨，又因自己只有成德一个独子，自己年纪又大了，便生出将乔氏丫头开脸放在屋里的主意，若不是自小的伴儿，太太哪能容她到今天？这乔姨娘也还真是争气，开脸没多久，便生下了明珠的第二个儿子——揆叙，见此，太太可又坐不住了，按例将此子收在正房，并称太太为额娘，而对其生母只能与众人所称一样为"姨太太"，又常常找借口不准乔氏相见，只和表姑娘一处哄斗，乔氏早也知自己就是为太太绵延子嗣的，又深知太太善妒的脾气，不敢不满，也不争抢，只是这女人有个贪财的嗜好，总想挖明府的墙脚，太太也瞅准了这根软肋，便做主将家庙里诸事的管辖权放给她，按说这家庙里的进饷，也算明府外产业里就近京城又油水最多的肥差了，得了这好差事，乔氏自然欢喜，开始还是府里家庙里两头奔波，后来太太开例说纵是住在外头也不打紧，只是别怠慢了自家产业，乔氏就更明白是将自己往外赶，因深谙太太的狠毒心性，为自保万全，乔氏也就索性住在家庙的下处了。近日听说有人占了自己的老巢，也急了，来不及收拾，一大早便匆匆忙忙赶着小轿回府探视。

二

此刻，明珠将一应事宜向太太说明，有情有理，太太纵有脾气，暂时也无处可发，只是将如萱丫头送人这件，太太仍觉不妥。

"甭说是个如花似玉的丫头，就是个猫儿狗儿的，养了这些年，也不是说送人就送人的。"

"夫人莫要小气嘛！你听我说——"明珠已然将纳妾之事木作成舟，见太太明白因为这事生气已是于事无补，正好扯件旁的事一并说了，"小李子别看出身低了些，可是是真能干，到布政使司才几天，我都忘了这事了，你看，都提了主事了，照这路子下去，用得着也是迟早的，他本不在我门下，现在主动贴上来了，给他个面子，落不下不是的，况且，不过是个丫头。"

"丫头怎么？咱们家的丫头，比着寒门小户里的小姐还强些呢。"

"就是这件才称我的心：那小子原是乡下考出来的，来京多少年，却连个像样的媳妇也娶不起，咱们丫头过去，是要给他当正房的呢，少不了咱们的脸面的。"

"谁稀罕从丫头身上赚得些体面？我操心的是，本来成德使唤的人就少，这些年来，调教丫头上下的功夫可不少，换了，可再补什么样的呢？别的你儿子能使得惯？"太太说着，正巧若荟妈女管家张氏带随从婆子和丫头前来备办早饭，听了一耳朵去，不见太太贴身的颀儿和颜儿，便径自悄悄从外屋溜进来，挑帘凑上来："老爷太太，饭已备下了。"

"知道了，"太太刚要屏退，见若荟妈站着不动，问道："有事？"

"奴才没事儿，就是有些话。"说着，收着下巴，教唆道："咱们家大爷自然是人中龙凤，可那如萱丫头就说不准了，看着稳妥，如今大了，难保没有自己的小心思，我看老爷太太还是留着神的好些。"其实，鼓弄太太支走如萱并非这老奴本意，只是，她还有个私心：入宫既然不是个好出路，何不就留在府里？就将女儿安置在自己眼皮子底下，遇事也好放心，想到这儿，就有了这番话。

话不在人说，理却在人听，若荟妈这通主意着实提醒了太太，想着"主子和丫头长厢厮磨，能生出什么好事？儿子是我的命，断不能出差池"，便默许了明珠的主意，明珠顺了意，却又忘了形，竟抛下这边的正经老婆，往东厢房同那新娶的小戏共进早膳去了。太太吃醋的气又一股脑升起来，饭桌上便拿乔姨娘作法。

三

"您听听，还柳絮儿？还有名儿啊？按说咱们这样的人家，多置几个姨娘倒也不过分，只是那小蹄子也忒下贱了些，咱府里三等的丫头也比她强些！老爷不知尊重，太太您可是一向严厉的，怎么也说留就留下了呢？"乔氏终于试探着发了话。

"这会子你能耐什么？刚才怎么一声不吭？遇到这种事还等着我出头吗？真是没用！"太太也无奈了，"你能知道多少？天下男人多多少？薄情寡义的多的是，甚或还有那杀妻邀宠的呢！当年，他不嫌弃我娘家已被削爵为民，肯娶我进门，再到今天，也算是不错了。"

"奴才整日在外头，家里的事儿怎么管得着？再说，就是住在府里，奴才也无法啊，从前在老爷跟前儿，人家都没正眼瞧过，何况现在有了新人？"

"说你没用还真是！谁让你又在老爷身上下功夫？已经有了个摽叙，如今住在外头还有几个像样的人跟着，台面上台面下的钱又赚去了我多少？你也足性了，还借这个由头杀回马枪啊？"

乔氏边嚼着饭，边撇了撇嘴："太太也太多心了，我是不明白您的意思，才胡乱猜的嘛。"说着转过头翻了个白眼，"纵是披肝沥胆地当您的帮手，有主意也得请您明示啊。"乔氏有些小脾气，也有些小聪明，献媚的笑脸马上又递了上来。

"哼，话倒说的乖巧，"太太放下筷子，"也别说得那么不堪嘛，咱们府里不比别处，哪就是容不下人的地儿？那孩子也怪可怜见儿的，别说老爷，就是咱们见了，也没有不疼的！依着我看哪，老爷现在稀罕，也不过是三两日的事儿，以后啊，还得咱们多操心才是……"

太太的话意味深长，乔氏哪有听不懂的？心下想着，这大老婆不过还是想把用在自己身上的办法再用一次罢了：生下个子嗣，再远远地开发了，孩子按例过给正室，自己原就算是太太的人，多少还用得着，才不致落到孑然一身的境地。如今这小戏子是个外来的，要是也这么着，三天两头被这老婆折腾死也未可知，只是一句一个"咱们"，让乔氏不禁一身冷汗——看来养兵千日，用兵一时，这是要让自己出手了。"太太说的是呢，现在老爷新鲜着，只好等过些日子，再跟那孩子讲府里的规矩，太太可是这意思？"

"嗯，你既然回来了，就住些日子，帮我料理料理。没听老爷说嘛，东厢房得拾掇拾掇呢。"太太一字一句吐出这话。

"是。那，库里还有些什么玩意儿？您瞧，我多少日子不在府里，也丈二和尚摸不着头脑不是？要不，等奴才先去过过账？"提起要动库房了，乔氏立马来了精神。

太太抖然一竖目，可想想真要亲自去伺候那小贱妇，岂不憋气，心下一松，目光也跟着沉了下来："一会儿让颜儿领你过去吧。用点儿心，轻重你可仔细了。"

四

表姑娘自从那日听了若荟的话，担心着成德和如萱的事，一直放不下，放下女红脑子里又闪出往日那二人在人前不经意流露出的默契——

未入国子监前的成德，远算不上顽劣，可偏是个主意硬的主儿，加上和曹寅几个汉族世家的孩子走得近，出入豪门广厦，见世极广，小小年纪就在书本上大下功夫，师傅每每赞扬。只是按满人的习俗，少年男子习武才是常理，唯独成德是个灵气十足的，招式套路见一眼便了然于胸，见他年岁又小，身子又弱，却操练得有模有样，明珠和太太便不急于逼他练习拳脚，安达们也更不敢催着苦练了。与之相反，自幼入住府里的表姑娘虽言语从不激烈，可却是个骨子里埋着满人血性的女子，私下里，常常提醒成德骑射武功不可偏废的好话，只是成德听不进去，有时，说得急了，便有意疏远她。

这日，春寒料峭气温忽变，成德感了风寒未去家学，有如萱伺候在内书房里歇息，忙里偷闲还吩咐如萱从穴砚斋里翻出几本古本唐诗教她识字。及到表姑娘带若荟得了消息来看时，正听书房里成德捧着诗集教如萱读："上穷碧落下黄泉，两处茫茫皆不见……"

表姑娘："成德外头当学生，家里头敢情是位先生！"

成德："随便教她们识几个字，不然书房里也要个人打理，她极下功夫的，我也乐得当这个先生呢。"

如萱："表姑娘快坐，我去奉茶。"若荟笑拉着如萱去了。

表姑娘翻看着书案上新誊写的词稿，又瞧瞧成德："成德近来又填得什么好词？还在病着，却这么劳神。"

成德："家学里做经讲学问是常例，诗词雅赋不过闲来解闷儿，不常做的，表姑姑定要给指点一回才好。"

表姑娘："文辞上我是有限的，你说指教，岂不是存心让我难堪？"

成德："哪有，表姑姑是个有心人，便是辞藻上不工，也能看出门道，我可说错了？"

表姑娘掀起写满字的纸，笑笑："这反面倒是干净得很，古人常说腕上有'力透纸背'之说，不知何意？"

成德："嗯，我就说表姑姑是个一眼能见底的人，说的极是！近来病得饮食无趣，连气力也减了好多，字也松懈下来了。"

表姑娘摇头道："哪里是病的缘故呢？要我说，成哥儿若平日在骑射弓马的事上多费些功夫，身子也必能强健些，纵是偶有个头疼脑热，也不至像如今这样，连面色也惨白了好多。"

成德："表姑姑还不知道我？只因自幼长得不结实，阿玛才叫我偶尔跟着安达玩两下子，不当营生的。"

表姑娘："成德！可咱们满人毕竟不同于汉人，是靠骑射功夫打得天下，满洲本业，祖宗留下的本事，丢了不是罪过？"

成德："可是表姑姑，我并不曾轻视祖宗的规矩啊，前儿阿玛看我舞剑还说我招式漂亮呢！"

表姑娘："漂亮归漂亮，成德怎么听不出来你阿玛的题中之意呢？建功立业光靠花拳绣腿怎么行？你看那些小厮们个个都有些蛮力的，可你这位爷却像个泥塑的。"

成德把手一甩，抄起刚刚的集子："爷儿们打天下，可不光靠拳脚。阿玛主持编纂《世祖章皇帝实录》靠的不也是笔杆一支？以武立国，以文治国，此系常理。"

表姑娘似是而非道："成哥儿就这般自信？天下初定，暗藏风云，看似一片祥和，却保不准有用到哥儿冲锋陷阵的日子呢……"

成德终于不耐烦了："唉，我又不真是泥塑的，真有用到的日子……"成德顿了顿，忍不住道："不敢说天资，至少不会落人笑柄的啊！"说完，一屁股坐到书案旁的卧榻上。

表姑娘："既是文治武功皆有建树，人又是极聪明灵秀……"

成德原以为姑姑是真心夸他，得意地一翘下巴，翻身继续看书，姑姑却接着问："该是有了上天入地的本事啦？怎么这俊俏的脸上反生出疤来？"

表姑娘因平日素见成哥儿心高气傲，早想警告几句，却寻不到好时机，今儿又是这般不收敛，禁不住气，好歹仗着长辈的身份教训几句，又是在东府的内书房里，谅他也不敢反驳，就连成哥儿的脸也不看，摇着帕子，借方才成德教如萱的诗奚落道："莫不是'上碧落'却被鹞子打了眼？还是'下黄泉'却踩着绊马索跌了跤啊？唉，可惜哉，可叹也。"

平日里，表姑娘难得见与人说笑，只是和成哥儿名义里是姑侄却情同姐弟一处伴着有说有笑，此时此地更是由气生乐，气成哥儿一味地任性不听劝，乐他有点歪才就目中无人，又恐成哥儿这般姿容才情却配上如此性情，日后进了仕途，终不免吃亏，想到此，又笑不出来了。

谁知这番笑话却恰巧戳中了牛鼻子：成德并不把这些话当提携。这成哥儿平素极看重羽毛，人前打理得分毫不错，这会儿她恰拿自己前日的丑态捉弄，又羞又气，忽地摔下书坐起来，强辩道："百密尚且还有一疏呢，表姑姑何苦这般嘲弄我？"为自己开脱了还不罢休，定要扳回一局才算挽回情面，成德便眼珠儿一转，反嘲笑道："表姑姑还有所不知吧：你那皇帝女婿还是满脸麻子呢！"

表姑娘顿时臊得粉面通红，帕子攥得快拧出水来，成德却不顾，只倚着藤榻举书拍着膝盖，咯咯地笑开了花。表姑娘坐不住，霍地站起身怒道："你说皇上，你也自幼就往宫里去的，连我也听过皇上智擒鳌拜的事，若也百密一疏，如今的天下可怎么样了呢？你别恼，我也再不管你的闲事，日后吃了亏，我只瞪眼瞧着！"

正有如萱捧茶碰个当头，见表姑娘气冲冲地去了，回来劝成德："哟，这是怎么说的，你怎么连她也看不起了？"

成德："也只有我能冲撞她了。我又不是成心，只是她说那些话，未免也太世俗太浅见了些，反倒说我无知。"

如萱："她毕竟是个女儿家，哪能有你们爷们儿想得远？怎么说也是为你好，你还说不委屈人家，如今这样，叫人怎么想呢？"

......

五

渌水园里应季的花早开遍了，后湖里的荷花才露头。成德不在家的日子里，这园子寂静了好多，女孩子们都懒懒的，也少有玩笑，从前回廊下空地上的秋千架总被挤得没地方坐，如今却空荡荡的，成了鸟儿们歇脚的地儿了。伺候的小厮们只是偶尔回来取些东西，打个混就散了。没有要紧的事，太太也不过来，倒是颜儿常带着太太房里的活计，过来和如萱她们边做边说笑一会儿，可是这样的日子越来越闷，如萱觉得颜儿话少了，说起话来还总走神儿，聊不到一块儿，后来，每次来，就只是陪着了，还有几次，连花撑都套错了圈儿，摆弄半天也没发现症结，如萱笑她，她也跟着笑，可是笑得不一样。如萱觉得奇怪，可是她没问，她不想问，她想，是不该问罢。

六

这日清早，表姑娘想到答应若荟的嘱托去规劝成德只怕又要惹出不快，徒使二人积怨更深，若是真伤了亲戚们的和气，倒是适得其反了。正巧，有为进宫准备新衣裳的事，表姑娘嘱咐若荟去把颜儿请来帮忙，自己则出了住处，给表嫂请过安，出来时特意绕开两边厢房，一人径自逛到晓梦斋来，待悄悄踱进里屋，见如萱正和颜儿对面坐在里间的坐床上，一个低头旁若无人地盘着扣子，一个心不在焉一边打着扇坠子，一边不时抬头看着对面人，见这两个可人儿安安静静的乖样子，若不是两个丫头，倒像是一柔一韧的一对，想想让人不觉发笑。听见痴痴笑声，如萱猛抬头起身笑道："表姑娘怎么自个儿来了？"

表姑娘摇着帕子道："哦，天儿越来越闷了，我出来闲走走，到你这儿，少不得讨你个好手艺，帮我盘些扣子，新衣服上用的。"

"这些许小事，还值得您大热天跑来？叫若荟来岂不更便当？"如萱亲自去倒茶。

"搬过来住了这些天，大夏天的东西也没预备，她们几个昨儿帮我归置来着，累得跟什么似的，好几个这会儿还睡着呢！原打发若荟去请颜儿姑娘过后院儿帮忙呢，她却已经在这里了，看吧，过会儿那丫头准又扑了来。"

"那不正好，一会儿她来了，把这些刚打的扣子拿过去，比着前儿姑娘挑的料子慢慢选，姑娘若都不喜欢，告诉我，我再新制。"如萱笑道，边让表姑娘坐，边又端成德最爱的茶具上来。

颜儿早起身，往当地的珐琅四足香炉里添了一把茉莉香片，又觉屋子里闷闷的，遂到门口打起帘栊，可巧见若荟迎头进来向自己笑道："我说颜儿姑奶奶怎么神龙见首不见尾，原来真身猫到这儿来啦？"

颜儿也微微一笑，拉着若荟出来："如萱陪表姑娘略坐坐，屋里头人多又闷热我们先过去，姑娘有吩咐发小丫头们来唤，可好？"

表姑娘正想找个空儿和如萱单独说说话，便应了："由你们去，这会儿坐下尝她们屋里的茶，待烦了，我自会去的。"二人说笑着特意沿回廊溜了一圈儿才向后院去。

表姑娘轻轻坐下，一手接过茶盅，一手抚着针线盒里的各色彩缎头儿，有一搭没一搭地问："都知道你手巧，盘的扣子最是好，平日没留心，你倒和我说说，这扣子都有什么说法？"

如萱一低头，道："姑娘说笑了，我们能懂什么说法，不过主子们吩咐，咱们照样子做就是了，只是活计做多了，也就明白主子的意思了：平素穿的衣服，不用太累赘的，用这树枝扣，花篮扣，琵琶扣就成，您瞧——"

说着，从针线盒里拨弄出几个样子给表姑娘看，表姑娘也有兴听她娓娓道来："若是喜庆华服，最好用这个——如意扣，呵，也是讨个吉利口采。领花扣要露在外面，最是讲究，不过样子也多，鸳鸯扣，金鱼扣，凤尾扣，蝴蝶扣，都成，又别致又大方。"

见表姑娘直直盯着自己不接话，如萱只好接着道："样子和颜色也要配得上才好看，您就说我们家大爷，最喜欢简单素净颜色的衣服，那扣子就配梅花扣，菊花扣，叶子扣，麦穗扣这样的单色扣子就成。"听着如萱如数家珍般的伶俐口齿，再看着她认真专注的样子，表姑娘不觉出了神，暗自赞叹："怨不得这么多丫头，成德却独独看重她，和待旁人大有不同——连在这么个小东西上，都能花这许多心思琢磨，想法又得体细致，看来，人说'天生一物为竟一物之用'真是再不错的。"

忽听如萱抬头问道："表姑娘是要什么样子的？"

"哦，"表姑姑赶紧收了神，抿了一口茶，"也不拘什么样子的，我看你这都好！"说着，随手从线盒里捡起一枚天蓝嵌白的双色扣子，刚打了一半扣襻儿，另一半的钮盘到一半，撂在炕桌上，"这个样子更别致些，什么说法？"

"这个是奴才胡乱弄的，没名字，也没说法，可是颜色太素了，不喜庆。姑娘进宫去怕用不上，若姑娘喜欢，我换个料子再制几个。"

"别的扣子都是一朵花孤零零的，只这个是并蒂的，怎么说不喜庆呢？我为你起个名字，就叫双生花扣，可好？"

"表姑娘眼光好，又和我们家大爷是一个意思，他也说叫这个名字呢。"如萱笑看着表姑娘手里那半个扣子。

到此，表姑娘心里便和明镜一般了。可这表姑娘是何等懂得全身之计，想算到年底进宫也还有些时日，与这些女孩子们一处，虽说是主仆身份迥异，但自己这主子原是寄人篱下，住进明府不过是权宜之计，可这丫头们就不同了，若是躁了恼了，更有甚者引逗出什么没脸面的状况，连太太说不准也要怪自己多事，况且，成哥儿也不是小孩子，便是纳个屋里人，于这等人家，也不是逾矩之事，想到此，早把劝诫的话咽了回去，只剩赞叹了。

06 | 盛世之会

一

清晨。成德从东府里出来兴冲冲往自己住处走。

刚从晓梦斋出来的颜儿绕过月门和成德碰了个正着："大爷？怎么回来了？哦！又是翘课了吧？"

成德："颜儿姐姐怎么又打趣我呢？这回可不是了，阿玛准我去词会了呢！要知道是这好事儿，一出来就叫上见阳兄了，这会儿还得叫蔻儿又去唤他出来！"

颜儿："什么词会？还是不在家里住吗？也该告诉如萱准备一下才是。"

成德："在家住的，我这就去吩咐，阿玛替我告了好几天的假呢！这回可要好好开开眼界，见见高人呢！你们只在家里待着，自然不知道，词会就安置在正阳门西一处轩馆里，原是前左都御史孙大人家的别业，据阿玛说，这几天来了好些前明的文人骚客，作诗填词，可热闹呢！"

颜儿笑道："告假那么久？玩够了，可有的课补呢！"

"哪里还能等玩够才补？你瞧，"成德将手中的书单给颜儿看，"先生开了好长的书单呢！"

"才几天，就这么多书要读啊？还是单独开给你，让你吃小灶的？"

"本来是和同窗们一样，可那些书徐先生知我多半读过，就又开了别的。"成德话里透着得意，"哎哟，不跟你啰唆了，我还要去南楼找找有没有这些书，见阳兄说话就到了。"

"那你只管去吧，我去告诉如萱。"

"不用了，颜儿姐姐，我自己去，还有话说。"成德欲言又止，快步离去。

"哦，"成德像是想起来什么，略转过身，"对了，刚给额娘请安，见原来姨娘身边两个面熟的女孩子在东厢房前打水，怎么？她又搬回来了？"复又转回要走。

颜儿叹道："回是回来了，只是她现住在西边呢，那东厢房给了新姨娘了。"

"新姨娘？"成德略站住，面色沉了一下，头也不回地去了。

二

东厢房门前，那进府的小戏，现唤作柳絮儿的女孩儿，正倚着门瞧几个丫头做活计，如今，她已经不再是在戏班里的清秀打扮了，换上了粉翠的缎面衣裳，首饰也华丽了好多，她对这府里的一切都充满了好奇——正房里的太太明显不喜欢自己，每次去请安，都是爱理不理，这些天来，和自己说过的话，总共不过两句："知道了。""起来吧。"戏里的故事都是头牌词最多的，看来这太太不是主角儿？想想柳絮就想笑；那个叫乔姨娘的，年纪也快三十了吧，人却是好热心，帮自己在屋里置办了好些东西，都是新奇未见过的，可怎么总爱上上下下打量人？既然是府里的姨娘，怎么跟着伺候的却是两个老道姑呢？真真奇怪；还有方才在窗下经过的那个少年，他是谁？他明明往这边看了一眼的，既不相识，为什么不停下问问呢？不是说自己也是府里的主子吗？那两个丫头倒是和自己一般年纪，又都是女孩子家，可却无趣得很，从不主动跟自己说话，问十句能答一句就不错了，这府里，来来往往里三层外三层的人丁杂役，却连个说话的人都没有，真闷得慌！

三

南楼上，成德和张纯修等着备马的空儿，倚窗筹算着过会儿前去雅集的对策，猜着能见到什么词坛圣手，你一言我一语不亦乐乎。

张纯修见成德手中还握着本《草堂诗余》，笑道："成德，临阵磨枪啊，怎么？怯场了？"

"我哪有？这，这是按先生开的书单找出来的书！"

"徐先生？少混说了！这些诗集词谱你都翻了多少遍了，唬谁？"

"切！"成德将书往桌上一掷，"马怎么还不到？"成德探出窗外，楼外假山挡着视线，不见来人，却见山上簷亭里一位丽人背影斜靠着柱子，看样子是在朝墙外发呆，成德不由吟出："人在画楼东，好景共谁同？"

张纯修也伸头看去，"什么好景？"

成德拉起张纯修道："走，先出去看看。"却未下楼走正门，而直从二楼的侧门出来，沿斜斜的走廊往簷亭上来。

远远地望见那丫头果然还在，张纯修笑道："哦，原来是这好景，我无福赏了，先去了，你快些，都是上年纪的先生，迟了怕不恭。"说着，顺假山根的石路径自下去了。

成德早瞧出是如萱，待悄悄走近，轻轻拍着肩膀问："就知道是你。刚在南楼上就见你在这儿发呆。"

如萱懒懒地转过头，朝成德勉强一笑，也不言语。

"我方才说不用备茶了，是着急出门。"说着，成德并肩坐下，定睛瞧着如萱，等她回句话。

如萱笑道："我知道你是急着出去的，不用我，我才乐得出来逛呢啊！"

"姑娘家不好生循规蹈矩在家待着，竟爬这么高，让鹰见着，看不叼了你去？"见如萱并无心事，成德又开始打趣了。

"你不知道，这高有高的好处。"如萱指着山下一片葱茏说："你看那下面，哪里是树，哪里是水，在这儿，都能瞧得真真儿的呢！就连你和张先生他们做学问，就着风声，都能听见你们说笑。"

成德拉了如萱的手笑道："我知你喜欢登高，赶明儿我带你再去西山，上回见阳兄告诉我，那儿有一种白樱桃，虽不及咱们平时吃的红樱桃大，却酸酸的也好吃！"

如萱夺手嗔道："啐！爷又胡扯了。"

成德笑道："哪个骗你，纵然不欢喜野果倒也罢了，只是那高处的风光，若不去瞧，倒叫你我辜负了。"说着手又往如萱肩上搭，"今儿不行了，你等着我！"

如萱轻推开，摇头道："我不和你一起。我只一个人远远地看，任你离多远，只要一抬眼，就能看见。"说着说着，这丫头站起身，真是朝着远远的地方尽力地看，可墙外即是后海了，那唤作海的，不过是个湖，却广阔幽深，没有船划过时，墨绿色的水面被湖边礁石的倒影压着一动不动，在这闷热的夏末时节，愈发得让人透不过气来。

成德不解其中之意，柔声问道："可只你见得着我，我却见不着你，可怎么处呢？"

如萱忽又抿嘴乐了，向后一闪，笑道："若想见，自然能见的。"

听这话像是有弦外之音，成德撇嘴道："你现在又来哄人了，方才远远瞧见你，像是闷闷不乐的，只当是谁没眼力，给姑娘气受了！刚还想说，想个法儿，从此减免你的苦厄，不知你肯不肯呢！"

"好端端的我又烦恼些什么呢？任爷们儿想什么法儿竟能从此解了我的烦恼？"如萱一扭身，面朝亭外无心道。

成德不知哪来的精气神，竟笑着巴巴地凑上去，朝如萱耳语了几句。

不料，话还未来得及说完，如萱就恼了，忽地站起来，甩手就往亭外走，边道："爷别胡说了，你当我稀罕你们家这高门大户？不怕说句伤天理的话——就算是奴才，也有爷想不到的呢！我不说，怕当爷的也难知我的心，今儿索性把话讲明——我宁可堂堂正正地当奴才，也不当那低三下四的主子！"一番话说得成德哑口无言，山下蔻儿却已然在唤，成德好话说不尽，只好出了亭口，一步一回头下山去，心中却不由对如萱又生出几分敬意。

四

京西的秋水轩。一位鹤发童颜的老者坐在上首，面前的书案上设着各色纸笔，砚旁又有一紫檀韵牌匣，已有一摞抽出的韵牌整齐码在匣盒旁。众人正围在老者的案四周点评词稿。几个下人则忙着布置两下手众人的书案，栏下又有几个年长的女仆扇风炉煮茶、烹酒。

成德与张纯修并肩步入轩中，迎头便瞧见明珠的一位同僚，唤作梁清标的，成德上前躬身行礼："梁伯父好！"

梁清标收起纸扇笑道："成德来啦！原要给明大人下贴请的，他偏推说不敢来，却怎么把个玉树临风的小哥儿调遣来啦？嗯，成德早有才名，令尊点将点得准！"

成德笑道："家父若说不敢，学生更不敢造次了！我奉父命为今日雅集送来些时鲜果品。"说着，命来人将早预备的几个食器抬上来。

原来，成德等送来的，正是这时节文人们于座中舞文弄墨时最喜的吃食：小瓷坛的椰子酒、鹿梨浆、卤梅水、木瓜汁等冰饮，另置一大木桶，桶底铺碎冰，其上伏着什刹海的特产——新鲜莲子，鸡头米，菱米，藕片等河鲜，再缀着去皮的鲜核桃仁，鲜杏仁，又衬上新采的碧绿生鲜荷叶，叶上浇的百花蜜汁莹莹透亮，像一幅西洋画上涂的厚重的清漆。

"家父身为繁事所累，不得前来，知道今日座中诸位先生多是江南才子，特命学生备下此物，以助各位前辈雅兴。"

梁清标上前看去，不由叹道："明公真真有心了。"又亮声道："来来，诸位！此位御史明珠大人的大公子，纳兰成德。"抬手又指向张纯修："这位是？"

张纯修拱手行礼道："学生张纯修，现贡学国子监，冒昧前来拜会，叨扰之处，请大人海涵。"

众人将张纯修从头到脚打量一番，忽有一人问道："已故河南巡抚张洁源，是你什么人？"

"哦，乃是先父。"张纯修谦恭道。

"都这么出息了。"此人眼里流露出期许欣慰，继而一声叹息。

"当年，张大人受人排挤诋毁，人都说他严厉不能容人，可在下籍贯即在河南，常闻乡里称许，深知张大人是刚直不阿，两袖清风。"那人若有所思。

张纯修面露凄凉，又不识面前素衫净面的长者为何人，正不知如何作答，成德接话道："不想见阳兄在此地也有相熟的前辈，这位大人是？"

那人却面露难色，叹声道："不是什么大人啦！先父一生为官，立志为国为民，却历经宦海沉浮，数度蒙冤受辱，至我辈已无此壮志了，守着先父留下的古籍旧藏，聊以文章度日而已！"

成德和张纯修虽知今日来者不仅有朝中新贵，也有前明遗民，更有平日不曾深交的白衣故家子弟，座中除梁清标算与明珠有些私交，其余诸人皆不名于仕途，更有冷峻严肃、不苟言笑的，二人便不敢擅自回话，唯恐见罪于诸位诗书大家，竟一时语塞。

正不知如何解围，旁又有一人过来笑道："唉，雪客，何必枉自嗟叹，我等不如你，却也俱是白身嘛，乐得自在！哦，成德，此为周在浚，你就叫雪客先生就是了，在下徐倬，徐方虎。"

成德二人正欲拱手行礼，又一位年纪更长，腮须花白的先生扬声道："方虎说的极是，我等俱是白身，寄居梁大人篱下，自在嘛，自然是自在，你瞧，他不但不收店钱，还要帮忙替咱们打几场笔墨官司呢！"话音刚落，众人放声大笑。

梁清标无奈摇头道："我说玉叔兄啊！举重若轻也不是这么个打法吧？小弟为你了结案情本是分内之责，可眼下依然徒劳无功，如今你却如此说，不是羞煞小弟了嘛。"

"哈哈哈，苍岩何必介怀，我都权当此番不白之冤是个笑话，你还当真？切不可因此小事坏了大家心情。"被唤作玉叔的长者洒脱地挥了挥手中的水磨玉骨素色折扇。

成德向张纯修悄声道："我阿玛料今日席间有人要提先帝时的几个案子，果然不错，只是，既然阿玛要避一避，又何必特意叫我告了假前来呢？"

张纯修沉思半晌，道："许是宠你，知道你爱与这些前明仕子结交，准你来散散心呢，也未可知。"

成德皱眉摇摇头。

曹尔堪走向前，清瘦的脸上，一双丹凤眼写满洞彻世事的清高与尖刻，盯着成德抹额上的金镶玉芙蓉，道："看少公子身份贵重，气宇不凡，怎么竟对此类闲会施以青眼呢？承蒙屈尊前来，曹某不胜荣幸。"

成德望向梁清标："这位是？"

未等梁清标回应，曹尔堪抢话道："在下浙江曹尔堪，子愿是也。"

成德忙接话道："哦，顾庵先生！晚辈早闻浙江嘉善为清流名公辈出之地，先生为柳洲词派领袖，学生今日得见，真是不胜荣幸。"

曹尔堪一愣，随即笑道："不敢当，不敢当，在下虽算得故家子弟，却生性愚直，以致失势败落，流落至此，已担不起这虚名啦！"又抬手意味深长地指向龚鼎孳，"不比龚大人，明察世事又外圆内方，还屡屡伸出援手护佑诸多寒士。"

龚鼎孳先时站得远，此刻有人提到自己，不免有些尴尬："子愿取笑了，我本二臣，忝列辇下诸公之列，惭愧惭愧。"

梁清标向成德介绍道："此位乃礼部龚大人，成德可认得？"

成德深施一礼道："芝麓先生好！晚生虽未曾与先生谋面，却听家父屡有提起，称先生'穷交则倾囊橐以恤之，知己则出气力以授之'，不但惜才爱士，为朝廷举荐了不少人才，又肯为民请命，享誉四方。"

一番美言说得龚鼎孳喜不自胜，眼角原本密布的鱼尾纹皱得更深了，沧桑的脸上，柔和的目光泛出由衷的感激："哪里，此是明公谬赞，小公子莫要当真，老夫哪里当得起，百年之后，不因失路之憾落得骂名，就算不枉此生了。"说完，眼里竟泛起泪光，转身叹气不迭。

旁边一年纪稍轻、白面轻须的书生凑上来道："芝麓先生何出此言呢？"转身向成德与张纯修道："君子达则兼济天下，先生不顾自身荣辱而润及袍泽已堪称不易了，家兄少时就曾得慷慨相助，至今念念不忘。"成德朝此人微笑致意，又向梁清标征询，未及开口，此人又谦恭道："哦，在下江苏陈维岳。"

梁清标笑道："纬云在我等众人中，本是最年轻的，成德你们来，倒是把他反显得老成了。这几年，漫游大江南北，见识了不少风土，人也看着历练通达了。成德你们不认识他也不奇怪，他长兄却早有美名，你可知道？乃是美髯公陈维嵩陈其年。"

"哦，可是'阳羡词派'领袖迦陵先生之弟？幸会幸会！早闻迦陵先生大名，不知今日可有缘见？"成德由衷的景仰之情溢于言表，不由在人群中找寻。

"唉，我这长兄魅力非凡，人不在都能被他抢了风头。"陈维岳一句玩笑引得众人都笑了，成德也顿觉自己有些失礼，赧笑置之了。

"小公子不必拘礼，"又一年轻的新贵模样的公子笑道，"在下汪懋麟，在诸公之中，也是小字辈的，不过，先生们面前，你们也要像我二人一样，只管吃酒品茶，吟诗啸咏，切莫学他们官场那一套啊！"

"这个季角！谁们的官场？你不是刚刚拜了中书舍人么？正春风得意着，还想把自己撇清不成？"梁清标半喜半嗔道，并不因汪懋麟的过激言语不悦。

"大人说笑。这两年官场消磨，把我这进取的心磨得是半数也不剩了，加之儿时亲历朝代更迭时的惨景，近来总在眼前重现，唉，清廷于前朝太过残忍，居于庙堂终是难忘啊。"听他继续这样的论调，梁清标也忍不住轻咳了一声。

方才坐在书案后的白发老者操着浓重的山东口音叹道："季角啊，不要怨天尤人。"语重心长的话一字一顿，深邃的目光像是能穿透历史，照到几十年前那个风雨飘摇的时代。

龚鼎孳悄声告诉成德二人："此为孙少宰，北海老先生。"

孙承泽起身拄着拐杖踱下来，眯着双眼道："刚刚梁大人说，你是明珠大学士的公子？"

成德："是，家父现任左都御史之职。"

孙承泽："哦？那老夫与小公子也算有缘呢！多少年前，老夫也在此任上拿过银子呢！哈哈哈，如今老了，赋闲在家，金石为伴，书画做乡，也要感谢清廷的大度，若论为官，呵，老朽不过是个笑柄，若说是书痴么，哈哈，还当得起！"

成德身后已有人变色，嘀咕道："哼，孙老是深藏不露不是？话虽这么说，他私下里秘撰明史的事若是发了，老人家断再说不出这样的话。"又一人应道："竟有此事？"成德不好回头细问，却向孙承泽躬身行礼道："'羽毛无损性情适，不羡高冈有凤凰'，孙老先生德学兼厚，晚辈敬之如高山仰止……"

"哎——"孙承泽打断成德："你们两个打一进来好话就没断过，来咱们这儿不兴这个，下野有年头儿了，拍马屁的声音听得不习惯了，你们年轻，怕是也不惯说这些吧？方才，季角不是说了嘛，快别拿官场里那一套在我这儿打诨！"老人竟有些不耐烦。

周在浚叉开话道："咱们今日雅集，只谈风月，不议风云，啊！成德，你二人是初次来访，周某借北海先生这秋水轩宝地，诚邀诸位前来，特设茶酒，供各位尽欢，诸位，饮酒啸咏，不拘一格，啊！来呀，也给两位少公子设座！"

此时，已有仆从先在成德面前的桌案上置下了一副纸笔，张纯修坐在成德身后，道："学生年轻，在诗词上尤其不通，不敢和诸位先生比肩，我二人权算一家，可否使得？"说着碰碰成德肩膀。

成德笑着抬起头："先生们不会难为咱们吧。"

曹尔堪笑着将方才二人进来时众人观看的词稿递过来："不会，方才我已被逼着胡乱唱了一阕，这便是记下的词稿，我们正为限韵的事不定呢，你们瞧瞧，也拿个主意，若连立意也定了，众人便只管做来！"

二人看去，已有一上片《贺新凉》，道是："淡墨云舒卷。旅怀孤、郁蒸三伏，剧难消遣。秋水轩前看暴涨，晓露着花羞泫。贪笑睡、红蚕藏茧。道是分明湖上景，苇烟青、又似耶溪浅。留度暑、簟纹展。"二人点头称道。

"我说这'卷''泫'等字，其韵着实险了些，若都按这个写，怕将典用重了也说不定，不如捡个通俗些的来做。"龚鼎孳摇头。

孙老拈须笑道："老夫倒是想起一位老乡——李易安的一句词：'险韵诗成，扶头酒醒，别是闲滋味。'如今，扶头酒已备下，险韵诗如何作不得呢？"

听他奇怪的口音，成德不由掩口学着笑道："词是好词，就是味道不大对。"张纯修一听便笑出了声，众人都往他二人处看，成德忙又道："哦，我们是笑诸位先生太过自谦了，在座前辈皆文坛宿耆，学生早有耳闻，若说'险韵'二字，难倒学生倒也有理，要说先生们不能做，学生是断断不信的。"

众人听了大笑道："这少公子也太过犀利了，这帽子一戴，还真摘不掉了呢！好好，既然少公子这样说，我等是不推辞的，只是公子你也不得看边风了，不见识识纳兰公子的文采，今日燕集岂不遗憾？"

张纯修紧张地望向成德，成德却不紧不慢拱手："今日学生们前来拜访，原也是讨教学习的，若不得先生们指点，才是学生们的遗憾呢，还请诸位先生不吝赐教。"回望了一眼张纯修，又笑道："只是，说到立意，学生倒有些浅见——古来文章曲赋，被后世称颂，皆因能不受羁绊直抒胸臆，今日是以文见论，更不该拘束，若是立了意，众口一词，才怕会重了。"

众人都以为这话有理，更有胸有成竹者已欣然命笔了。

"且慢！"梁清标放下茶碗，起身踱到当地的青花海水纹香炉前站定，"只管自作自的，若无时限，哪还有个尽头？还该想法记个时辰，到时不就者嘛"，啪的一声脆响，素色洒金的扇面打开，在胸前缓缓扇动，衬得主人略显发福的面庞更加雍容闲雅，"罚！"梁清标悠悠道。

陈维岳笑道："你是官场得意之人，刑部大堂上有法可依，怎么，这词局里手，你也要立个规矩不成？"

曹尔堪呷了一口刚乘好的冰碗，指着香炉应道："苍岩说得有理，不如就依我在乡里时的一样，拈香计时，一炷香为限，只不过，我看罚就可免了，只须烦那未成者将他人之作结集成册，以记今日之会！"

一时间，座中有大笔一挥一蹴而就的，也有字斟句酌反复推敲的，更有早早做好得意看他人绞尽脑汁的。

张纯修边亲自为成德磨墨，边纳闷儿：《贺新凉》？我明明看那曹先生做的乃是当下正时兴的《金缕曲》，刚才也没听那位曹先生是唱的哪个牌子，难道也是古曲不成？你是倚声高手，却从没听你唱和过，给他们来个新鲜的！"

成德看了一眼张纯修，"见阳兄果真不谙制词，那即是叫《金缕曲》的牌子了，《贺新凉》原是旧名字，估计这些先生不喜华丽的现时牌子，才把老古董的词牌名翻出来了。唉唉，你别烦我，被落下了岂不臊了？"挂笔在额上，稍事蹙眉凝神，眼前便活脱脱浮现出云鬟绣袂的灵巧佳人，静侍绫纱窗下，如旁侧无人，嗅着初绽的海棠花香，伴着如盘的满月……成德略一思忖，微笑着便提笔写道：

"疏影临书卷。带霜华、高高下下，粉脂都遣。别是幽情嫌妩媚，红烛啼痕休泫。趁皓月、光浮冰茧。恰与花神供写照，任泼来、淡墨无深浅。持素障，夜中展。

残釭掩过看逾显。相对处、芙蓉玉绽，鹤翎银扁。但得白衣时慰藉，一任浮云苍犬。尘土隔、软红偷免。帘幕西风人不寐，恁清光、肯惜鹴裘典。休便把，落英剪。"

　　成德放下笔，再仔细看过后，怯怯地向众人征求点评。曹尔堪未再动笔，只来回踱步，被梁清标戏嗔为"考官"，此时，"曹考官"先接过成德的词稿，审视了一番，"来来，都来看看！"成德年轻又早有才名，自然已成了座中的焦点。

　　"到底是年轻人，春意缱绻，文采斐然。"

　　"颇多小儿女之情思，此乃未经世事之故。"

　　"依我看，素净清幽之意趣甚好，却不见豪门贵胄少年盛气。"梁清标摇了摇头，却道："不错，孙老看来如何？"

　　……

　　秋水轩中，人声笑语不绝于耳，茶香酒洌盈轩绵延。

07 | 欲求先予

一

夏末的蝉鸣声正恼得人心烦，小丫头们闲得无事，都东歪西倒着打盹儿去了，如萱举着团扇，低着头一边往东府后院来，一边思忖着方才颜儿来传话时神神秘秘的神情，不由心头小鹿直跳。按说先前伺候太太时，自己年纪还小，只分管些梳妆传话小事，却从未出过什么差池，从不劳太太亲自动问的，如今被指派给大爷，又从东府里搬出来这些日子了，要操心的事自然不少，可大事小情想得周到，府里上下也没有挑眼的，纵是年少的主子爱惜体恤些，惹人嫉妒，有人背地里嚼舌，太太是明白人，又是看着自己长大的，怎么会轻信不姑息呢？

"到底是什么事儿？颜儿姐姐都打起哑迷了？竟说是领重阳节的用饷，还这么早，这会儿提这个做什么？定是扯谎。" 心里嘀咕着，已到了东府的东厢房前，新进府的姨娘一身娇艳欲滴的粉嫩衣裳正趴在院当中的大瓷鱼缸沿儿上逗鱼儿，一只脚抬起左摇右晃，听见脚步声便抬起头，见是个不熟的大丫头，直起腰来笑眯眯地打招呼，一点儿也不见主子的架势。

"姐姐是哪屋里头的？来做什么？"

如萱不喜背地里指摘人，听旁人私下嫌弃这位出身低的主子时从不应声，现在见这情景，更是打心眼儿里可怜这个呆姑娘，却也和和气气回话："回主子话，奴才是西边园子里的丫头，是太太方才传，说有话吩咐，才过来的。"

柳絮儿伸手捋了捋额前的碎发，笑道："你是说那个园子吗？那边可好玩儿吗？我来了没几日，不知是哪跟哪儿，没事儿姐姐带我转转可好么？我在这里可闷了。"柳絮儿靠着鱼缸，又晃着灵巧的小脚，没一刻安静。

如萱笑着点点头，心下想着，表姑娘是个不喜热闹不惹是非的主儿，若荟是表姑娘支应着，不得闲，不然，这柳姑娘真和若荟那丫头凑在一起是一对儿了。

二

正想着，颜儿在正房里挑帘出来，唤道："萱丫头！怎么还不进来？太太等急了，你还瞧！"如萱忙迈步上了台阶，擦肩而过的当口，颜儿轻轻捏了捏她的胳膊，皱着眉朝东使了个眼色，如萱点点头，移步正房，在正厅的珠帘前告进。

太太素日里念起经来总是慈眉善目的，今日仿佛有了什么喜事，更是笑意盈盈，亲手打起帘子，搭手拉了如萱进了正厅，倒叫如萱更摸不着头脑了，支支吾吾不作声。

"怎么？不在我跟前儿，生分了？还没等跟你说是什么事儿，就先小家子气起来了？"

"奴才知道是来领东西的，回了命便去，不敢在太太跟前多嘴舌。"

太太戳了一指颜儿，笑骂道："小蹄子编故事也不编得像样些，还跟这儿碍事儿。"

颜儿素来驽钝，太太嘱咐不教说得详细，自然要自己编个借口，这会儿被当面戳穿，也不好意思，可这丫头另有个聪明劲儿，就是会看眼色，太太只摆摆手，她就知道该出去了："是，奴才也不知太太使唤她是什么缘故，只胡乱猜一气罢了，太太再有吩咐，奴才定要问仔细的。"

"这会儿也没什么了，我们且聊正事儿呢，你先去吧，你没听见？外头的不是闲得很么，你去支应吧。"太太朝东厢房瞥了一眼。

"是。"颜儿意味深长地看了眼如萱一眼，慢腾腾转身出去了。刚蹭下台阶，忽听身后传出了一声碎响，下意识往回走，又止了步，轻叹一声，一步一停地不知往哪儿去。

三

月已初上，暮色如画，金灿灿的余晖洒在渌水园静静的湖水上，湖畔的芰荷轻轻掉落下一片，如萱坐在回廊上发呆，心情仿佛那被遗忘在水面上的花瓣，独自划着忧伤的涟漪。猛听见成德和张纯修搭肩说笑着出了书楼，忙起身往回走，却还是被眼尖的成德唤住了。

"如萱，哪里去？"成德柔声唤道。

如萱却已转过了回廊的另一头，不知是否听见，仍径自走去，只是方才倚着廊柱工夫久了，发髻有些松，步子走得急，斜插的玉钗"叮当"一声落在青石砖地上，断成了两截。如萱忙俯身拾起，像是故意不回头看，攥着断钗低头匆匆奔晓梦斋而去。

"唉？！"

成德欲唤又被张纯修止住："像是有事？你先去，我回了，明儿曹先生他们那儿还有别的远客去会，我是不能去了，你呢？"

"嗯，借这个缘故再偷闲两日，我再送送你。"成德一边仍瞧着如萱的背影，一边揽张纯修出回廊往园门来。

张纯修早知成德在那丫头身上的心思，自己的心事却一向藏得严密，这会儿禁不住也露出破绽："西山游玩那次，不算尽兴，等闲了，咱们也邀几位同学，在家里起个雅集，成德你再领她们来吧，人多热闹，你看今儿？"

"她们？"成德一愣，明白张纯修的心思，故意不点破："见阳兄自谦说不善诗词的，怎么也好起这个来？"

"说是赏画玩景，不行吗？"张纯修仍小心地试探："呃，据蔻儿说，你们表姑娘快进宫了？从没见过，是什么样的排场？"

"哈哈哈！"成德终于绷不住大笑出来，"你呀！有话为什么不早说呢？当我看不出来？我早就猜着啦！若荟？"

张纯修一时语结："唉，成德，我不是，不是……"

成德收起笑意："见阳兄！你双亲早逝，祖母年事又高，自己的事，只能自己作主，若是有意，也当早做打算，晚了，她是定要随表姑姑去的……不过，若留下她，让表姑姑孤身一人在宫里，也未免太可怜了，额娘也必定不肯的，这事，难办了。"

"正是如此呢。她不一样，是你们府上的人，凡事还要府上定夺，况且，我也不知若荟姑娘的意思，并不是我没气魄认下此事，实在是，只我自己自作多情罢了，又无门路调节，异想天开而已。"

"唉，缘分天注定，岂是人力所能强求？你我是一样的。"

"成德是在说风凉话吧，我与你哪里能比呢？你们是心有灵犀，你又是名门贵胄，前途无量；我则不同，即使得了美人归，我可有什么许她呢？一介书生，无功无名，总不能委屈了她。"

"见阳兄若是这样想，可就辱没她了，若荟那丫头和那些世俗女子怎能一样呢？况且秋闱在即，凭你的才学，功名不是唾手可得？倒是如萱是个猜不透的。"

"怎么？"

"她心思向来细密得很，问到要紧的，十回倒有八九回是揣着明白装糊涂，让我也不好多问。"

"有情人能朝夕相伴，已是幸事了，夫复何求呢？"

"正是呢。我这个家，人在外面看来，是烈火烹油，鲜花着锦，内中的寂寞，怕是如你我之交也无从了解了。幸好有她，也算是个能说上话的体己人。"

"怎么这么说呢？令尊是诗书通达的贤人，满汉两家的文史学问大家……"

正说着，东府内院里传出一阵丝竹笙管之声。

"这里哪来的小戏？府里怎么这个时辰还有热闹？果真是烈火烹油了。"

"呃，不会吧？这里临街，许是谁家娶亲呢！"成德尴尬地敷衍过去了。

四

晓梦斋里，小丫头们忙着安置洒鞋、漱盂等物，床铺已归置好，来回人里，独不见如萱，成德也不忙着解衣，索性俯案提笔，信手写道：

"相逢不语，一朵芙蓉着秋雨。小晕红潮，斜溜钗心只凤翘。待将低唤，直为凝情恐人见。欲诉幽情，转过回廊叩玉钗。"

写好了自己正赏玩，见如萱垫着帕子端着盆凉水进来，放在成德床榻边，水是刚从深井里打出来的，掸在地上，不一会儿便满室生凉。安置好了，便凑过来瞧，成德随手打开扇子将字盖住，笑着站起身。

"今儿一去没空手回来，你看看这个。"成德将秋水轩中孙承泽老人所赠的宋代崔白的《芦雁图》拿出来，上面题着孙老先生的诗："白露苍苍已结霜，蒹葭深处独徜徉。羽毛无损性情适，不羡高冈有凤凰。"

"嗯，我虽不通，可也觉得这诗题得果真是好，'不羡高冈有凤凰'。"如萱把帕子递给成德，细细地品着，痴痴不语。

成德笑道："你只看到这个，却没见别的，如这里含的'白露''蒹葭'？"

"哦，是了，爷先前教过的，《诗经·秦风》？蒹葭苍苍，白露为霜，所谓伊人，在水一方？这便是用了典了？这样看来，就更是好诗了？可是，连我也知道的，不是司空见惯的，俗气了么？"

成德笑着，从案上的漆盒里拿出块薄荷浸的佛手塞到如萱口里："诗词曲赋，用典本是平常，只是不在生僻与否，若是立意高远，视野新鲜，纵是捡些司空见惯的典故，也觉不落俗套；倘若是满纸空谈，便是引经据典，旁征博引，也有牵强不达之感了。"

如萱咬了衔在嘴里，却皱眉道："嗯，好凉，倒是比听你高谈阔论的更来精神了，爷也别在我这儿费口舌了，赶紧安置吧。"

"唉！你别急啊，我还有课业没完呢！你精神了，更好，来，替我磨墨吧。"成德说着，拽过一把椅子让给如萱。

如萱笑着，手里的墨杵细细研开。他盯着她看时，她头也不抬，他低头写字了，她却偷偷抬眼看他。更漏一回回唱过，如萱耳边响的却是太太的话……

五

乔姨娘默默站在太太身后，给太太揉着肩，等着太太先开腔。

"好孩子，我听说了，近来你主子舞文弄墨的事儿，你都是跟着的，可把我欢喜得跟什么似的。这几年，你不在我跟前，却样样都不用我操心，我是满意的，就因为你是个有分寸识大体的，我才不舍得让你跟着蕙丫头去，你可明白我的心思？"

"奴才蒙主子抬举，侍奉左右是难得的福分，主子信任，奴才再无不奉命的理儿。"

"嗯，这么想是最好。多少回成德在我面前夸你，抬举你，我也知道该赏你的，可偏偏不知该赏些什么，今儿唤了你来，就是说这个，要是让你自个儿说，你想要什么呢？"太太明摆着言不由衷。

"奴才不敢。太太是有话吩咐，奴才仔细听着，不敢有所求。"

"越说越明理了。那我也不和你废话了。你们都是老人儿了，我的脾气秉性你们自然知道，赏罚功过，凡事说得出个理的，在我这儿就得通！你服侍主子体贴温顺，主子们心知肚明，做得好嘛，赏个名分也是应该的……"

太太还没说完，如萱扑通一声跪倒，正声道："太太！丫头不知太太何出此言，丫头只知道自打少小不更事进了府，就知自己是府里的人，只做该做的，从未动过不该动的心思，请主子明察！"

"你急什么？！我还没说完，我也知道你这蹄子嘴上说软话，其实心高得很，眼看着你从小长到大，太太也不会委屈你，只是你长大了，会不会记得我这份情就不一定喽！"

"奴才实在不明白太太的意思。"如萱有些慌了。

乔姨娘终于找了个当口，媚笑着接话道："就别一口一个奴才的啦，既然说了不委屈你，就索性赏你个好体面：前儿姨太太我带回来的道姑给太太算命，偏说太太是命里再须有个女儿的，可巧阖府里数你最知高低，又比她们都有身份，干脆，认你做干女儿，赏你个姑娘做，你说可好不好呢？"

"这？"

……

六

"如萱，愣什么神儿？"成德一句轻唤拉回了如萱。

"爷写的什么？"

成德仔仔细细写下的，并不是什么课业，正是白天秋水轩中众人所作的词稿，一篇篇誊抄整齐，道是：

贺新凉·将之潞河留别诸同人

行李肩书卷，笑依人、佣春生活，牧猪驱逴。燕市悲歌徒钓侣，别泪两行羞泫。扃客馆，如蚕在茧。挑尽银灯虫语絮，镇书空、呶呶韶光浅。风月兴，漫施展。

回头一领青衫显。最难堪，因时炎冷，随人圆扁。十载逢迎空太息，多少蘗龙跖犬。发种种、萧骚难免。杨柳红楼螺镜里，旧青山、弃把闲情典。萝薜制，思裁减。

贺新凉·寄栎园先生

日与时舒卷。曷归乎江山啸傲，诗书消遣。岭峤风烟俱历尽，往事思量垂泫。悟宦海、沸汤投茧。公说生还原偶遂，笑世人、欲役心真浅。

山林钟鼎俱尊显。放闲情，棕鞋穿破，角巾折扁。煮石春泉供晒药，炼得云中鸡犬。况女嫁、男婚都免。且喜眼中无俗物，小楼边，图画兼经典。

丘壑在，不须剪。

……

"方才叫你，你又不应，真真架子越发大了。"成德笑着刮了一下如萱的鼻尖儿，却没看到如萱眼里欲言又止的无奈。

七

第二天一早，晓梦斋里的主仆们正忙着洗漱，便听着若荟响着一阵银铃般的笑声跳了进来："我们如萱姑娘呢？姑娘快快出来受礼啦！"正是表姑娘带着丫头过来。

如萱闻声理着发髻走出来迎客："表姑娘怎么一大早过来了？"

表姑娘不说话，只笑看如萱："我也不知为什么，一早上起来，就有喜鹊在窗前叫，我想着这园子里，只你常被人说是贵气逼人的，这喜事嘛，怕是应在你这儿了？你说，我是为什么来的呢？"

若荟聒噪着："好姐姐，这好消息表姑娘早就知道啦！"

"好消息？都是你这蹄子多嘴，看不拧你！"如萱抬手要打。

"你们说什么呢？什么消息？"成德边系扣子，边从卧房里探出头来。

"哟，成哥儿怎么回来了？我竟不知道。"表姑娘不好意思起来，转身在外间屋的坐床上坐下，看着如萱笑。

"大爷连这个都不知道？姐姐干吗不说呢？如萱姐姐现在可是姑娘了呢！"

"什么？"成德看着如萱不解。

"她们逗我玩儿呢，你不是还要去诗会的吗？仔细人家等急了，快走吧，快走吧。"如萱推着成德要出去，成德却吱扭着扭过身看向表姑娘，表姑娘怔怔地不言语，掂着帕子掩口低下头暗自揣度起来：别是我来的不对？

"你呀，净耍鬼儿，我是越来越不明白你了。好，我先去，回来再拿你！"成德嗔怪如萱一声，便风风火火地去了。

八

"亏你还说我跟个下僚来往跌份，夫人你这也够忍辱负重的了。"东府后院正房里，男女主人吃罢早饭正聊家常。

看明珠一脸坏笑，太太不以为然道："我倒是没什么，那丫头其实也当得起。再者将欲取之，必先予之嘛。老爷想把线放长些，少不得我多打算了，但愿这丫头别辜负了我的心思。"

"到底是什么样的？平时我也没留心。"

"多亏了老爷没留心。放心吧，论聪明伶俐，论脾气秉性，论权衡大体，这可是个一等一的人，看来那小李子是个有眼光的，只是啊，唉，这男人嘛，都是见一个爱一个，两天半的新鲜，谁知日后还好不好用？"

"所以啊，就趁着这个新鲜劲，早些安排吧。现在咱们还不是索额图那老东西的对手，得有人从中调和着。可巧我料得准，你猜怎么着？那小李子在那边儿还真吃开了，昨儿，还特特地跑来跟我邀功，说户部郎中的职，索老头儿竟相中了他！你说这才几天？"

"两头通吃？你小心别让那小子耍了。"

"嗯，是该留个心，不过眼下能用先用着，多个耳目也是好的，都在这丫头身上了。只是一件，过门儿的礼可别太招摇了，知道的人越少越好。"

"就不用老爷吩咐啦，我认姑娘，阖府里也没几个知道的哟，要不怎么说这丫头可真是识大体呢，只是嫁过去的事儿还没告诉，要待我慢慢铺垫才成。"

明珠扶了扶太太的肩："太太是菩萨心肠，可咱们又没委屈她，一个丫头，能有这么风光的结果，感恩还来不及呢，太太平日又会调教人，再没有不叫人放心的啦！"

太太冷笑一声算是回应。

九

　　明珠前脚出了正房，表姑娘后脚便来请安。进门时见颜儿匆匆忙忙往外走，连见主子问安时的神情都变了，急急道了福，便奔西边园子去了。

　　"今儿怎么才来？还想叫你一块吃早膳呢，却说你出去了，哪儿去了？"太太揽着表姑娘寒暄起来，像多久没见面似的。

　　"果真是出去了的，妹子刚打成哥儿那儿过来。"表姑娘正要将为如萱道喜之意和盘托出，却恍然想到，为何太太认义女这样的事，若荟能从如萱口中得知，太太却没告诉自己，不如只佯装不知，看太太如何说，便转开话头："方才见颜儿急急地去了，难不成也叫成德去了？"

　　"什么？哦，没有的事儿，他是一日大似一日，人大心也大了，家里越来越拴不住了，一会儿来请安，你瞧着吧，来是一团火，去是一阵风，点个卯就算尽了孝道了，我知道他的心，跟额娘这儿半点儿工夫都不愿多花。"太太近来跟老爷生气，却把自己男人的坏处都推给了儿子。

　　"嫂子快别这么编排成哥儿，上三旗的子弟里，顶数咱们成哥儿最出息最懂事，方才我去，见如萱刚伺候洗漱呢，听说昨儿又念书到半夜，丫头们都睡了好几起儿，他当爷的还眼也不眨一下。"

　　"哼，都是让成哥儿惯坏了，阖府里只他的奴才无法无天，哪有主子还没歇，奴才就睡去了的道理，我不言语，那边儿就只当规矩两个字是摆设，我是一天到晚操不完的心。"

　　"别的丫头懒些也无妨，只那边儿那个叫如萱的，才是好，有她一个竟比十个还强些，心又灵手又巧，又尽职尽责，就说方才，我见她眼都熬红了，还不放心别人，梳辫子这样的小事儿，也一丝不苟地做，那亲近劲儿，人又出落得美人儿一样，要不知道那是个奴才，还以为是成哥儿发小的亲妹子呢。"表姑娘这番话原是想引起太太关于义女的话。

　　"哦……"太太正支吾着。

　　"儿子给额娘请安！"成德果真利利索索地赶了来。打千时，瞄了一眼在座的表姑娘。

"你还知道有额娘？这会儿才来，人家蕙丫头早早就到了，你这亲儿子反倒不见，还不如就当我去了。"太太竟和儿子撒起娇来，也不顾有表妹妹坐在身边。

"儿子该死，今儿起得晚，原要多陪额娘，只是怕误了外头的雅集，见罪于阿玛的同僚们，就又回来给额娘赔罪。"

"嗯，是啊，额娘比不得你阿玛！"太太歪笑道，示意身边的颜儿给成德设座。

"表姑姑也在，"成德却就近在坐榻边坐下，紧挨在表姑娘身旁，嬉笑着，"表姑姑方才在我那儿和她们闹什么？我没明白。"

"她们？她们是谁？谁又是她们？我才不明白。"表姑娘扇着帕子爱搭不理地应着。自父亲下世，从军的亲兄长在南海边与郑氏的战事中阵亡后，家道便中落了，好在有兄长积下的阴功，又承远房表兄明珠的周旋，接了选秀的旨之后，便在明府寄居，深知寄人篱下又任重道远的难处，所以极自珍重，待下人虽勤施恩，却从不移色，生怕教人看轻了，眼下成德竟将自己和丫头们混同在一处，又是当着太太的面，表姑娘自然不自在起来，只是不便明说。

"唉？怎么表姑姑也跟那丫头一样和我打哈哈？何苦瞒着我一个？"

表姑娘侧视了一眼太太，红脸正色道："成哥儿胡说！我怎么竟跟丫头一样了？我却不知是哪个丫头！哦，原来，渌水园的丫头也比人高些。"

"你……"见表姑娘这样轻薄自己看重的人，成德也不免不快，只是当着额娘的面，不好顶撞她，只好借外面有约的事拜辞了出来，心里却自此打了个结。

十

"什么？"如萱听了颜儿的话，一下子坐了下去，眼泪立时扑簌簌地滚下来："怪不得特特地认什么义女！要杀要剐只凭他们主子去就是了，何苦演这么一出？我就知道是黄鼠狼给鸡拜年。"

"气话说说也就算了，眼下也该拿出个主意来。不知道怎么就把你扯进来了？"

"无非是小人作梗，我早就知道是谁，我就是死了也不会让那些人痛快。"

"其实要我说，你先别不乐意，这也未必不是条出路，我听说，那姓李的虽然家里是乡下的，年纪也不轻，可官做的一天天大了呢，要不老爷太太怎么想出这个馊主意？"颜儿无奈又愤愤。

"谁稀罕这些？我不依，便是拿出主子的款儿来压我，我也不依！我也不是那伶牙俐齿的，道理又说不出几条，可只一样：与其人站着，心跪着，不如人跪着，心站着！有谁天生愿意做奴才呢？可我也没那些宏图远志，不指望攀什么高枝儿，这些年，跟在成哥儿身边，我更知道这世界上，除了太太从前教我的'体面'，还有多少看不见摸不着，却能刻进骨头里、能从眼神里流出来的东西！"如萱边哭边说，不免动了情："颜儿姐姐，她们只说我黏着主子心里有鬼，你们不知道？除了白天偶尔咱们姐妹们一处说说笑笑，我最觉得有意思的，就是他回来，给我们讲外头的故事，每晚我再把那些新鲜事儿一笔一画地写出来，就像我也亲历亲见了那些事、那些人，我就觉得，这世界好大啊，真想有个地方，能叫我把这人世间看清楚。姐姐，我不想从这个笼子里再被塞到那个笼子里……"说着，如萱趴在书案上已是泣不成声。

这边两个人已经哭成了泪人儿，却已有小丫头被打发来找如萱过东府里去回话。

08 | 若即若离

一

"气得我堵得慌，"太太一步一停地踱到圈椅旁，吃力地坐下，不细心看不出脚上的不适，"你先替我把话说明再议下面的吧。"太太把包袱扔给了身旁低眉顺目的乔氏。

如萱在正房花厅前，踯躅迈不开步，颜儿轻轻推了推，道："总要说开的，这会儿避开了，没准儿留到后头更难办了。"如萱这才双腿灌了铅似的蹭了进来。

乔氏瞥了太太一眼，笑道："哟，我们如萱姑娘这是怎么了，大清早的，这么没精打采，蓬头垢面的，敢是头一回做主子，奴才们伺候得不周到，连梳头的事儿也没人好好做了？"说完，试探着瞧了太太的眼色。太太冷冷盯着如萱，一言不发。

如萱咬着嘴唇，颤声道："不知姨太太的意思，平日里就是这个样子，做奴才的，花那些心思打扮给谁看？"

"嗯，道理还是明白的，只是真做起来，就未必了！"太太一拍椅子扶手挺起身，又觉得足下一阵酸疼，又坐了回去，如萱扑通一声跪倒在地，低头听太太教训道："纵是不刻意打扮自己，为你们爷亲力亲为地打扮，你恐怕是做得出来吧？"原来在明府里，规矩和别处大有不同：有太太管束的严厉，稍长些的丫头，为避爷们儿的嫌，又不惹太太硌眼，都不大亲近做爷的主子，平时伺候穿戴，铺床叠被的内闺之事，都是交给伶俐的小丫头们，虽说熟练细心不足，可一来减免了多少是非，二来，倒教养得这明府里的男主子们，个顶个儿的待人接物能上能下，迎来送往使人如沐春风，家里外头都道明府家教严谨，殊不知私下里受的磨炼比别家都多。

"虽说梳头穿衣这样的小事有小丫头做，轮不着我们这样年纪的，可……"如萱刚要把昨儿睡得晚的事儿说明白，又怕落个偷懒的罪名，只好一律自己应了："可早起大爷说急着出去，房里统共十来个人，备饭的备饭，伺候梳洗的也忙着，只闲着我一个，就搭了把手，向来大爷也是嫌着奴才笨的，今儿无法，也才没言语，下次不会了。"

"哎哟哟，看把太太气得，快别这么着，都是升了姑娘的人了，看让人笑话！"乔氏媚笑着上来扶如萱。

"你别忙着扶！搭把手？看把你风光的，没我着眼，你怕是都睡在他屋里了吧？！"太太怒不可遏。

如萱听去，更是万般委屈无处诉："奴才不敢！奴才是下贱的命，天生只该做奴才，甭管哪家的高官显贵，都是万不敢想的，也无意高攀，请太太尽管放心。"

"你听听！多出息，你满口里说的什么？谁跟你说什么高官显贵的话？你别做梦！死蹄子！"太太立即想到方才表姑娘在时，提起颜儿往西园去的话，"颜儿！"太太朝帘外断喝一声。

早候在廊下的颜儿听见小丫头传话，怯怯地溜进来，小丫头不敢抬头看她，深低着头退了出去。

"你跟着这起小妖精学得好哇？连听窗根儿、偷报信儿这样的下流事情都要做了，还有什么不敢做的？你还跟她好？还想跟着她学什么呢？亏得我平日白疼了你们一场，背着我，什么事儿不干？看来我待你们是太宽了。"太太越说越气，又唤进管家："安仁！"安仁当即猫着腰进来回话。"把这小蹄子带出去，罚她把院子里所有鱼缸的水都给我换一遍，要看不到青苔！"颜儿还来不及辩白一句，便哭着被推搡出去。

如萱见果真带累了好人，更急了："太太，太太何苦生颜儿的气？又与她何干？有多少错，罚奴才一个就是了。"

乔氏轻轻碰了太太一下，意下矛头若太激了，下面的话就不好说了。

"你急什么？有你说话的时候。"太太饮了口茶，静静神："太太也知道，我们如萱姑娘的心哪，高得很！你放心，我能给你找个好出路的，做娘的，哪能让亲闺女受委屈呢？"

如萱明白，太太已经是在说她的如意算盘了，眼泪断了线的珠子般滚落下来，口里还不住推脱："不求太太费心。"

"本来，早知道你多少有些小儿女的心思，我那宝贝儿子又是个至情至性的种子，我是过来人，怎么好生生拆散你们呢？我原意等成哥儿大些，能离开人了，再正经给你寻个去处，不能辱没了你。"太太语重心长地上来扶如萱起来，乔氏却听着不顺耳，一旁撇嘴。

"合该你这孩子有命，原来咱们老爷提拔起来的吏部主事李大人，那日来府上拜会，偏生就一眼看中了你！你说这样的好事，太太怎么能耽误你呢？可我的儿，你哪知道我为你又受了多少埋怨？"太太说得滴水不漏，如萱几次想插话，竟插不上，急得直跺脚。

乔氏赶紧上来溜缝："是啊，人都说好事多磨，姑娘真是撞上大运了，平白的有这样的好事儿，麻雀攀上梧桐树，多少人做梦都想不到的呢！"

太太白了乔氏一眼，继续讲自己的道理："我只道是你们有缘分，可有谁知，那人托人向老爷说，老爷却偏说：'好端端的，竟用这么个招摇的货色！'说得我也无法，只好敷衍：'老爷瞧她哪里不顺眼？我觉着这孩子平日里在成德身上倒是用心的。倘不好了，教训一回也就是了，老爷大可不必动怒的。'又生怕你今后在咱们府里不受待见，赶紧把你认在身边当闺女，好时时护着。你说我这不是苦心吗？"

"太太的恩情，奴才百世不忘，只求留在太太身边，好生孝敬，别的并没有什么企图，请太太明察！"如萱心下早已恨意横生，所以话也说得千斤重。

"你别学小孩子家赌气！平日我待你们怎么样，打量你是明白孩子，不会误会我，今儿你逾矩这事儿，我一听就气晕了，竟忘了你平日的好，不过也正好，你也大了，再留在府里岂不是白耽误了你，我也不落忍，再者日子长了，也怕好端端的生出什么是非，纵是你身无过犯，难保没有个长嘴短舌的闲来生事，你伺候你主子几年了，难道竟愿意看他受人诽谤？"太太这话可真是说到了如萱心里去了，到嘴边儿的话又生生咽了回去。

"这事儿于成哥儿倒不是什么大事，可是好孩子，你再好好想想，你一过去，你老爷这边从此就多了个帮手，你女婿从前又是成哥儿的学正，将来两家走得近，咱们又成了亲戚。最好的一桩，我都替你问过啦，你过去，是做正室呢！可见李大人是真心喜欢你，再没有比这更体面的了，你说呢？倘若这么安排还不能遂了我儿的心，那太太我可再不能喽！"太太这么说，已经是最软的警告了，在这府里待的日子长了，再没有听不出来这话弦外之音的了。

见如萱一副失魂落魄一言不发的样子，乔氏又趁热打铁："好姑娘，姨太太教你——你年纪是比那李大人略轻些，人又出落得这般美人儿样子，自然不甘心，可过来人都知道，这漂亮脸蛋不能吃一辈子的，男人嘛，都是一样，吃着碗里的看着锅里的，所以啊，这人活一世，别的都还在其次，还是舒舒服服过日子要紧，你过去了，只记得一样，抓住他们家的钱袋子，替他把家牢牢管住，出息了，再生个大胖儿子，哎哟！你人上人的位子算是坐住喽！"乔氏说得入神，一转身瞧见太太死死盯着自己，登时住了口，幸得算账练就的脑子快，眼珠一转又来话头："咱们太太便是出了名的贤能练达，把咱们姑娘调教得这么出息，这道理自然是明白的了，呵呵……"到底还是描补不回来，不由得面如死灰一般。

太太还是看重如萱此去的用途，破天荒地和这么个丫头出身的谈了一上午，直到快吃午饭了，才放她出来，临了，还嘱咐此事还要等些时日，让如萱好生算计，再就是找个借口说勿教眼馋肚薄的听去生事，此事还只在几个知情人中盘算方好。

二

一路上连通东府西园的廊桥如此长，长到分开了两个世界，桥下一泓死水里不时溢出的腥气搅得人一阵阵恶心，有好几回，头晕目眩的如萱像要被无形的鬼手拉下去，可还是飘着，硬是把身子拖回到晓梦斋。

三

傍晚时分，成德带着蔻儿从东府外书房一路蹦着回渌水园，蔻儿笑道："这回主子真是痛快了，赶明儿再有不爱上的课，偷溜回来也没人知道！"

"你少混说！别让太太知道了，我哪有几回是偷溜回来的？臭小子，敢是告我的黑状了吧？"

"哪有！小的可不敢！我是说，呃，往后的日子就自由啦！！"

"那是自然！你如萱姐姐知道了指不定怎么乐呢！"

正说着，见如萱呆呆地立在廊下正喂鸟，竹签儿把食拨出食碗都不知道。虽然抬着头，却仍能看出眼睑肿胀得像桃一样。

"你哭了？怎么了？"

"没，没什么……"

"还说没有，眼睛都肿了。"成德伸出手来。

如萱正往一旁闪躲，一个表姑娘院里的小丫头来唤："如萱姐姐，早饭后陈良家的来交前儿送出去裁剪的衣裳，可巧听说姐姐被太太叫去了，便送到我们这里来，请若荟姐姐过目，我们姑娘说，还是请姐姐看看，添些什么花样儿好。"

"额娘唤你了？什么事？"

"能有什么事，无非家长里短的吩咐呗。"如萱深知成德的脾气，生怕正如太太所言"生出什么事来"，强忍着撒了个谎，又急急应声去了。

"哎！那，你稍晚些要到渌水亭来！"成德急着唤道。

"做什么？"如萱远远问道。

"甭问，横竖有好事儿告诉你。"成德笑着眨眨眼睛，洋溢着满面幸福。

没有如萱的屋子格外闷，成德站也不是坐也不是，衣服解开了也没人主动上来换，只好亲自将落地紫檀衣架上早备下的家常衣服取下换了，正在这时，又有小丫头进来回禀："大爷，厨房着人来问晚饭摆在哪里？"

成德一边系扣子，低头注意领扣是新换上的双生花扣，一边头也不抬地笑着问道："早起我点的玫瑰绿豆糕和荷叶粳米粥，问他们做了没有？"

"做了，按大爷吩咐的，多些样式，每样少备些，他们还加了些鸡丝拌菜和荠菜团子，每样一小碟，已在火上熘着了。"

"嗯，好，你如萱姐姐一时半刻也不会回来，我过东府去，叫他们把她爱吃的那两样先留着，剩下的拣些精致的送到表姑娘那里吧。"说完带着蔻儿出晓梦斋往左手边朝月门而来。

四

月门旁的女儿墙不高，把府园两地一分为二，墙这边沿墙根种着一人多高的两行青皮竹，傍晚时分稍有微风吹过，就有沙沙的响动，因此墙里人来人往也不引人注意，墙外则种着些喜阴的鹅掌柴。

成德二人刚走近，隐约听见墙外有人言语，未觉讶异，仍往前走，听出一人声音正是管家安仁，另一女人正抱怨："还有这事儿？若荟这个死丫头，一定知道，哼，真是女大不中留，有事儿连她妈都瞒着。"

"这也没什么想不到的啊？咱们那位新姨太太不就是人家送的，如今还个礼也不足为奇。再说送个不打紧的人过去，白交个前途大好的主儿，哪有不做的？"安仁咂嘴道。

见大爷听得纳闷儿，蔻儿意欲过门外盘问，成德摆手止住了，又听那女人道："唉，怎么这好事儿就轮不上我们若荟？"

"别不知足了，你们娘儿们在我这儿可是没少得好处，还不足兴？"安仁淫笑的口气让成德还未用晚膳已经觉得恶心，没想到那老女人还有更浪的腔调："老东西！少没正经，别蹬鼻子上脸！占老娘便宜还占上瘾了？"

成德恨声向蔻儿道："这园子，我不早早离开还等什么？"

"爷甭让这起脏心烂肺的话污了耳朵，走，咱们从书楼后面绕过去就是了。"说着，蔻儿揽着成德走开。

"可怜若荟那丫头，摊上这么个娘，再加上她那不争气的哥哥，随表姑姑进宫还是好的，若额娘不给她找个好归宿，怕她这辈子都要毁在她娘手里了。"成德愤愤道。

五

月华如水，夜色微凉，夏末秋初的晚上，回廊下已经开始干枯的草叶上凝结着湿气，踩上去，窸窣作响。如萱轻提着碎花罗裙，小心翼翼走在回廊下，身后的纱窗里，丫头们的灯还亮着，唯恐被人听到，如萱便索性脱掉鞋袜，一手提绣鞋一手挽裙摆，应成德前番之邀，前来赴约。渌水亭夹在前后延伸的回廊之间，站在亭中一眼只能望到鳞次栉比的环臂粗的廊柱，不见有人，如萱又慌慌张张地将鞋穿好。

廊外海棠树下早已候着的成德偷偷看到了正手忙脚乱的如萱，刚要扬声唤，又生怕夜寂更深吓坏了她，蹑手蹑脚往树后蹭了蹭，轻轻摇了摇树梢，如萱身后，立刻响起一阵秋水般的浪，还有星星点点的露水抖落在头上。

如萱转过身，见成德正笑着看她，伸出一指到唇边，一手扶着亭栏，全身腾起来，"噌"地一个箭步跃进亭子里，不闻一丝响动。

"早让我看到你这样子，准写出好句子打趣你！"成德侧俯着身子，仍笑笑地看着如萱。

"你还有什么可饶舌的？"

"唉，你不晓得，外头先生们看我的句子，都说我是年轻公子的手笔，只记叙些花前月下的小儿女情怀，我也明白，那些先生不是仕途坎坷、怀才不遇，就是仍旧心系前明往事，久久不能释怀，文由心生，我自然是说不出那样厚重话来，只是他们哪里知道，一辈子住在这府园里，纵有些宏图大志，怕也消磨怠尽了。"成德俯下身，帮如萱把另一只鞋穿上。

如萱却麻利地一蹬，站起身，扶了扶额前的碎发，笑道："那你也飞不出这园子去。"

"哎？我正是有个好消息告诉你呢！"成德喜上眉梢："我从秋水轩回来，去回阿玛，说起与士子们雅集的事来，阿玛说：'你也大了，再只于那小园子里会客，让人看了总不像，日后留心，择个好地方，再建一处园子吧，也不难。'你说，可是好消息不是？"

"你要搬出去了？"如萱又喜又忧，自己的难事一时不能启口，一则怕成德生事，二则自己也正没个主意，见他正在兴头，又不知自己该不该开口了。

"其实即便阿玛不提，我也早就有这个主意，早晚是要出去的，地方也有心仪的，就是上回，咱们去玉泉山见阳兄家里时，你不是也说喜欢那儿吗？"

"我以为大爷要往哪里去，原来是这样。换了我，想飞就索性远远儿的，去那常人寻不见的新鲜地方，才是好呢！"如萱半回话，半自语。

"我知道，你还想家。还记得你说起过，小时候离开家时依稀记得故乡的样子，黑的瓦，黑的船，船上人的黑帽子，你知道吗？那是江南！今日座中的先生里，就有几位是那里走出来的，他们讲起那里的名山秀水，人文风俗，我也惦记起来！不急，等我能做得了自己的主了，我便带你去寻。"成德握着如萱的手，兴头一下子烧起来。

如萱摇摇头，眼里不由泛起晶莹的泪光："我还能等到那一天吗？"

"怎么不能？你要等我，"成德的话像温柔的香风熨帖着如萱的心，"你不说，我也不便问，也不知你是受了什么委屈没处诉苦。唉，我不在家里时，你定是愈发难了， 你不把这里当家，我也一样觉得受束缚，纵是有说不开的，其实你我是一种人。"

"我们怎么能跟当爷的一样？"如萱呆呆地放下被成德抬起的手。

成德急了："怎么不呢？比如我就知道你也像我，喜欢这亭子，喜欢它叫渌水亭，'渌水潺潺，菱荷田田'，若说都能放下倒还是假的，这里的景致就断断放不下，不如，咱们就依这个样儿，再建一处，还叫这个名字？"见如萱仍面有戚色，成德又软语道："你要等我！"

如萱扭过头来，泪眼婆娑不住地点头应道："嗯，是啊，我当然要等，我要等的！"说着，眼泪再也止不住，嘤嘤地哭出来。

成德见她这样，再也坐不住了，欠身站起又单膝蹲下，轻轻抚摸如萱的脸颊："怎么就这样了呢？我也不知该如何是好了……"说话间，自己也急得涨红了脸。

如萱的心事哪是一两句便能说清的，冲动时，也想将自己的窘困处境说与成德听，偌大的府地，也只有眼前人能为自己撑起天了，可此时，看着快乐的成德，实在不忍心将其从幸福的梦中唤醒，更怕耽误了他的大好前程，只好将无限遗憾和心意深深埋在心底："又怎么样了呢？不过是光着脚走石子路，硌得脚心疼罢了，爷不许取笑我。"

到底是爷们儿家，纵是动了情，也还是粗心的，成德信以为真，心疼着如萱的脚，纤长的手指刚一触到如萱如嫩藕般的脚踝，如萱就怯怯地轻轻一抖。

如萱抬起头，却不敢正视成德的眼睛，又向下低头，却瞧见成德项下，自己前日刚结好的双生花结，随着成德喉结游动正微微地颤，如萱不敢再看，头放得更低了，成德却抬手轻轻托住她的颌，终于看清了她的眼。成德也知道，自己的手在抖，却不愿收回，反凑上去，用双唇小心翼翼地拭去如萱的眼泪。

晓梦斋里的灯熄了，月色更亮了，仿佛融融的月光就只为照亮一对璧人的心。

六

整个秋天，没有成德的渌水园，一片萧条，后湖里几个老嬷嬷懒散地收拾残荷，再不打理，眼见湖水就要冰封了。晓梦斋外间屋的书案上，还像往常一样整理得一丝不苟，只是已经很久不闻墨香。不用围着主人伺候，丫头们都清闲得很，却也喧闹不起来了，三三两两地围坐在一起做女红——她们羡慕如萱姐姐的心灵手巧，如萱却出奇，再没拨弄过针线，一有空就呆坐在书案前，摩挲翻看着写好的稿子，也不出声，只是越到后来可写的越少，最后，只停在了"白樱桃，生京师西山中，微酸，不及朱樱之甘硕"一句，如萱兀自猜想着那些新奇小果子的样子，眼里满是希冀和哀伤。

七

深秋的风像刀子一样锋利，夹在宫墙狭窄的夹道间，更变成了一阵阵咆哮。成德跨在马上催马催得急，斗篷都被鼓起来，蔻儿也不住地加鞭，劝道："大爷不用这么急，表姑娘的轿子不是从集秀门走吗，那还得过福宁街呢，咱们在街口等就来得及！"

一语不发的成德将缰绳拉得更紧了。

后街口上，一红一蓝两顶四抬软轿缓缓走进了成德二人的视野。迎面是管家安仁坐在马上引路，安管家的两三个侍从都小跑着跟在后面，若荟从红顶轿里探出头来，正和轿外泪眼婆娑的妈话别。

"你这一去，算是把妈撇得干干净净了，日后还能承望谁？"

"妈，快别这样儿吧，主子都不耐烦了，反正我早晚是要去的，有我哥在，他孝顺您老人家是一样的。"

"还说你哥，他什么样儿你还不知道？除了活死人一样，再别指望他什么，娘就指望你了，去了别只顾着自个儿，也想想外头的妈和你哥哥，好好伺候着，出息了，别忘了帮衬家里头！"

"妈！"

"主子赏什么像样的东西啦，有了些体己啦，你就托着曹大爷来回联络着，你们处得好，他不会不帮，啊！"

"妈！"若荟急了，一把推开张婆子，放下帘坐回轿里，小嘴撅得好高，泪珠扑簌簌滚下来。

表姑娘又在轿里安慰道："张妈妈不必伤感，此一去，一则是主上的恩惠，断断不会亏了咱们姑娘，二则这也是成命，安管家？"

安仁忙回头支应。

"走吧。"一行人又缓缓走上来。

"妈不能再往前送了，你自个儿好好的！"若荟妈远远喊着，已是泣不成声。

成德自顾自叹道："临了才说了句动人心的话，表姑姑、若荟啊，此一去真个是听天由命了。"

"过来了！"蔻儿叫道，见送行的队伍已靠近，成德赶紧收起愁容，佯笑着迎上前去。

听见成德在轿前下马，向表姑娘告别的声音，若荟霍地打起轿帘，怔怔望着成德，却说不出话，表姑娘在轿里狠命拉了她一把，才木木地坐了回去。

"成德到底回来了，原想不惊动的。谢谢你前来送我，今后都要善自珍重呢，纳兰家你是顶梁柱，我在宫里……"表姑娘哽咽了一下，手挑着轿帘放下一些，挡了一下脸，又接道："等着咱们哥儿金榜题名的喜信儿！"

09 | 咫尺天涯

一

颜儿从后面一顶蓝顶软轿里走出来，向成德唤道："大爷，太太让你过去呢。"低头说完，便扭身回去，也不正眼看成德。

成德将缰绳扔给蔻儿，径自走过去，却听表姑娘在轿内悄声训斥若荟道："这个时候了，还多嘴？！快悄悄的吧。"

太太令顾儿打起轿帘，见成德衣着锦绣，顾盼神飞，不免心生欢喜："既然来了，就好好送送蕙丫头吧，一来尽尽一家子骨肉的情谊，二则让里头人瞧见，也让丫头脸上有些光辉，咱们这一大家子呢！"

"是，儿子就是得信儿专门从监里赶回来为表姑姑送行的，里头的事已嘱咐子清照应着。"

"哪里还等你用这些心呢，你阿玛上上下下早打点好了，几千两银子的花费呢！"说到"花费"时，太太故意提高了嗓门，"咱们这样的人家，断不能让人看低了，蕙丫头啊，只管宽心进宫受人尊敬就是。"

二

一种花开，两样心情。明府的正门里，走出来的是个未来的娘娘，前呼后拥，渌水园的后门，抬出来的却是个可怜的丫鬟，前程未卜。集秀宫门外，表姑娘下了自家的软轿，由小太监引领着，坐上宫里的小乘宫轿，若荟扶着轿杠，踌躇满志地踏上了飞黄腾达之路；渌水园外，如萱已哭得没有了眼泪，任由人打扮得像个冲喜的木偶，连推带搡上了小轿。乔姨娘和柳絮儿奉了太太命带着几个下等婆子观景儿似的凑热闹。回首园中人去楼空，从此天各一方。

三

集秀门执事太监一声唱喏，宫门"咣当"一声重重地关上了，一阵刺骨的秋风吹得成德的碎发迷了眼，成德仿佛一下子长大了许多。远远地还有另一个人目送蕙姑娘和若荟的，便是张纯修。

看着明府里一宗"正经事"终于办成了，太太终于松了一口气，方才当着蕙表姑娘，强挣扎时的要强心也松了下来，"哎哟"一声，抓着颜儿和颀儿的胳膊肘蹲坐在地上。这可吓坏了随行的主仆几人，登时四下一齐围上来。

四

东府后院正房里，太太仰面躺在床上，右脚被垫起来两个枕头高，人也昏睡着，高烧不退，来来去去的仆从人等敛声屏气不敢惊动。

成德急得一面唤管家速速请素来与明府交好的王忠献大夫，一面绕过屏风，揪住颜儿责问这病的来源。

颜儿也自责："大爷快别问，太太这病也是有些日子了，刚入夏时，就觉得脚跟疼，我们也求太太趁早瞧，可太太偏说府里要紧的事情多，抽不得身，定要把表姑娘入宫的事都忙完了才罢，不承想竟拖到这步田地，如今看哪里是小病？刚见袜子上都是血，可怎么好？"

其实颜儿还少说了一样，便是太太一向好强，不肯因为些许小病瞧大夫，再者伤的地方也不好瞧，便硬是生生拖成眼前的样子。

成德听罢，更是急得团团转，也等不得王大夫到，竟自己寻到阿玛的穴砚斋里，翻起旧医书来。

候了半日，终于有蔻儿来报："王大夫到了，已请到后院去了。"

"快，快过去看看！"成德甩袖跟着出来，一路大步跑着回到后院，正房里已围了一屋子人。

一位身材稍稍发福的老者，正端坐在放下内帷幔的床前号脉，见成德拨开众人毫无顾忌地进来探视，双目炯炯地看着这位小爷，神情稳重地缓缓点点头，见大夫这样的态度，成德才稍稍放下心来，垂手侍候在大夫身边。

这王大夫与明珠一家通好，乃是京城里有名的医家圣手，可这位身为太医的妙手却有几项不通的毛病：一来不喜人家称呼"太医"，而要叫"大夫"才称其心，二来向来好为人师，一等富贵人家请他诊治，不论大小病情，他定要在其家人面前把医理药经讲通彻才罢休，非急切要命的病堵不住老人家的口，三则，老太医上了年纪，总该考虑衣钵传承的事了，如今见了谁家稍有灵气的小哥，便要其拜师学艺，人都道这老人家糊涂，慢慢地，上数的几家上等人家非紧急病症竟不愿请他了，只是明珠一家，待人接物谦恭礼让，尤其让老医究欢喜，今日请他，自然是更尽职尽责了。

成德连着一屋子仆从大气儿也不敢出，等着王大夫的论断。王大夫诊了脉，因是外伤，又仔细瞧了伤口，便吩咐丫头放下了帷幔。

来至外间屋的书房里，成德亲自为大夫铺就了纸笔，又问病情，王医究也不急着落笔，倒是自己犯了老病——给成德出起了难题："哥儿先时就有至孝的美名，如今太太这样儿，老奴更是不敢不仔细了，倒想请教哥儿一声，依老奴的意思，便按'仙方活命饮'的方子使了，不知哥儿的意思？"

成德略一皱眉，心知王太医"医家圣手"的称号断不是虚名，怎么竟开这么个虎狼药给年届不惑的额娘，便是病症见得多，不以为重，也不该拿个散结活血的药治附骨痈的，额娘右足跟已溃得流出脓血，再用这个还不要坏事？便是新手也不会如此糊弄，可转念一想，这老人家也可笑，这个节骨眼还开得起玩笑，可见额娘病得不重，不由转忧为喜，将自己的见解说与他听："老先生，家母可是劳累过度才致如此？学生素来不通医术，怎好与先生断是非？王大夫请自斟酌便是，料您定是手到病除了。不瞒您说，家母身上向来硬朗，此次突然病倒，当真把学生吓坏了，所以方才您还未到时，病急乱投医，自个儿胡乱瞧了些野方子，只才粗粗看到有个'托里消毒散'的方子，不知是做什么用的，还要请教先生。"

王大夫听罢，哈哈大笑起来："小哥儿真是人中龙凤，'粗粗'看来便用对了药，以后若能悬壶济世，我们这些混吃喝的江湖郎中，怕是要喝西北风喽！"笑毕，提笔写了两副方子交与成德，一副内服，一副外用，又嘱咐成德道："太太这病拖得的确太久，又有些年纪，理当温法去毒，药倒是便宜的，只不过，虽然得治，怕日后时气不平，复发也未可知，按时服了这药还不足，外头的伤口也要勤换药，一定要嘱咐那心细手巧的可用之人才好。"

成德接过来看过，其中一副是"双柏散"，另一副便是人参、黄芪、当归、川芎等，谢了王太医，着人送走时，那老先生还兀自慨叹："可惜哥儿生在这豪门，不然以你家哥儿的天资，唉……"送他出来的颜儿不平道："真是个老糊涂了！我们家大爷的能耐多着呢，真跟了他去还不可惜？"

五

太太倚着炕被，也不知自己昏睡了多久，迷迷蒙蒙睁开眼，便见困乏不支的成德正趴在自己床边打盹儿，脸上还挂着泪痕，是刚睡着的样子，便给身边颜儿使个眼色，让给成德添衣，又唇语向颜儿："都知道了？"

颜儿一边从床边的睡袍架子上取下一件太太家常的褙子，轻轻盖在成德身上，一边点头小声回道："知道了。昨儿回去换衣裳，没见着人，就知道了。"

"怎么样？"太太往后一仰，若无其事地问道。

"能怎么样？他一个小孩子，无非苦闷一阵子，劝一会儿就好了，一提醒太太这边还等着，这不立马就又奔过来了，天大的事儿能大得过太太？

太太睡了两天，他就守了两天，脸也没洗，衣裳也没换，"颜儿低头又瞅了昏睡的成德一眼，"人都瘦了。"颜儿记得如萱临走时的嘱托，时时记得照护着成德，不使家长们挑他的理，便把成德回去见满屋狼藉，又得知如萱带着唤作小英的小丫头出嫁时，是如何砸摔东西，如何哭闹的任性情景都瞒下了。

这边正说着，只听睡梦中的成德一声惊叫："看摔着了！"把自己也吓醒了。

看着几近魔怔的成德，太太哪有不心疼的，抚着成德煞白的脸道："我病着几日，可苦了我儿！没个像样的人伺候也是不成的，若是如萱在，我也能放些心……"

成德原要询问额娘的伤痛，不想竟又听到这些揭伤疤的话，便别过脸去，不让眼泪叫人看见。

太太见成德还是心里有她，不免又翻了个白眼。不想成德竟扭头哽咽起来。于是太太狠命一蹬，将盖在腿上的薄被掀落地上，成德一惊，立刻站起来，垂手听训："真是个没用的！些许小事，也至于你个爷们儿这样，都多大了，还让我操屋子里这份闲心！"

成德被骂得紧抿着嘴，头埋得低低的，两手紧抓着墨蓝嵌风毛的袍子下摆，一言不发，却不认错。

左右除颜儿一人再无别人，额娘教训儿子，下人原该回避，可此时颜儿是断不能走了，顶着太太的怒气，赶忙上来解劝："太太留神别伤了元气，伤口才止住了脓血，这会儿小心又崩了，可就把大爷给您换药时一片孝顺的心给辜负了。"

成德压低声音道："额娘别动气，事已至此，再伤了您的身子，倒叫儿子心不安了。"

太太虽生气，却也心知儿子是好的，只是少了几分八旗子弟的锐气霸气，颜儿见主子暂时不言语，又忙推成德出去："大爷，外头药已快好了，奴才先去？"

成德会意，抹了把眼泪，转身去了。

正此时，颀儿放下监管廊下婆子们修换入冬窗纱的活计，进来传话："太太，安管家外头打发人来回太太，说老爷外头正有忙不开的事，得知太太突然病了，着急问要紧不要紧，好歹好生养着才是，又说有忙不开的，切不可再硬扛着了，不如也教给新姨太太一些儿，到底为太太分担分担……"

太太刚才的气还没消，听这么一耳朵，立时把眼睛一瞪："谁封的新姨太太？亏你算个大丫头了，杵谁的肺管子呢？"

颀儿脸一红，深知自己失了口，只是平日也不是没这么叫过，怎么今儿突然这样较起真儿来，正不知如何收拾局面，又是颜儿出来打圆场："太太，老爷外头事多，还头一件惦记着太太，可知太太是福禄双全的人物，这病倒正经让咱们太太好好歇一阵子呢。"

颀儿见太太愠色渐消，也忙笑道："正是呢，可不是福禄双全嘛，奴才生来笨，回个话也不拣要紧的说，白惹太太生气，还请太太听了喜信儿再责罚奴才也不迟：方才连喜儿进来传话，头一件便是喜——咱们家老爷调任兵部尚书了！忙的正是这个。"

"哦？"太太坐直了身子，想了想，又萎靡下去，"算得什么喜？我知道了，向老爷道喜，请老爷宽心，家里的事不劳老爷操心了，去回吧。"

颀儿看了颜儿一眼，讪讪地去了。

太太重重叹了口气，唤过颜儿，抚着手道："你母家于咱们府上也是忠心耿耿几十年，虽都早已去了，可还是把你留下了。自刚记事儿就跟着我，我也知道你的秉性，伺候得虽好，我却连个像样的名儿也没给你起，你不说，可你的心思太太还是知道的，成哥儿那边没个可心的也着实不像样，从今儿起，你就跟着你大爷吧，起居冷暖你要更用心才是。"

说话间，成德已捧着药碗回来了，欠身坐在床边，吹药要喂，太太却不接，倒抬手摸着成德的脸："瞧这小脸儿，都长胡茬儿了，是个大孩子了。"又拉着颜儿对成德道："儿也知道，这是额娘身边最得力的人了，赏了你吧，阖府里，再没比她更尽心的了，你要好生用，好歹别亏待了她，她和如萱丫头好，你善待她，也就不罔那丫头从前伺候你一场了，嗯？"

成德先是一愣，明知说"赏"，意思就是把人放在屋里了，竟比如萱去前还要亲近些，想着被送出去的还不知是死是活，这边又要应承乱点鸳鸯谱的额娘，方才面露不悦已惹恼了她，加之又有病在身，更不好顶撞落个不孝的骂名，想着做人是如此之难，成德捧碗的双手不由无声颤抖，眼泪不由自主又掉下来，成德紧咬着唇，从牙缝里挤出一句："谢过额娘。"又向颜儿俯身道："颜儿姐姐！"

六

成德又一次看到如萱一人孤零零站在高冈上，身边是一片片火红的秋叶在风中飒飒作响，如萱一直望着远方，目不转睛，淡淡地笑着，听到成德唤，只轻轻转过头，又不回话……

成德觉得嗓子喊得快裂开了，最后大喝一声如萱的名字，睁开眼，见的却是颜儿披着上衣正推自己——原来又是做梦。

"大爷可醒了，许是渴了，喝口茶吧。"颜儿贴心地递上从茶炉子上刚取下来的热茶。

"是你，对了，我竟忘了。"成德披衣坐起来，有体贴的大丫头贴身这样伺候，已经是年幼时的记忆了，成德有些不习惯，"夜还长着，我略坐坐再睡，姐姐先去吧。"

颜儿迟疑了一下，搬过来脚凳儿，坐在成德床边，仰头瞧着成德。

"大冷天儿的，仔细那下面凉，坐出病来。"成德和眼前人好像只能说些不咸不淡的话，就像从前一样。

"大爷不用管我，只瞧瞧自个儿吧。"颜儿不求别的，只愿成德能说说话，没人的时候，哪怕发发火，出出气也好，总想方设法哄他，"这些日子，太太身上好得这么快，大爷的气色却一天差似一天，可知是累坏了，大爷还不好生调养？"

"其实也没什么，只是心里闷闷的，头一挨枕头，人就又精神了，好不容易睡了，却又好像想这想那的。"

"总不过是从前的事吧？依我说，她不过是嫁人，以后咱们是亲戚，早晚有再见的时候……"

颜儿本想掏心掏肺地劝说成德，不想成德却不把她当知己："姐姐想哪儿去了。"也不顾颜儿劝阻，翻身趿了鞋，便往书房里去，"左右也是睡不着，姐姐也别搅我了，我看会儿书，一个人静静。"留颜儿一人怔怔在原地默默拭泪。

"而今才道当时错……"成德自己研开的墨，颇不均匀，字迹深深浅浅，搅得心绪也起起浮浮。成德写不下去了，推开纸笔，随手翻看书案左上角的一摞稿纸，那是她的字迹："白樱桃，生京师西山中，微酸，不及朱樱之甘硕。"字迹到此为止。成德已经记不清她走后，自己背人处流了多少次泪，有时，是脑子里根本什么都来不及想，泪水就不由自主地往下淌。和如萱有关的东西，已经都被有心的颜儿趁成德不在时，以太太的名义命人收拾干净了，只这些手稿还在，成德将已浸满泪痕的皱皱的纸按在胸口，紧闭上已经哭疼了的双眼，无力地靠在椅背上，就这样，半梦半醒地熬了一夜。

七

"大爷起了么？"蔻儿在窗下唤。

成德比里面的丫头们听得都真，一激灵醒了，眼睑红肿得像桃一样，哑着嗓子应了声："进来候着吧。"蔻儿闻命麻溜地进来了。

已有小丫头端着脸盆手巾伺候洗漱，蔻儿跟前跟后地拿各种好听的话溜着边儿："爷这些日子没去监里，那帮少爷都想您了呢！又听说表姑娘刚进了宫就封了常在，都嚷嚷着要给大爷道贺呢！"其实哪里是"听说"，又是"听"哪个说？无非是蔻儿嘴快，有了好事一刻也按捺不住便嚷嚷出去，又有那些正愁联络巴结没有门路的人，听说成德家有喜事，都抢着显得热络，见不着成德本人，蔻儿便成了红人儿。

成德一夜没有好生休息，本来懒得回他，听他提起表姑娘，忽飞来一句："蔻儿！你记得送表姑娘进宫时，她可对若荟说过什么没有？！像是有什么瞒着咱们？"

"对若荟说什么？没啊，爷想起什么来了？"

"你如萱姐姐嫁人了。"成德又没了魂儿。

"哦，这事儿啊，奴才早知道啦！爷甭惦记她了，如今她在别人跟前伺候，与咱们什么相干？"蔻儿想轻描淡写地混过去。

"什么？！原来你也是知道的？狗奴才！"成德登时变了脸，帕子"啪"地甩进盆里，溅得小丫头一身一脸的水，慌忙收拾着下去，都知道近日大爷坏了脾气，今日尤甚，竟揪着蔻儿的领子拎起来要打。

"大爷，大爷！大爷饶命！小的也是前儿才听说的！"蔻儿吓得捧着成德的手，脸都变了形。

颜儿闻声挑帘进来，见如此忙上来解劝："爷快住手，小厮们打不坏，爷自己倒闪了手！"说着又伸手拦阻，"连我们也不知道的事儿，他在外头伺候的，哪里就知道了？再说，他是大爷的跟屁虫，不跟谁好，也不会得了什么信儿瞒着您啊！"

听这些话，也是不无道理，成德住了手，却仍不给颜儿好脸儿："哼，别人也不说了，颜儿姐姐有什么不知道的？又不是你的身外事？"

"我？我！"颜儿涨红了脸，话也说不周全，"大爷何苦来？那边儿应承得天衣无缝，原来心里竟藏着这样的算盘！让我们怎么说？"说着，委屈得哭出了声，"我们原只是奉了命来伺候，爷嫌不中用，只管退回去就是了，生死也不与爷相干，免得教我们在这里受白眼。"

成德心里，一直是提防着颜儿的，毕竟这是太太的人，又不与自己是一条心，何况，她是顶替了如萱的空儿，更让人怀疑是鸠占鹊巢，忍了这些天，现在终于说白了，可她偏是个嘴笨的，自己有理说不清，成德自然不肯就此说软话，只闷着一声不吱，却仍是恨恨地看着她。

见成德眼里像投出把刀子似的盯着自己，颜儿更是要往绝了做："大爷也甭多嫌着我们这眼中钉了，我自己去回！奴才也不敢说委屈，只是把主子气个好歹，岂不是我们的罪过？"说着，甩下刚拿进来要给成德换上的外衣，扭身儿哭着要去，蔻儿赶忙上来拉，一时，书房里哭的闹的劝的乱作一团。

成德也急了："你们都甭急，我明白，你们都是明里哄着我，暗里费心思整治我！明儿我也走，你们也都清静了。"

"大爷往哪里去？"蔻儿还听不出门道。

"我有哪里可去？我去死！"成德捶着书案，一副小大人的样子把颜儿倒逗乐了："你这样寻死觅活成了什么样子？临走人家还叮嘱我们照应你，要是让她知道了你是这个样子，准也瞧不起的！"颜儿又软语劝成德，又使个眼色让蔻儿先出去。

"你又提她做什么？无情无义不声不响地自己去了，留我生不如死在这里，去也没处去……"成德又呜呜地哭起来。

"这可是没有的事儿，"颜儿毕竟是个心地纯善的女孩子，"咱们都是一块儿长大的，谁心里没有谁呢？若是真没有你，还时时替你想着前程？她不告诉你，不就是担心你因为她惹老爷太太生气？现在不比小时候了，除了你，还有二爷，虽然还小，毕竟不是独子了，说话行事要想着立身正名，不说是在父母跟前争宠，也要在兄弟面前树个榜样，说到外头去也好听啊！连她，连我，都想得到的，大爷识文断字，知书明理，怎么就忘了？竟说她无情无义，连我都替她觉得冤！白白伺候你这么多年。"说着，颜儿眼眶又湿了，"后话更是没理，怎么说没处去呢？她偷偷跟我说，还等着你把外头的宅子建好，等你接她去呢！"

一席话说得成德如醍醐灌顶："她说起外头宅子的事了？是啊，她说要等我的，我信！"成德腾地一跃蹦起来，急急忙忙换衣要出去。

"哎？要往哪里去，吃早饭！"

"老爷新拜了官，当儿子的还没去道贺呢！"成德漱了口，含含糊糊嚷着去了。

10 | 放眼前程

一

晓梦斋门外，台阶上已积了厚厚的雪，成德走得急，两旁清雪的老婆子问好也听不见，踩着一路清脆的"咯吱"声朝东府来。

"儿子给阿玛额娘请安，给阿玛道喜！"

"这么早就跑过来，早饭颜儿伺候吃了没有？"一屋子奴才正收拾早膳的残羹，明珠则与太太议事。

"奴才回说阿玛昨儿就回来住了，因夜已深了，就没过来打扰，一早儿便赶过来请安，故没得吃。"

"这怎么行呢，颐儿，让他们把方才的酥酪奶茶先热一碗来，要再熬得浓浓的才好。今儿的茶果子也好，奶糕糯糯的，我不喜欢，成德必定是爱吃的，让他们再备些，快点儿。" 太太拉过成德，按坐在自己身旁，"来，我的儿，刚才额娘正和你阿玛商量你的事儿呢，你来了，也听听。"休养了数月，太太气色好多了，近日明珠疲于应付外头的事，难得回府小住，又为家事相互商议，太太心情自然大好。

"他的事也不忙说，成德啊，"明珠将着胡子，"阿玛先问问你的主意，你在国子监，整日埋头经史，得徐先生照应，又每每得以偷懒，外头的事，你可曾上心哪？"

"老爷才回来，又拿他作法了，他一个小孩子家，能知道外头什么事？我身上不好，他能时时守着尽心服侍，已经是难得的了，你又这样难

102 《《《

为他。"

　　未几，顾儿端上来热腾腾的奶茶伺候成德吃，成德双手垫着帕子接过来，呷了一口。

　　明珠转向太太："唉，太太怎么又这么护起小来？刚才还说他年纪不小，该议婚了呢。"

　　成德一勺奶茶刚入口，又是烫，又是惊，手腕子抖得差点摔了茶碗。

　　"额娘，这，这是从何说起啊？"成德有点慌张，原本如意算盘打得好，趁着父母都在，又都欢喜着，想把建外园的事情定下来，这样一来，如何再逃出去呢，还不长远地拴在这里？况且如萱的影子无时无刻不在心里，成德眼中连颜儿都放不下，哪就议起这档事来了？想到这里，成德也顾不得父母嫌任性了："额娘身上才大好了，往日府里的事还操不过来心，哪里还顾得上儿子这等事？况且眼下还有外头园子一件，都凑起来额娘一人如何吃得消？万万不成的！"说着，眼转向明珠，看明珠的意思。

　　太太："少混说了，越发像你那阿玛，嘴甜会哄人了，可额娘爱听，只是你假惺惺的让额娘看不惯。园子里头什么事儿，许是颜儿伺候得不好？"

　　正说着，顾儿进来传话说颜儿来回，"大爷走得急，衣裳穿得少，怕回去冻着，来送件大氅。"

　　"看看，做得也不错的，她也没吃饭吧，你带她下去吃了再上来。"

　　"太太，不是西园子，是，"成德望了明珠一眼，"嗯，儿子想，在外头另辟一处……"

　　明珠恍然："哦，他不说，我倒忘了，前儿说起过的，孩子大了，交人会友的，总在咱们跟前不大妥当，而且府里又常有朝廷的人事往来，与那些白身的走得太近更不好，你帮他筹算筹算，另辟一处也使得。"成德听了才放下心来。

　　"老爷这话糊涂，他能有多大？竟想着插上翅膀飞了？"

　　"额娘！您到底是嫌我长得太快还是太慢啊？建个园子总比筹划儿子的终身大事来得便宜的嘛。"成德拿出小儿女的姿态，从来在太太欢喜时，在面前撒个娇，什么事没有不准的，谁知这次却不灵了。

"油瓶倒了都不扶的爷们儿家，你哪里知道，建个园子那么简单？又要买地，又要置办东西人丁，费时不算，白花花的银子不知每天要往外流多少！"太太甩开成德扭在胳膊上的手，又对明珠发牢骚："老爷如今又不比先前了，先前在都察院，好歹还有个零用的进饷，一家子大小吃喝人来送往也才勉强支撑，如今却调到那冷衙门里去，可说呢，谁能花多少闲钱往兵部里头送？可知是源头断了一处，净指望着一年一千两还不到的俸禄给他造园子？亏你们爷们儿还做梦呢！"

"你看你，我不过只说了一句，你就扯出这么一堆，银子嘛，总还是有法子的，再说这些年，家里头买房子置地的事儿也不少，前儿王顺儿死，你不是还赏他家里头的三百两银子置产业吗，怎么往自己儿子身上使反算计起来？"明珠玩弄着右手拇指上的扳指儿，胸有成竹，成德也跟着得意起来。

"呵呵？老爷说是不管家里头事的，心里可是明镜儿似的呢！"太太一扭身儿，"老爷见天儿往外头去，家里头一刻也不着闲，为他开心，已收拾出西边园子，好在在眼皮子底下，时时还能照应着，如今老爷又调唆着远走，你们爷们儿这是要我一人儿过哪？"说着太太红了眼圈儿。

"额娘！儿子出去就不是您儿子啦？您说话就不听啦？"成德摇晃着太太，快晃零碎了。

"说出大天来，我也不依！"太太愤愤地说。

"你！唉，妇人之见。"明珠也愤愤嘀咕了一句，拂袖出门。

成德平生第一次见父母不快至此，一面哄额娘："老爷去了，怕更不愿回来了，额娘也要保重才是，儿子去看看，啊！"一面也跟了出去。

"你甭哄他开心，我是一个钱也没有的！"成德走出门都听得见太太在堂屋里的吼声。

堂屋里，颜儿奉命进来回太太的问话："瞧见老爷去哪儿了？又到那小蹄子屋里去了？"

"并不曾去，奴才刚正和大爷打了个擦肩，朝外书房里去了。"

太太："看看，男人，无非就是这样，说喜欢，不过图个新鲜，老的小的都一样，我这主意再是不错的，当初你们还替我担心，哼。"

二

往外书房的甬路两旁，落满积雪的柳树枝丫随风阵阵抖下碎银细絮般的星点，落在父子二人的暖帽上。两人一前一后缓缓走着。

"闷着做什么？你文笔素来有些微名，念几句吧。"明珠令道。

"这？"成德被问得一愣，不知明珠何意，只信口念道："飞絮飞花何处是？层冰积雪摧残。疏疏一树五更寒……"

"呵呵，"明珠的干笑打断了成德的思绪，"成德啊，少年不知愁滋味，说的就是你啊！你们这辈生得好啊，未见过战场血雨腥风，未经过官场暗流涌动，只知风花雪月，自得其乐而已，如此还不足，以为非要说愁道恨，方显深沉。"

"是，儿子见识浅，只晓得东施效颦。"

"不然。听听你的句子，我心情反倒好了。"

"儿子知道阿玛不是真与额娘动气，只是操心外头的事，又没个商量的人。"

"哦？你倒说说看，我想些什么？"

"阿玛自新拜了兵部的职，一直住在外头，一日也不曾在家里待，可知是遇着繁难了。"

"哼，你方才不还向阿玛道贺吗？我哪有什么繁难呢？"

"不然。儿子道喜，并非仅为一官一职的迁擢变动，但确是出于真心。"

"怎么讲？"

成德略顿一顿："论私利，于家于己，兵部之职虽也高居一品，可正如额娘所说，进饷却远不及先前，调用钱粮又要掣肘于内廷，言路更不及先前来得通达，再一则，阿玛是大学士出身，统领兵部，恐有那些行伍出身的人背地里指手画脚。"

明珠点点头，愁容更重了，他心里还有更严重的一层顾虑没有被点破。

"但于公则有大利！"成德一心想着宽父亲的心，也将调任之事前思后想过，"阿玛任上恪尽职守，尽人皆知，此次调任，想必皇上心中另有他谋，说不定，有重任要阿玛担当呢！何况，大丈夫处世，功名为先，旁人有扶助圣上剪除鳌拜一党之功，凭阿玛的才学与胆识，不是正缺少一个荡平四海保天下太平的机会吗？方才在上房，儿子给阿玛道喜，正在于此。"

"机会？儿啊，你年轻气盛，看事难免过于乐观哪！来，你说说，这是个什么样的机会？"

"这？"成德其实心中早有想法，只是要细说到各人处，还怕有些孩子气，未敢妄言，眼下阿玛问起，便索性倒豆儿似的说出来。

"正如阿玛所说，儿子虽无福经历纳兰家族从龙入关时，跟随先祖高皇帝驰骋疆场金戈铁马的场面，但既然是开天辟地的故事，儿子自然不敢充耳不闻，如今，我大清虽龙御天下，俯视四海，却仍有几大隐患，想必朝廷、皇上，也时时为之忧心忡忡吧。"

"接着说。"明珠攥拳蹭了一下鼻尖，听成德娓娓道来。

"想我满人，自统御这万里江山以来，满汉不通，这中原大地，幅员辽阔，眼下的平西、平南、靖南几大藩镇，地处边远，我清民鞭长莫及，为抚慰民心，才不得已重用了那几个汉臣，又赐他们掌控当地军队、税赋的大权，可是，人心不足蛇吞象，天长日久，贪欲自然也盛，又加之是降臣，焉知不生变节之心？况且，朝廷还要每年另外恩赐财物，国库又多了一重负担，这样看来，虽托封疆之名，哪还算朝廷的心腹，分明就是心腹大患！朝廷必除之而后快，只是，如何除，是文是武，何时除，今日还是明朝，儿子还看不出来罢了。如今阿玛当了兵部的职，那建功立业的机会不是指日可待吗？"

"你小子，倒是和皇上想到一块儿去了。徐先生每每提起你，也要说你料事必中，不知会不会应了你的话啊！"瞧着眼前的少年，与那金銮殿上端坐的，是一般大小的孩子，说话行事竟也是一般的井井有条，胸怀大志，明珠不免欣慰起来，暂且把自己为难的处境忘了。

"先生在阿玛面前只是客气罢了，儿子也不过是小儿戏言，阿玛莫当真。"

"我先前还担心你只知读死书，成了个呆子了，嗯，不错，不错啊！"

父子二人边聊边走，不觉已进了外书房，明珠笑着，从百宝架上的一本书中抽出银票来："东直门外有一处名唤规宝号的钱庄，也是咱家的产业，你有用钱的地方，只管去支来用。"

成德接过来，见票上落款自己并不熟识，正待问时，明珠忽然想起来："哎！别告诉你额娘。"

成德坏坏地笑了。

"唉，"明珠尴尬地叹口气，"说你小子不知日子艰难，还真不是胡诌啊，到头来，还是坐享其成。"

"儿子愿投笔从戎，为阿玛分忧。"成德一刻也没有迟疑，双手又交回银票。只说是讨好阿玛，哄其开心，却也不尽然——家教严谨的明府，实在是关不住这个不安分的公子哥，加之眼下又成了一片伤心地，怎会不时时想着远走高飞？

"呵呵，让你额娘知道，怎会放心？你还小，你若真心好强，明年的顺天乡试有你大展身手的机会，也不可轻视的。"

"阿玛竟担心这个？小看儿子啦！"成德轻蔑的神情确实让明珠更放心了。

三

一阵热闹的鞭炮声响过，明府里迎接进来各级官绅的贺礼——正月刚过，明珠大人大公子中举的喜讯不胫而走，京城里凡有衔有顶的，无不携妻带女前来道贺，借过府看戏拜谒之机相看这声名远扬才貌双全的翩翩佳公子。

东府的戏楼里。戏台上热闹非凡，戏台周围，座无虚席，两边楼上东楼坐着成德与同窗们，虽年纪略有大小，却都是无话不谈的同科之谊，如曹寅、徐倬及张纯修等；西边则是明珠的下僚们，正面楼上坐的是明珠及各方的贵客，如原为刑部尚书、刚调至礼部的梁清标，光禄大夫颇尔普，最让明珠脸上增光的，是皇兄、朝中每议战事都力主强硬的裕亲王福全竟然也在座中，按理，京中的亲王贝子们与在朝大臣的交往是时时受人指摘的，今日也为小儿进学的小事前来，足见对明珠的倚重；太太则引领各府女眷们在正面楼下的暖阁里落座。几边厢客气的，赞叹的，艳羡的，嘻笑谈讲，也分不清哪里是台上，哪里是台下。

成德这一桌都是学子，多少沉静些，却也有说有笑。

"哎？怎么不见进考场前与咱们斗嘴的那个人？"成德想起什么来，信口问道。

"成大哥说谁？那个穷书生吗？"曹寅也想起来，"叫马云翎的，是没见，"曹寅扭身向旁的不知晓的同窗解释，"嘿，那小子，真呩儿嘿，俏皮嗑几大车，牛皮吹上天都不眨眼，还硌涩得很，不准人说一句跟他出身有半点关系的话，稍微一提'乡风淳朴'之类不打紧的话，你们猜他怎么着？"曹寅学着那人的口气，"'乡民自有傲骨！'哈哈……谁说他啦？真是毛病多，这种人咱都得躲着走，大哥哥却问他？"

"哦，是他啊，我记得，他落第了，心里自然不自在，这种场合能来吗？进京的盘缠都是借的，拿什么做贺礼？更不能来了。"张纯修替那人解释。

"啊？他还能落第？！哈哈哈，真真是老天不开眼哪，哈哈……"赶考那日，那人是着实让曹寅讨厌得可以，此时正好幸灾乐祸起来。

"唉！子清，何必如此，他出身寒微，又有几分骨气，难免酸腐不近人情，咱们何苦背地里笑话呢！"成德嗔怪曹寅太过刻薄了。

"好好好，不能背地议论，等下回见，我当面笑话他，哈哈哈……"众人也被曹寅逗得乐起来。

座中曹寅年纪最小，宫中行走常谨小慎微，行动说话颇与年纪不相称，出得宫来，成德面前，便仍做回小弟，上来劲头时撒泼使性子成德也拿他无法，只剩摇头了。

"见阳兄！你看，那不是咱们正义堂的学正吗？"正说话间，成德无意瞥见了坐在对面楼上一身顶戴花翎的李成凤，正坐在明珠下手处的一桌上。

"李学正？"张纯修顺着成德的手指看过去，"嗯，正是他，他不是早升了官，都到户部任侍郎了，听说还是令尊向索相举荐的呢，你不知道？"

成德沉默了半晌，忽唤蔻儿："请你颜儿姐姐往暖阁里送茶去，我这就下去。"忙向楼下女眷处去。

四

暖阁里，各家女子正喧闹不休，太太见儿子下来，乐得合不拢嘴，忙松开怀里正搂着的一个明眸皓齿的俊俏格格，拉了成德向各女宾介绍，成德一一见过，却根本不走心，眼神一直在人群中找寻，所有已婚的女眷都急急上前来受礼，年轻的则躲在长辈身后偷偷看，成德找遍，却失望而归。

"蔻儿！你去打听着，你如萱姐姐在李成凤家里是怎么个情形？快去！"一出暖阁，成德便急命。

"这？"蔻儿迟疑起来，"爷，如萱姐姐现在人家家里，慢说不好问，就算问出来了，咱们能怎样？"

"坏良心的狗奴才，都忘了你如萱姐姐的好了？如今她是死是活还不知道，你就能不闻不问了？"

"这，唉，也是，那奴才这就去！"蔻儿一溜烟跑了。

成德口中喃喃："如萱……"

五

玉泉山脚下，一座新近落成的庭院迎来了第一批客人。成德为请这些自己眼中的贵客，亲自下了帖子邀请，见其文采之飞扬，盛情之难却，原本有些清高的汉族文人也无不欣然前来，一来为欣赏成德文中"蛟潭雾尽，晴分太液池光；鹤渚秋清，翠写景山峰色"的美景，二来更为亲近这位礼贤下士的满清贵胄。

成德早在茅亭中远眺，见来人已近，便远远地迎出来："今日几位肯赏光前来，'江南三布衣'，竟聚齐了两位！真令寒舍蓬荜增辉啊，在下特备茶酒，另起诗会供诸位行乐，请！"一行人由张纯修引领着，与成德一见如故，揽肩搭背往园中来。

众人或有亲自赴过秋水轩雅集的，或有未曾亲临却早有耳闻的，落座后便以当时"金缕曲"的险韵题又填了一回词，各人文风不同，心境有别，笔下生风，片刻成文，众人便以文识友，又乐了一回才静静地叙起闲话来。

"纳兰公子供职礼部，"姜辰英扬起嘴角，"不过只是做些应景的诗文罢了，没有太大的作为。公子能甘心吗？"

"慢说只做应景诗文，便是大权在握又能怎样？我生性不愿受拘束，与其只为应景娱人，倒不如退而延修经史，潜心学问，既不与旁人相干，又可以文史留名，不是修身立命的正途？纵是手痒时，填词作曲自得其乐也就是了。"

众人看向成德，一时语塞。此时座中的严孙友是个清心寡欲的，虽与成德是忘年之交，其心却和成德的心更近一分，那姜辰英却不然，今日前来拜会，原心存结交入仕之意的，听成德这番似是悟道的话难免不解，却只是暗自沉吟。

"真是几家欢喜几家愁啊……"只有坐在角落里的马云翎重重叹了一口气，自从在考场，与成德几个同科友人抒发了此举必中的豪情后，就再没见他如先前那般得意，年纪轻轻，那神态却像比成德苍老了许多。

"云翎兄，胜败乃兵家常事，何况你我前程掌握在自己手中，你此番回乡，只管专心用功，来年再试，没有不中的理。"成德其实早就想找个机会劝慰这位志高命悖的年轻才子。

"呵呵，在下哪比纳兰公子衣食无忧呢，我……唉！"不肯为五斗米折腰正是这类文人的通病，话到嘴边又咽了回去。

成德笑着命人递上早备好的盘缠："云翎兄莫要嫌弃，我早就为你备下了，只怕你今日不来，还要着人给你送到店里呢，云翎兄要给我这个面子，你我既是同科，能于为难处施以援手，是我之幸！"

忽有蔻儿来报："大爷！如萱姐姐有信儿了！"

六

"老爷你怎么能这样？！"李成凤家的小书房里，如萱进李府从没用这么大声音说过话。

"我怎么样？我这就算不错了，只参他收受贿赂，还没列别的呢！哼！唉？你怎么管起我的事儿了？去去，谁许你进来的？"翻着折子的李成凤，拇指上套着硕大的翠玉扳指显得有些笨拙。

"老爷！"如萱一把按住写到一半的折子，"老爷，你要三思！毕竟他也曾有恩于你啊！"

李成凤："屁恩！他是你旧主子，你就向着他？如今你主子是我！墙倒众人推！他如今眼瞅着就不得势了，朝廷里真出个大事儿，他一个人能担得住？再跟他走得近，闹不好，哪天被他连累了都说不定！我不躲远点儿，还等着惹祸上身啊？"

如萱顿时忧心忡忡地问："出什么大事儿？你告他受贿还嫌不够？他受贿不也有你的一份儿吗？我们家老爷到底有多大罪过？你定要他降级不成？"

"降级？哼哼，我参他，不过是给主上看，好歹真出了事儿，我清白，我是受迫于他的淫威！他那些事儿，哪一样坐实了不够灭门的？"李成凤算计着如何自保，还没顾得上赶如萱出去。

"灭门？！怎么回事？老爷，我们老爷怎么也是当朝一品，你站在他那边，不会少了你的好处，何苦和他有争执呢？怎么着也得给自己一个退身步啊！"如萱太想知道事情的底细了。

"他妈的一品大员在人家平西王面前不过是个屁！他在朝上议人家，要驳人家的势，你当人家是瞎子是聋子？他一翘尾巴，人家大老远的就知道他屙什么屎，连那小皇上都得敬着那些封疆大吏们，人家一拧眉毛，太皇太后都得跟着赔笑脸儿，等着吧，等今儿朝上的话传到云南去，看他明珠还能得意几天？他捅的娄子怎么补，哼。"

如萱："要是你这亲手提拔起来的都不帮衬，谁还能替他分担呢？"

李成凤："谁替他担？哼，谁爱担谁担，我告诉你，你别给个棒槌就当真啊，还真当自个儿是个正牌小姐哪？这么向着那府里。你也少往那府里贴金啊，我能起来是靠我自己！这两年我升得快，朝里言三语四的没少戳我的脊梁骨，说我是靠了后台，哼，这回可得让他们看看我的本事。对了，以后给我离那府里远着点儿啊，也不许跟人提起自个儿的来历，听见没有？"李成凤见如萱愣着不出声，举起手中的笔，使笔头朝如萱右边肋骨狠狠戳了一下子，"我说你听见没有？！"疼得如萱一句话也说不出，眼泪止不住滚下来，昨天的踢伤还没好，这又一下子真是要了命。

"少跟这儿哼唧，去后厨做饭去！不下蛋的鸡……"

七

"颜儿，快出来，太太叫呢！"颀儿急急来晓梦斋唤，"说是大爷在外头置宅子的事让太太知道了，正发火儿呢，要问你，你自个儿掂量着回啊。"

八

东府里，太太指着颜儿，鼻子不是鼻子脸不是脸地一通数落："我自然料到你不知道他在外头的事，我在家里，一个钱掰成瓣儿地算计，你们爷们儿以为这都是天上掉下来的，败家哪？！我还当你是个好的，放在他屋里头好歹规劝着些，谁知也是个木头！你到底能抓住他多少，啊？"

一番话说得颜儿无地自容，自从调她到晓梦斋，成德待她倒还不如先前太太跟前来得亲近，除了如萱一个话题，两人再没说过别的，稍微体贴一点儿，不是嫌话多聒噪，就是说不劳费心，她能抓住他多少？只是今日太太的一顿骂，让颜儿喜出望外了——这些话哪里是在训奴才？分明是说给自家人听的，倒不如把自己尽知的都交代了，太太是大爷的亲娘，自然不会误了他，想到此，颜儿便知无不言、言无不尽地把从蔻儿口中得知的，成德如何在外会白身文人，又如何出钱资助落第书生回乡等事一一道来。

"大爷心里的事，也不是我们做奴才的能知能通的，太太也不便每事每时都看着，依奴才看，不如，不如趁早给大爷把亲事定下来，有个般配的，也许才能拴住他的心。"

"正是这个话有理，早先就说起过，竟混忘了，亏你又提起来，"太太恍然大悟一般，"这回要正经办了。"太太的目光比男人更坚定。

11 | 伤心重逢

一

成德随蔻儿急急从礼学馆中出来，边走边听蔻儿带回来的消息。

"是我托东府里东角门上的陈婆子打听着的，她娘家侄子管着给京城几个新贵府里送新鲜奶子，其中就有下斜街的户部侍郎家，她说的这些应该不会错。"蔻儿上气不接下气地把探听到的如萱的消息告诉成德。

"如萱……"成德朝牌坊座上呆坐下去，半天说不出话，眉头压得双眼睁不开，不等蔻儿说完，已是泣不成声。半晌，腾地站起来，狠命一甩辫子道："你去！去给她带个话——"成德哽咽着，死死攥着蔻儿的手："就说，就说，唉，让她等着我，就这几天，就几天，我好歹救她出来！"转身回馆中马厩提了马，撇下蔻儿直奔兵部衙门而去。

二

这日宫中下早朝，几个品阶相当的大臣凑在一起，窃窃私语，无非都是议论近日来，明珠所提撤藩一事。被众人冷落是明珠从政以来从未有过的境遇，除了户部尚书米思翰和刑部尚书莫洛还拿出一些对自己有利的主撤理由外，连一向巴结的几个明府门客出身的"自己人"都掩口不置可否，这让明珠多少有些心虚了。面对朝上绝口不表态，下朝又寒暄客气的小字辈政客，明珠还是回以皮笑肉不笑，只是笑时嘴角抿得太紧，唇上的两撇胡子快凑成了一条线。

"大司马，哈哈哈！"梁清标大笑着，从后面踱上来，伸手拍了拍明珠："司马公弦张得太紧，也需谨防后面的冷箭哪！"

"哦，梁大人！我明珠是明知山有虎，偏向虎山行，要顾的岂止是冷箭哪，梁大人要说些什么，只管道来，看能奈我何？"明珠侧目瞧着梁清标，等着他的下文。

"呃，哈哈，也不值什么，司马公不必介怀，"梁清标向来是个仗义又达观的人，凡事心中有杆秤，但不触及道义底线时，却也懒得出面，先前与明珠的交情本不深厚，只是官场平常的礼尚往来而已，此番明珠调任后，竟将撤藩的事当作第一把火烧起来，廷上条理清晰，慷慨陈词，丝毫看不出为一己私利的意思，着实让人平生几分敬仰，只是身为汉人的梁清标，平素与汉家白衣同乡们走得近，自己又是身处明清两朝的仕子，颇有些"徐庶进曹营——一言不发"的意思，也正因他有才却不好用，朝廷只说是未用对地方，便将其一直在几个官职中调来调去。

此时，梁清标得意地瞧着明珠，神神秘秘递给明珠一个折子，"您这交椅还没坐热，已经有人给您泼冷水啦！嗯？"说完，又大笑着去了。

明珠不解，打开一看，不由怒气上升，咬着牙退了班。

三

这日是太太的生日，府里却没有太张扬，和往常一样，进出来往的都是办常例的杂役，成德比往常起得更早，给太太道过贺便请命独自步行往明府后街的广化寺来为额娘祈福。一来两地距离着实近，不便备马折腾，二来也是孝心使然，三来，一路行来，心里仍旧系着那人放不下，俗语云：谋事在人，成事在天，办法已然想了并照样做了，下剩的，还要祈求佛祖护佑那可怜女孩儿这几日少受那恶人的欺凌。本是顺顺当当的几步路，不想回来却又生了一场气。

原来，从寺里回来，走东府后面的便道近些，这街道虽也是通衢，但因为道对面只是些中等人家，不似明府这般人繁马喧，平时少有人行，所以一向僻静。不想此时，却远远传来一阵"噼啪"响声，又有人喝骂，近瞧不由成德怒火中烧，竟是蔻儿被安管家领人按在东府后门前举杖责打，嘴里堵着抹布，呜呜地哭着。

"住手！！"成德高喝一声："你们吃了豹子胆，竟打我的人！"说着恶狠狠夺过其中一个小厮手中的板子，又一把扯下蔻儿嘴里的抹布，问道："怎么回事？"

蔻儿早已憋得不成人形，哇的一声嚎了出来，话也说不成句："大爷，啊……啊……他们都……都知道了……啊……要打死我……"

"行了，谁要打死你啊？"成德气不打一处来追问道。

安仁行了礼，起身抱着膀子，阴阳怪气道："我说大爷，不是奴才们自作主张动的手，这小子得罪的是太太，咱们是奉命行事。"

"太太？太太跟他过不去做什么？今儿是太太的好日子，多大的事这么不施恩？这又是谁鼓捣得额娘生闲气？"

"哎哟我说哥儿哎！您的人出了事儿，您还不赶紧给自己寻个退身步儿？仔细回头太太再拿问你哟！来，你们接着来……"安仁一挥袖子又令道，那一个小厮手中仍有板子的便又举起来。

"你们敢！"成德吼道，"我这就去回太太，谁要是再敢动他一下，小心脑袋！"说完一把将板子在门前的石头狮子座下敲成两断。

成德大步流星直奔后院，一路嚷着："就是平日里太宽了，竟成了你们的天下，明儿连我也不敢待了！"

一脚踏进正房，却见太太正冷眼瞧着自己，像早知道是这副情形一般，颜儿顾儿分列两边，低头不语，不由成德敛声屏气起来。

"你嚷什么？"太太搓着手里的念珠，慢条斯理问道。

"额娘，儿子刚为额娘祈福回来，却见他们几个下人在后门前发狠，打死儿子的一个奴才不要紧，竟搅得太太千秋也不得好过，不由动气。"

"哼，你拿好听话填补谁呢？"太太嗤之以鼻。

"额娘……"成德听出太太是话里有话，说不定真应了安仁那番提醒，可想着门外蔻儿那副惨相，不由顶着太太的雷，辩道："那奴才纵有百般不是，伺候儿子一场，有话也只好问着的，哪有那个打法儿？额娘恨儿子有错处，只管责罚儿子就是了，也让儿子明白明白，倘若真把奴才打个好歹，传出去府里也不好看，请额娘三思！"说着"咕咚"一声跪下，等着太太发落。

"你多成啊！敢作敢当啊，我都敬服了！怨不得奴才都跟你一条藤儿，连我也不放在眼里。"

"额娘不是多心了？哪有奴才敢不把太太放在眼里的，都是怕您罢了，额娘，您先放了他吧，什么罪过儿子领。"

"你别管我叫额娘！"太太一声断喝，"你眼里还有额娘？！你跟你阿玛一个鼻子眼儿出气，修外宅这样的大事都瞒我瞒得死死的，"太太下意识瞟了里屋一眼，"有你阿玛撑腰，这也就罢了，我问你，这些书稿都是哪来的？"说着，抬手指着角桌上的一摞新书稿给成德看。

成德上前看去，顿时一惊，那是前儿如萱托蔻儿传出来的，自己还没有细看，怎么就到了太太手里，不由怒向颜儿，颜儿也瞪大眼睛看着成德，木木地摇头。

"儿子错了。是儿子的主意，蔻儿奴才不敢不依，额娘请先放了他吧，儿子还有话说。"

太太犹豫片刻，挥手向顾儿，丫头领了命，转身去了。

"你倒聪明，也知道是奴才替你受罚？都给了你个颜儿，你还有什么不足？！儿啊，她现在是人家媳妇，你阿玛最近又和那小子犯些个毛病，咱们就别跟这儿添乱了，啊？"太太下座，拍着成德前胸。

"额娘！"成德差点吼出来，"如萱一个本本分分的女孩子家，在咱们家里过的是什么日子？竟被李成凤般的粗人那样作践？额娘吃斋念佛，怎能眼见这等事？从前儿子小，不懂事，让额娘操心，就连换她出去，我知道，也多半是因为我的缘故，可如今儿了懂事了，难道还分不清对错？儿子私自联络她出逃是不对……"

"什么？你还？唉！"太太已经气到顶了，听了这还未知的底细，更是失语。

成德也后悔自己说了不该说的，可已无可挽回，与其苦苦哀求，不如索性表明态度，破釜沉舟："可总比葬身在李家的好啊，慢说儿子私心里已暗下蓝桥之约，断不可失信于心，就是独独为那样的一个人，也没有袖手旁观的道理，别的事额娘打得骂得，此事额娘既已知晓，儿子也知讨饶无益，今日额娘若一并发狠，也拉出去杖毙，儿子无话可说，若还有一口气，"成德迟疑片刻，"额娘就当没有这个儿子吧。"

"你！"太太几乎昏厥过去。

"成德说得对。"明珠从内室里背手踱出来，关键时刻这个人总是要出头的，在家里，他扮演的是个和事佬："是非恩仇还是要分的，短了人家的要还，欠我的也要讨回来，成德年轻气盛，阿玛不怪你，你也别气你额娘了。"

听老爷是这个意思，太太才缓和了些："她好歹也是咱们府里出去的，她受委屈就是往咱们脸上扬灰，咱们当然不能袖手旁观，只是也要有个像样的管法。儿啊，你听额娘的话，先应了这桩，如萱丫头那边的事，额娘跟你阿玛给你出气"说着，太太压着火从那摞书稿下，抽出一个烫金的大红喜帖："额娘跟你阿玛都见过了，模样儿可好呢，八字也合得天衣无缝，我儿肯定喜欢。"听说成德连出逃的主意都想过了，太太更加坚定要绑住这个心高志远的儿子了。

"这？"

"你都快二十岁了，也该玩够了，额娘的话再不愿听，额娘也无法，从今往后，额娘也不管你，只交给你这个媳妇，你可满意了吧？"太太又想起："有家有业的，外头也再传不出不好的来了，额娘也能放些心，啊？"

"可是，如萱她？"成德又转向明珠："阿玛，您答应能救她的！"

"我说过！可没说由着你胡来啊！"明珠也有点生气了："偏只没有坐实的罪名，他现在已升到五品了，小子，弄他还费点事儿了呢。"

"先甭管他几品，咱们先办咱们的，儿啊，我们都答应你了，你也答应我们，听话，啊？"太太又把狠话坐实："要是你不点头，我们也无法了，老爷说呢？"

成德怔怔地望着明珠，等着这个向来和善的父亲给自己一个希望。

明珠果然给了儿子一个微笑："就是没有这事儿，你也该是个当阿玛的了，办吧。"

成德仿佛被电光火石击中一般，愣住了许久。

四

新房被设在东府偏院里，在正房的西南角，那是十九年前，成德出生的地方。

准备婚期整整几天，从早到晚身旁都有几个男女仆从跟着，说是为了当新郎的体面，可客人面前这些人丁都躲着，一到了后堂无人时，便又都聚拢来，成德暗自嘲笑太太：急着防我什么？还没到我的正日子呢！

此时的成德已被逼到没有退路，与父母约下，二月初二即为吉日，成德顺从成亲，下剩外头的事明珠来办，可是这些天来成德未听见一丝动静，这是早就料到的，可成德并不着急，像是心里已悠悠张起了帆，只等着有阵风吹来，随时便能顺利起航。只是蔻儿被打得不轻，成德讨了太太示下，扔到东府后角门的更房里养伤，成德自己身边连个体己人也没有了。

五

清早起来时，成德往后角门探望蔻儿，两人有说有笑谈讲了半日，颜儿着人来催才起身回东府来领太太命，到门口还不忘嘱咐："我先去了，记住了，三声。"

"嗯，知道了，爷放心。"

六

任凭安仁领着小厮们满园子吆喝演习，成德照常坐在自己的书房里，安静地翻看新誊抄的杂识手稿。

东府里越来越喧闹的喜乐声，搅得成德的心绪有些烦躁了，他担心夜深了这鼓乐和笑语声让自己听不到三更的梆响，不时问着身边人："什么时辰了？"倒叫来人以为，是这新郎官等不及行礼，嬉笑不已。

七

偏院的洞房里，只剩下近侍女仆为新人行最后的合卺礼，按说，依满人的规矩，本没有这个礼，只因新娘是个汉军镶白旗人家的女儿，成德又向来对汉人的新奇玩意儿爱不释手，因此，太太便作主，由四个家丁兴旺的满人婆子引领着四个丫头行汉人娶亲时入洞房的礼，一来娘家脸面上光辉，二来太太要强的心也被成德的硬骨头磨得软了，也知道儿大不由娘的道理，便多少想着讨好了。颜儿是侍妾，不便在这场合里，便奉命独自守在晓梦斋，颀儿是太太那边的人，要随身侍奉，也不好跟了来，太太就嘱咐领头的那名喜婆多上些心，不许出什么纰漏，婆子们也谨小慎微，一桩桩一项项按部就班：

"称心如意"——一个喜婆唱道，跟着的丫头便递上系着喜花的紫檀秤杆来，递到成德手里，成德木木地不动，喜婆就扶了成德的手，挑起了新娘的喜帕。

"百年好合"——丫头送上合卺杯，喜婆亲手端上来，塞进成德手里，又把两人的手臂挽在一起，硬抬起来，杯沿触了唇边儿便算成了。

"永结同心"——又一个喜婆笑着上前来，扯过成德和新娘的袍服下摆，要打结系在一起，成德坐得远，喜婆就拽了一下，成德一心都在等外头，那婆子只好示意丫头扶起新娘，往成德身边挨了挨，婆子乐呵呵地把结打了结实。

"大爷，大爷！！"蔻儿跟跟跄跄冲开拦在面前的丫头们，大声嚷着"如萱，如萱姐姐……"

喜婆子们都上前拦住："哎？哎？这么大的小子还能进洞房？找打呢？出去！"

见是蔻儿，成德忽地站起身便往外冲，袍子仍被系着的新娘"哎哟"一声，娇小的身子被狠命一扯，一个趔趄栽到成德身上，抬手又把一个丫头手里的喜果盘子打翻，喜果子洒了一地。成德也慌了，边扶住新娘，边伸手扯袍子，一面喝问道："怎么回事？你？！"此刻的蔻儿本应在后角门的更房里等自己，这一幕出乎成德的意料。

"如萱姐姐，奔花厅去了，说有要紧的回老爷，不说怕再也说不得了，奴才也不明白，也没拦住，还有小英，和如萱姐姐一块儿来的，爷要不去见见？"蔻儿身上的伤还没痊愈，又挣了命地往偏院里赶，急得满头汗。

"回老爷？"成德听出不是奔自己来坏了事，心下才慢了些。"她是有事才来的，许是案子的事有眉目了也说不定，"成德定了定神，抖开袍子，稍露出些喜色，"走！去看看！"扔下众人薅起蔻儿直奔花厅。

八

初春时节的明府花厅里人头攒动，但摆下的却远不是明珠这等位极人臣人家该有的排场，明珠有意无意做出个低调的样子来，不是不愿张扬，实在是眼下的时局由不得他不夹着尾巴做人了。

成德向厅里扫了一眼，未觉有异样，便又打发蔻儿去探听，正巧来宾中有小字辈的张纯修、曹寅刚刚跑前跑后为至友打点受礼，这会儿刚刚在进门处的加席里落座，见到成德急急进来，神情又不像专门来会客的，便拥着成德出厅叙话。

"刚刚她真来过，我们远远看到被两个丫头接到西边园子去了。"

成德听罢曹寅的话，一句未回，转身要走，被张纯修一把拉住："成德，别胡闹！如萱是懂事的，她来兴许不是为你成亲的事，你要闹出来可怎么收场？"

成德静静转过身："见阳兄，她一定不是为我来的，我知道，可我得去见她，我得知道她好好的，我得让她知道我，"成德哽咽了一下，"也是好好的。"说着，拨开张纯修的手，带着蔻儿径自去了。

两人不放心，也撤了席，悄悄跟着到了晓梦斋。

九

"他正牌娘子原是乡下他娘给指的，粗俗不堪，净是蛮力，见着一个半个比她略强些的，便有个什么粗活累活的只管使唤，说'白养些个细皮嫩肉的，倒叫老娘吃了亏'。现在她男人正得意，她就越发地泼皮了，对丫头尚且往死里作践，哪里还容得下我？稍有不顺心，就打个鸡飞狗跳。早起又掀了桌子，他娘当着他的面，混赖是我不老实，惹她儿媳妇生气，那糊涂男人只说他娘是最有理的，又把我打一顿。"听着是如萱在房中向众人哭诉，成德站在窗下，心头一紧，眼泪又止不住滚下来。

成德刚想迈步往屋里时，忽听太太的声音越来越近，是正要走出来的样子，赶紧缩身退回门口的廊柱后，听太太道："纵受些委屈，到这儿来又成何体统？真是到了小家子里不出息，瞧瞧，越发地没规矩了，大喜的日子，她跑来哭丧，能不让人堵得慌？真是！"

明珠跟在身后，借着屋里的灯光，成德看不清他手中拿着本什么书样的东西，听着边低头翻看，边小声说："那都是些小事，能把这个送来，也算这枚棋子终于起了点作用。姓李的小子现在自认是索额图的人，他敢私通云南那边，也是索老头儿倒霉喽，原还真没把那奴才放在眼里，没想到胆子还真够大，嘿嘿，这回看我的先招儿吧，哈哈哈……这边你先料理着，前厅的客还要陪，今儿这事儿能压服就压服，知道的越少越好，更别打草惊蛇。"

"知道。"

明珠一人行色匆匆去了，前后竟无人跟从。太太又转身回来，不想成德更快，见阿玛去远了，纵身跨步进了屋，正瞧见憔悴的如萱，身穿一件洗得褪色的半旧夹衣坐在外间屋里，颜儿等人围着，劝的劝，哭的哭，叹气的叹气："才说当了半个主子了，不得再见了，谁想竟是这般光景，连在府里做丫头时还不如了。"

如萱苦笑着叹道："哪里还能和姐姐们比呢，我命不过如此了……"抽搭搭又忙不迭拭泪，猛然抬头正和成德四目相对，一屋子人顿时鸦雀无声，连跟在身后的太太也怔住了。

久别重逢，如萱把成德上上下下仔细打量了一番："今儿，是府里办喜事？"

成德一口气压在胸前，却只字出不了口，凝眉闭目点点头。

"我来的不是时候，搅了大爷的好日子了。"

"不！！"成德歇斯底里地喊道，一把扯下胸前的十字披红："你不来，就没有好日子！"

正要冲上去把一肚子话都说给如萱听，太太怕压不住阵势，伸手又没拉住，便在身后一声断喝："成德！！别胡闹，那是外人！"

"额娘！"成德瞪大了双眼看着太太，"儿子的心谅您也是知道的，儿子从不敢违命，也再不敢痴心妄想了，但只求额娘给她条活路吧，这么大的府院，连个女孩儿都容不下了么？先前只说是爱莫能助，可如今人来了，额娘总不会仍不闻不问吧？！"

"问！问！"太太忙哄道："我和你阿玛都知道了，正想办法呢！你瞧瞧，正要颜儿找你去，你就来了，担心了这么些日子，总算见着了，阿玛额娘什么时候没应你的？这下她回来了，你可放心了？快出去招呼客人吧，好歹把场面支应过去啊！今天这样的大事，你若在这里闹，让如萱丫头怎么过得去？"

张曹二人也前后脚赶到："成德，咱们先去吧，这里有太太。"

成德不放心，紧紧盯着如萱，执拗着不动："额娘，什么我都依了，您还有什么不放心的呢，让我再跟她说句话吧，说完了我便去。"

"哎哟，外面人都等着呢，有多少话以后说不得的？"太太急着推他出去，成德却恨恨地硬是不肯去，见推不动，太太不由又露出凶相，在成德耳根下低声唬道："今儿要是有什么纰漏，让你阿玛难看，你可仔细着吧，别说那么个丫头，连你也……"

曹寅机灵，见母子两个僵住了，赶紧出来打圆场："说的正是呢，这节骨眼儿上，不过三两句话的工夫，前边儿没主家的人可不成，我们先送太太过去，成德你可快些！"说着扶了太太往外走，张纯修也忙上来解劝着往外拉，太太嘟囔着："没有一天不操心，好歹过了今儿，我也不管了。"颜儿等随着送出来，留成德和如萱两人在屋里。

"问大爷安。"如萱慌乱地拂拭着散乱的头发。

成德沉默。

"给大爷道喜。"

成德沉默。

"蔻儿的话别信，我不会来赴那个约。"

成德一怔。

"就是大爷今天不成亲，我也不会来。并不是有意不领爷的情，把你的好意看轻了。"

"你就想跟我说这些？"成德死死盯着如萱，等着她哪怕哭诉一番。

"除了这些，还有什么可说的呢？"如萱背转身逃也似的走开，却被又一声撕心裂肺的呼喊拽住了脚步。

"丫头！！你别走，能听我说句话吗？"

如萱站住。

"我知道，是我把你害到这步田地的，我太张扬，又没能保护你，你怨我恨我是应该的。"

"你没有！"如萱猛然转过身，"我怎么会恨你呢？我还怕你埋怨我，一直瞒着你呢。"

"我知道你都是为了我。你总想到我，我却事事只图自己高兴，从没为你做过打算。"

"还用如何打算？都是命中注定的。能在你身边，过几年好时光，已经是难得了，纵有不遂心时，还有乐趣儿能想想，也不算一辈子浑浑噩噩地白混日子了。"

"可从今往后，我却再不敢想了，想一次，心口就会疼一次，看来，真要浑浑噩噩混日子的，是我。"

"大爷怎么能这么想？你的好日子才开头，你还有多少要紧事要做呢！若真因为我磨平了心性，倒真叫我自责了，我也更不敢久留，这便去了。"

"如萱！"

……

十

颜儿一直把太太送过月门："太太慢走，太太放心，这边的事儿奴才按太太的意思办就是，不让大爷久留。"

"我的意思？你知道我什么意思？今儿是什么日子？你还真打算留她在府里？老爷说了，不能打草惊蛇，她留在这儿让她府里人知道，还不惊动了？我看，还是送回去是正理，来人！"

众人大惊。"太太！"颜儿扑通一声跪倒在太太裙下："太太留下她吧！她既逃出来，哪还有退路？念在她一直惦记着府里，舍了命出来递信儿的份儿上，留下来吧！"

"起来！死丫头，弄皱了我的衣裳！"太太狠命一拽，把礼服下摆的穗子从颜儿膝下拉出来，"催着成德快些，过会儿打发人把人送回去，她现在姓李，她们家若败了，就得总留在府里，我凭什么养她？她们家要是不倒，那咱们就是拐带人口！给我找！"太太领着顾儿等趾高气扬地奔东府花厅去了，任颜儿跪在身后哭求。

张曹二人送到一半，又折返回来："这可怎么办？告不告诉成德？"

"不行，咱们再想想办法。依我看，不如这么着……"

二人有商有量急急追着颜儿回晓梦斋来，当头撞见正紧紧相拥的两个人。

"你先在家好好歇着，我去去就回来。"成德反复安顿，才随两兄弟去了。

颜儿挽着如萱，推心置腹聊了半宿，快四更天，晓梦斋的灯才熄了。

十一

"不用扶，我没醉！"成德推搡开众人，跟跟跄跄要往西园来。

"成德！快扶着点儿！成德，洞房在这边儿！"张纯修硬把兄弟往回拉。

"算了，见阳兄，你看他醉成这个样子，让新娘子瞧见，照样挑理。不如打发人去回一声，实话实说新郎醉了不能陪，明儿一早再送回去。"曹寅把成德胳膊架在自己脖子上，跟张纯修商量。

"唉，也只好如此了，走！"二人一左一右架起喝得酩酊大醉的新郎往寂静的西园来。

十二

初春的天气反复无常，甬路上的残雪，冻了化，化了又冻，这一夜，西园里早已无人，如果不是颜儿身份不便在新房伺候，今晚连园子门也要锁了，三人跌跌撞撞拾级而上，撞开了晓梦斋的门。

"怎么醉成这样？"颜儿送走了张纯修两人，又掌灯来安顿醉得不省人事的成德。

此时的成德，正面朝里趴在自己床上，嘴里仍嚷着："我没醉，送我回园子。"却只觉五内如焚，胃里一阵翻腾，嗓子辣得干渴难耐，翻身叫水来，却迷迷糊糊打翻了来人手上的灯，来人"哎呀"一声，赶忙俯身拾起，却被成德胡乱抓起手来，嘴里混沌叫着："如萱……如萱你别走……"一把将人拉到怀里紧紧抱住。

地下的烛灯跳了两下便熄了。

……

12 | 乾坤挪移

一

"怎么是你？她呢？"阳光洒进卧房，刺得成德眼睛生疼，挣扎着起身，揉揉太阳穴，见颜儿已在洗漱。

"她，她不在府里。"

"你说什么？！她去哪儿了？"成德扑通一下从床上翻下来，盖在被上的外衣也滑落一地。

颜儿湿着手过来捡："你别急啊，是昨儿，昨儿她非说在这儿不便，着人送到外头园子里去了。"

"哦，这也罢了，太太知道吗？"

颜儿装作没听见："这一宿闹得人仰马翻的，也不知那边儿席是什么时辰散的，小丫头都叫到那边儿使唤了，这会儿也没个人过来。"

成德忽然想起，"她，她什么时候……"终于意识到昨晚的事。

颜儿脸儿一红："早就去了的。"

成德沉默了半晌，背向颜儿往外屋去："我也有日子没到外头去了，给我换件衣裳，我去看看。"

"哎！"颜儿急忙拉住，"今儿还要给老爷太太行家礼，你怎么忘了？你不在，让人家新娘子自个儿去吗？昨儿已经冷落人家了，再不露面儿可成了什么了？已经负了一个，再委屈另一个，你怎么忍心？"

"我没想委屈哪个，我，我只想再去劝慰她，好让她安心。"

"她好着呢，啊，昨儿跟我说了好些个话。爷只管往东府里头去吧，回头我都告诉爷，啊！"颜儿连哄带劝，总算给换上了件家常旧衣裳，领到东府里来。

<h1 style="text-align:center">二</h1>

原本有直通后院的路，颜儿牵着成德故意绕了个弯儿，路过偏院，先见过独守了一夜的新娘。

"小姐，要不咱们别等了，您也不用打扮，先自个儿过去行了礼，再把昨儿的事儿说说，哪有这种人家，待人也太不公了些，还高门大户世家子弟呢，媒人的嘴最信不得，夸得跟什么似的！"卢家小姐的丫头是个厉害角色，昨夜西园的小丫头们来报说新郎不进洞房，这丫头一听就急了，便嚷着要闹，是这卢小姐强压着才耐了一夜。

"翠漪，我还不知道你的意思，你当我舒心吗？先等等吧，兴许有什么事也说不定，这毕竟不是咱们自己的家。"

"怎么不是自己的家？小姐你可真是的，唉，急死人了。"这叫翠漪的丫头已跟着主子生了一夜的气，主子还没见怎么样，她先又急又气偷偷哭了半宿，这会儿听生性柔软的小姐仍这般不温不火的，心下又急了，做下人的又不好反驳，一挑帘子出了屋子。

迎面正碰上颜儿牵着成德往这边来。昨夜算是和男主人照了一面，虽不熟识，模样却记得真，只是不想来人竟穿着件半旧的紫色镶领袖风毛长袍，半点也不像刚做了新郎的人，连脸上也不见丝毫的喜色，翠漪不由心生厌烦。

见对面一个衣着光鲜面孔却陌生的丫头，此时面上正泛着几分愠色，颜儿料定不是个善主儿，立刻松开了牵着的手，扬声道："是主家姑娘吧？给姑娘道喜，给家里大奶奶道喜！"

"姑爷大喜！这位姐姐同喜！"翠漪警惕地瞄着颜儿身后的姑爷，盘

算着这二人非同 ·般的关系。

见丫头虽识礼仪却脸上冷冷的，竟不往屋里让，颜儿也觉难堪了。成德本来就说来此是多此一举，如今又未得礼遇，转身便走。

"翠漪，"窗下人在唤，"是公子到了吗？怎么不请进来啊。"

正说着，红衾软帘被挑开，款款地现出一位十七八岁的女子，眉目清秀，柳肩细腰，手如柔荑，肤如凝脂，最是那一头如水的秀发，浓密柔顺，油亮亮搭在瘦削的肩上，环着粉嫩的颈项处，晨起的清雾映着，闪烁出一道金灿灿的光亮，两鬓的盘发还未及卸下，在光洁宽阔的额角上飘荡出两朵柔软的浪花，昨夜的独坐还是让她觉得累了，喜服有些轻微的褶皱，刚拔下的簪子又带出一缕碎发，犹如一朵盛开到疲倦的红海棠，垂着松烟般的花蕊。

见成德吃惊的模样，又想到自己妆容尚不隆重，女子便浅浅一笑，又低头要放下帘子退回去。

成德觉得过意不去，缓缓踱上前，拱手行礼："昨日宿醉，怠慢姑娘，还请不要见罪。"

女子又停住，细看成德也是面容憔悴，自然不忍再指责："都是一家人了，何用如此？公子可觉得好些了？"说着转过脸去，帕子轻掩了一下红红的眼。

成德支吾难言，正不知该说些什么，颜儿从成德身后走上来，笑道："大爷也该洗漱好了再赶着来瞧大奶奶不是？也不怕新娘子笑话，怪我们没伺候好？"一面又推了成德往房中进，道："快些进去梳洗整齐，两人儿再好好坐着说话吧。"

翠漪丫头打下帘子，气哼哼去下房打热水，却只端给新娘，女主人嗔笑着推给了成德。颜儿见状也摇头向翠漪笑道："自家人都是一样的，姑娘不用客气。"

翠漪冷笑了一声，回道："这位姐姐不认识我也不奇怪，我们是丫头，怎么敢和姐姐称起一家子呢？"颜儿登时红了脸，知道方才进门这丫头一定是看出什么来，才这般刁钻刻薄，一时又不知如何答话。

成德早看出这主仆心里有气，自知理亏，进门就没多话，这会儿听这小丫头伶牙俐齿地奚落颜儿，明白是给自己难堪，又不忍心让颜儿替自己受气，便另起炉灶，硬着头皮说起好话来："两位姑娘住得可习惯？这是颜儿，西边园子里一直是她管着的，原也是在我额娘身边伺候的老人儿，有事太太应付不来，找她就是了。"

颜儿此时也觉颜面上有了几分好看，正瞧成德擦完脸，便从妆匣里找出梳子给成德梳起辫子来，又结辫穗儿。一则是房里暂没有体己人可使唤，二则颜儿虽是个拙嘴笨舌的，却偏有股倔强劲儿，这也是非要做出来给那厉害丫头瞧的。

新娘是个绝顶聪明的人，见二人的情形，又仔细端详颜儿的衣着打扮远比府里上等丫头都体面，便也猜到几分。

梳洗完毕，成德如往常一样检视随身之物：玉佩、佩刀等物俱在，唯袖筒里的帕子不见了，想是晨起换衣时忘记带上了，一皱眉，向颜儿道："早起急什么的？"

新娘却笑吟吟地递上自己的一方绢丝手帕："可是短了什么了？"成德犹豫片刻，道了谢接过来，细看却见帕子一角竟绣着一丛芦苇，正好奇为何不是花蝶，想想却又无精打采，懒得开口了，新娘又低头笑道："那是我的小名儿。"

"苇……卿？"成德想起太太给自己提亲时看的年庚名帖。

三

后院正房正厅里，已备下了早膳，明珠夫妇则端坐在屏风后吃早茶。听见有丫头一声报："大爷大少奶奶到了。"厅前廊下的执事婆子和粗使丫头们纷纷放下手里的活计，伸头张望，乔姨太太领着姨娘柳絮儿侍立在正座两旁，明珠二人则笑吟吟地坐等小夫妻来拜见。

太太接过新妇手中的茶，从头到脚好好打量着面前的可人儿，喜色难掩："嗯，不是我自夸，我这眼光再是不错的，看这媳妇选的，美人儿似的，再不怕系不住那匹野马驹了。"说着，得意地瞄了成德一眼，成德默默垂手立在一旁，面沉似水。

此时忽有管家安仁匆匆来报："老爷！宫里内务府监正侍陈公公来传圣旨……"

这监正侍乃是从四品的高等太监，圣命此人来传旨，可见不是寻常事，明珠一惊，边起身迎接，边忙着问道："人在哪儿？"

未及安仁答话，只听一阵嗒嗒的马蹄声，后跟着一众人役小跑的脚步由远及近，明珠慌忙出门拜接，见一行宫中人物俱是素衣孝服打扮，正中一位便是被唤作正侍陈大人的，正骑在马上立于廊下，却未见有圣旨，见明珠一家俱已跪倒，凄色言道："上谕：大清正宫皇后娘娘赫舍里氏，薨，辍朝五日，着诸王、王妃、百官及八旗二品以上命妇即刻集齐坤宁宫举哀，持服二十七日，钦此！"

"臣领旨！"不等听见谢恩，一行人又匆匆去了，留明珠愣愣跪在当地，扭头与太太对视一眼，会意一笑，起身便张罗："快！快！更衣！备轿，哦，轿要素裹！"

太太也朝乔姨太太等命道："阖府素服，对了，前儿成德办喜事找的那些小戏子们，也命她们不准演习了，问问家庙，有地方就先安置在那儿，顾儿过来给我洗脸！"说罢急急回房。

府里上下顿时忙活起来。

苇卿虽是大家闺秀，这样的阵势却是第一次见，吓懵了，由翠潇扶着，战战兢兢靠在成德身旁。

成德面无表情轻声道："不要紧，是宫里皇后主子薨了，老爷太太要进宫举哀，没咱们的事。"

明珠正尾随太太往屋里去，听见成德的话，又站住："不，成德，你也换上素服，跟我进宫去，兴许能见见用得着的人，快去。"

一语点醒了太太："有道理，顾儿，去库房里把前儿裕亲王福晋送的那镶宝石的蝴蝶簪带上。"

四

坤宁宫中，来往宫人皆低头敛声静气，素幡白幔挂满了正殿偏殿的檐沿，正殿十九级台阶下分列两队执幡太监，幡旗随风漫卷，殿内殿外一片肃穆，执事太监一声"进殿举哀"后，宫门洞开，一众身着素服的王妃命妇如水泄般涌进宫中。由于事出突然，众人未及演习，场面难免混乱，有掩面痛哭的，有仰天干号的，有夹在人群里看热闹的，也分不清品级，看不出身份，闹哄哄乱作一团，如成德般年纪不大又无品级的皇亲贝子们，也被裹挟着涌进宫门。

大行皇后的棺椁停放在正殿正中，两边已有人燃烧金银纸锭，当地铺着整齐的软垫供举哀者跪拜，众人拥进殿内，各自依了品级名分，逐一跪倒。此时殿下百官也依次分列成排，打袖行礼，只等拜谒令下，索额图身为国丈，亲女难产弃世，从此宫中无人，这噩耗使他大受打击，虽仍按例跪在百官之首，贵极人臣，却已面如土色，神形俱颓，明珠与其他一品官员跪在其后，低头默默不语，心里却盘算着什么时候扳倒前面的拦路虎取而代之。

正此时，有内侍高声传道："太皇太后驾到！"殿内外众人皆调转身而跪。见身着绛蓝缂丝满绣宫花滚龙纹的老妇由几名宫中贵主儿搀扶着，蹒跚踱进正殿，一见梓宫，干涩的双眼也忍不住落下泪来，手中的龙头拐杖不住地戳着殿内的金砖。这地砖虽叫作"金砖"，却是按瓷器的制法由黏土入窑烧制而成，坚硬无比，被细子龙木杖一磕，铿锵作响，叮当声在大殿内回荡，将众人的号啕哭声振得如细丝一般了。

"我的儿啊！"太皇太后哭道，"这是怎么说的？才多大的年纪哟。"宫人搀着在棺椁旁坐下来，也陪着哭。太皇太后举着帕子，向殿外叫道："索额图，儿啊！"

索额图听唤，赶紧起身进殿拜倒，向老人号道："老祖宗！"

"我说侄儿啊！咱们娘们儿的命怎么这么苦啊，啊？想我年纪轻轻就守了寡，好在先太皇给我留下个儿子，谁知竟连儿媳也一块带去了啊！我是如履薄冰含辛茹苦把孙子拉扯大了，娶了这么个好丫头，原预备着这孩子福大，给我再生个重孙子，我也算苦尽甘来，享享清福了，谁知又是这么个结果，合该我是克后的命不成？真要如此，便是让我这把老骨头先去，换回这小命也好啊，偏偏让我这个年纪还遭这份罪哟！"一番哭诉说得殿上人等无不动容，索额图更是哭得滚到太皇太后怀里，老泪纵横。

方才就近扶着的一位贵主儿——已经因为怀有龙裔而受封为贵人的蕙表姑娘，扶着腰走上前好言安慰道："老祖宗保重，大人也请节哀。"又使眼色命众人上前搀起索额图。

太皇太后抬起头，把索额图送出怀抱的当口，正瞧见站在蕙贵人身后的一个少年，头戴着黛丝短绒的冬帽，身穿宝石蓝暗花风毛长袍，腰间虽与众幼年男子一般系着孝带，人品看去却天资卓绝，气质非凡，看得太皇太后不由心生喜欢，说来也怪，这老人眼泪来得快，去得更快，登时止住了哭声，指着少年问道："那是谁家的孩子啊？生得怪可怜见儿的。"索额图此时已被挤出人群，见自家焰势已去，不由暗自兴叹，出殿见仍跪着的明珠正带着哭腔偷笑，又恨恨不已。

蕙贵人转身看过，便拉成德上来跪倒："老祖宗，这是臣妾的侄子，纳兰成德。来给老祖宗请安。"

成德立即行大礼道："老祖宗万寿！"

"纳兰？这是明珠的儿子？阿济格五丫头的儿子？"太皇太后年纪虽已近耄耋，记性却好得惊人，上下几代的亲友无不在这老人嘴边，随口提起哪个，都能如数家珍，"想起来了，你小时候来过宫里，还和玄烨抢羊腿吃打起来过，哈哈哈……"太皇太后提起往事，众年纪稍长的女眷也跟着笑起来，"都长这么大了，快，快起来让老祖宗好好看看！"

太太得意地推着成德往前去。

"跟我孙子同岁，小马驹子！嗯？"太皇太后捏着成德的手，"成亲了没有啊？"

"成，成了，"成德有点不自在，"劳老祖宗记着。"

"好，好啊！"太皇太后又掉下泪来，"只要你们好，怎么都好啊。多少年没见你了。"又转向众人的年幼孩子们，"自打你们阿玛拜了官，你们就都少有来看我的了，咱们亲戚里道的，不惧那些朝廷的礼，没事啊，进宫来看看老祖宗，老祖宗老啦，就愿意跟你们这些孩子待在一块儿，也不知还能有多少日子了。"

众人又叩头齐声颂道："老祖宗万寿无疆！"

五

因为地宫还未动工，大行皇后的梓宫被暂厝在京城北的巩华城。皇上率文武百官及诸女官命妇亲自送灵，浩浩荡荡的行灵队伍缓缓向北上的官道走去，犹如十里长龙，纸钱当空飞舞，哭声震天动地，哀乐和音訇鸣。年轻却满面沧桑的皇上爱新觉罗·玄烨，在短短二十年的人生中，已经经历了太多悲欢离合，大起大落，此时的他，身着黑纱风毛龙袍，头戴黑绒暖帽，手里紧攥着颗颗如橄榄大的猫眼石佛珠，端坐在玉辇的青毡门帏后。几天前的坤宁宫里，刚刚逝去的赫舍里氏皇后为他留下了皇子，作为父亲的他还没有来得及赐名，结发的妻子便撒手人寰，在那短短的几个时辰里，这个年轻的皇帝就经历了初为人父又痛失爱妻的大喜大悲，这种悲喜交加的滋味，恐怕连皇上自己都无法表达，只能在这密闭无人的玉辇里，从坚毅冷峻的目光中流露出些许的痛苦。

从前明起，这巩华城就是一座行宫，行宫内正中建大殿一座，即为往朝帝后的梓宫停放之所。东、西配殿为帝、后寝宫，周围又设几百间官舍，为随銮官员的安歇之处。

成德骑马跻身于皇亲贝子之列，紧跟銮仪队穿过正南门时，正门汉白玉的匾额上，大书着"扶京门"三个大字，旁边有好事的八旗子弟逗趣成德：

"纳兰家的大才子，认得那字是谁写的？"

成德抬头看去，竟是出自前明权臣严嵩之手，不禁自顾自感叹起来："自古文人墨客也有流芳百世为后世景仰的，又何苦贪心不足祸国殃民呢？倒糟蹋了这旷古的才情，为人所不齿了。"

见他自说自话，旁人只说这人性情古怪，哄笑而已。

六

春寒料峭的夜晚，明珠惦记着白天坤宁宫里的情景，要找成德问个明白，可是皇亲下处与官员的官舍是分列于帝后寝殿两侧的，且星罗棋布，数量众多，向銮仪太监打听也无果，沿着官舍墙根溜达回来的路上，正碰上夜不成寐的索额图在月下暗自垂泪。

明珠知道这过了气的国丈正不自在，立马扭头转道而去，却被索额图认出了背影："明珠！"

"哦，呵呵呵，索相！您好啊，唉，不幸如此，索相还要节哀呀，您说这娘娘主子怎么年纪轻轻就……"说着，明珠抽出帕子擦眼。

"你少在这儿猫哭耗子！"索额图瞧见明珠就有气，"更别做梦！耍着花招儿跟老夫斗，你还是嫩了些！"

"唉？索相这是说哪里话，下官行事问心无愧，下作的勾当从不曾染指，苍天可鉴哪！"明珠皮笑肉不笑地敷衍着要离开。

"呸！"索额图揪住明珠不放，"你不下作？你现在是不把钱财放在眼里，可暗地里，你买了多少人情？啊？去年你在左都御史任上时，做的那些昧良心的事，你当我这个在官场混老了的看不出来？你骗谁啊？啊？你和余国柱背公营私，送出的圣旨，哪个不是你明珠的指使？哪个不是你明珠说了算？只要是皇上说好要用的人，你就跟人家说'多亏了本官的保举，才有你今天'，凡是皇上看不上的人，你又说'本官是大力挽救的'！你装得多像个好人哪？啊？平白无故收买了多少人心？你说！啊？连老夫的人你都不放过，你看看朝上，哪回议政，百官不得先看了你的眼色再说话，要不是老夫，你，明珠你个口蜜腹剑的小人，指不定掀起多大的风浪呢你！"

私下里无人，索额图借着此时的心痛和无奈，把几年来受明珠的闲气索性都抖搂出来，絮絮叨叨说个没完，一个要挣脱，一个死不放，两人扭作一团。明珠正支吾着："你老糊涂了吧？放手，快放手！"正此时，明珠恍惚见一太监引领着两个气宇轩昂的年轻人往这边来，不由心生一计。

七

原来，换了下处的成德睡不安稳，起身往外散心，竟溜到了与正殿遥遥相对的一处圣人庙，因此时居国丧，虽夜深人静，这庙里却彻夜通明，庙内的许多石碑，多记录了些往朝故事，引得成德在此驻足细看。

正此时，又有另一个睡不着的，恰好也在正殿下驻立，便是皇上玄烨，正有御前侍卫曹寅与近侍太监唤作宋连成的左右服侍。见庙中灯前有人影晃动，皇上一歪头，示意下问。那太监便捏着嗓子上前一声喝："哎！什么人？"

成德一怔，细看来人身着龙袍，又有好友曹寅跟随，便认出来人，忙下台阶，拜倒："哦，兵部尚书长子纳兰成德，不知圣上驾临，给皇上请安，望皇上节哀。"

"唔，京城里的大才子啊，久仰大名，咱们也有年头儿没见了，好兄弟你可好啊？"皇上原本凝重的神色，听到纳兰成德四个字，稍稍缓和了些。

"愚木草芥之人，不敢和皇上称兄道弟，皇上折煞……"

"嗯……"皇上一摆手，打断了成德的话，"别跟朕客套了，打小儿你可不这样！"说罢大步上了台阶，进庙中和成德一同观摩。

"你刚在里面就看这个？"皇上指着庙中被红漆栏杆围合着的字迹斑驳的石碑问成德。

"回皇上，是。"

"都是老物件了，这上面刻的什么？"皇上心不在焉地问道，他更想有个人跟自己聊聊天，无所谓聊什么，只把注意力从身后那座正殿里转移开就好。

"哦，大多是些史实故事，比如此城何时修葺，周围的城墙是何人所修，如此而已。"成德颔首回道。

"哼，成德你可真是闲的！这也值得你半夜三更爬起来大老远来看？"皇上拣了圣像前桌案一处空位置，靠坐了上去。

"呵，皇上不是也没有安置？"

"嗨，朕是向来觉少，"皇上不会在人前露出一丁点儿的不支和心酸，"正好你在这儿，有意思的就说说吧，给朕解解闷儿。"

"这？"成德不喜欢皇上的语气，"是。"

成德硬着头皮，像是给自己讲故事一般，绕着石碑讲起来，从永乐年间出征蒙古而始建此城作为军用，讲到满清入关江山易主此城成了行宫，从那南面正门上严嵩的题字，讲到前明人林垠的《沙河行宫诗》，洋洋洒洒，滔滔不绝，听得皇上兴致勃勃，频频点头。

"宫殿连云起，城楼入汉低，寒鸦如望幸，朝夕自悲啼。"前人的诗，成德信手拈来。

"唔唔……"皇上终于发声了，"好哇，京城才子名不虚传，名不虚传哪！"皇上拍着大腿赞道，更是睡意全无。

"皇上谬赞，不过都是借着这碑文信口诌的。"成德给讲解画上了句读。

"嗯，成德过谦啦！"皇上摆摆手，忽又歪头笑道："唉？朕记得你小时候可不这样啊，太皇太后还跟朕夸过你，说你虎头虎脑的不服输，将来至少也得像你阿玛，拜个掌銮仪卫事大臣呢！"

"呃，"成德忽然尴尬起来，"那时还年轻。"成德红了脸答道。

"哈哈哈！"一屋子人连成德自己都大笑起来，皇上起身揽着成德的背出了庙门。

"你喜欢汉人的玩意儿？那好办，南边那是正根儿，等有往南边去的合适的差事，朕给你留着就是。"

"当真？谢皇上！"

"嗯，你现在是什么职啊？"

"刚中了举人，暂无官职。"

"好！眼下殿试在即，朕在乾清宫等着你！"

……

八

一行人正朝这对骂的两人走来，对话听起来越来越近，索额图背对着来人，又骂在兴头上，旁若无人一般，明珠却眼珠一转，不再与索额图支吾，突然甩开手，故意扬声道："索相！你就别抵赖了，你的家奴私通外官，难辞其咎，我不向皇上告发你，你还不领我的情？！"

一番没头没脑的话说得索额图不明就里："你？"

"你什么你啊？"明珠声音更大了，"那个户部侍郎李成凤，可是你的人不是？他勾结平南王，把廷议的事一五一十说给那边，那折子就在我手里！你休想抵赖！"

"你，你胡说八道！"索额图更是一头雾水了。

"咳，"皇上已经站在了两人身后，"两位爱卿半夜三更不睡觉，干吗呢这是？"

明珠咕咚跪倒："皇上！奴才不知皇上驾到，不知皇上听到了什么？"

"朕听见你胡说八道啊。"皇上打趣起明珠。

"皇上！索相日理万机，手下门客出身的下僚众多，纵有一时不到，有一个半个不知轻重作奸犯科的，罪也不在索相，还请皇上从宽惩办哪！"一番明褒实贬的话说得索额图浑身打战。

"明珠！你，你信口雌黄！你妖言惑众！你，你混淆圣听！你！"成德见索额图花白的胡子都在颤，心下也不解：李成凤一案怎么又扯上了索相？

"呵呵呵，明珠你看你都把他气成什么样了？"皇上笑道，"索相年纪大了，你得饶人处且饶人，放他一马吧，朕料他也不敢无法无天至此，至于那个姓李的侍郎，明珠你自己裁夺着就是了，何必当个事儿。"

明珠向来见风使舵："皇上宅心仁厚！"

"明珠！老夫不领你这个情！"谢罢恩的索额图拂袖向明珠道，皇上很不以为意地皱了皱眉头。

13 | 初识风云

一

从南门的正门洞里，疾驰进一匹快马，马背上的兵卒手举着鸡毛信一路高喊："急报！！！"门前的守卫即刻汇成两列，火把犹如两条火龙一路游弋着将人飞送到正殿下的君臣面前。

"报！云南！云南告急！！"来人将信呈上来。

曹寅接过来瞥了一眼递上来，又意味深长地看了一眼成德，成德顿时会意，扭头与明珠对视，见明珠低头若有所思，成德抿了抿嘴唇。

皇上轻轻叹道："吴三桂，反了……"随手将信扔在殿前的台阶上，凝眉不语。

索额图大惊失色，上前颤巍巍拾起信稿，借着大殿中的辉煌灯火，眯眼念道："云南吴三桂杀云南巡抚朱国治，自封总统天下水陆大元帅、兴明讨虏大将军，率众已克云贵两地，又入川鄂，当地官员闻风多降，有不降者亦多战死……"不及念完，手一抖，信又落到地上。此时的索额图，急得面红耳赤，双手高举过头顶又趴地痛哭道："皇上！皇上啊！当初廷议撤藩之事，老臣就力主三藩不能撤！不能撤呀！撤藩必乱，必乱哪！皇上执意不纳臣的逆耳忠言，如今国库尚未充足，朝廷又已休战多年，吴三桂则蓄谋已久，早就养兵蓄锐等着咱们先出手，好给他送去口实啊！"索额图又一次老泪纵横，只是这回，他是担心着大清的前途。

"好啦！"皇上极不耐烦地打断了他的哭诉，"这也是意料之中的事了，只是没想到这吴三桂的势头还真盛啊，说吧，你们两个，怎么个打法儿？"

摆放大行皇后梓宫的正殿下，片刻的寂静，一片火把上烈焰汇成的云，就着凛冽的寒风，腾腾地跳动。

"明珠！"突然索额图盯着明珠，直指对手的鼻子："明珠与莫洛等人，纸上谈兵，乱言朝政，挑起如此大祸，其罪当诛！如今战火迫在眉睫，想平复边地乱局，唯有此一计，恳请皇上圣断！"

"说。"皇上像泥人般盯着脚下。

"此事皆是妄议撤藩的乱臣贼子扰乱圣听，罪皆在他们，不如将这些人尽皆处死，再昭告天下，以平藩镇之怨，或可补救。"

明珠听罢，顿时屏住了气，瞪着双眼直勾勾望向皇上，一个字也说不出口了。

成德也大吃一惊，这位公子哥儿还从未体会过所谓倾轧和排挤，当然，更从未想过这样的血雨腥风会即将发生在自己的阿玛身上。

"索相总能在紧要关头上给朕出主意，难得啊！"皇上叹了口气，望向成德："成德啊，朕把你当个事外人，你说说，你怎么看。"

"皇上！"成德撩袍跪在索额图边上，"索相之言不可采信！"

皇上拿眼角看向成德，嘴角露出一丝怪异的微笑："说吧。"

"大敌当前，理应众志成城，同仇敌忾，方显我大清气象！况且撤藩乃是圣命，天下人共知，若此时匆匆找几个替死鬼，纵是藩镇之乱得平，也有辱皇上英名，岂不为天下人耻笑，边镇乱党更将因此蔑视朝廷，到那时，仍会大举北上，而我朝士气全无，不是坐以待毙？因此，索相之计是陷皇上于不义，置大清于水火，万万不可采听，请皇上三思！"

"你是说，若说撤藩之议有误，则应当由朕来担当罪责喽？"皇上轻描淡写地问道。

"这……"成德心直口快，并未想到皇上会多心，一时失语了。

"皇上，"明珠从嗓子眼儿里挤出一声来，"臣死不足惜，只是眼下的情势，怕臣去了，仍能立主出战，誓死保国的人便不多了，臣请苟且偷生几日，若臣死在战场，皇上也不必担不义之名，若有幸能看到三藩收服，那时，臣再来领死也会含笑九泉了。"明珠自己都觉不出舌头在打结。

"皇上，纳兰成德也请命投笔从戎，亲赴边地，为国效命！"

皇上半晌不言，来回踱了几步，索额图就拿眼睛一直跟着。

皇上忽然仰天长叹了一声："索相啊，国丈啊！你臊不臊得慌？这是什么时候？还不忘邀功！身为几世重臣，却在这个紧要关头出此下策，名为忧国忧民，其实是为了一己私怨同室操戈，置社稷于不顾啊！我大清朝廷的颜面呢？你口口声声的赤子忠心呢？"皇上指着身后的正殿："你，你让那尸骨未寒的心酸哪！你说，朕该如何办你？"

"皇上！老臣冤枉，老臣……"

此时的明珠没有再卖人情，抱着两手静候皇上的发落，他还没有揣摩透皇上的心思。

"皇上，逢皇后娘娘新逝，丧女之痛索相已经承受不起，方才之言未加详虑，不过是一计，虽说荒唐，却也为肺腑之言，倘若知而不言、言有不尽，岂不更是藏奸，再者战事已成，罚罪不如奖功，还请皇上念索相年迈，又有功于朝廷，从轻发落。"倒是成德学着方才阿玛的样儿，做了回好人。

"朕不办你，回去闭门思过吧，想明白了来见朕。"皇上朝索额图摆了摆手。

"谢皇上。"

明珠已跪得腿麻了，天又冷，冻了半宿，成德扶得有些费力。曹寅朝阶下众人一摆手，让出一条路来，索额图落寞的背影渐渐消失在沉沉的夜色中。

二

明珠父子垂手肃立在寝殿下，余光瞧着皇上在案前来来回回地踱步。

"看来，让成德说着了，朕不能让天下人耻笑。" 皇上拳头攥得紧紧的，"朕欲亲征，你看怎样？"

"不可！"明珠不及皇上说完，立刻打断了皇上的话，"皇上这却不可！太皇太后虽春秋正盛，朝廷上却是不可一日无君啊！况且现今朱氏余孽不肯死心，皇上不可由之死灰复燃，还须坐镇。"

"就知道你又说这话，那依你看，战事该如何布局呢？"

众人沉默了半晌。

"依微臣看，京畿要地，最要加强守卫，巩固民心，不可使四方震动，民心动摇，不如先抓了早先禁在京城之中的吴三桂之子吴应熊，再昭告天下，以彰朝廷必战必胜的决心！"明珠虽对政事研习颇深，战事指挥却不灵通。

"这能值什么？"皇上叹了口气，"你也说说吧。"皇上转向了成德。

"皇上，三藩虽托名前明余孽，却不知前明气数已尽，天不佑之，眼下我军若增兵，则势必增加军耗储备，与富庶的三藩相比，财力上吃些亏，但若打持久战，每年失去朝廷的抚恤，敌军的优势也将不复存在，此乃天之时也；奏折上只提岳州、长沙及云贵等地失守，荆州、武昌、宜昌等战略要地却仍在我清军手中，当地守将不敢与叛军正面应战，恐怕也是担心重地有失，此时若有后备救援，两面夹攻，则战局或可扭转，此乃地之利也；现唯在兵力上，清军嫡系八旗子弟皆远在河北和关外，鞭长莫及，现若选调撤藩意志坚定的老练将领再召关外蒙古旗兵火速增援前线，假以时日，则我军必胜！"成德越说越笃定，竟忘了这是在天子面前，多少该有些收敛。

皇上点点头，又摇头："哪有那么如意？长线调兵并非易事啊……"皇上噙着泪望向正殿，"今儿不能住下了，传召五品以上的京官明儿一早都到乾清宫议政吧，吴应熊的事明珠你立即去办。"

执事太监上前垫脚凳时，皇上又回头看了一眼留在身后的这座空城，只有正殿里的海灯，微弱地跳动。

三

太太与位号相等的其他几位命妇刚下了坤宁宫大行皇后灵位侍服的值，领着顾儿往东北角上的延禧宫来。蕙贵人有孕行动不便，便领太皇太后之命留在宫中，听伺候的宫女来报说自家亲戚前来，喜不自胜，让若荟扶着，亲自出来迎接。

"好嫂子，可来了，我正盼着呢！"蕙贵人也不等太太行礼，笑着挽着太太进了延禧宫的正殿。见太太一脸的疑惑，蕙贵人一边往里让，一边解释着："我原该住在东边配殿里的，可这宫里的正宫主子娘娘位一直空着，皇上忙于政务，也没有册封，如今我……"蕙贵人骄傲地直了直腰，鹅黄嵌金里、满绣紫缎狐皮夹袄已经快被隆起的腹部撑爆了，"呵，蒙皇上恩典，赐了上位的分例，这宫里就只我一人儿了。"

"怪道呢，刚路过那边的钟粹宫，偷偷掀轿帘儿一看，出来进去总不及贵人这里热闹，敢情您这一人儿就远比那些贵主儿都体面了！"太太也是由衷地跟着得意。

"嗨，哪能这么说？这里和苍震门挨得近，执外事的人总出出进进的，显得倒是比别处热闹些，可门里头就大不一样了，这偌大的宫院，只这些奴才伺候，连个说话的都没有。皇上来得少，纵是来了，那是主子，有些体己的也不能提，嫂子你想想，我可寂寞到什么样了？如今皇上开恩，准怀了子嗣的宫嫔家人时常进来探望，我便时时盼嫂子赶紧来。"

若荟从宫人手中接过茶盅，递向太太。

"哟，我们若荟姑娘也出落得比先前更标致了！"太太深知宫里的人，即便是下等的奴才，也远比不沾皇字的体面，便不忘奉承两句，若荟却只浅浅一笑，并不言语，献了茶垂手候在蕙贵人身旁。

太太环顾着屋子里的各色陈设，都是富丽堂皇，再见眼前的这位"候补娘娘"，竟喜极而泣："这么多日子只听宫里人出去捎信回来，也见不着面，不知贵人起居可安好，如今又得见了，竟是这般气象，真是教人喜欢。"说着举起手中湿漉漉的帕子拭泪。

蕙贵人听太太胡诌出的话，虽能看出真心高兴，却也有做出样子给自己瞧的意思，略略点点头，又见那帕子竟是湿的，两眼却不红不肿，料到定是灵前哭祭时，沾着茶水充样子的，便会意一笑，说给若荟："再给嫂子换块帕子吧。"

若荟转身去的空儿，偷偷翻了一个白眼儿，取了帕子递给太太身后的顾儿："姐姐先收着这个吧，这是皇上新赏的暹罗天丝，比外头的略强些。"

蕙贵人知道这俩丫头在明府里都是从小长起来的，自然见面有话，便屏退二人，留太太和自己闲聊起来。

太太唤住顾儿："你先把那个留下再去。"说着从顾儿手中接过一个黑檀的精致小捧盒递给若荟："这是前儿成德成亲裕亲王福晋送的簪子，我见着实是件稀罕物件儿，旁人再无福消受，唯有贵人才配戴得了。"

"我说这丫头自打一进门就捧着个什么，原来是这个，嫂子特意多情了，成德不是娶亲了吗，给侄儿媳妇留着不好吗？"说着，命若荟接了过去。

"家里可都好？大哥哥操劳国事，如今听说又兼领了佐领的差事？真是可喜可贺啊！"

"我也是才得着信儿，嗨，我们娘儿们家，也不知什么领不领的，只要人平安，比什么都好。"太太叹了口气。

听着太太这话不像素日里争强好胜时的口气，蕙贵人便猜到，该是明珠在巩华城遭索额图弹劾一事传出来了："难怪嫂子说这话，廷议大事，早就震动后宫了，听说，先皇后娘娘也因为这事劝过索相了，只是索相不听，前儿竟得罪了皇上，朝也不让上了呢。"

"是啊，皇后娘娘母家本来就势大，索相又是德高望重的。这是不幸薨了，若她家势头还在，真不知现在是个什么结果，想想都后怕……"太太这回是真流下泪来，挡着脸不出声。

"哼，嫂子一向是要强的人，什么时候见您服过软？您这是杞人忧天了，廷议之事本是国家大事，怎能任由势大望重的奴才们左右呢？皇上虽年轻，可是英明神武，雄心勃勃，这撤三藩……"蕙嫔起身，踱到太太身旁，俯身低声道，"是迟早的事！嫂子以为，将我晋升，仅是因为妹妹得宠吗？皇上没有当廷斥责……"用手一指东宫的方向，"已经是给足了面子了，嫂子回去，教大哥哥只管放宽心，只要能耐得住，事后定有大功之赏。"

一番话说得太太宽慰了许多，也像是和这年纪差了一辈的小姑走得更近了："别说封赏不封赏的话，为皇上为妹妹你，让他赴汤蹈火也再没二话的！"

"正是呢，咱们一门子里的话，您就别老悬着心啦！"

这蕙贵人向来会笼络人心，得宠是人皆敬服的，皇上另眼相看更是大有原委，就只替皇上拉拢能臣尽心效命这一条，在皇上心里，她早已是贤内助了。"只说些咱们妇道人家不懂的做什么？我见成德也跟来了的，怎么不见？"

"听说朝廷上大事安排定了，皇上召你哥哥去钦天监验勘，后来又特意命成德也跟了去了，眼下怕是已经到那儿了。"

"原是这样，唉，皇上现在日理万机，竟把自个儿说过的话也都忘了——昨儿皇上来过，特意赏了成德这件鹤氅，说大冷的天儿，穿得太少，冻坏了咱们的才子可了不得。"蕙贵人从雨馨棉床榻的榻头上拿下个鹅黄包袱，掀起一角给太太看。

"哎哟！这是多大的恩典哪！成德若在不知要怎么谢恩呢，奴才先这儿谢过贵人啦！"太太起身福了又福，满脸喜色。

"嫂子说哪里话？快别这么着，这也不过是自家亲戚的心意，只是成德偏不在，倒叫这心意落了空。"

"那就先命人送过去，也不枉皇上的一片苦心，更是咱们纳兰家的荣耀啊。"太太越发不把自己当外人了，蕙贵人略翘了翘嘴角，便传进两个小太监办去了。

四

皇城外的钦天监衙署，坐落在天安门外东侧，礼部衙门之后，成德平时出入礼部是常事，却从未特地留意过与之一街之隔的钦天监，今日本来又可以大开眼界，可成德心中却总无故掠起一丝隐隐的不安。

一支御舆队伍行至监署门前，早早地停了下来，有一俭事小太监小跑着来到御前："启禀皇上，大学士索额图已经在衙门口跪了一早上了。"

"他耳目倒是灵通啊，竟然知道朕要来，让他等着吧。"

队伍缓缓过了正门，小行舆中的皇上掀帘瞥了一眼门前恭敬迎驾的索额图："国丈大人来得早啊！起来说话吧。"队伍却不停，由监中官员人等引领着，接往监院深处的授时厅去。

"谢皇上！"索额图千恩万谢地爬起来，也顾不上整理衣冠，匆匆跟上来回话："臣有家奴昨日夜观天象，见天微垣闪耀，而亢星晦匿，不知是何意，特地来钦天监拜访监正南怀仁求证，不想皇上圣驾降临，我主万岁！"

"哼哼，"皇上忽觉一阵反胃，知道这是借天象的混话讨喜，隔着轿帘笑道："索相你变得够快啊，嘴也甜，只是，那蓝眼珠的监正没告诉过你，这天象乃物造之理，非神鬼之力吗？朕不信这些个，朕只信事在人为！"

"皇上英明！"

行至授时厅前，皇上下了舆，一拂袖，众人也都跟上来，见索额图立在原地不动，又高声补了一句："你也进来吧。"

五

授时厅是钦天监中制造和存储各类计时器具的地方，前明时只有一处木匠金石工房和一个前厅，厅中也仅陈列些如漏壶、水运浑象及五轮沙漏之类的陈旧器物，说是挥演计时之法的办公场所，倒不如说是个收纳用的库房，后至清时，情景就大不一样了，如今，不但增设了两处工房，连厅也扩建成了纵向延伸的前中后三处，由后往前分门别类陈设着历朝及当朝的各类新鲜计时用具，尤以按西法制造的仪器居多，其形状样貌也多半是金碧辉煌，富贵华丽，初入授时厅，滴答之声便能清脆入耳，再观满室奇玩，直教人爱不释手。

成德一向对新鲜玩意儿好奇，见了这些更觉眼前一亮，一面听着黄发碧眼的比利时国传教士，现朝廷的钦天监监正南怀仁，向皇上一行人一一介绍新制的钟表，一面细细端详当地的一座一人高的精致座钟：宝塔形的钟身，塔顶上嵌以各类珍珠、宝石，又饰以镀金和珐琅彩绘，顶盖上面是描金彩绘花卉图案，正面镶嵌以珠光彩漆表盘的小表，宝塔的屋脊上，饰以镀金龙形，每个塔檐上又悬挂着小铃铛，触碰上去或有微风拂过，丁零作响，宝塔四根梁柱上盘着金龙，梁柱中间是玻璃罩住的钟摆，正有节奏地来回摆动。

一行人正饶有兴致地观赏，忽见一小太监来报："延禧宫蕙主子吩咐奴才们来送件衣裳，说不教辜负了皇上的天恩。"说着递上来鹅黄包袱。

"嗯？"皇上觉得纳闷儿，略一沉思，才明白这原是蕙贵人私下的主意，点头称道："好哇，蕙贵人是个识大体的。成德，来试试吧。"

皇上未顾及成德的推脱，亲自将鹤氅披在了成德身上。霎时，授时厅里鸦雀无声，十来双眼睛都盯上来：从肩头向下，由宝蓝底色渐抽色成珍珠白的宫缎鹤氅，明晃晃直垂到脚跟，风领搭肩上嵌金丝的海水江牙熠熠生辉，配上成德面如冠玉，唇若涂朱的模样，真是惊为天人，竟把这一屋子里金碧辉煌的奇珍异宝也比得黯然失色了，不由众臣僚啧啧赞叹，明珠也得意得捻须点头，成德素来爱打扮重形容，见了这样的精致衣裳，自然也是喜不自胜。

索额图一则想借着奉承身边人来讨皇上欢心，二则又想挽回昨夜皇上定的"同室操戈"的罪名，媚笑道："到底是皇上眼光高，您瞧这斗篷穿着多气派，任谁都抬举起来了。"

"甭找话辙了。朕教你回去想的，你都想明白了？"

"皇上！"索额图总算等到开口的机会了："皇上英明！三藩着实可

恶，其实老臣也早有议剿的意思，只是考虑我北方骑兵长途奔袭，势必劳苦，于战不利，况且南方地形复杂，几处重要城池尤其易守难攻，不益骑兵作战。"

"您想了一宿，就为说这个？"明珠深知眼下皇上最需要的是建议和办法，而不是如此出难题，又有些作壁上观的快意。

索额图乜斜一眼哼道："老夫还没说完！皇上，南方人口密集，若能利用这一点，使计激起民愤，老百姓不顺从，三藩就会被惹怒，势必也对当地老百姓下手，几番来往耗尽其锐气，使三藩困在当地，寸步难行，再在其势力外围层层围住，如困瓮中之鳖，待其粮草不济，我军一举攻之，则战胜有望。"

"嗯，为了笼络人心，可对当地百姓多加抚恤，分发钱粮。"明珠听着有理，也附和起来。

"不！依奴才之见，非但不能抚恤，必要时，命朝廷兵士装扮成三藩的人，多加袭扰，做些大响动，使民怨沸腾，都冲着三藩去，那时，朝廷更可以坐收渔利啊。"

"喷……"皇上的态度不很明朗，这让成德有些寒心。

六

"皇上！！"厅下一声撕心裂肺的叫喊声，惊了一屋子人。

"启禀皇上，建宁公主求见！"

皇上一皱眉："唉，还是没躲过去，请进来吧。"

话音未落，一个头发散乱、满脸泪痕的中年女子不顾拦阻，像头受惊的母兽般冲了进来，抱住皇上双腿嘶喊道："皇上！！额驸十几年在京中，他父亲在外做的事他能知道什么？额驸他冤枉啊！几个孩子是我的命啊，要是他们也没了，我也活不下去了，要杀就把我也拉去砍了吧！！"

被摇晃得不耐烦，皇上也有些心虚，嗔道："姑姑你快起来，这成何体统，快起来，你看你成什么样子了？"原以为吴应熊的事先斩后奏，再请太皇太后出面抚恤这个庶出的公主，没有不完的事，他未料到建宁公主能找到他的行踪，还不顾体面这般撒泼。

这建宁公主原是庶妃之女，身份不比嫡女，故而给其个"和硕"的虚名，下嫁给吴三桂之子吴应熊，借公主的身份拴住了盛势时的平西王，如今清廷要拿吴应熊父子们祭旗，一向逆来顺受的建宁公主也疯了，也不知什么叫虚与委蛇，更无人在身后出谋划策，打听着皇上的落脚之处便直愣愣闹将起来，众人都面面相觑，等着看英明神武的皇上如何处置自己的家事。

"谁让咱们是帝王之家哪？姑姑你这也是为平叛立功啊，啊？朝廷不会亏待你！既然是叛贼，按律满门抄斩也是天经地义，谁让他们姓吴的？"

"不，皇上，我要我丈夫，我要我的儿子们哪！世玢连奶都没有断哪，他犯了哪条王法啊？"公主死命抱住皇上，用力地摇头，嘶喊声叫得人头皮发麻。

成德困惑地看向明珠："阿玛，原议的不是只处死吴应熊一人，怎么还要连小孩子也捎上了？"

"不懂少问，还不往后站！"明珠低声斥道。

"姑姑啊，姑姑！"皇上厉声喝令也没能让公主的哭声停下来，小太监们七手八脚上来拦阻却一时拉不动，授时厅里乱作一团。

"皇上！"成德冲上来，"皇上，请手下留情，萌童无罪啊，况且孩子身上还淌着爱新觉罗氏的血，常言说虎毒不食子，宣战本就是向民众宣示我大清是替天行道，皇上若连亲情也置之不顾，恐怕世人指责您残暴无道啊？"

"成德！"明珠一声断喝："皇上，犬子无知，冲撞皇上，请皇上恕罪！"明珠跪地磕头如捣蒜。

众人好不容易拉开了哭得上气不接下气的可怜女人。

"成德啊，你是真能管闲事，"皇上口气有些松动，"说起来，那些孩子也还真算是替大清作了牺牲啊。"

"皇上，"索额图眼珠转了转，"斩草须除根哪，皇上可记得年前，前明余孽朱三太子行刺一事？"一番话又让皇上不禁打了个寒战。

"先伺候建宁公主回宫吧。"

"皇上！皇上您再想想，杀人容易，起死回生可是不能了！求皇上看在为人父母舐犊情深的份儿上，给几个孩子留下条活路吧。"

公主奋力挣开旁人又跪倒在皇上膝前，连连磕头，直见额头上殷红的血流下来，沾得青石地板上洇湿一片。

"是啊，成德说得对，朕能让人死，却不能让那死了的活啊！"皇上想到了坤宁宫中皇后留下的正嗷嗷待哺的皇子，"行了，就这么办吧，留下几个孩子，但吴应熊是他爹害死的，朕救不了。"

公主已经哭得有气无力，呆坐在地上一动不动。

"公主殿下，我看您还是快到菜市口看看吧，去晚了，怕连最后一面也见不着了。"明珠无奈也劝道。

几乎不省人事的建宁公主终于被宫人架出去了。

"皇上可接着往司天台巡幸？"南怀仁前面引路。

扫了兴致的皇上默默不语出了授时厅。

"哪有心思再逛了，回吧。"皇上带领众人边径自往来时路去，留成德堆坐在原地。

七

司天台下，成德仰望着高耸入云的几百级台阶，百感交集。

踏着沉重的脚步一步步拾阶而上，成德眼前仿佛见了那淋漓的鲜血和如火如荼的战场，心里一阵翻腾，远处又依稀传来自鸣钟金属的报时声，不由吟道："珰珰丁丁，钣钣铮铮。随烟高下，从风飘零……"

御赐的鹤氅太长，上阶时绊了成德一下，衣角被成德踩到，那领口的结便松了，氅衣从肩头滑了下来，成德却只瞥了一眼，未俯身去拾，迈步上台继续念着："盖如龙吟寂而虎啸旋起，猿啼息而鸡号迭兴……"

14 | 犹抱琵琶

一

这日天气刚放晴些，翠漪领了大奶奶命，向南楼旁的花房里点了几盆小棵的素色西府海棠，教人松土又换了新盆，挪到偏院儿里去，安排妥当后再寻主子复命，却不知人去了哪里，问遍屋里人也没个头绪，不是"不知道"，就是"不关我的事"，不由翠漪生气，因为这些小丫头又不是原自家府里使唤的人，不好明着骂，只好耐着性子质问起来："究竟哪件是姑奶奶们分内的事？统共就这么一个水性儿的主子，还不上心，换个火爆性情的试试，管教你们皮都揭了！哪就教个千金小姐自个儿去了？若是想起要个帕子，短个荷包，连个应声儿的都没有，你们这是给自己长脸哪？"

一个嘴犟的回道："姐姐想得就是多，左右都是主子的府第，还不是主子说了算，大奶奶自个儿说不用跟着，谁还溜溜儿巴结不成？"

"你！"翠漪更火大了。

"哎，算了，姐姐甭急，大奶奶只说是往园子里去了，你自去寻吧。"一个稍老成点儿的劝道。

翠漪气得眼圈发红，真正有了"虎落平阳被犬欺"的意味。

这些天来，没有正牌主人的明府，群龙无首。乔姨娘乐得不用再看太太的眼色，整日同几个家庙里的道姑讲经说法；柳絮儿本来就是府里的摆设，这会儿更放纵快活，满府里各处闲逛；顾儿随太太进宫，也要个把月才回；卢氏少奶奶刚进门，上下管事还认不全，性情又不善指点治理家政；能当起家的便只有颜儿，虽外头的事有安管家照管，府里的事却也不清闲，光安置府里小戏、照管二爷搽叙作息、打点外园修筑等事就使颜儿一人常常是顾得东忘了西，翠漪便时常暗自取笑，真要到忙不过来时，这丫头也是个善心的，借着少奶奶的名义，既帮衬颜儿捋顺了上上下下的刁难，又替自家主子挣了些面子，只是刚刚在明府里站住脚，却有意无意树了敌，明里暗里遭人排遣。

眼下寡不敌众，翠漪一甩手出了屋子，径自往渌水园来寻。

堵了气的翠漪一路疾行过了园子后身的廊桥，不想又在假山石后，听来几个粗使婆子教人又气又笑的话：

"新婚当夜就把喜果子洒一地，这又有这么一出，刚拜了堂又要守国孝，你说这新媳妇儿是不是犯着什么了？"

"没这个福啊，进这个门就撑不住！你没看她那头发哟，油亮亮，明晃晃的，啧，俗话说'贵人不顶重发'，你们说不是个命薄的又是什么？"

"哼哼，倒不像是个有福气的。"

"原只说生成那副好模样，又能文能武的，怎么着也是个额驸的命，谁能想到娶回这么个主儿，一个包衣，还是个孤女，家世没见多显赫，行事没见多厉害，可怎么拿得住人？怨不得大家都不把她放在眼里。可气那些个小蹄子们又得意了，连，连颜儿那丫头也横起来，有什么了不得的？说到底还是个旁边人。"

"哎哎，小心让人听了去。"

"切，府里都快炸锅了，管它谁听去？"

"啧，那个水性儿的主子倒是不碍的，你没见她身边那个丫头，小眉毛一横，也唬人呢！前儿宋得胜家的往偏院送饭，晚了些，凉了，哟，那丫头掐着腰那顿数落，大奶奶不拦着都能把她吃了！"

躲在假山后的翠漪听得牙根痒，心下只道：又得记下一笔！

二

苇卿轻拍了拍门，听着无人应声，门虚掩着，便蹑手蹑脚推开。

成德的书楼，已经几天无人探访了，专司打扫的丫头们也乐得清闲，只开了堂门，便各自散去了，楼下成德每日必到的书房里，连炭火都没拢一盆，冷冷清清的，却聚了一屋子的墨香扑面而来。

楼下的书房并不大，只一间明间，两侧便是次间，明间正中的黄花梨案上，设着松竹梅菊兰的五色桌屏，屏后便是三四尺宽的拐手楼梯直通楼上，楼梯后又有几棵盆栽的玉兰将一扇对开的后小门半掩住，原来，这书楼的后门原是通往从前表姑娘住处的，因成德客人来往众多，恐生不便，故将这后门挡住了。明间与次间并无门窗间隔，只以一扇四折屏风、精雕花档半分开来，左为书室，笔墨飘香，右为暖阁，阁内隐约可见仅笼着一层纱帘的卧榻。

苇卿施施然环视了四周，等出去唤人的颜儿回来的空，挪了几步，踱进左边书室，凑到桌案旁，不意见灯下一摞皱巴巴写满了娟秀小字的毛面粗纸甚是惹眼，也未轻动，只弯腰想细看时，那颜儿便在身后笑道："奶奶久等了，这些小丫头原不知奶奶来，都干各自的去了，我已唤了人，立刻把这屋子收拾出来，请奶奶细看。"说着，上来堆叠起挡着的屏风。

"姐姐且放着吧，爷这几日又不在家，收拾不收拾有什么要紧，我原也是闲来无事，随便逛逛的，扰得园子里人多做出许多事来，还不要抱怨？"

"奶奶快别这么说，那些小丫头们，支使还支吾着不动呢，再不使唤，怕是活计怎么做法都忘了，爷在家时就都惯得不成样子，这会儿不在，更没人了，我精力有限，又不犀利，也不把我放在眼里，现在奶奶来了，新人眼生，只怕还管用些，万没有在自家客套的理。"

"是，姐姐。"苇卿颔首应道。

"嗨，奶奶只管这么着，也真叫人为难了，我们哪敢当奶奶成日里这个叫法，若是太太听见，可教咱们怎么分辨呢？您只叫颜儿就是了，再没有不应的。"颜儿笑着叹道。

"嗯，你年纪原也比我大的，私底下这么叫着才亲近，姐姐怕担不是，我记着就是，不叫旁人知道，这样好不好呢？"苇卿凑上前，搭着颜儿胳膊笑道。

颜儿此前从未想过那样冷脸对自己的爷，会娶进门这么个温顺亲切的姑娘，自从成亲那天成德夜宿晓梦斋后，她就更担心日子过得艰难，加上翠漪那丫头一张利口，颜儿这些天就巴不得日日都忙着府里的家事，不见新奶奶的好。这日凑巧苇卿独自进园子游赏左右无人，自己又闲着，便领着来成德书斋坐，更想着借大爷的事走得热络起来才好。

"大爷平日在家时，常在这里读书写字的，却少有困了累了的时候，所以那边儿的屋子就只做暖客使了，太太心疼儿子，还是让挪了矮榻进来，只是不大用，奶奶到那边儿稍歇歇？"

"这里就很好，我瞧瞧他的书。"苇卿又轻拂着桌案后通顶的填漆楝木大书柜。

"这里还是少的，大爷的书，都在楼上呢，满满几大屋子，打理起来可是繁难呢，下人都怕做这个，大爷也不放心他们，只有我们如萱姑娘……"颜儿立即掩了口："哦，奶奶您慢慢儿瞧，我去催催她们，这屋子虽是明厅，这会儿也冷飕飕的，看冻坏了。"颜儿没敢正视苇卿纳闷的眼神，急忙出去，正面正碰上翠漪为园中的听闻气冲冲地回来。

三

"这里一冬天也没个鲜亮打眼的装饰，早知道你去叫人挪花，不如趁着天儿好，也挑几盆新鲜品种往这里放些。奶奶偏也喜欢这里，大爷不管这样的小事，正按奶奶的喜好添置才是，去年宫里赏下来几盆金盏玉台就很好，是西洋的品种，别的都是腊月开，偏这种是开春儿才打骨朵……"颜儿正笑着向翠漪分派，却瞧着这丫头气势不对："哟，姑娘这是怎么了？谁得罪了姑娘不成？"

翠漪气鼓鼓地忍着眼泪说给颜儿听："我们做错了事，教人评点去也罢了，连累着主子受编排，姨奶奶可管不管？"只顾告状，却没见折屏后的苇卿听着动静走出来。

"姑娘有气只管说，待我替姑娘分辩去就是。"颜儿瞅了瞅书室，拉了手往暖阁里让。

翠漪不管三七二十一地数落起来："方才在园子后门的假山石那儿，听来一车可笑的，当笑话说给姨奶奶听——那日给奶奶送饭晚了的宋得胜家的，出去抱怨我刻薄，我才说了两句就成了恶人，难道由着她们放懒使滑，亏待了奶奶不成？我家小姐在家时哪日受过这个？"苇卿已经探出半个身子，听见说到自己，想扬声止住又怕颜儿笑话，只好停住听她说完。

"管胭脂采买的陈明才家的，看着忠厚，也不是省油的灯，也不知她什么时候上过二门来？把奶奶从头到脚评得那叫一个仔细，也不知府里这等奴才配不配说长道短的。"颜儿示意翠漪轻声，这丫头却没瞧见她的手势。

"还有更该打的呢！大门上回话的张顺儿家的还说，说你们家大爷是条活龙，教我们小姐困住了呢！"

"这话怎么讲？"颜儿有些挂不住脸了。

"下剩的，我都没脸说，姨奶奶自去想吧，反正真真教人气出好歹来！"翠漪终于忍不住，哭了出来："过府这些日子，我们家小姐在你们家，站也不是，坐也不是，老爷太太在家时还夸过两句呢，谁知竟要受群奴才的气？她素来不与人争执，每每教我只管认真做姨奶奶指派的事，不许和人较真，如今竟成这样。"翠漪拿帕子捂着脸呜呜地哭起来。

丫头一肚的话正倒腾着，后面新姨太太柳絮儿抱着手炉笑吟吟地溜达进来，后面只跟着个小丫头，听着翠漪一痛气话，不免又好奇起来。

"还有，还有个不知哪位进了宫的姑娘的妈，竟还扯出什么如萱的事来，我就不明白了，与我们无关的事，我也不掺言，就只说前面的，姨奶奶该问问不该？"

"到底谁是谁家的？"柳絮儿瞅着从折屏后踱出来的苇卿，逗趣儿地问。

　　苇卿本来因为翠漪说着自己的事暗自伤心；却见翠漪气得那个样子，还能把话说得跟蹦豆儿似的，把主子的事当成自己的事，不免又生出欣慰之心；又怕翠漪这样使性子，让一屋子人脸上过不去，日后吃了亏，担心起来，一时不知如何回话，只勉强福了福身："姨太太来了。"又赶紧止住翠漪："婆婆妈妈地絮叨些什么呢？吩咐你的可做了？"

　　翠漪一见主子也在，惊得"呀"了一声，立刻止住了哭声，又怕原来那一车话全叫人听去了，苇卿生气伤心，又不知那柳姨太太是何性情，恐被笑话，更说新奶奶家人不识理，一时又急又羞，不知如何收场。

　　颜儿拉着翠漪向柳絮儿道了福，又劝道："哎呀，偏是翠漪妹妹多心，又是个心直口快的，那些多事儿婆子的话还有个听，都听了去，早被她们烦死了，你还说给奶奶听！"颜儿一面假作嗔怪，说起翠漪不稳重，又转向柳絮儿和苇卿："姨太太奶奶不知道，当面一套，背地里又一套，她们都是惯了的，快别往心上去，等太太回来，回明了自有说法的。"

　　苇卿扭身拭了拭眼角的泪，走过来笑着戳翠漪的脑门儿："这丫头，最是个不省心的！以后要少抱怨，多和姨奶奶，姨太太们学学做事，身正不怕影子斜，把事情做好才是正经，好坏由人去说，可记住了？再不许这样没个深沉，今儿在的都是自家人，还好，若是还有别人，你是为我好却反得罪了人，倒教人替你担心哪！"一番不轻不重的话，既是说给翠漪听，更是说给那两人听，教两人也都不好意思起来，翠漪也低了头站到了一边。

　　"我们哪能和大奶奶比，大奶奶识文断字，知书达理，我们不过是粗认得几个字，帮太太把家账理得清就不错了。"颜儿笑道。

　　"姐姐何必这样自谦，如今府里要没有你料理，更不知是怎么个境况呢，焉知姐姐不是大才？"

　　"大小姐真会说话！我还是来学学你的样儿呢，你反倒说起我们？我知道啦，我是沾了我们颜儿的光呢！是不是？"柳絮儿又俏皮地逗起颜儿来。

　　"姨太太也拿我取笑！我可不待了，这会儿正好捉那几个疯婆子来出气！"颜儿作出个跃跃欲试的样子把屋里几人都逗笑了。

一屋人正说笑着，忽有小丫头来报，说宫里有公公来传事，吓了颜儿一跳："主子不在家，什么事传到这儿来了？快请！"

只见一个才十三四岁的小太监，急急地赶来，也不抬头，怯生生道："不知哪位太太奶奶主事的？我奉曹侍中之命，给府上报个信儿，曹侍中说，嗯，纳兰公子托我带个话儿，原户部侍郎李成凤因私通叛匪，按律革职抄家，通家发配，特来告知府上知会。"

颜儿这才恍然大悟，又是道谢，又是命人打赏，小太监推辞了一会儿，谢过去了。

没等苇卿等问，颜儿便笑道："奶奶姨太太不知道的，这是外头的事儿，咱们不管的，传蔻儿给外头园子说一声就完了，"又命人去唤蔻儿，转身向翠漪："好姑娘，别气了啊，这里久不住人，怪冷清的，你先陪奶奶和姨太太往我屋里头坐坐，我这边料理好了就过去。"

其实心疼苇卿等是假，不想让旁人细问如萱的事才是真，颜儿支走了几人，一人细细斟酌如何把喜信儿告诉外头的如萱，一面唏嘘人生曲折，如萱苦痛的命运总算还有个转机，一面也发愁这段往事如何才能有个了局。

四

"咱们府里还有个外园么？"苇卿问柳絮儿。

柳絮儿嘟着嘴："倒是听说了，太太原不同意建这么个园子的，怕成哥儿走得远了，不听管，可老爷愿意，还拿了体己才造出来，谁也没去过，不知是个什么样，你没准儿还能出去逛逛，我却不知哪年哪月再自由喽。"

"府里不是很好，再置一处园子，不是要金屋藏娇不成？"翠漪立刻生出警惕之心。

"你别胡说，纳兰公子的人品，我在闺阁之中就有耳闻，怎会那样？"

"那他怎么那么不冷不热的？哪像新婚燕尔的呢？"翠漪早就为这个纳闷儿。

"你臊不臊？懂得什么？"苇卿其实也不好受了有些日子，可碍于身份，从不肯示人，听了翠漪的话，又有柳絮儿在场，难免动容，竟恼了。

柳絮儿却不以为然："你说她做什么？有话就说呗，在心里憋着做什么？"

一行人正要上回廊，苇卿见廊下海棠树下立着箭靶："上三旗的子弟个个都是骑射功夫了得的，你们家大爷也错不了。"

"嗯，我倒也没见过，只不过听颜儿说，平时闲了，成哥儿倒是也弄些功夫拳脚解闷儿，那也不过是强身健体用，常听太太念叨，说咱家大爷是看着精神，其实身子也弱呢，每年这个时节都要犯几回老病，咳嗽发热，几天吃不下饭，如今进宫都这么些日子了，也不知怎么样，今年时令又不好，又是雨又是雪的没个停，哎。"

苇卿更对这个声名在外的俊逸佳公子好奇起来。

五

在泥泞的乡间土路上，一位风尘仆仆的老者正深一脚浅一脚地北上跋涉，身旁一个年不过弱冠的书童牵着驴费力前行，那驴背上驮的两大捆书压得两条后腿直打弯。一行官军举着令旗催马扬鞭，迎面呼啸而过，老者腿脚不便，身上又背着包袱，躲闪不及，被马蹄扬起的泥水飞溅一身。书童唤了一声："竹垞先生！把包袱放驴背上吧！"老者回头看了看，无奈地摇摇头，将身后的包袱用力往肩上靠了靠，放声唱道：

> 雄关直上岭云孤，
> 驿路梅花岁月徂。
> 丞相祠堂虚寂寞，
> 越王城阙总荒芜。
> 自来北至无鸿雁，
> 从此南飞有鹧鸪。
> 乡国不堪重伫望，

乱山落日满长途。

夕阳的余晖洒在漫漫山林上，那是正疯长的一片片茁壮绿树，把小路两旁近处正在凋落的梅花映衬得更加枯槁。

六

晓梦斋里，颜儿听了蔻儿的回话，呆坐了许久，终于忍不住放声大哭："你可坑死我了！"

"身边的小丫头说，她从前也说过，这府里没她的地方了，她早晚是要去的。"蔻儿垂头丧气地说。

"找！把玉泉山翻个个儿也要找出来！"

七

国丧的一个月来，颜儿心事重重，食不知味，夜不成寐，人瘦了一圈。

侍服期满，老爷明珠忙于公事，近一月只往返于乾清宫和兵部衙门，安管家便按规矩，不近宫门，只率蔻儿等一众小厮向福宁街上迎候太太成德一行人回府。

成德一见到蔻儿就问如萱听到报仇的消息了没有，见蔻儿支吾其词，成德找了个借口向太太告辞，直接跑到外园亲自去寻，太太掀开轿帘，望着身披御赐大氅的成德的背影，笑叹道："要么怎么太皇太后说是个马驹子呢？哪有一日安分！"心下还得意着这些日子在宫中得的那些体面。

八

这是开春儿以来第一场透雨，来得极快，硕大的雨滴落在廊沿上，噼啪作响。外园修葺得不如明府西园完备，伸向瓮山泊中的茅草亭子，虽已被唤作渌水亭，却还没来得及挂匾，周遭的湖水被人雨浇得聒噪不已。成德站在亭中无声远眺，慌忙来此的途中，早已被淋得通透，泪水和着雨水顺着脸颊不住淌下来。

她曾说她喜欢登高，他就到爬到高高的玉泉山顶，冲着茫茫的雨幕唤她："如萱——"

她曾说她喜欢看水，他就跃过瓮山泊畔的青草地，望着沸腾的湖水唤她："如萱——"

她还说她喜欢那精巧的亭子，和那一塘绿油油娇滴滴的莲，他就又站在这里的亭中，"如萱——"成德一声声唤着，哭得没了力气，叫喊也一声声轻了下来，变成喃喃的念："如萱……"

成德的耳边，响起如萱临行前留给他的话："知道爷会来找我，别找了，我早晚要走的，老爷太太救不了我，爷别怪他们没尽力。我要走，是要远走，还像从前一样远远地看着你。我虽不和你一起，只一个人远远地看，却仍旧是，任你离多远，只要一抬眼，就能看见。"

九

傍晚时分，上房次间里，一家人等着成德回来吃晚饭，珍馐美味摆了一桌，坐在上首炕上的太太不点头，谁也不敢动箸。

"不就是个销假嘛，国丧的事，监中的先生也不会不知道，回一声就是了，怎么去了一天还不回来？眼下就要廷试了，国子监里的日子也快熬出头喽！"太太唤来安管家："成德去国子监，谁跟着呢？"

"回太太，蔻儿跟我回了，该是他跟着呢。"

"又是这小子，有他指不定又生什么主意，以后成德出门多带几个人。"太太先饮了一口芪参汤，"这一个月来大气儿不敢喘一口，好不容易期满了回来好好补补身子松松筋骨，偏又出去野了，算了，不等了，先吃吧。我的儿，我看你清减了好些，多吃点。"太太笑着看着苇卿。

坐在太太左手边的苇卿矜持地点点头，也饮了一口面前盛好的汤，又轻轻放下，倾耳听太太说话。

一顿饭吃得无精打采，各自有各自的心事，饭罢，太太拉了苇卿的手嘘寒问暖起来，颀儿虽累了一月，此刻却不敢歇，命人收拾完杯碟，又抄起绣锤给太太捶腿；乔姨太太和柳絮儿无聊应景，走又不是，只好一人占了一边坐炕，正对着太太的暖炕有一搭无一搭地闲聊；只颜儿一人，心事重重靠着次间往明厅的门口，时不时地往外张望。

一身湿漉漉的蔻儿急急回府来，上房抱厦里的翠漪和另几个丫头见了，蔻儿赶紧做个手势让几人禁声，自个儿悄无声息地溜进里间，听着次间里太太正在说笑，便轻轻将门帘挑开一丝缝，正巧见颜儿斜倚着坐在门边，便轻声将其唤出来："姨奶奶快想想办法吧，爷死活不肯跟我回来，求了一天了，只坐在雨里哭，再这样怕生出病来，咱们吃罪不起啊。"

颜儿实在耐不住，也自知此番成德知道如萱出走，势必要闹出来一场，总之是压不住的，只好战战兢兢回到次间里，走到太太跟前，"扑通"跪下哭道："太太！奴才该死，大爷怕是去了外头园子了。"

颜儿将当初如何违背太太意思收留如萱，今日成德又如何不肯回府的原因一五一十道了出来。

"明着低眉顺目的，背地里可也是这么主意正啊？怎么又有那丫头的事儿了？李家不是抄了吗，上哪儿找去呀？你说成德这孩子怎么就长不大呀？不是我这会儿正喜欢，一个个儿都开发了你们！"太太也明知这会儿发落为时已晚，火着大声喝命来人："都给我出去拿人！拖也给我拖回来！"

见府里闹开了锅，一屋人也知趣各自散去。

这一切被门外的翠漪听到，扶苇卿出上房时，悄声唤住了蔻儿。

<h1 style="text-align:center">十</h1>

细细的弦月被雾气笼罩着，小心从浓重的云层里探出头来，绵延的细雨

也挣扎得累了，剩下三三两两的雨滴疲惫地叩着空荡荡的湖面。

成德的箭袖短绒夹袍半身溺在雨里，倚着亭柱，昏沉沉地睡了许久，直到雨滴声仿佛忽然近到耳边了似的，才恍然又回过神。

"姑爷，天不早了，您还是回吧。"是翠漪举伞站在身后。

成德听见，却不回头，眼泪又流下来。

"已经去了一个，留下的难道您还要辜负吗？"翠漪已然对这位多情公子心生敬佩。

成德转过头，苇卿正独自站在亭子回廊另一头，臂上搭着那件素色长衫，成德最喜爱的那件，领口上缝着别致的双生花扣。

十一

一句"大爷回来了"终于让太太松了一口气。颜儿照例上来伺候，却被无精打采的成德一把推开，又甩下一声冷语："这回，你可满了意了？"

此话犹如一声惊雷，让颜儿无法分辩，吞着泪转身要去，忽又觉得左腹一阵胀痛，"哎哟"一声，蹲坐在门槛上。成德被蔻儿扶着，闻听身后众人招呼颜儿，猛然回头看去，却自觉昏天黑地，一头栽了下去。

十二

延禧宫里，两进的院子前后新摆上百十来盆刚刚绽放的卷丹百合，沁人心脾的香气溢满了宫院，出入来往的宫人，闻着花香醉得步子也飘了起来。

"主子，这能是好心吗？就算是因为您喜欢才送，也没这个送法啊？再说，你现在怀着身孕，闻这些能好吗？"若荟站在窗前，看着这些花发愁。

"这是钟粹宫容嫔娘娘的赏赐，更是她一番好意，哪有推脱的理？我若不受，不说我是身子弱不禁熏，倒说我不识抬举，故意驳了她的面子，说得重些，没准还落个依宠逆上的罪名，为这个结了怨就不值了。别说不能推，放在这儿，若是养得不好了，都要落埋怨呢，再挨挨吧。"蕙贵人掩了口鼻，也有点儿着急："即便不应摆在这儿，也不该咱们来说。"

"您是说等太皇太后管啊？皇后薨了以后，几个妃位都空着，后宫都是她容嫔娘娘做主，还有谁能说？唉，在这后宫里过日子，件件都得费心思算计着，什么时候是个头儿？"若荟嘟起嘴，粉嫩的唇亮晶晶的，一副俏皮的样子。

十三

下了朝，明珠呵呵笑着看向走在前面的两个人——方才的廷议，对这徐家两兄弟来说，是迥然不同的。弟弟徐元文，因揭露大清开国以来，官学生只有承荫和纳贡两条入学办法，不利人才选拔，建议设置省乡试制，唤作副榜，由副榜中选拔出贡生，此议被皇上采纳且颇有效果，遂被升任内阁学士兼礼部侍郎；可这"副榜"却又间接害了哥哥徐乾学，原来，徐乾学遭人弹劾在刚刚结束的顺天府乡试中遗漏了理应上副榜的汉军卷，有渎职之嫌，皇上不悦，虽未当廷斥责，却将其降了一级。

"一荣一辱一家人，又喜又悲两兄弟。"明珠难得轻松了一天，却又为这二人唏嘘感叹。

"二位有礼啦。"明珠赶上去和二人招呼。

"哦，司马公！"春风得意的徐元文谦恭答话，徐乾学却只拱拱手算是回礼。

徐元文想起来："兄长曾提起今年乡试中有篇文章，兄长还誉之'文章锦绣，出众宿儒之上'？"

"哦，仿佛有这么一篇文章，二弟怎么提起这个？"徐乾学没精打采道。

徐元文介绍："兄长可知出自哪个考生之手？便是司马公之子纳兰容若，前途不可限量啊。"

徐乾学眼里忽然闪出一点光。

15 | 病误春期

一

"皇上驾到！"太监宋连成一声吆喝。

"瞧，救星不是来了？"蕙贵人轻轻一笑，"你们去迎驾。"说着，自己坐回帐里。

"蕙贵人这是怎么了？"见惯了柔顺有礼的蕙贵人，眼前懒懒的样子让皇上不免纳闷儿。

"给皇上请安。"若荟福了福身，又故意掩了鼻子。

皇上也闻着花香不妥："哪来这些花儿啊，熏得朕头疼，你不是向来不喜欢这些浓香的吗？"

蕙贵人暗自笑了笑："皇上哪来的闲？"费力直了直腰，"您又怎么记得臣妾喜欢不喜欢？谁说我不喜欢呢？百合的香和别的花不同，花期又长，意头又好，为什么不喜欢？"

"你起来了？怎么了这是？"皇上一掀袍子，挨了蕙贵人坐下："累着了？"皇上轻轻摸着蕙贵人浑圆的腹部。

"还好，也不觉得怎么样，就是稍有些头疼。"

"太医瞧过了吗？"

"臣妾哪有这么多事？皇上多虑了。"蕙贵人推开皇上的手。

"算啦，你逞强，朕也不胡乱操心，可你看看你这屋子里头的人，都让你这花折腾得大气不敢喘，太任性了你！"

蕙贵人不答话，却倩笑着靠上皇上的肩。皇上朝若荟挥挥手："都送出去吧。"

"唉！"未等蕙贵人应声，若荟先麻利地答应着去了，翠色绣花百褶裙摆下一双灵巧的双脚若隐若现。

"你那丫头好伶俐呀。"蕙贵人一怔，抬起头望向皇上，皇上有些不好意思，"呵呵"一声算是掩饰。

蕙贵人何等聪明，想到与皇上结发的皇后刚去世不久，皇上的心思就已经不似往昔，而眼下在自己的延禧宫里，虽说圣眷正隆，想来也不过如此，想到此，不免为己伤感，暗自抚摸自己的肚子。

二

偏院里比往常日子都热闹，不时有丫头婆子出出进进送食送药的络绎不绝，明府里突然病倒了两个主子，上上下下都伺候得谨慎起来。颜儿的病来得急，众人便顺势将她安置在偏院的次间里，这次间平时并不住人，但翠漪勤快，照样命人打理得整肃亮堂，只是隔音并不好，只一扇插屏与明厅隔开，来来往往人丁的声音，不时传来，颜儿恍惚迷糊了一阵子，又被插屏外人声唤醒。

"你们姨奶奶可好些了？开的安胎药服侍吃了吗？我进去看看。"是顾儿闪身进来。

"都躺了好几天了，一个人清静惯了，在这边真是不习惯，过会儿回太太，还搬回园子里才好。"

"太太哪放心，说要你先住着呢。恭喜你呀，总算熬出头了，"顾儿轻声道："竟比那正牌的奶奶还先了一招！我算服了你，哎，你也教教我呀？"

颜儿却不见喜色："姐姐何苦拿我取笑，我心里的苦，只自己知道罢了。"

"说的也是，你对大爷那么尽心竭力，他还不是那样对你？"顾儿长得虽不出众，可平时行事，最会变着风向说话，"可眼下你就甭愁啦！该去的去了，该来的来了，你且好好保养着，好日子还在后头呢！你瞧，太太特意吩咐的，说太医说的，你这阵子太累，气也虚，叫给你补补呢，这府里，你瞧太太什么时候在两位爷以外的人身上用过心思？"顾儿从丫头手里接过冒着热气的鲫鱼粳米粥。

"什么来了去了？我不明白。"颜儿不知是听着这话觉刺耳，还是粥里的腥气熏得难受，把头歪向一边，并不接顾儿递过来的粥。

"你唬别人，难道我是看不明白的？亏你做得出，除了你，再有谁巴巴儿地乐意见她去的？"顾儿一脸的坏笑。

颜儿急红了脸，挣扎着坐起来："姐姐！连你也是这样想的，我真是一万张嘴也说不清了。"

顾儿高高的个子，坐着也比人高出半个头，向下斜眼瞧颜儿时，那气势真叫人无力还口："行啦！你就乐吧，要不是因为你这宝贝肚子，你私自收留如萱的事儿都够剥层皮了！这会儿太太正为大爷的病着急，也顾不上你，叫我来哨探哨探，问你要什么，想怎么样，这不，如今哪，我就只管伺候你啦！"

颜儿不接话了，无声地哭出来。

"唉，你别这么着呀，成，我不说了，不说了啊。"顾儿又胡乱抓起方才丫头递食盘时垫着的帕子送过来。颜儿气得推开手。

"你看，你这样，倒像是我故意来说风凉话似的。我啊，倒是真羡慕你啊，有这么个好着落，我可什么时候能见得了天儿啊！"顾儿此刻，倒真是装不下眼前的颜儿了："不说了，我得到那边瞧瞧去，看看大爷醒了没，王太医说，他可是病得不轻呢。"见颜儿对自己爱答不理，便起身要走。

"大爷怎么样了？"

"放不下？哼！早你就料到的，内火外感，伤了元气，正经得好好歇一阵子哪！"

"你快别胡说了！"颜儿想起要紧的："可眼下不是要殿试了？"

"说的就是嘛，太太急得直哭，从前身上不好，从没见老爷过问过，这回也慌了，说是先前还找了什么乡试的考官徐先生，国子监祭酒的兄弟，路子都趟好了，还费事帮人家捐了官，指望给做做功课呢，这回可好，竹篮打水一场空了。"顾儿像说笑话似的，摇着头过明厅向里间成德的卧房来。

颜儿紧锁了眉头，重重叹了口气躺回去，她知道，自此，成德的心结又多了一个，而看不见他的笑容，自己的心也是再打不开了。

三

"儿啊，觉得如何了？"送走了王太医，明珠忧心忡忡问道。

成德早醒了，嘴唇干得厉害，身上压着鸭绒冬衾，虽厚而轻柔，可成德还是无力挪动，忽冷忽热地浑身打战，直望着天不应声，眼泪也没止住。半晌，成德轻叹一声道："心口疼。"

明珠重重叹了口气道："想开些吧，身上的病好了，心病自然也好了。"

太太一言不发，坐在炕边拭泪，不住朝成德点头。

"心病？"成德抬眼看了看明珠，又瞥了眼太太，沉默不语。成德心里对一向尊敬的阿玛也生出一丝厌恶：李氏一案是阿玛亲手经办，事实如何再无旁人比您更清楚，纵然要连坐，念在她举报有功，也没有不赦的道理，有您一句话，她便是无罪之身，纵然留下她无名无分，也万不会因生之无望而出走啊！不赦，即是不留，不留，不就是逼她走吗？先前受了李氏罪证时，信誓旦旦说要给她一个说法，原来只是为了给对手一个下马威，如今济河焚舟，小小一个丫头，在您的眼里是不值什么了，只是，您堂堂的清廷重臣，竟也因这个您看来不起眼的草芥贱婢而人格扫地了。

"成德就是想得太多了，殿试错过也无大碍的，身子调理好了，下次再应也是一样的。"明珠愁容满面地捶着腿叹道，虽嘴上这样说，心里却有万般的不自在，所以语气也生硬得很。除了朝廷上的政事，最让他挂心的便是儿子的前程和纳兰一门的荣光，如今一个闪失，先前金殿上御笔钦点的憧憬即刻全化成了泡影，岂能不遗憾，只是素来知道儿子是个多心的人，眼前又病得沉重，少不得说几句宽慰的话。

到底还是太太更看透成德几分："先前额娘就叫你别在不要紧的丫头身上花心思，到了又把自个儿害成这个样子，能怪额娘不提点你？前程耽误了，岂不教人痛心，哪头大哪头小，儿啊，往后自己可要掂量清楚，啊？"

父母殷勤地叮咛，对自幼奋进的成德来说，本来算是愈心的良药，可二人却对成德的痛楚置若罔闻，更对自己不堪的所作所为毫不自责，终于激怒了成德，挣扎着颤声道："可她落得今天这步田地，不都是咱们府里一手造成的？！弥补一下总是应该的吧！"

太太一怔，随即也恼了："放肆！"啪的一声拍在榻边的镜桌上，断喝一声，满屋子丫头婆子一应跪倒。太太稍稍收了声，愠色道："她？我倒不知道是哪个她？我给她找的好去处，是她自己没福分！怨得着咱们吗？况且是她亲手把她老爷的罪证递上来的，谁逼她了？没来由地在外头住了这么久，还不是咱们的恩典？她还有什么不知足的？你还有什么不知足的？"

明珠却不以为然地笑道："啧，这是怎么话儿说的？你消消气儿。"又嘱咐成德："儿呀，你还年轻，不谙政坛风云诡谲，于大风大浪前，自保尚且不暇，如何兼顾小儿女情事，来日方长，哥儿莫要英雄气短，啊？"在饱经世事的明珠眼里，自己一向引以为傲的儿子，是不会当真因为闺中私情不堪一击的，他也不允许他如此，即便偶有动情，也不过是小孩子家兴起，日后权当笑话罢了："我看，一则养病，二则，等身子大好了，再请徐祭酒提点着，下次殿试还要等几年，这几年别荒废了才是正经，啊？"

成德扭头望着跪了一屋子的奴才，默不作声。

太太瞪着成德，拭了拭发红的眼圈，又为成德披了披被角："好孩子，都不想了，啊，身子才是最要紧的，阿玛额娘哪一件不是为你好？一家人哪个不是围着你转？只管好生养着，等大好了，哪一样，你只说出来，都应你就是。"

成德眼里的额娘，最是个做事不择手段的人，凡事只要是额娘要做的，软硬兼施也不过是雕虫小技而已，这话不过是当耳旁风听听罢了，此时的成德，只觉得胸中有无限的块垒却两手空空，人也飘荡起来不为心所左右，只有眼泪还在脸上，无人理会，恣意流淌。

四

时光流水般飞逝，转眼已是月余，天气骤然突变的时日过去了，院落周围的桃树李树终于得以喘息，开始悄悄地酝酿花苞了，有着急的，正星星点点地探出头来。别处的屋子已经开了窗，偏院里却仍紧闭着，是少奶奶苇卿吩咐不许开的，这几天，隐约听得到临院的后街上噼噼啪啦的喜竹声和殷勤的传报声，成德装作没听见，关于殿试的事，众人都缄口不言。

成德的心还是冷的，已经许久未进书楼了，得知颜儿的喜讯也未见大喜过望，倒是被这突如其来的消息惊得不知所措，憔悴的颜儿偶尔来侍奉汤药，成德总愧疚着不肯接，怨气没来由地消了好多，可两人却像是越走越远似的，颜儿知道，除了保重爱惜的话，大爷再说不出旁的来了，而这话已经让颜儿心里亮起了太阳，她就捧着这太阳，甜甜做了几个好梦，仿佛和那人就只隔着那扇插屏，又好像梦醒来时，那人就站在身旁。

苇卿却许多个夜晚都没能睡得踏实，一闭上眼，就想起那日外园里，成德抬头看自己的眼神，那眼神比新婚第二天初见时更落寞，更让人心疼，这话是成德听不到的，苇卿只在心里偷偷想，可每想起，就好像做错了事，又不敢再想了。辗转得累心了，又怕惊动了昏沉沉睡在身边的这个可怜人，苇卿就悄悄爬起来，也不唤人，只自己点了如豆般的灯，披衣坐在妆台前，展开白天差翠漪从书楼取来的书稿，一页页翻看，她猜测这些散乱的书稿是有故事的，于是，她就像穿缀一粒粒稀罕的珍珠，将纸上秀丽的小字细细誊抄，不知不觉，竟已是厚厚一摞，苇卿命人装订了两册，满意地压在夜盒下。

五

看到匆匆进门的张纯修，蔻儿上前打千问安："哟，张大爷，恭喜您金榜题名！我们大爷最近一直病着，也没到您庄子上道喜，您别见怪，他多少天都没见笑脸了。"

"他的事儿我都知道了，他心里一定不好受，这不，放了榜赶紧过来瞧瞧他。"张纯修举了举手里提着的一篮新鲜樱桃。

"您跟我来。"蔻儿领着张纯修来到偏院。

正巧成德刚能起床散散步，趿着洒鞋，披着件银白的软绸袍子，闲坐在廊下看书。

"成德！"张纯修驻足唤了一声。

成德木木地起身望向张纯修，看着焦急神情中又难掩喜色的同窗好友，成德顿时百感交集。

"觉得怎么样了？"张纯修在厅上一落座便问起成德的病，把自己中进士的事忘到九霄云外了。

"这几日好些了，不碍的，见阳兄不知道我，每年都病个一两回，谁知今年尤甚，竟把廷对也误了，难免郁忿。"说着，成德又重重叹了一口气，捻起一个硕大的樱桃不作声。

张纯修看着那篮樱桃猛然想起成德的另一桩心事，成德却转忧为喜道："打发蔻儿去看榜了，见阳兄果然不负众望，可喜可贺。"

谁知张纯修却只微微一笑："我和你一样，也是误了。"

成德不解："怎么这么说？"

"那日，我也在集秀门。"张纯修低着头，轻轻拍着腿。

"你？"成德一怔，"可人到底还是进宫了，见阳兄可后悔当初没留住她？"

"留？"张纯修苦笑了一声，"呵，彼时，一来无功名，怎可辱没了她，二来料她也未必能知晓我的心思，便是晓得，若非也有意，难免尴尬，所以直到人去了，也未敢启齿。"张纯修抬头看向成德，成德正摇头看着自己："而今见贤弟伤心若此，才知这世上难得的是一心人。若还能见她一面，将我的心思告知，倘若她也有意，我必尽力搭救她逃出火海，一生一世对她好，倘若我是一厢情愿，"张纯修脸一红，站起身，背向成德踱向窗边，"心里的话说出来了也就不遗憾了，眼前已点了进士，只等再指了任，随皇命是听，外放赴任，效忠朝廷，终了一生罢了。"

成德拍桌叹道："极是！见阳兄果有此志，令人钦敬！原来，从前的信誓旦旦，现在看来却只成了萍水之缘，当初踌躇满志之时，又哪能想到我今天这般无奈，即使近在咫尺，却似远隔天涯……人生无可奈何事何其多？若不能放手一搏，从心所欲，纵然活在锦玉堆中为世人艳羡，于自己也无益了。见阳兄此愿若非儿戏，成德便有成人之美，我要帮你！"

"能这样最好！若这事能成，我此生再无遗憾了！成德，"张纯修喜悦之情已溢于言表，"只是你眼下还病着，怎敢劳你多费心思，你看，还说是来探望你，唉，成德休怪愚兄鲁莽。"

"你我都是性情中人，何谈怪罪，这些日子困在府里，难得有知己来访，你的话量也没有旁人能听了，不知子清在宫中境况如何，得闲咱们再要聚聚才好，何时你真放了外任，再要聚怕是难了。"不知不觉又谈到伤心事，二人都唏嘘不已。

又聊了半晌，张纯修怕病中的成德劳神，告了辞出来。

见客人去了，翠漪进来打点礼物，拎着精致的藤编果篮左瞧右看，自言自语道："姑爷的朋友也真怪，看穿戴也是个人物，还说点了进士，是老爷了，怎么来送礼却只拎这么个果篮？几个时鲜果子能值几个钱？够小气，姑爷也不笑话？"

苇卿定睛瞧那果篮——油亮精细的绛色藤条细如发丝，篮子虽不过巴掌大小，却编制得密不透风，沉实如生铁一般，通体不见接头，二三十个红宝似的樱桃，莹莹烁烁，被闪着两沿的小篮托着，状如元宝。

"亏你也跟着我在南边长到这么大，连这个都不认识，这不是爪哇国才有的？叫什么土厘藤的？记得那年父亲在时，来朝的外官送过一套凉椅，正是这样子的。"

"哦，我想起来了，哎哟，那这可算是贵重得很了，只可惜只为配几个时令樱桃，这不是叫什么'金玉其外，败絮其中'了吗？"

"嗯，恐怕是御赐的呢。新科进士发榜，皇上总会赏赐樱桃宴，这位张大爷该是把这恩宠送来给大爷了。"

翠漪听了，不禁惊叹："真的？大爷与人交往，该是如何赤诚，才经营出这份交情啊！"

苇卿却不自觉想起前日才抄好的那几句："白樱桃，生京师西山中，微酸，不及朱樱之甘硕。""但愿没勾起他的伤心事来。"

成德方才送张纯修并未走远，回来正听到苇卿的言语，一怔，却不知说些什么，只勉强吩咐翠漪道："拿下去你们尝尝罢。"

翠漪见两位主子都无话说，便站着不去，替小姐宽慰成德："那姑娘只是出走，过些浪迹的日子罢了，日后再相见也说不定，姑爷何必就往绝了想呢？"

"浪迹？是啊，游鱼潜渊，飞鸟在天，倒是比困在笼中有志难伸强得多呢！"成德边说着，边踱进里间，留苇卿主仆二人在厅中不住叹气。

待苇卿端着煎好的汤药回房唤时，在只摆着笔墨的妆台上，她见到了墨迹氤氲的新词：

浣溪沙

谁道飘零不可怜，旧游时节好天气。断肠人去自经年。

一片晕红疑著雨，晚风吹掠鬓云偏。倩魂销尽夕阳前。

六

礼部尚书府内院里，病榻上已经奄奄一息的龚鼎孳握着千里迢迢前来拜访的朱彝尊双手，哽咽难言。此时的龚大人，已不复先时的心宽体胖，却是形容枯槁，颧骨高高耸起，身边端坐着徐娘半老的夫人正殷勤侍奉汤药。

三藩之乱初始，朝廷立即对前明的贰臣心存怀疑，不肯重用了，而龚鼎孳本就因是前明降臣而饱受其他满臣诟病，又曾在任内不顾安危弹劾过一些受宠的权臣，树敌不少，现在一旦见弃于新主，立刻茕茕孑立，急火攻心便病倒了，从此一蹶不振，到此时已经是气若游丝，日薄西山。

"一别经年，不想兄台竟病到如此，"说到此，朱彝尊堆满皱纹的脸上已满是辛酸泪。

"是啊，有幸还能再见你一面，命运待我已是不薄了。匆忙一生，明亡侍闯，闯亡降清，几十年来，我为官从无过错，却以沉溺声色这样的莫须有罪名而罢官，我知道，皆因我是贰臣，清朝皇帝不放心了，便弃我不用，可怜我如今犹如丧家之犬哪。" 龚鼎孳半边面孔已经因为久不运动变了形，话也说不真切了。

榻边不时有两个相貌忠厚的年长仆从收拾东西，屋子里稍微值点钱的字画早已被逃跑的下人裹挟走，只剩下些破旧衣物和古籍无人问津，零散扔在地上。

榻边妇人虽上了些年纪，未施粉黛，也没有贵重饰物妆饰，却仍风韵犹存，年轻时"横波夫人"的别号如今仍当得起，只是此刻脸上写满悲戚，双眼里却闪出一丝不甘和坚毅："也是我把老爷连累了，自从他把我赎出来，这些年，官场内外，就没息过声，处处以我为由排挤他，这回是闹大了，把老爷逼到了这步田地……"妇人含着泪，说不下去了。

"夫人不必过意不去，官场自古攻讦不断，没有夫人之故，也能拿捏出旁的来，兄台更要看开些才好。"

"事到如今，还有什么看不开？只一件事后悔却已为时已晚，不可挽回了。"

"何事？"

"虽居于庙堂之高，已饱受世人诟病，所幸还有闲情捉笔作诗，聊以自娱，苟且偷生至此。早知是这个结果，不若当初，挂冠而去，纵情于山水之间。"

"兄台兼有故国之痛、身世之伤，便是果然归隐，怕也难忘情于世……"

龚鼎孳听得断断续续，未及朱彝尊把话讲完，竟昏厥过去。

朱彝尊面色登时变了："孝升兄！"

"他这是累过去了，过会儿又会醒，先生不必着急。"妇人淡淡一句。

"呵，"朱彝尊舒了口气，又叹道："孝升一去，'江左三大家'尽皆去矣，不知京中今后，还有何人能共唱酬。"又问妇人道："他既如此，京城里有名的太医多得很，为何不请一位来延治？"

妇人无奈："家里能变卖典当的，不是被偷，就是已经压了死当，换得些许药钱，如今，别说正经太医，就连平常大夫也请不起了。"

"孝升兄为官多年，当初的同僚就无人伸以援手？"朱彝尊又恨又气。

"听说罢了官，避之犹恐不及，哪个还肯来帮衬？前儿来一位，探望一回就算是尽了心了，还安慰说只是罢官，没有籍没就算是恩典了。"

"哪来的混账，说得混账话！"

"当初我家老爷在他失意之时还曾举荐过的，听说他处境也不好，就别多嫌着了。"妇人说完，又长叹一声。

朱彝尊虽以才名闻达于世，现却只以教书为生，本来此次进京，还是想托老友举荐个职位，如今却见这副光景，自己又捉襟见肘，不免生出无可奈何之感。

妇人看着朱彝尊心有余力不足的着急模样，也安慰道："我倒是想起一事，先生说不定能帮上忙，您可愿替我家老爷解了这个燃眉之急？"

"快说！"

"我听老爷说过，现兵部尚书纳兰明珠之子纳兰成德，仰慕你已久。"

"这？"朱彝尊只听说过明珠，一个当朝的红人，权势日盛，"可我与此人素无来往啊。"朱彝尊眼下确实对官职思之若渴，但对于这样已历经两朝、遍游四海的年界不惑之人来说，俯首与权臣结交太需要勇气和耐心了，况且他也根本不相信一个年纪轻轻的满族贵胄宦门子弟能在汉学领域有多高的建树和多深的诚意。

妇人顿了顿，又想起："先前在北海先生秋水轩作雅集唱和之时，此人就曾托我家老爷传书给你，如今你竟来了，焉知先生与此人无缘哪。您等等。"妇人难为情地笑了笑，道："家里虽然值钱的都拿走了，量那书信还在。"便起身去了。

朱彝尊低头看着病榻上沉睡着的老友，将信将疑地接过妇人递上来的信笺。

16 | 忘年师友

一

一身布衣的朱彝尊在明府正门前踯躅再三，终于待大门两旁来往的轿马稍减了些，才虎着脸挪向石狮子前。刚得了闲的小厮见这样一副打扮的来人，也不等开口，便挥手喝道："哪里来的？走远些，当心高头大马踢着碰着，来这府门前碰瓷儿可是找错了地方！"

一番话喧得朱彝尊登时胡子直颤，话也说不出，转身便要去，幸好旁边另稍老成些的唤住："要找人你得走府后西边角门，以后莫要在此逛荡了。"

朱彝尊不知自己是如何跌跌撞撞找到角门的，只在脑海里一直萦绕着龚夫人临别一跪时说过的话："我能想到的法子，也只有这一条了，如今我家老爷性命全系在先生身上了，万望成全，先生救他即是救我全家了。"

心事重重的朱彝尊，在西园后门处的抄手游廊上，迎面撞见了兴冲冲前来迎接的成德。

"朱先生！"成德虽脚上趿着洒鞋，却走得飞快，疾风拂过两鬓，额头上的嵌金丝暖额只在鬓边松松一系，随着疾风在鬓边飘舞，待站定时，身上披着的长袍已滑落一半，手上紧紧揸着从蔻儿手中递上来的书信，那书信是几个月前，成德亲笔写给自己的，几经辗转，又带着成德的体温回到了自己手中，也带回了成德一如既往的期待，"迎接来迟，先生莫要见怪！"说着，成德拱手行礼，原本苍白的脸上，因由衷的喜悦之情而泛起红晕，眼中洋溢着的热情就像身旁的春风，温暖又含蓄。

有蔻儿不住在身后唤："大爷慢些，留神风吹着！"成德却听不见，眼神只留在来人的眉宇之间：与富贵乡里的同龄仕宦们气质不同，面前人的脸上沉淀着游走山水之后特有的淡然和澄澈，不与人对视时，仿佛总能看见远方，岁月已经化作一道道沟壑，深深地刻进额头，深邃的双眼炯炯有神，眼里写满悲悯和积淀后的谦和，还有一丝不易察觉的笃定。虽已年界不惑，却须发乌黑，决然不是为五斗米而精于算计的费心劳神之人，洗得退了色的灰棉布长衫上，两肘已经磨得泛白，如果不是手上握着的一本书，因为是新装订的，有崭新的深蓝色封面，成德想，面前真倒像是幅水墨图画，不着颜色又意味隽永。

"来者是，少公子？"朱彝尊从成德的气宇间断定，这便是明府里那位声名远播的贵重人物，却不解为何匆匆赶来以致衣衫不整，难道书信上为结交自己而留下的恳切言辞竟然不是客套？

"正是，学生失礼，先生莫怪，莫怪。"谦谦君子，温润如玉。

朱彝尊被成德引领着，小厮兢兢业业在身后跟随，听二人忘情畅谈。这明府西园已经寂寞了太久，终于在这初春的朝阳里，迎来了一见如故的两位忘年知己，一个笑靥明媚，灿若春花，一个厚重深沉，静如秋水，两件纯净的衣衫如南归的玄鸟，在生机勃勃的繁花间穿梭。

二

通志堂的书房里，朱彝尊仔细读着成德的新词："呵呵，倚声小令，在高人雅士眼中，颇不入流，为何还要钟情于此呢？"

"虽如此，在学生也不过是附庸风雅而已，"成德笑道，"先生既说不入流，"一顿，将旧信夹进朱彝尊作为见面礼送的新书，在手中扬了扬，"您的这本《曝书亭词》是怎么来的？可知是取笑。"

朱彝尊见成德这番认真和热情，既惊喜又惭愧，连连摇头："哈哈，是少公子你取笑我！"成德也笑着将其揽入书斋。

三

　　见主子几个月来难得露出十分的喜色，知心的下人们都跟着高兴，偷着空闲的，特特地向太太报喜，太太听说便止不住叩谢神灵，也不问来客的身份，忙吩咐告知大奶奶听，再嘱咐厨房备饭留客，下人们把各个屋子寻遍，唯独又不见莘卿。

四

　　"自然我是真心仰慕先生的。"明厅的楼梯上，二人一前一后向楼上的藏书室走去，成德谦恭地谈起自己填词时的心得来，"虽然钟情于填词，却未经世事，难免被指稚气，表情有余，言志却不足。先生见识远在成德之上，又独具匠心，可愿指点一二？"

　　"方才看你的《谢饷樱桃》一篇，'分明千点泪，贮作玉壶冰。'就很好啊？"跟在成德身后，看着面前年轻人郑重的背影，朱彝尊也不由自主地认真起来："论见识，少公子尽皆在众人之上，只是你说言志不足，在我看来，倒也难怪。"一面扶了楼梯缓缓而行，一面又道："这倒无妨。像你这般年纪时，我也曾钟情于《花间集》《草堂诗余》，因到底年轻，即所谓'为赋新词强说愁'，呵呵，如此便难免有气格卑弱、语言浮薄之弊。"

　　成德不假思索道："正是！"听他一语道破，急不可待听他下文。

　　"除了《花间集》《草堂诗余》，少公子现在读何人词集，欢喜何人呢？"

　　"小令，晏殊父子；长调则推周邦彦、秦观及辛弃疾。"

　　朱彝尊沉默片刻，倚着扶手，捻须道："这便好了。世人言词，必称北宋，然愚以为，谓小令当法北宋以前，慢词则以南宋为佳啊。"

"辞微旨远，比兴寄托，的确以南宋诸词见长。"成德说着，推开二楼正对楼梯的一扇门，"来，先生请进，这便是成德藏书的陋室了。"

原本这楼上是三间屋子，因为整层楼皆是藏书之所，成德便命人将隔断统统改去，只留几楹原跨间的堂柱，家具陈设也简洁：除正对门留下一对红酸枝夔凤纹翘头大案与扶手椅外，其余摆设唯有一样——左右纵列的通顶书柜，只是书柜样式却各不相同，靠近桌案的左右两边是对称摆放的两列卷草纹梅花纹的多宝格，再后便是勾云纹格柜和山水人物图格柜，最后是西洋花纹大书柜和书架，柜上镶嵌了少有的蓝白二色碎花玻璃，精致之中不见一丝富贵人家粗鄙气息。每列书柜向外的柜角上，用红松的漆牌按"经史子集"不同类目标记，一眼望去，竟有百十来列，卷帙浩繁，典藏云集。

眼见藏书如此丰富的书楼，朱彝尊却未见惊讶，只略问成德正读哪些书，成德叹道："虽有典藏，却难一一读过，如今在病中，反倒有闲了，近日拣些经史类古籍，粗粗翻翻，诸如《春秋集解》《礼记集说》，漫无目的，自从殿试误期以后，我那上进的心也懈怠了。"回首见朱彝尊略有所思，便问："听闻先生足迹遍布四海，传道授业解惑，想必家中更是汗牛充栋吧？"

"唉，何谈讲学？不过做个教书匠，聊以果腹而已，略有游资，都已买了书，所以捉襟见肘的时候多着呢，"朱彝尊扫视着一架梅花纹格柜上的"经"字漆牌，踱到柜前细细看来，"遇见好书又没钱买啊！"看了成德一眼，胡子一翘，笑道："在下就借来抄！哈哈。"

成德一愣："抄？"

"唉！少公子有所不知，这抄书啊，也是一大乐事，在下借过的藏书家可多呢，无锡秦汉石，昆山徐幼慧，钱塘龚孝升……"提到龚孝升，朱彝尊面色忽然僵住了，"成德，在下此来，是有一事相求，"求人资助钱财，乃是平生第一次，确实难以启齿，但事关老友，也管不了那么多，"孝升兄与我是多年的老友了，近来……"

"哦，芝麓先生，学生见过的，他？"

……

五

安仁急急出来吩咐门房里的小厮去请王太医，方才在门前斥责朱彝尊的那两个小厮，正因为自己在穷书生面前使横互相吹牛，听见喝命都抢着上来应差使，一溜儿小跑着去了，蔻儿则携了成德的荷包，上马朝龚孝升的礼部尚书府扬尘而去，匆忙中成德凑不来许多银两，便将日常用的散碎银钱和盛钱的荷包一齐悉数交给蔻儿。

六

蔻儿去了，成德仍不放心，又将建外园时明珠给的调用支了不少，将银票交与朱彝尊时，成德那双颀长的手掌握得很紧："竹垞先生且放宽心，吉人自有天相，芝麓先生一生对贫寒名士倾力相助，纵然朝廷弃用，我辈也没有辜负的理，咱们且敬候佳音吧。" 朱彝尊握着成德的手，隔着薄薄的银票，仍能体味到来自这位翩翩佳公子的高贵和温润。

七

东府花厅外，翠漪刚吩咐下去备饭待客，回来便不见了大奶奶，只好向刚刚从里间告辞出来的颜儿讨情："烦姨奶奶向太太回一声，就说大奶奶见少爷身子大好了，欢喜着亲自下厨呢，待会儿吃饭就不过来服侍太太了，请太太别怪罪。"

"哼，这谎话编得可不圆，大奶奶若真这样，你不怕太太挑理说眼里只有少爷，没有婆婆？你这不是害大奶奶吗？不妨事的，只管实话实说嘛，大奶奶一准儿又去书楼了，这些天她一得空就往园子里去，太太也是知道的。"

"外头嘀咕什么呢？我这儿有客人，这么没规矩。"里间暖阁里传出太太不悦的声音。

翠漪垂手站在炕桌下。

"厨房里都备下了吗？告诉成哥儿一声，既来了客，便要留饭的，难得今儿他顺心，就索性好好儿乐乐，不必记挂着我这儿了，我也有客，也不多操心他的事了，教成哥儿媳妇儿多费心，别由着他多劳神。"听太太如此说，翠漪刚松了口气，太太又补了一句："哦，客人那边现也用不着她，教她先过来跟我们一道用膳吧。"

"呃，"翠漪攥着裙带编道："大爷说他会客，大奶奶不便在旁服侍，就一个人，嗯……"

"一个人？一人儿干吗去了？"见翠漪支吾不出声，嗔笑道："眨眼的工夫，就能把你们主子丢了，"又转向一旁一位陪坐的贵妇："我这媳妇儿，看着弱不禁风的，却也是个不安分的，这倒也罢了，我还真就不喜欢那些个什么'小鸟依人'的，整日价黏着男人不放手。"略一思忖，又道："总不过又瞄着那园子呢，就教她逛去，这些日子成德病得厉害，端个汤递个水的，也难为这个新媳妇儿了。"

妇人也附和道："可不是，眼下园子里的花花草草长得正好，年轻人可不都喜欢？我们家那个鬼灵精啊，也成日介玩儿不够！"二人舒心一笑。

"你们也要精心些，别以为不是我们府里的家生子儿，我就管不得你们了。你和带过来的那几个小丫头，看着你们姑娘喜欢什么，只管向我来要，有什么不顺心顺意的，也只管回我，别只管闷在心里，一家子高高兴兴的，早点给我生个嫡孙子，你看看颜儿，不声不响的，这不是也有了？哦，我想起来，如今颜儿成哥儿都大好了，不宜再住一处了，刚我吩咐她，就留在偏院儿里吧，跟我近些，媳妇儿喜欢园子，就和成哥儿回园子住吧，我做主，你也不必问他们，只管收拾去吧。"

"哎！"翠漪见太太欢喜，定下这样的安排，喜不自胜，出了花厅，一路像踩着风，飞着奔西园来。

隔着炕桌，坐在太太对面的贵妇虽衣着华丽，体格却不甚强健，说话也细声细气的，此刻看着太太满面红光，不由得羡慕起来，和声细语道："姐姐可真是个担得起一品诰命的敕封，治家有方，把个宝贝儿子教养得出息不说，对媳妇儿也这般通情达理，也是她修来的福分，眼下又见得人丁也越发兴旺了，真是可喜可贺！"

太太笑着摆手道："嗨，妹妹你也看见了，我这不是才顺过来吗？早些年还支应得动，现在年纪也上来了，指望赶紧给那个小祖宗娶门亲，正经八百接了我的差，我也享享清福，可到底是从小没个娘教养，搭着娘家败落，场面上的事拿不起来，样样儿都得手把手现调理。这倒也不妨，只是那孩子性子有些怪，只知退，不晓得进，生人外人面前甚是怯得慌，连个下人也压不住，成哥儿还呆呢，不知疼着护着，我要再不宠着些呀，只怕依着她自己，哪天连个奶奶也做得不像了。"

"哪儿能呢？凡事总要慢慢来，我那亲姐姐刚下世那会儿，阖府都反了天了呢，能怎么样，还不是得一点点收拾，如今孩子都渐渐大了，却把自个儿累得一身病，依我说，咱们这个年纪，还得多多保养才是，孩子们的事，能撒手就让他们做去吧。"

太太重重叹口气："唉，我比不得你，一进门儿都擎现成儿的！我是有难处也得硬扛着。哎？说到孩子，你可好久不领着宝贝玉丫头出来逛了，上回见还是成德中举办宴时呢，又长高了吧？领来给我瞧瞧，也认认亲，说句不怕你笑话的，你那丫头我是最中意的，要不是年纪太小，我是真想教她给我当儿媳妇儿的！"

贵妇跟着太太喜笑颜开，只是气虚体弱，笑了几声便喘了起来。

八

午时已过，朱彝尊却仍恋恋不舍于成德的书楼，成德也乐于引领着继续将各柜看过，在楼堂后面几排西洋纹碎花玻璃柜前驻足流连时，朱彝尊竟发现了难得一见的唐玄宗御注《孝经注解》，甚为诧异。

"先前以为，少公子年轻，只好些轻词慢赋不足为奇，今日见你楼上所藏，却以儒家《经》《史》居多，原来，竟是在下不辨菽麦，轻慢你了。"

朱彝尊的直言不讳倒使成德有些得意，笑道："哦，先生有所不知，果真是我叶公好龙，这些有半数都是国子监祭酒徐先生慷慨相赠，涵盖诸家经解，您看……"说着，成德移步打开四连开檀木雕花框柜门，虽只是上下三段柜门的中段，却已是满柜灿然可观。

朱彝尊击节叹赏道："真真书海矣！"

成德见他爱不释手，便十分大方："我知先生爱书如命，若有喜欢的，还请先生只管常来舍下，这里便也是先生的书楼了，能时常和先生切磋是我的荣幸。"

"哪里哪里，" 游走四海一向从容的朱彝尊，面对成德的仰慕和热情却莫名怯懦起来，"你果真有绝本宝贝，倘能一观，倒是在下荣幸，若是能出借么，啧……" 朱彝尊捻须不好意思继续说，斜眼觑向成德，倒是引得成德哈哈大笑起来。

"朱先生开口，哪有不应之理，君子有成人之美，先生要哪本，只管取就是！"

"如此甚好，这个……" 朱彝尊迫不及待伸手向那孤本的《孝经注解》。

"哎！"成德笑着拦住，道："我若说有事相求，先生肯不肯呢？"

"哦，甚是，无功不受禄嘛，你只管讲。"说着， 朱彝尊已将书抽出，眼珠仍在书架上游移。

成德见老先生见书竟是这副贪婪模样，忍不住偷笑："座师南行之前，曾说有意统筹各家《经解》，综合辑刻，刊行新版于世。"

"哦？！此举甚好啊！有清以来，还不曾有人做系统阐释儒家经义的事，这个徐健庵，贬了官也不死心，哼！" 朱彝尊嗤笑一声，言语若有它意，"只是自先秦至今，各家经解怕有百种，"说到"百"字，朱彝尊特意加重了语气，"且流传于世的，多为残本，抄本讹谬更多，若一一校正辑录，又要有工匠专司刻版，" 朱彝尊略一沉思，"工程浩大，财力人力上，恐非常人能为之啊，徐大人竟有这等雄心？"

"呵，正是如此，先生他苦于资金有限，难以成行，不免因此苦恼。"

成德不等说完，朱彝尊立刻将手里的书放在下层书柜的探台上，挥手将其止住："唉，你不会是要在下应承此事，替他徐乾学卖命？哈哈，唉，你看看，" 朱彝尊双臂一甩，将宽大的衣袖攥在手里，"两袖清风——"又将衣袖松开，捋起胡子给成德看："胡子一把——"遂将刚抽出的书又塞回书柜："怕帮不上什么忙喽！"

"唉，先生，何必如此！"成德忙拦下朱彝尊的手，"我并非此意！"成德不明白朱彝尊也是大学者，参与这样的学界壮举，于国于民都有利，既遗福泽于后世，自己也将流芳百世，为什么一提到老师徐乾学，他却退避三舍了。"只是想借先生法眼，多家再觅相关古籍，补现存之不足而已。"成德又发挥了擅长的圆融之技。

"哦，原来如此。"朱彝尊又惺惺惜惜地将书拿回手中，成德大乐。

"唉，在下虽是'老骥伏枥'，却无千里远志了，若还能为你这样有志气的年轻人铺路，也算有功于后世了。方才听你讲懈怠不上进的话，就想劝你，如今你又提辑刻丛书一事，在下倒当真要建言一句：你何不应承此事，一则圆了学坛大儒们的心愿，二则于立身扬名也有利。" 朱彝尊故意放慢了语气。

成德正色道："先生差矣，我若应此事，决不仅图虚名，也不愿只做鹦鹉学舌，不瞒先生，我也粗读诸家经史，算是有些管见，也要编辑入书，不畏示人！"

"哈哈哈，果然后生可畏！好！资助辑编《经解》一事，如若由你主持，在下愿倾其所藏，鼎力相助！只是，这《经解》也该定个名字，以示和前人有别呀。" 朱彝尊为自己的激将法取得成功暗自庆幸。

"这？"成德思忖着摇摇头。

"嗯，前人多以书斋厅堂为名。依在下拙见，这套《经解》即可用通志堂三字，如何？"

"好！"二人正一拍即合之际，忽听第三个轻柔娇俏的声音也从柜后传出，继而"哎呀"一叹，窸窸窣窣地从最后一排靠墙的书柜前，飘出一系裙袂，成德追过去，已不见人影。

九

朱彝尊婉言辞谢了成德留宴的请求，由成德陪着，穿过西园后身的游廊，也没让成德打发的妥当小厮跟从，只亲自抱着心仪的一摞古籍告别了小友，乐颠颠出门去了，望着朱彝尊志得意满的背影，成德禁不住莞尔一笑。

明府西角门前，远远见得蔻儿骑马匆匆回来，朱彝尊微笑着上前，蔻儿却只含糊打了个招呼："朱先生！"便下马，头也不回往府门进。

"小哥，且住。你可见到龚大人？"朱彝尊望着蔻儿的背影，急切地唤住了。

"唉，朱先生，咱们，迟了。"蔻儿见躲不过，只好回身垂头丧气道。

"怎么讲？"

"那礼部尚书府里，早换了新拜的玛佳大人了。"

"新拜的大人？那龚大人呢？"

"小的听他们府里买办的小厮说，前日他们玛佳大人的家当就进府了，本来新任的大人还好说话，只是他们的当家奶奶凶得很，说龚大人重病晦气，又早听说龚夫人出身，"蔻儿迟疑片刻，"出身青楼，更断断不得在他们府里多留一晌，硬是打发人连夜给赶出来了。"

"啊？那如今？"

"小的又赶着追到城西的福来客栈，可店小二说，那龚大人当天又气又病，后半夜便在客栈里殁了。"

"什么？！"朱彝尊只觉头重脚轻，天旋地转，怀里的书散了一地。

"朱先生！"蔻儿赶忙上前搀扶住："先生保重，您和大爷都已尽了心了。"

"不，不，我还答应了孝升的遗孀，要帮上他们的，我这是失信了啊！"朱彝尊一手搂着蔻儿，捶胸顿足，老泪纵横。

"这？"蔻儿本不忍心再把底下的话和盘托出，可听朱先生的话，又瞒哄不住，"先生听了可要珍重，我听说，那龚夫人无依无靠，也，上吊死了。"蔻儿举起成德的荷包，无奈地望向朱彝尊。

"啊！"朱彝尊再也支撑不住，身子一沉，僵直着坐了下去。

"先生觉得怎么样？先生放心，龚大人的后事我家大爷一定会帮忙料理，咱们做到这儿，也是积德行善了，要不，回我们府里歇歇？和我家大爷再细斟酌？"

朱彝尊失望地摇摇头，已是欲哭无泪："不回去了，"又从袖管中抽出银票，颤巍巍交给蔻儿，"还给你家公子吧，用不上了，人生难测，来去无由，嘱咐他，我，我等他大功告成，这就是最大的善事了。"

朱彝尊吃力地站起身，一本本拾起地上的书，微风拂过鬓发，满面的泪痕倏尔风干，俯身抬头时，淡然的脸上似乎又多了些皱纹。

十

出乎翠漪的意料，苇卿听完太太的安排，并不十分欣喜，只以颜儿体弱，尚需人照看为由，请成德独自搬回晓梦斋，自己则还如初嫁时一样，留在偏院，与颜儿同住。太太虽心中不解，奈何苇卿总以妇德作说辞，又想着成德方才病愈确实不便同住，为全新妇心意，太太便不肯拗着苇卿，留了最老到、身份又妥当的翠漪等随成德同去，又怕大奶奶这边没了人不成体统，便将从前如萱伴嫁的小英放在偏院里，如今小丫头也出落得有模有样，虽不十分伶俐，却早已见识过掌房丫头的气派，依太太的话："出入替你们奶奶长只眼也算使得了。"

十一

为了辑刻《通志堂经解》，成德从若荟妈手中收购了西园外隔道的几间卷棚顶民宅以作刻工的凿刻场所。若荟妈千恩万谢，将比市价还高出一截的房契递与颜儿，颜儿已是许久未见成德脸上的喜色了，自己身子又日渐沉重，加之太太再三叮嘱不可动气、不可劳心，便不好当面斥责那婆子贪得无厌，将太太赏的东西高价转卖给少主子，只暗地里记下了这笔账。

辑刻工程如火如荼地铺开了。成德每日身在南楼校写古籍，便有隔墙的凿刻打磨之声不绝于耳，这阵阵声响在成德看来，更似击玉敲金，将殿试不利的烦恼和沮丧也冲淡了。

而从太太处得知儿子用于采买纸笔、雇佣刻工的资费乃是修建自家外园时节余的款项时，明珠连连称其太过节俭，遂起草奏本，向皇上陈明刻板的意义，皇上也口称赞赏，便默认明珠自作主张，指派了武英殿书局修书处里主事、纂修及协修等主管校订、刊刻的小吏几十人为成德听用，连刻工都换成了内廷造办，眼见新制的雕版字迹秀丽、刻工精良，不由成德喜上眉梢，连家常衣服也多拣鲜亮色的上身。

成德又回到了每日清晨按礼过东府里给双亲请安的日子，而每一次过府，翠漪都会像当初的颜儿一样，引领成德多绕几步路，穿过月门往北走石子甬路向偏院来。成德故意不问翠漪，只顺从地跟着，他不知道每个这样的晨曦中，听到翠漪响亮的说笑声，总有人掀开窗子，从红绡纱橱间的缝隙里看他一眼。清晨的风露仍有些凉意，为等待看这一眼，每每要受些寒侵，可在那人心里，值得。

17 | 新人心事

一

自从成德成亲，府里多了一位少主子后，明府里用早膳的规矩也变了。

明珠在时，饭还摆在厅里，一家子吃口团圆饭，如今明珠屡屡忙于外事，不大回府，成德又素来不喜与府中其他女眷过从，现以辑书繁忙为由，趁几位姨太太未到，请了安便回西园过自己的桃源日子去，只留太太一人，无甚意趣，每日辰时一到，便只命人在卧室外的次间暖炕上设了红木炕几，自己摆当家太太的谱，碰巧实在觉得过于清净了，偶尔也使人在地下支了小桌，唤乔姨太太和柳絮儿过来同用。

苇卿则替了二人的值，每日要先为太太安箸、盛饭，颜儿因有孕在身行动不便，太太只用其为苇卿递送帕子、漱盂等物，其余时候只侍立在侧，问起府里园里的家事开销时，颜儿便恭恭敬敬回明，只是关于大爷与二爷的开销时，颜儿总先瞥一眼在一旁侧耳倾听的乔氏，然后统称为"爷们"，太太也不细问，倒常会提点苇卿："她说的我也懒得算计，你要替我留着心，咱们几个娘们儿家多了少了倒无甚要紧，谁还攀谁不成，你们要是当了全家，则不必在意这些个，倒是外头亲戚和朝廷亲贵们，万不可怠慢了，该放赏的要放，该送礼更要行得体面——至于奴才们，你们也要知轻重，素日我是如何待他们的，你们只管学个样子。就说先前大行皇后丧礼持服时，与府里素来要好的钮祜禄太太，她老爷瓜尔佳大人因护驾有功，赐了爵，着人送来了帖子，可不知哪个没心肝的，竟疏忽压下了。"太太看向苇卿，苇卿则羞红了脸，往颜儿身旁蹭了蹭，轻轻咬着嘴唇一言不发，想起那日自己偷跑去成德书楼，一屋子小丫头不知谁接了喜帖，胡乱扔在八步床内的妆台上，可那妆台上原摆了厚厚的一摞书，又不知是谁一并收拾起来又不自知，教苇卿蒙在了鼓里，知道颜儿素来谨慎，太太自然怀疑是苇卿只贪玩不尽心，因没有实证，事情业已过去，便只对事不对人提点一句。

"若不是回府后老爷问起，咱们便只让些奴才装进坛子里了！传出去，人家说小气，咱们娘们脸上过不去，若是因为这样的小事，害老爷朝廷里也难做人，岂不事大？"太太眉头微蹙，放下红香木连箸，磕在成窑缠枝牡丹瓷碟上，"叮"一声响，屋里只有一家人，都屏气不语，乔氏端着杯子正啜了口水在嘴里，见太太停箸了，满嘴的漱口水咽不下去，圆瞪着两眼瞧着苇卿和颜儿，乐得看笑话，柳絮儿和两个小辈年纪相仿，私下走得也近，虽不是一路人，却也不愿见二人受辱，也停下手来，坐直了预备起身。

"太太教训得是，是我疏忽了，才饶上奴才们挨顿打。"颜儿也不问，先把罪过揽过来，为的是苇卿面子上过得去。

"不警示几个，怕以后还有，原该撵出去不用的，我想着也给你们留个好人做，你们年纪轻，不压人，索性就扮个红脸吧，不过，还是那句话，要尽心，啊？"苇卿知道这话是教训自己，勉强含笑答应，好歹支撑到侍候用完早膳，才和颜儿俩人出了上房，有三五个早候在廊下的二等丫头，先前管往屋里送饭，这会儿则有前有后围着两位主子，往偏院来。虽然用膳时，明府的规矩下人不进屋，可苇卿还是觉得方才里间里的训斥被这几个丫头听去了，一路上闷闷的，仿佛几人的脚步声也是在笑话自己。

二

春日迟迟，主人们轻声回来，偏院里却仍然听不见喧闹声。苇卿又像往常一样，独自坐回窗下，只是往日一笔笔勾描画作的心思却没了，桌上快要成形的小像还未着颜色，依稀能看出画中人眉眼间忧伤的神情，仿佛此刻画作主人的心情。次间，与明厅间隔了一扇连排红绡纱橱，只中间两扇可以开合，如今，这仅有的两扇也关得紧紧的，没有穿堂风，偶尔窗下有风掠过，却抚不平人的心事。

"奶奶您是太太嫡亲的儿媳妇儿，刚才的话自然不是冲着奶奶的，奶奶您何苦多心呢。"颜儿早在上房里就看出苇卿不自在。

"多谢姐姐你有心开导，我何尝不知姐姐的好心，过门这些日子，最亲近的不是公子，竟是姐姐！其实，我原也该吃些教训。打量姐姐也是知道的，我自幼亲娘去世得早，父亲怕我没人教养，续了弦，谁知没过两年，母女情分还没定，继母也撒手去了，于是偏有人说我是克母的命，再无人敢进我们家的门，父亲忙于公事，自是无心教导，及到大了，还不等父亲操心我的事，家里就遭了变故，父亲革了职，一家子从南边回了京，路上父亲就因病故去，那时，我才知道人世的艰难，按照父亲临终的嘱托，跌跌撞撞地好容易投奔到京城的故交门下，谁知'世败莫论亲'，何况只是先祖的故交而已，那一家子早不认人了，便是把我嫁到咱们家来，也是阴差阳错才促成的，一来是我年纪一天大似一天，白在他们家养着，看着不像，二来便是有人提亲，他家的独生女儿也不会应，那女孩原是金贵的，还等着宫里选秀，好有朝一日出人头地。"

"竟还有这样的事？老爷太太选了多少富贵人家，大爷都不喜欢，我们底下只知道奶奶是个才女，这才八抬大轿进了门，是夫唱妇随。"

"夫唱妇随？"苇卿轻叹了一声，"原本也没想过高攀的，所以，他躲着我，我也不黏他，互不相扰，也还清静。"苇卿无奈笑道，又展开帕子盖住了桌上画中人的脸。

"大爷是个多情的人，多情却难动情，打量您进来这么久了，也能看得出来，他的心里，能轻易容下哪个？可有一点，您大可以放心，我们家大爷端的是个好人！"

不等颜儿说完，苇卿便笑着拉了手道："姐姐想哪里去？我何尝不知道你家公子的人品？只是我心里的苦，怕也难和人讲，姐姐只别费心猜就是了。"

颜儿虽是个温婉和善的，可像苇卿这样诗书满腹的女孩儿家，心事萦绕起来，也真是猜不透，便抛开成德，又说起家事来："原不知道奶奶的身世，今日看来，也是个苦命的，可如今不同了，奶奶您是苦尽甘来了，在这府里，除了老爷、太太、大爷，谁还敢怠慢您？您只管拿出少奶奶的款儿，镇服住里头的，外头的事只跟着太太开了眼界，没有踢蹬不开的，万事开头难嘛，我虽有帮衬您的心，可再怎么也是奴才身，这我是知道的，也不敢强出头，只能出几分拙力气，别落了别人口实，教人看笑话，教太太奶奶脸上过不去罢了。"

"我自然知道当家的难处，可恨我并不擅长这些，猜太太也早看出我是个拙手笨脚的，偏又竭力提携，怎么不教人两难呢。我只知那俩屋里头的，该是早就惦记着这份差事，这就是所谓'有心栽花花不开，无心插柳柳成荫'了吧。"

"其实太太看我做的家账也是有破绽呢，只是碍于那两个，尤其是乔姨太太，不肯奚落咱们自己人罢了。毕竟您是正牌主子，再怎么不上手，这份家业迟早也要交给您打理的，慢慢学着做也就过来了。"

正说着，翠漪笑着报进。

"刚太太传我回话，我还以为前儿的话只是一时喜欢随口说说的，谁知竟是真的，我紧着回来告诉小姐……"翠漪听见苇卿一声"进来！"便没头没脑喜笑颜开起来，见颜儿也在，又住了口。

"什么事儿？把你乐得！"颜儿未觉见外，方才和苇卿站着说话，这会儿确实有点累，便欠身要拽个梅花五足圆凳过来，见她弯腰吃力，翠漪赶忙上前伺候。

二人坐等着翠漪的下文，翠漪迟疑了片刻，一边躬身上前给颜儿揉腿，一边眼瞧着苇卿，笑吟吟道："因太太觉得姑爷每日都要出园绕道往街对过儿的刊刻处监理刻版，迟迟不归，便命将园子临街的围墙拆出一个小门，门外设个小院儿，将那几间小房扩进咱们家园子里，往后姑爷再不必老天八地地绕道了，岂不好？"

"这也值得你美成这样？敢是你一日见不着你家姑爷，竟比小姐还想了？"颜儿戏谑道。

"姨奶奶拿我取笑什么呢？你心里管保比任何人都喜欢，还说起我来？"翠漪脖子一梗，腿也不揉了，站回苇卿身边去："小姐可知，姑爷也喜欢那园子里的景色，从那边一回来，也不进屋，只管在风口里坐着，劝他病才好些，要多保养的话，他只不听，有一回，还絮絮叨叨地念句子，好像生怕错过了那些花花草草似的。"

苇卿抚着画面上的帕子，低头不语。颜儿又一思忖："扩进来，又要多一层管事，你在那边更要小心，外人手杂，要多留意才是。"

"太太早就想到了，那小门旁也和别处的一样，设处门房以供来往限制，工匠们无事断进不来，有事只管走那头小院的临街门儿。还听说，因刊刻工匠还需活水洗理，便将周遭的一眼井水也一并纳入小院儿，再与园子里头无干的。"翠漪一面端起桌上的茶盘里的盖碗，一摸，暖姜红奶茶早凉了，便推开纱门，去唤在颜儿房中做针线的小英来，回身又道："本想这回可好了，学里也不用去，印书只管在自己家里，他还有什么悬心的？只管好生养着不是正经？谁知冒出来先前老爷举荐的那个徐先生，姑爷又说要常去拜会，在家里时日又不多了。"说着，眼瞧着苇卿，露出几分焦急神色。

"那个徐翰林？他不是贬官回南了吗？大爷还抱病为他送行来着，怎么又回来了？"成德一举一动，颜儿虽不在身边照看，却总能心知肚明。

"哼，一听说老爷给他疏通了路子，复官有望了，立马来了精神，屁颠屁颠儿跑回来探风声呗。"因为凭空出来的徐先生，坏了翠漪的好谋划，所以她格外不待见，摇晃着脑袋骂道。

"翠漪！怎么能这么胡说？那是公子的老师呢，容你这么诋毁？"苇卿凝眉嗔道。

翠漪却仍不服，小声撅嘴嘀咕道："明明自己想印书出名，却推说没钱，硬是把姑爷推出去，咱们花钱不说，害姑爷受累，害小姐想见一面也愈发难了。"三人正忾着，小英推开纱橱进来回话。

"唤你怎么才过来？"翠漪没好气。

"奶奶，姨奶奶，翠漪姐姐好。"小英看着大丫头心气不顺，没敢就着话茬回。

"大奶奶身子弱，向来喝不惯这个，你也伺候了有些日子了，怎么不知道？"翠漪指着桌上的凉茶问道。

"这？翠漪姐姐，原是给姨奶奶预备下的，太太嘱咐她怀着身子，吃这个好些，不知怎么到了奶奶屋里。"

翠漪眼睛一瞪，刚要发火，苇卿不温不火把话接过来："早起她特意倒了来，颜儿胃口不好，我也没顾上，这会儿我们都还饿着，"又转向低头的小英，"不然，你吩咐下去备些细粥来吧。"

"小姐说的是，告诉厨房里，让她们按南边的做法也使得的，别的调味也别多放，只将剥皮的芋头切成小块，使精盐腌了，再炖得烂烂的滤出沙来，和着肉汤和素粥一起熬了，出锅再点些酱油就成了。"

小英听了，暗暗皱眉，又不敢推脱，只得点头应了。

"你们姨奶奶喜欢吃酸的，你们另多做份红果燕麦粳米粥来，看合不合胃口。适样的小菜也要备些。"翠漪机灵，又补了一句，方使颜儿也觉得暖心。

小英领了命刚要去，翠漪又唤住："这会儿主子们都还饿着，谁知要的哪年月能做得？给少爷预备的总是要多的，你使了人去园子里把没动的取些先送过来，传话么，还是要你亲自说才明白。去吧。"

小英诺诺着转身出去，继而便听窗下一声喝："芳儿，芰儿，又去哪混钻呢？要使唤人就没影儿！"

翠漪听着不受用，瞪了眼又要出去理论，苇卿颜儿一齐拦住，颜儿道："也怨不得她心里气，你这一通早把人支使晕了，回来我说她，她不敢和我犟的。"

语毕，颜儿回到自己屋里，仍旧接着小英的活计，预备孩子的新衣。

苇卿坐回桌前，支着脸儿对蒙着罗帕的小像出神，听见身后翠漪摆弄箱柜，回头一看，翠漪正从鸡翅木百子顶箱柜里，抱出一摞半旧的袄褂，一边笑道："刚太太还说，宫里又赏了几匹上用的缭绫料子，花样都是极新的式样，一会儿顾儿就给这边送来些，让按咱们自己喜欢的做了呢，我想着小姐您一向不喜欢外人在身上摆弄，不如在平日最合身的几件里拣出一两件，拿出去让她们裁了，这件，怎么样？"说着，拣出一件粉白底大百合花绣红百草领袖对襟褂子给苇卿看："这件小姐穿得最多，您看呢？"

苇卿却不理会，转而问道："扩建园子，少不得又要花些银钱吧？咱们府里近来开销愈发大了，我听管家说东北角上的家学，拾华馆那边也要扩出个院子来，要请先生了？"

"嗯，有这事儿，那房里的二爷不是也大了，该读书了，听说先生正在物色，还没定呢，主子这么小，咱们家家教又严，教不出来又难复命，怕愿意伺候的不多。"

"我倒不是纳闷这些，只是眼下南边又正打仗，朝廷吃紧，太太说，上次钮祜禄太太来，发牢骚说她娘家奉国将军家里，因朝廷整顿吏治，缩减了京官们的开销，将军连做寿都免了。近来，咱们也没听说老爷得了擢升啊，府里的开销一向算得精细，又哪来的富余呢？"

"外头的事儿，我也说不好，许是打赢了？所以才赏的呗。"翠漪不过脑子信口说着，自顾自找拣衣服。

"在京的这些大官儿里，咱们家不算清苦，也算不上奢靡狂妄的。小姐您带来的嫁妆，怪我说句不像的话，在南边也算不得什么，可一抬进这府里，下人们虽没见过，可您看乔姨太太那眼神，我就知道，咱们已经算个财神了，还用得着花他们府里的底子？"翠漪不无得意，又拣出一件淡粉底绣大红折枝梅两开衩长裙走近苇卿，蹲在苇卿身前比试。

苇卿坐着不动，由她摆弄，凝眉叹道："若是这样最好。"

见长短肥瘦都如先前般合适，翠漪搂了裙子麻利站起身，不经意瞧见了桌上的画儿，细细一看，却有几分成德的模样，不由叹气道："小姐若只是心里没有，各自走开倒也好了，只是既然心事如此，却又为什么不肯走近？

日子长了，心也硬了，人也老了，倒白饶得自家受罪。连我也心疼。"

苇卿急忙攘着帕子又掩了那像，嗔道："哪，哪有？去，谁许你乱看？"按在画上的纤纤玉手哪里掩得全，画中人的眼透过指缝，像是在对着眼前人窃笑。

"好！我不看，我们是丫环，只管伺候小姐，旁的一概不敢过问，行了吧？"翠漪装出一副可怜相，逗得苇卿泛红的两腮又现出两朵梨涡。见小姐笑了，翠漪又语重心长道："太阳好着呢，小姐真格的也该换件鲜亮衣裳，出去逛逛了，我收拾完，就陪您到园子里走走，再不去，那桃花都要谢了，可没得看了，啊？"

苇卿不出声，心里却有千言万语不知说与何人听：人只说，"山有木兮木有枝，心悦君兮君不知"，可穷极一世，终究能有几人寻到那人做了知己？慢说沧海桑田、铭心刻骨似的传说，便是柔情万种、相濡以沫的俗事，到头来又有几人能善始善终？我这一生，既不企望流光溢彩，更不奢望艳冶夺人，但愿以我之美意，慰他之多情，厮守终老，不负初心，可即便如此，那人又如何能知我心，又如何与我一心？既知韶华易逝，人心难定，又怎能枉自轻慢这份相思意呢，纵然灼心，奈何我珍重于他，他也该珍重于我的；又既然以夫妻名分结了一世之缘，又如何两心相隔如天涯？命也，运也，暂且信了"凡事自有定数"吧……

苇卿已不知胡思乱想到何处，只是痴痴望着窗外，一阵若有若无的春风拂过，廊下晕散开暖暖的晨光，暖意中如同和着委婉细语，抚慰着人缭乱的心情，静静看去，那细语却是从窗下满树的西府海棠上飘将下来的袅袅花雨，零零落落在阶前点染时留下的脚步声，时而簌簌，时而悄悄，有的还沾着晨起的露珠，轻巧洒进纱橱。耳畔，飘来花厅上传出的阵阵曲子，细听去，却是《牡丹亭·惊梦》的一支《山坡羊》，道是：

没乱里春情难遣，蓦地里怀人幽怨。则为俺生小婵娟，拣名门一例、一例里神仙眷。甚良缘，把青春抛的远！俺的睡情谁见？则索要因循腼腆。想幽梦谁边，和春光暗流转？迁延，这衷怀那处言？淹煎，泼残生，除问天……

"问天？"苇卿忽然觉得这唱词可笑，"就穿那件半旧裙子吧，出去走走。"

三

"我只听你说起过令弟早慧，今日一见不知竟如此年幼。"严孙友与成德并肩拾阶走出拾华馆，起开话头。馆厅前，不过韶年的搉叙头戴着小巧的白色织缎小帽，辫子刚刚及肩长，垂手侍立，两旁稍大些的学童也恭谨送别。

拾华馆目前只是一处偏僻院落，寂静坐落于明府东北，早年是成德的家学馆，因成德往国子监上学，此去经年，学馆已寂寞许久，院中移自别处的几棵堇花槐已有环抱粗了，鲜翠的新叶涨开了遒劲的枝干，在院子里、纱窗上、房檐边映满了斑驳的影，随着微风，热情地拍手。

"我若早将实情告知先生，先生可还愿客居府中，提携教导舍弟么？"成德斜着眼，不无得意道："实不相瞒，请先生过府，原并不敢劳烦先生属意舍弟。"

"嗯？"严孙友不免纳闷儿。

"想你我自初识至今已有时日，我素来仰慕先生才名，尤其是您的书画，自那日收了幅先生的'五色翔凤图'，被先生一眼鉴出是赝品，又教了我好些画理起，学生便欲时时求教，谁知先生云游四方，萍踪难定，为能了此夙愿，才找了这个借口留住先生，只是不知这里先生可住得惯？"说完，成德也为自己的诡计讪笑不已。

"这？"严孙友指着成德连连摇头，但诺言在先，不好反悔："你呀，动了这许多心思，倒教我为难了！好，君子一言，驷马难追，那我就再多收一个学生！不过话可说下，教你么，学资可是加倍的！"二人不禁哈哈大笑起来。

因这严孙友虽少年既有才名，却生性恬淡，不愿入仕，放浪形骸，半生寄情于山水，一味吃着祖上的基业，不经年月，便捉襟见肘了，虽写得一手好字作得一手好画，却不愿当此做个营生，只说"不过变卖出几个活命钱，没得折了文人的筋骨"，成德知他窘迫，便想出将其聘为西宾的法子，一来爱其才，能得之教导幼弟自是难得，二来更是解了他燃眉之急，只是不便把根本缘故明白告之，此一番说笑二人亦都会意，严孙友自然感激，成德也抛开了"乘人之危"的恶名。

恰有小厮来报："大爷！一大早来拜见的那一起相公说，因久等大爷不到，便留了帖子告辞，说改日大爷有闲再来。"严孙友听道，赶忙道："时候长了，你先请自便吧。"

"哦，只是些求引见的门客，不过是想借我的名儿找家父引荐的，先生不必多心。"

正说着，迎面管家安仁领着曹寅和张纯修笑吟吟跨进院子。

"两位大人这边请。"安仁站在门槛前，毕恭毕敬伸手引路。

一身便服的曹寅已在内廷行走数年，这等恭敬早受惯了，并不正眼看，倒是新科得中的张纯修听了不受用，仍如前一般谦道："院公请。"

远远看见二人，成德便喜形于色，三步并作两步上前来："哎呀！正念叨着，难得你们又凑到一处，"说着，一手拉了张纯修，一手揽了曹寅，回身望向严孙友道，"我这儿还有一位故人。"

张纯修见乃是先前由落第的同科举子马云翎引见过的名儒，虽仅有一面之缘，却知其才名，又加之是成德的座上宾，自然以礼相待，拱手道："这不是孙友先生？先生别来无恙。"严孙友也点头回礼。

曹寅虽与孙友未曾谋面，却从安仁口中早知道明府新请教师一事，也殷勤施礼道："先生好。"说完便垂手而立，也不多话。

严孙友仔细端详面前三人，一个道骨仙风，温润如玉，一个卓尔不群，侧帽风流，一个虽看似年轻，却气度沉静，话语轩昂，不禁暗自感叹：到底造化不负人心，竟让如此三位翩翩佳公子互引为知己，难得生成这样人中龙凤一般，却无锋芒毕露轻世傲物之态，想到此，不由欣慰，更笃定接受成德的邀请，在明府安定下来的打算。

"既然宾客盈门，就不必在此处逗留了，不是我怠慢，你们既然不常聚，自然有话长叙，你那新院儿就快竣工，我也该准备应差喽。"严孙友回过头仰望院外高处的新院址，一阵苦笑过后，目送成德揽着二人的肩，一路有说有笑出了拾华馆。

四

偏院的里间。

颜儿正色训斥小英："原也是把你当个老道的，才把你分过来在两屋里伺候，怎么竟也耐不住，耍起小性儿来？知道的是你不知事，不知道的，还以为是有人教唆也说不定，可怎么说？！"颜儿故意提高了声音。

"姨奶奶何尝不知道我？从小到大，都是在几位姐姐眼皮子底下，我可是那欺软怕硬，见人下菜碟的？我是怕了，这做旁边人的日子不好过，再没人比我看得更清的了。"说着，小英压低了头，小声辩解，说不完几句便落下泪来。

"我知道你的意思，可这里不是李府，我也不是如萱！"颜儿不悦，话语多少有些生硬，提高了的声调把自己也吓了一跳，握在手里的笔也抖了一下，墨滴落在家账本上，眼见一团墨迹晕染开来，擦又来不及，颜儿捻起那页纸，擎在手里，整个人木木地，继而声音又软下来，自言自语着："要是反倒好呢。"

18 | 桃林情窦

一

安管家在前引路，一行三人从拾华馆往西园来，安仁见成德欢喜，便不顾被嫌僭越，话也比往日多了起来，不住给两位贵客讲府里的新气象："几位主子慢些，近来天儿好，咱们府里正经有几宗新工程，移树木的、运砖瓦的、拆墙垣的……"安仁一边指着各处正动工的工地，一边滔滔不绝，正说着，路过四个赤裸着臂膊的力工，肩扛碗口粗的挑杠，挑着一块一丈来长的青奇假山石，闷声喝着号子往西去，几个正行走在夹道内，回转不及，安仁抬手作推搡状，皱眉咕哝着："看着点儿嘿……"等力工过后，又回过头笑吟吟请三人前行。

张曹二人虽也常来拜会成德，但为不讨扰长辈，多是只往西园寻找，尤其是张纯修，细细观赏东府里的景致这还是第一遭。只见出得拾华馆正门，便是这条灰墙夹道，道路向南可直见东府外墙，有小门可通街，为显纳兰家尊师重教，家学里教师可不入府里正院而另辟蹊径，方才二人来时，便走此路，再往西行，不足几步，有一处黑油对开大门，门上大书"穴砚斋"，门正洞开着，方才几个力工便闪身此中，门内是一处内围小院，院子虽不大，却是四面佳木葱茏，小巧精致，另有几名女工正俯身侍弄花草，院正中设一水潭，潭中高起一块平台，想那块块奇石该是置于其上，再往小院深处看，正面内墙间倒夹三间抱厦，为便于施工，三间前后门皆大开，抱厦前，阶下矗立一座通长凿花影壁，将内院中景致悉数挡住，唯见一前一后两座双层带廊琼阁高耸出头，层楼叠树，朱檐碧瓦。见此气象，张纯修不禁心生诧异：只说唤作"斋"，却是这般华丽，已经如此竟还要锦上添花，不愧朝廷大员，天子脚下，也只有此等人物能这般显赫了吧，想到此，由衷赞叹道："府上不愧是钟鼎之家，书香门第啊！"

曹寅笑道："见阳兄忘了，蕙贵人眼下正得宠，听皇上的意思，要是蕙贵人生了皇子，没准儿要立太子呢！那时候，你们府上可就更风光喽。"

"子清说笑话！咱们面前胡说一些倒也使得，你是宫里驾前办老了事的，万不可造次，小心给自己招不自在！"成德嗔道。

"那是自然！"曹寅不以为然道："只是我也并没有杜撰啊，我们做伴读差事的，虽进出内宫有所不便，可是也常听宋太监和我们聊起，别说蕙贵人受太皇太后和皇上的喜爱，亲口说她'秉质柔嘉，恪勤内职'，就连她身边的若荟姐姐也快成宫里的红人儿了！宋公公说，前儿蕙贵人胎象不稳，劳累延禧宫中人等照料得鞠躬尽瘁，特特地赏了阖宫上下百十号人呢！"

张纯修早已变色，却听说阖宫都赏了，才又放下心来："所谓爱屋及乌，在贵人身边伺候，得些赏赐倒也平常啊？"

"见阳兄也不问问赏了些什么？"曹寅丝毫没在意成张二人的脸色，成德刚示意缓和些再说，他话已出口："是养心殿造办处限数做的香袋儿啊！东西倒也不值什么，可你们哪曾听说皇上赏下人那东西的？我可只听说选秀时，皇上中意的小主儿们才可得的，你们说说，这府里是不是要更风光？"曹寅撇着嘴，笑眼里露出满满的艳羡。

成德半晌无语，望向张纯修，张纯修面色已灰，抛下二人，独自低头默默走开，嵌月白缎边紫绸长袍的衣角被落寞的脚步掀起，露出雪白的靴底，纤尘不染。

成德自语道："真如子清所言，就算是风光又有何益处？不过是仗着几个女子得的体面，说不得！"

方才见三人驻足穴砚斋门前裹足不前，安仁索性踱进小院里监工去，此时成德便唤住安仁问道："管家你来，怎么，阿玛的书房也要修葺了么？"

"回大爷的话，老爷的书房并没有扩建，只是来往门客众多，老爷说，内外不分总觉着不便宜，索性在原来的书楼外隔出个外书房，那边直通正门旁的几间耳房，外客来了，不必绕行内院儿，要是不要紧的门客，更无需深入，只从侧门进来就完了，不仅体面，也显整肃，太太很欢喜这么改。"安仁回答得有条有理。

"他怎么了？"曹寅才觉出蹊跷。

成德看着张纯修的背影，摇头道："话也长了，不好瞒你，等我细细说，只是表姑姑主仆二人在宫里还得多劳你照拂，凡事你多留心，细细打听着，有事要告知我和见阳兄，别使他蒙在鼓里，我再想个法子套出话儿来才好。"成德半是说与曹寅，半是说与自己。

"这话儿是怎么说的？难道我还能不把她们当自己人？只是说与他是何意呢？成德你又要套什么话？我不明白。"说着"不明白"，曹寅心下也看出了端倪："哦，这步可难走了。"

"嘘，"成德示意曹寅轻声："难走也要走！"说着，揽着曹寅欲沿夹道继续前行，忽又止住安仁道："管家且自去忙吧，我们自己逛就好。"

安仁自然点头哈腰，又费了半天口舌，无非是说些愿意伺候主子，请主子畅游，有吩咐随叫随到的话，成德无意多听，拉着曹寅赶上张纯修。

二

三人绕过马舍，踏着舍前宽阔的放马坪，本可抄近路沿府后错落有致的下房间一条宽夹道一路向北，至沿湖游廊奔西园去。成德忽想起，偏院与放马坪前的北廊三间小房合院之间，隔着一片茂密桃林，虽不是往后湖的必经之路，但时节正好，林中景致怡人，成德乐得引领二位友人林中散心，间以宽慰张纯修寂寥之情，于是便踏着林中一条尺宽条青石路逶迤而来。

此时的桃林，绿草如茵，桃李竞开，枝头花团锦簇，林下落英缤纷，莺语声声婉转去，香氛袅袅拂面来，曹寅先欢笑不迭："先前听曲子，只觉

‘原来姹紫嫣红开遍，都付与断井颓垣’不过是小女儿家的小情思，无甚意趣，如今瞧着眼前这景致，倒觉得有几分意思。见阳兄怎么不说话？”

“细数落花因坐久，缓寻芳草得归迟。”张纯修不知是累了，还是无聊，早拣了棵开得正盛的桃树，倚树而坐，手捻花枝，轻声叹道。

成德二人知道张纯修原不擅词令，忽有此句，不免心伤，“同是春去，徒生伤春之意，不如写尽盛春之景，才不辜负这大好韶光啊，见阳兄，好风又落桃花片，焉知此是无情语啊！”

“这个说法很有些意思。”一句纤纤细语从花雨中翩然而至，三人不觉愣了。

只见一人独自立于花下，粉白底大百合花绣红百草领袖对襟褙子，褙子因是半旧，倒比崭新的垂顺许多，丝缎褶皱处的亮色也如阵阵眼波般柔和，淡淡的石青色暗绣细竹叶百褶裙被脚下的草叶拽住一角，微风拂起垂在衣襟下的裙带，飘摇欲仙，裙下露出一对鹅黄缎面散梅瓣的绣鞋，见了生人，方才探出头来的盈盈金莲一闪，又藏回了裙下，人却依旧笃定地站住，手中握着一本《漱玉词》半遮粉面，一双灿若清辉般的倩目正朝这边点头巧笑，额前留得两缕“相思绺”也随着那笑意轻缓摇曳。

三人不觉都看痴了，良久，才有眼尖的曹寅看着夫妻二人眼神儿都怪，便朝张纯修坏坏一笑，蹿到了成德面前，唬得成德往后一闪，“哟”了一声，曹寅装得没事人儿一般：“成德，这地儿我们不该来，冲撞神仙了！”

几人都笑起来，零落的花雨打着旋儿，和着众人爽朗的笑声翩翩起舞。

两厢见礼，张曹二人自觉不便，作了揖告辞，转身要往来时路去。

“哎？”成德颇为尴尬，正犹豫是否留下与苇卿寒暄，抑或和两位异姓兄弟同去。

张纯修扳正成德的身子，意味深长地轻轻拍了拍，无言走开。

三

"听见你们说话，一时没处躲，也不想像上次那样落荒而逃了，便索性请个安。"苇卿见二人已去，成德却怔怔呆在原地，便不疾不徐柔声说道。

"上次？在通志堂？原来是你。"成德想起朱彝尊初来探访时，书楼里那个怯怯的背影。

"公子得罪了，失礼之处，请公子海涵。"眼前的女子，只在自己面前从容如此。

"哪里的话，这林子原也不许外人来，是我们扰了你了，可他们都是我的异性兄弟，就如自家骨肉一样，小姐别介意。"成德也放下了身段，为方才的懵懂暗自可笑，是啊，眼前也是自家人，为什么反倒拘束起来呢？

"好花原该爱花之人共赏，我怎好独自受用？就是公子刚才信口说的一句，若不是我见识少，没听过哪个古人有过的大作，便是出自你的锦心绣口了？你瞧，这林子若不叫大家来逛逛，不是浪费了这许多雅趣？只是他们都走了，你又不会只念给我一人听，可惜，可惜。"苇卿俏皮地叹道。

"你是笑话我呢！明知朱先生提点我，说我不得南宋词令古意，方才又是没过脑子的一句胡话，就故意消遣的。"成德也是个绝顶聪明的，怎会看不穿眼前这个冰雪般的人儿。

"公子是说竹垞先生他们吗？"苇卿摇摇头："南宋之词？多为黍离麦秀、哀伤亡国之叹，朱先生是前明人，南宋词作多合他心境，自然是爱的。只是依我看来，今之咏桃花者，若非空恋春景，浅薄少情，便是伤春愁怀，感叹离人别意，虽辞藻艳丽，合乎宫商，却皆在真正的古人意境之下了。"

"是了，桃之夭夭，灼灼其华。之子于归，宜其室家。你是说这个？"成德略一思忖道。

苇卿脸一红："你提这个，我说的倒也不是，五代王仁裕的《开元天宝遗事》里记有唐明皇赞这花说，'不独萱草忘忧，此花亦能销恨。'只淡淡一句，词也不是，诗也不算，却道明了好处，让人不由得喜欢。"

眼前这个已经娶进门几个月的妻子，成德从未仔细揣摩，然而不过寥寥数语，这个眼里蕴含着春光般温暖的美丽女子已然让成德动容，更与生命中所有异性不同的是，那份虽冰雪聪明却不肯轻用心思，虽仪态万方却并不拒人于千里的气度，使成德不由得暗暗感叹，素来能出口成章的他一时竟失语了。

苇卿看着这个局促的可爱男子，不禁抿嘴笑了，倏尔一丝愁容又不经意间滑上眉梢，她知道，她说中了他的心事，他也一定明白自己的意思，这情境，原也不需更多话了吧，她想。

四

二人正在各自心事里不自拔，却不知偏院廊下，正有一人远远关切地看着他们。

"翠漪姐姐，怎么站在风口里？"

"轻些——"翠漪挥了挥手，示意赶来的小丫头轻声。

"哦，"小丫头很听话，递上来双层红漆雕花的小食盒："这是给奶奶拿的面果子，都没动过，我送进去啦？"转身又回来，"哦，我看见小英姐姐眼都红了，像是刚刚哭过的。"

翠漪一愣，转而想起，早起里间传来颜儿训斥的声音，轻轻一笑道："少混说，青天白日的，哪个哭什么？许是你看差了，回头我告诉你小英姐姐，你心里可有她呢！"

"姐姐不信也罢了，只是张大爷和曹大人来，正在南楼上等着，方才小英姐姐吩咐，让请大爷示下，午饭摆在哪里好，可谁知大爷去哪儿了？姐姐看什么呢？"小丫头四处张望，顺着翠漪的目光看过去："唉，那不是？"说着，便抽身要去，被翠漪一把拦住道："哎！这点子事也要大老远地跑来问？别扰着主子，就摆在渌水亭子上罢了。"

"这？"

看小丫头心下疑惑，翠漪又补了一句："你只管说大爷吩咐的就是了，谁问你？"

小丫头哎了一声，欢欢喜喜地去了。

五

苇卿揽着花枝，沉吟道："花落便结子，理应是欢喜的才对，故而说伤春原无理。"

"你不知道，这园中桃树还未成材，所结的果子都是酸涩难尝的。"

见苇卿不出声，成德又道："这世间许多事哪能用一个理字说清道明呢？无非是一个情字使然，既然出自心声，便是春愁夏怨秋感冬悲，说来也不错的，所谓景由情生而已。情又有境界所限，有为人而伤，就有为境而感，就说而今，湘楚之地沦于战火，但凡心中稍有壮志，也断说不出俗艳虚妄的话了。"成德也说不出为什么当着她的面，压在心底好久的遗憾之情竟然不经意地脱口而出。

苇卿知道继失于殿试之后，成德身上稍有好转，就操起了骑射功夫，隔着这片桃林，苇卿时常能听到放马坪上"的笃"的马蹄疾驰声，有好几次，那声音近得像要立刻冲进自己心里。

"何止湘楚之地？两广也没能幸免，前儿有故人投奔了来，向我说起，当地已经有官员举家殉国了。"

"这事儿我也是知道的，可叹我年少时也曾以习武为业，如今却偏安在家，唉。"成德一拳打在树干上，登时抖落一阵红雨，遮住了成德紧锁的眉头。

苇卿抬头望向漫天的花瓣："酸涩难尝，便是积淀不够，假以时日，我不信结不出果子。"这回轮到成德不作声了，苇卿平静地看着成德："文王拘而演周易，仲尼厄而作春秋，公子不是正在编修经集吗？焉知不是有为的出路？难道建功立业就一定要驰骋彊场不成？"

"当日在偏院住着，我见你妆台下的书稿，"成德顿了顿，"多谢你有心，连我自己也并不在意的东西，你竟收存得那么精心。"

"公子何必遮掩，果然是不在意的？我因见那稿子是皱了又皱，氲了又氲的，才装订起来，即便公子不在意，就权当是为了给那见不着的看吧。"苇卿从成德身边默默走开，又沉吟道："人去情也不该去的，总该留下些什么，才不枉走这一回。"

成德望着苇卿的背影正出神，翠漪已经在廊下唤了，手里的帕子欢快地跳着，竟然她成了最畅快的那个。

六

曹寅身为侍读，按宫中成例，侍读每当十二天值，才有七天的假，曹寅是御前的红人，自然又有各级外官走动应酬，难得有闲来一趟，张纯修留京与否还无定数，成德大病初愈，功名之心又动，此番三人齐聚渌水亭的机会尤其难得。成德尤善填词，偏偏曹寅喜好杂曲，精通音律，又有张纯修滔滔不绝绝谈讲前人书画典故，三人心中的喜悦、烦郁与无奈，都化成了亭中一番唱和之声，直到夕阳西下仍未停歇，只留下亭中三人觥筹交错的剪影在晚霞的辉光里渐渐淡去。

七

春光潋滟的延禧宫里，午后的阳光透过半掩着的碧纱橱，被窗前曼妙的珠帘细细打理好，寂寞地洒进空无一人的正殿。寝殿里，半身斜倚着洒红挑金缎美人榻的蕙贵人正有两个宫婢伺候着吃茶，忽听得珠帘丁零，而后又跟来一阵熟悉的簌簌脚步声，懒懒地问了句："怎么这么快就回来了？"蕙贵人手撑云鬓，面朝窗外靠着，所以声音听上去遥远又怪异。

"哟，贵人今儿怎么没歇中觉？怕扰了您，特意没叫她们报的。"若荟接过了宫婢手中的花卉纹羊脂白玉茶盅，正要递上去，心思却不在手上。

蕙贵人没正眼看她，也没再说话，屏退了左右，努力撑了撑已经明显笨拙的腰肢，若荟慌忙放下茶盅，上前搀扶："快要临盆了，皇上嘱咐要多歇着，方才正碰上太医院的陈太医，刚从钟粹宫办差回来，他还问有日子没来请平安脉了，怎么贵人也不传他，别是哪里做的不周全，惹您不自在了呢。"若荟的笑话说得比蕙贵人的身子还笨，只自己苦苦笑了笑，未见贵人有丝毫动容，若荟也有些不知所措。

到底是素日的主仆，私下里，并没有太多冷森森的规矩隔膜着二人，寂寞时，也互相逗趣，蕙贵人时常要些小性捉弄这丫头，自从有孕在身之后，性子越发难以捉摸，在宫中众嫔及皇上、太皇太后面前，自然谨小慎微，不敢逾矩，若荟就成了她使性子的好物什。若荟虽然也是个年轻孩子，却知道轻重，总想方设法哄她开心，可近日来，她明白与主子间的嫌隙已经不是几句笑话能调停的了。

"皇上嘱咐？皇上还嘱咐你什么了？"蕙贵人翻了一眼，推开了若荟，手上的紫微花丝镏金镯子正磕在若荟的阳绿玉镯上，"叮当"一声，若荟登时缩回了手。

良久，若荟终于长吁了一口气道："姑娘是想多了，我不去的。"说完，也白了一眼。

"哟，怎么连姑娘都出来了？我不明白。"蕙贵人扶了扶鬓角，面色却和缓了许多，只是语气还带着骄矜："不是连香袋都赏了，连我也替你喜欢，怎么说去不去的话了？"

若荟却不以为然："那本不是我的东西，有什么可高兴的？"

"这话问的有意思，哪样是你的呢？你倒说说看。" 听了这话像是有与众不同的见地，可蕙贵人不信这妮子能有多大心胸，况且平素里她又是个愚顽爽朗，直言不阿的，想也不过是在哪里碰了灰，牢骚一阵子罢了，所以气反倒顺了一些，俏皮地逗趣儿。

若荟一声冷笑："自打我随姑娘进宫，就有多少双眼睛盯着看，以为我攀了高枝，要跟着姑娘做凤凰了，连上回太太进来，您瞧她那毕恭毕敬的样子，和先前可是大不一样了，做人上人的滋味是好啊。"见蕙贵人得意神色浮上颜面，若荟话锋一转："可咱们不敢这么想。"说着，退下了手镯，小心翼翼地收进妆台上的扮匣里，接道："我从来都知道，在主子们眼里，我们不过是奴婢，我说这话姑娘别生气，难道不是实话？姑娘高兴，有什么赏的，那是姑娘给我们脸，我们体面；姑娘生气，我们自然也痛心，随姑娘怎么可心着来，都是我们分内的，可不论是赏是罚，不过都是主子们的心性作主，我们再是不敢求的。就说这镯子，本是姑娘的爱物，戴在我身上，说出去是姑娘体恤下人，可若是伤了，碰了，姑娘不说，我们当奴才的也过不去，别说一个大活人了……"

"好大的胆子！你这是说皇……他是我的东西？"

"难道不是？才给我个不要紧的物件，姑娘就几天不自在，处处摆脸子给我看，是什么意思？"若荟上来脾气，一点也不退让，倒让蕙贵人气结。

看着要小性儿的主子气得红了脸，若荟才觉得自己出了气："好啦！这里只有我这个家生子儿跟着姑娘，姑娘还真恼我不成？我说不去，便是真不去，姑娘若仍不放心，我自会给姑娘一个了断。"

若荟说得云淡风轻，倒是把蕙贵人吓了一跳："哪个要你什么了断？你把我当什么人了？我是那捻酸吃醋的吗？若真是这样，在这宫里还指不定有多少气生呢，亏你白跟了我一场！"

"我倒真不明白了。"若荟直勾勾瞪着蕙贵人发愣。

"你呀，这副直肠子在宫里胡混，哪天丢了命还蒙在鼓里，可叫人怎么放得下心。"蕙贵人若有所思，"如今我怀上龙裔，后宫里虽明着没人虎视眈眈，暗地里有人怎么算计料也是有的，先前那满院子的花来得怪异你也不是没怀疑过；朝廷里人事纷争更是复杂，表哥挑着撤藩的大旗，皇上越是支持宠幸，就越惹人眼，这些年不知树了多少对手在朝里；要是这个时候你再出些风头，树大招风，难免有人说三道四，加上你这个心直口快的性子，如何保全自己都说不定，没准儿哪天皇上耳边不干净，一个不高兴，咱们这一家子就全完了，我是怕你被那些花言巧语说得昏了头啊。"

"我可真笨，再也想不了这么远的，只以为是姑娘你小心眼儿，才……"若荟痴痴笑，引得蕙贵人也一阵苦笑，按着鼻头狠狠戳了一记。

"咱们主仆这么些年，若为这些个心生嫌隙，可就辜负了彼此的心了，啊？"蕙贵人拉起若荟的手，仍有些不放心："你混吹给自己个了断，你倒说说看，怎么个了法？"蕙贵人心里早有算盘，若荟却红了脸低头不语。

"我猜着了。原是我耽误了你，在府里时，你和成哥儿？"

"没有的事儿！姑娘别混猜。没有的。当年，您为了大爷和老爷的前程，没拦着如萱姐姐的婚事，我就知道姑娘没错儿，才也跟着瞒下了，怎么还能自己再犯傻？就是有，也不在他们朱门大院儿里头寻……"若荟说到一半儿，红了脸住了口。

蕙贵人以为姑娘家到底害羞些："嗯，我说你是小事糊涂，大事明白。只是，也要想个脱身的法子才好。你若真决意不去，也要做出个不去的样儿来，不然，我也帮不了你了。"

"姑娘把人看扁了，这回宋公公来传我，去给太皇太后回姑娘的起居，谁知皇上也在，我都没进去，只把陈太医留下的方子和脉案交给宋公公就回来了，公公说我没规矩，我只说主子您一时也离不开我，就匆匆忙忙告了退，谁知一回来就碰了您一鼻子灰！"若荟撅着小嘴，头扬得像头骄傲的小鹿。

19 | 内廷私会

一

又是一个晴朗的清晨，后湖里已经有成片的莲叶在水面上舒展，虽然叶片还小，可已经能容得下晶莹的露珠伴着轻风在上面小心翼翼地舞了，晨光下，那珠子像是昨夜等得急了，此刻闪耀着柔润的光，引得人不由多看一眼，却又触不得，生怕一伸手，那露便散了。

"这几日大奶奶就搬过来了，得趁着空儿把屋子好好拾掇拾掇。"翠漪一边一件件仔细打理刚从屋里抱出来要翻晒的衣服，一边命小丫头们在院子里支起晒杆。

刚从西边跨院刊刻处监视回来的成德，沿渌水亭的回廊信步前行，当头正见翠漪在宽敞的内院里忙上忙下，恍惚间，成德仿佛和这个背影熟识了许久，却又有说不出的生疏，不觉看呆了。

晒杆上转眼挂满了成德的几件旧衣，下剩的一件，翠漪随手摊开，是件素色缥丝的褂子，折痕深深地嵌在大襟上，一看便是压在箱底许久了，和刚晾上去的那几件鲜亮夹袄比，甚是惹眼，尤其是那缎带编的领扣，竟一点儿也不像相门贵公子的物件。

"姑爷近来心情好，这样的素色衣裳，何必又翻出来。挂不下了，你们拿回去再收着吧。"翠漪要掷给随侍的丫头。

"衣裳还是旧的服帖些。"成德走下亭子，瞧了翠漪和那小丫头，转身回屋。

"你去告诉厨房里，说大爷回来了，叫她们把早膳送来吧。"翠漪支开了小丫头，笑回成德道："日子一天天发达了呀，大爷看如今咱们府里谁还穿不带金领扣的衣裳，再说这衣裳也确实旧了些，丝都绽了，穿出去不叫人笑话？大爷若嫌新做的板身，我去回太太，做几件葭纱的来，那料子只我们南边才有，都不浆的，眼看入夏天儿热起来了，穿着也舒服。我们小姐进门时带来些，太太知道东西金贵，一直放着没动。"

成德听说这丫头拿"名贵"二字压人不觉动气，又不好说穿，便嗔道："你们小姐的，自然都是好的，便是有了只怕也轮不到我穿，留着她用，自家里带来的，多少亲切些。我这件晒晒就收起来吧，就只你话多！"

"姑爷难道还不知道我们姑娘就是那样的人？便是苦了自己，也定要把好的给了人心里才过得去，又是姑爷要的，哪有不舍得的？"翠漪笑着比划手里的褂子，却不小心刮到晒杆，那衣裳原本有些年头，哪禁得起这么一下子？"哧啦"一声，前襟上顿时刮出一道口子。

成德立马变了脸："哎呀，这是怎么说？这么毛手毛脚的，你正牌主子的东西可也这么不小心？明儿还回你们姑娘那儿，我可使不得了！"成德只管心疼东西，却没见翠漪委屈得脸儿透红，揪着洒花小襦的下摆一言不发。

忽有东府上房里支使跑腿儿的小丫头，蹦跳着刚过了月门就唤道："大爷！老爷太太在上房里等着你去呢！"

成德刚发出来的火被翠漪一声啜泣浇灭了："哎？我又没说什么，你别这么着啊，我……"一见女孩子掉眼泪，成德就手足无措起来。

那丫头又催："大爷你快些，横竖是好事儿！"成德无奈，松开扯着旧褂子的两手，甩下翠漪恋恋地去了。

二

东府上房里间里，绛紫软罗帘拢打起来。成德迈步走入，正和坐在对面椅子上的苇卿打了个照面，成德朝她微微一笑，点了点头算是见礼，苇卿也红了脸起身行礼才坐下，边上的颜儿也要起身，却被太太止住，道："都坐着说吧，月份大了，一家子骨肉不用这些虚礼也使得。"成德便向空着的紧挨炕沿儿的椅子上与苇卿并肩而坐，太太目光扫过三人，又笑向苇卿："东西都归置好了？先前儿就说把园子打理打理，谁知竟拖到现如今，这就搬过去吧，颜儿丫头留在这边好生保养着，你们两个就只管关起门去过小日子吧，别的我不操心，只给我再添个嫡亲的大胖孙子才是正经。"颜儿抬起手，掩口不语。

太太对面，明珠一身家常褚色绸褂端坐炕首，转头见成德颇有些不自在，端在手里的茶盅还未送到嘴边，便道："家里的事倒还在其次，如今叫你过来，是外面要应酬了。"啜了口茶，又清清嗓子，道："就只你还不知道了，宫里传出来，说咱们家蕙主子生了皇子，皇上龙心大悦，封了蕙嫔娘娘，传家里有品级的都进宫道贺呢，你虽未入仕，也已经中了举，就特准也随我们同去，此行非同小可，你要谨慎些。"多年的仕途生涯，使明珠绝少有喜形于色的时候，连在自己的内室也是如此，此刻的他，言语间流露出更多的是对眼前长子的期许和担心："另有一件，是更要紧的，你仔细斟酌斟酌——皇上已有意立储之事了，先皇后之子，赐名保成，不日就要昭告天下，立为太子。"明珠顿了顿，望向成德而不语。

一时间，里间里悄无声息，太太轻轻一声叹，苇卿与颜儿面面相觑，不知老爷要成德斟酌何事，姨娘乔氏和柳絮儿在家中本就插不上话，此时在场无非是观景凑热闹，只听说从前家里的半个主子成了娘娘，无不喜气洋洋，心中正盘算府里将如何庆祝喜事，又有多少进饷，哪管下剩外头的难题，纵然听到明珠把"保成"二字咬得用力，也不往心里去。

成德皱皱眉："明白阿玛的意思，可是阿玛想再另赐个字给儿子？"

"是啊，改了吧，多份心思总不是坏事。只是选什么，还要再想想，"明珠捻须思忖半响，总不住摇头，似乎想不出什么满意的字眼。

成德思忖片刻，不甘道："《礼记·中庸》中有'诚者，非自成己而已也，所以成物也。成己，仁也；成物，知也。性之德也，合内外之道也'。"

明珠听罢，捻须点头。

正此时，顾儿进来回禀："门上来人通禀，有吏部、礼部几位大人，还有宫里司传宣的罗公公都送来了贺礼，帖子在这儿。"说着递上来贺帖，明珠不看，只由太太处置。

太太大略瞧了帖子，向顾儿道："人来了的，请他们稍候。倒是这个事儿，你传下去，府里以后不许再叫成哥儿了。"

三

几人告退各自回房的空儿，成德怏怏不乐，出门来，苇卿赶上来，款款道："公子何必为这点小事不自在？"

成德一愣："小事？哼，怕今后这样的小事还多着呢，只说是伴君如伴虎，这话再不错的，不知如今表姑姑在宫里是个什么情形，怕是咽泪装欢的日子更不好过。"说着，将脚下甬路上突起的一块石子狠狠踢飞。

苇卿笑道："难得自己嘴上都能挂油瓶儿了，心里还惦记着别人！人家可是得宠的贵主儿呢！"说完，看着成德生闷气时嘟起的嘴不免咯咯笑出声："如今公子年已弱冠，外头自然以字相称，在家里，就只管叫你大爷，还和从前一样的。那个字便索性不用了，怎么不是小事？你呀，偏是个爱痴心的人。"成德想想，不好意思地看向笑意嫣然的苇卿，呆呆目送她拖曳着绣白海棠大红百褶纱裙，和自己擦肩而过，袅袅的身影翩然飘进那边花枝掩映的桃林。

四

延禧宫的内殿里不断传出婴儿响亮的哭声，刺耳的尖啼搅得成德回答皇上提问时有些心不在焉："是，暂定为《通志堂经解》，已收录众古本经解近百种。"

"成德啊，噢，对，性德，嗨，明珠你也太小心了，不过改了就改了，也没什么要紧。殿试没见着你，朕确实有些失望，不过你没因为这个一蹶不振，朕很欣慰，明珠说得对，这两年，你不能虚度，朕要看着你，用汉人的东西让汉人把嘴闭上。" 成德早已眉头紧锁，皇上却说得旁若无人："你们爷儿俩听听，朕的老三哭得多响亮！"

成德抬头看宫人出出进进，都为这刚出生不久的小皇子头疼不已。已经三天了，孩子一直不肯吃奶，吃到嘴里又吐出来，乳母已经换了两个，都是身强力壮，正当盛年的满人，却仍旧伺候不好这位小主子，蕙嫔初为人母，手足无措，太医们给母子把过脉也只说母子平安，哭闹是正常，可连日来，蕙嫔已经被这哭声扰得瘦了一圈，而这些在这位坚强乐观的年轻皇帝看来，似乎都不算什么。

"孩子这么个哭法，怕还是不好。"成德不假思索地说，明珠咳了一声道："你懂什么？没听太医都说不碍的。"说完这话，明珠也暗自揣度，是不是这群只知自保的庸医真的隐瞒了病情，却不知如何向皇上建议。

"朕也说这孩子比前两个爱哭闹，肠胃不强健，太医们看着孩子小，补药泻药不敢用也是常理。"

成德眼珠一转，道："听说皇上小时重病是用了民间的偏方才得以痊愈，如今何不也在民间找寻个名医试试？纵然不用药，听听是什么病因也好。"

"太皇太后其实也有这个意思，她老人家总说，宫里的孩子不宜太娇气，沾沾地气才是好的。"说话的是刚奉了命来瞧新皇子的苏麻喇姑，太皇太后的贴身嬷嬷，她的话通常是一言九鼎，不经意的一句话也不由得皇上动容。

"哪有可靠的外人可用？"

"人倒是现成的，不知皇上可许进来？"成德信心满满要把心中盘算的主意试上一试。

五

"你们糊涂了？！"苍震门外，曹寅看着兴冲冲的张纯修和成德二人，一时拿不定主意。

张纯修一身寒酸村医打扮，肩背药箱、手持虎撑，因为是成德刚着小厮找来的行头，衣服鞋帽尚不合身，加之不谙行医的规矩，连虎撑都只知紧握在手里，发出"咯吱咯吱"的闷响。

成德却不以为然："子清，我想过了，这个法子使得的！"

"使得？亏你想得出来！"曹寅又急又气又好笑："未经宣诏，私会宫女，闹出来是要出人命的！见阳兄已经是功名在身了，万一出事，大好前程不是毁了？"

"这个我想过了，万一不成，只我一人认了就是，断不会连累她！"张纯修十分坚决。

"你们也真是的，不就是问句话嘛，大不了，哪天我向皇上讨个差事往后宫里走一趟。"

"她一个女孩儿家，怎么会对你直言呢？况且我缩在后面，却托你前去，她哪知道我是诚心诚意呢？"

"正是这个理！"成德由衷认同这位异姓兄弟是个坦荡君子，"你一个御前伴读，独自出入后宫多惹眼，又是表姑姑的宫里，传出闲话来不是要连累她？于你也不好。只有我把他带进去才说得通。子清不必担心，皇上那条道我已经蹚好了，准许外人进去的。如今只烦你打听着，看皇上是否还在延禧宫里，他前脚走，我们就进去，只别让皇上认出他就成。"成德想得还算周到，张纯修高中进士时，也曾赴过御赐琼林盛宴，与皇上算有一面之缘，皇上读书是博闻强记，想认人也必是不错的。

"这……"曹寅也是真心想帮忙，只苦于没有更好的法子，又不忍心将两兄弟独自推向风口浪尖，遂将袖子一抖："算了，你们只管随我来。既然皇上特许，我做个侍卫看管他这个闲杂人物也就说得过去了，宫里都知成德与我的关系，量没人敢刁难，走！"

三人有前有后走在绿树掩映的夹道里，时有宫人来往，见了面前开路的曹寅，都恭敬礼让，叫成德二人心下慢了许多。

四下无人时，曹寅叫张纯修放心跟在身后，自己则与成德并肩低声闲聊："哎，听说立太子的事儿，你们家姑娘是出了主意的呢。"

"怎么讲？"

"皇上自然喜欢小儿子，现如今又是重用你们家的时候，纵然不立小阿哥，也有东边儿钟粹宫里荣主子的阿哥呢，哪能轮到便宜索额图家？"

"你是说表姑姑推辞的？"

曹寅点点头："有人这么说，要是立了小阿哥，估计蕙主子的位份就得等一等，反正，好事只能可着一头儿，最后——"曹寅双手一摊，"就是如今这样了。皇上夸你们家姑娘懂得进退，并不是没道理。"

想起府中向全家说起立储之事时，明珠镇定的神情，成德笑而不语。

六

"人来了？那就抱出去瞧瞧吧。"内殿里传出蕙嫔疲惫的声音。

有两个宫女护着乳母，抱着黄缎小被包着的小阿哥，这孩子仍旧哭闹不止，通红的小脸上，清秀的五官扭作一团，小手一直前后乱抓。宫女引乳母在暖阁里的罗汉榻上坐下，又将脚踏摆正，示意张纯修坐下："请先生把脉。"

张纯修被成德推着，小心翼翼半跪下，伸手拉过小阿哥的手，胡乱找起脉息来，成德却在旁边轻轻拽了拽他的衣袖，张纯修这才想起成德教给的话："小儿按脉，多畏医怯药，啼哭烦扰，声色俱变，脉息难凭，用于成人的问、闻、切等法往往失效，故而观察舌象最能参透阴阳表里、寒热虚实、脏腑气血。"默背了这些话，张纯修边扭头向成德，边欲伸手硬生生掰开小阿哥的嘴。成德赶忙打开药箱，"稀里哗啦"一通乱翻，好不容易找出一枚古玉的衔板，递与张纯修。

费尽九牛二虎之力，总算撬开了小嘴，成德瞥了一眼小阿哥的舌象，微微一笑，轻咳了一声，张纯修便会意，信口诌道："小阿哥脾胃强健得很，只是受了些惊吓，无需担心，这么小的孩子，原也不能用药，实在难挨时，劳烦娘娘，以温奶子润手，亲手抚慰些，与小阿哥有些肌肤之亲，时日长了，自然就好了。这是升斗小民的愚见，可否采纳请娘娘自来定夺。"说到最后一句，成德又咳起来，想是太过文绉绉，不像是乡野人了。

"法子听着倒新鲜，只是这么个治法，娘娘不是要累死了？非得亲娘才成吗？"听到张纯修的偏方，内殿里若荟挑起珠帘倩身闪出来，浅绿宁绸的衬衣外罩一件月白马夹，浅绣洒花绣鞋帮外露出一抹白绫袜子，两把抓的圆髻对称簪着一对点翠的串珠蝴蝶微微颤动，一根又粗又亮的麻花辫干干净净垂在胸前，似笑非笑的一双大眼睛闪着耀眼的光华。

听得珠帘一动，暖阁里几个侍从都后退一旁，成德和曹寅更不由心头一紧，慌忙望向若荟，张纯修正在收拾药箱的手也乱了，头也不敢抬一下。

曹寅摇身一纵，机灵闪出来，挡在张纯修身前，笑道："哟，若荟姑姑！姑姑吉祥！"说着，打了个千。如今随着蕙表姑娘的晋升，身边要紧的大丫头都得了品级，先前不名的小丫头若荟，已经一跃成了从四品的良人了，曹寅这般称呼原也不错，只是若荟禁不住乐："曹侍中客气！"说完咯咯笑着，又望向成德。

"成哥儿也跟来了？这几天可没少往这儿跑，你身上大好了？"

"劳烦您还惦记着，如今已经改叫性德了。"成德仍不习惯在这个曾经是自己身边可爱的小姑娘的头上，冠一个不伦不类的称谓。

"这里也是哥儿自己的家，讲得那些个规矩？"若荟笑着朝孩子走来，却不妨和正半跪着的张纯修撞了个对脸儿，两人都愣住了。

七

"真没想到你能来。"放了赏，若荟借着吩咐复诊事宜之名，将张纯修送出了延禧宫，一向莽撞的若荟见了方才的阵仗竟没发作，这让成德和曹寅长舒了一口气。

"冒犯姑娘了，我……"张纯修不敢抬起汗涔涔的额头，挣扎了一路，眼见苍震门在前头，才挤出这么半句不像样的话。

若荟却好似刚卸下了个千钧重的包袱，信步走在前头，"你怎么样？进士老爷改行行医了？"话问得无关痛痒，却听得出来是笑着说的。

张纯修提着气，呼出半口，认真道："不，不是。我……我是来还姑娘一样东西的。"

若荟讶异地转过身，却见张纯修从破旧长袍的衣襟深处，摸出一支白玉樱花簪来："姑娘可还认得？"

"就说是混丢了，难得你还留着，"若荟若有所思地接过来，怔怔看着已被磨得愈加温润的玉簪头，"我该谢谢你喽？"若荟的深沉样子转瞬即逝。

张纯修舒展开了眉头："不，不用，我……"

"你怎么？你可让人怎么想呢？"若荟飞舞着长长的睫毛，俏皮地瞅着张纯修。

"我，"张纯修被逼到没有退路了，"我想问姑娘一句话！"冲口而出的话让辰光也吓了一跳，竟然停住了。

八

"性德站站再去。"蕙嫔屏退了曹寅，将成德一人留下。

没有了婴儿的哭闹声，殿中出奇地静，只有晃动的帘影搅得人心浮浮沉沉。成德瞥着曹寅犹疑不安的背影，心里反倒释然了："是，娘娘只管吩咐。"成德垂手立于帘外，低头听训。

"你们几个当我这延禧宫是戏台吗？"蕙嫔不怒自威。

成德也不分辩，扑通一声跪倒："娘娘福慧双修，性德自知瞒不过娘娘，只是此事关系着娘娘的名声，性德虽不敢求饶，但为保纳兰一门清誉，还请表娘娘不要声张，只惩办性德一人就是。"

"你还知道声誉！！"珠帘后只听"哐啷"一声，蕙嫔怒不可遏地摔了铜盆，"我只知道你是个性情中人，主意多，料事准，谁知也是个糊涂虫！你就知道我不会声张，难道就没想我会放着你们不动？！"

成德跪在地上，身子一软，他没想到，昔日和善甚至有些羞怯的表姑姑，此时竟然这样冷酷，更不知蕙嫔口中的"你们"指的什么人："娘娘还在调养，性德做错事是其一，若是惹得娘娘不自在了，罪过可就大了，教性德如何承受？"

"哼，先前我还问着她，你们到底有什么没有？哼，小丫头片子说得确凿着呢，如今你就送上门了！表哥还指望着你能诗书传家，真是笑掉大牙！"

成德听罢，如释重负一般："娘娘此话，倒教性德真是糊涂了，哪个丫头？"

"你还装什么？你和若荟做了什么，难道我会不知道？你以为我的火是哪里来的？还用找个江湖郎中当靶子，要是传出宫去，事不更坏了？"

"娘娘！我们何曾有什么？"听出原是蕙嫔的误会，成德早已灰了大半的心又亮起来，"若是娘娘疑心我，娘娘大可立即向皇上请旨，永不准我再进后宫；若是娘娘疑心旁人，"成德忽又心生一计，"娘娘大可将其驱逐出去，岂不干净？"

"哼，等着吧，我自有道理。"蕙嫔见成德如此坚决，疑云也减了大半，只是还是不解为何看病的事，成德竟然比珠珠上心，盘算着此中必定有事，以成德的性情，量又问不出来，又碍于身份，不好承认是自己的错，只好又拿出娘娘的架子，训诫道："成德啊！不是我说你，你的性子也着实该改改。就说刚才，你就又摆出一副舍我其谁的样子，这样在朝廷里是要吃亏的。你父亲在朝中权势日盛，京中又尽知你纳兰大公子的才名，如今我在宫里又是这样的光景，你若有什么闪失，咱们可是一荣俱荣，一损俱损哪！

我再早早儿地说句话，你先记着，日后必定有用——今后无论身居何职，说话行事一定要谨言慎行，不能意气用事，啊？"

"谢娘娘教导。"成德既为自己躲过一劫暗自庆幸，更为促成张纯修一桩心事高兴，难得听了教训还高兴应承，让蕙嫔也着实欣慰：当日在明府，若是这番话出口，这小哥儿还指不定怎么顶嘴呢，到底是长大了。

"你那赤脚医生的法子可管用么？"

……

九

走出延禧宫时，一阵轻风拂过面颊，成德听到一对刚离巢的喜鹊，喳喳叫着在夹道两旁的高杨间穿梭，成德就一路追着那对鸟儿向苍震门去。

十

明府最热闹的一天，是为了庆贺皇上对明府的赏赐——一个这里走出去的女子，为爱新觉罗氏增添了一名皇储，她的家族，理应享受无上的荣光。

一大早，随父亲一同接了旨，成德便兴冲冲捧着红木嵌云母片托盘回晓梦斋，把新得的宝贝拿给众人看。

"你们快来瞧瞧，都是些好玩儿的！"主仆一大帮，闻声无不聚拢来，七嘴八舌议论起来。

"这个小盒子是什么？"翠漪先指着盘中一个玲珑剔透的珐琅彩绘小盒怯怯问道，其实，她是惦记前日自己做的错事成德是否还记得，故意试探。

成德正在兴头上，又从不因小事与人结怨，何况还是个无心的小丫头，早就抛到九霄云外了："这叫八音盒，会唱歌的，不过也没什么新奇，老爷书房里不是也摆着个这样的洋钟嘛，比这不知大多少呢，喜欢就放在暖阁里吧，你一早起来就能看见。"

"这个香水真好闻！"随苇卿一起过来的伴嫁小丫头们也凑了过来，比桌子高不了多少，一个好奇的，捡起个戒指盒大小的瓶子闻了闻。

"才不是！香水咱们早见过，又没什么稀奇。"翠漪嗔道。

"是了，这叫鼻烟壶！我见过的，上回颜姨奶奶打发我给柳姨太太送琉璃缸子，我在她房见过的，那屋里的妙桃说是老爷给的。"另一个灵巧的小丫头言之凿凿。

成德转头看了她一眼，是原来太太房里，唤作初莲的，平时只在廊下伺候伺候，听见方才招呼也一起进来看热闹，不由笑道："嘿！亏你认得，正是呢，不过这个你们又用不了，"成德迟疑了片刻，又看了看初莲，"算了，既然都给了，就索性拿去装些香水玩儿吧，也有香水的，这不是？"说着伸手拣出几个五颜六色的玻璃小瓶，分发给众人。

成德挑了挑，又从托盘里拿起来一个小巧精致的铜镶玻璃手持镜子来，递给姗姗来迟的颜儿："这个你拿着吧，他们老毛子还说，送人这个，是祝人越来越漂亮！"颜儿脸上写着说不出的喜悦，却一个字也出不了口。

成德又拿起个镶金筒来，"这些你拿去跟她们分了吧，这个宝贝我收着。"把盘子朝翠漪一推，朝里间卧室走来。

听见外间屋里吵嚷声，苇卿仍旧端坐在床边仔细地做手里的活计，只是听见众人的傻笑声也跟着咯咯笑几声。

成德走近，正瞧见苇卿手里捏着那件旧长袍，苇卿见他进来，笑道："衣服倒还有限，只是这领扣，当真是别致，怕他们洗散了，特意剪下来再拿去洗的，如今又缝上，还和从前一样的，可惜刮了这么个口子。"

"哦，怪不得你不出去凑热闹，放着也罢了。"成德并肩坐下，看着苇卿手里的活计——原来的破处，已经绣上了一丝纤细的芦苇。

"翠漪跟我说来着，你虽没恼她，她心里可是过意不去，不知这样你还满意不满意，别笑话我笨啊。"苇卿绽开元宝似的双唇，笑意嫣然。

20 | 雅情俗事

一

盛夏的渌水园蝉鸣蛙戏，人声寂寂，虽然已是深夜，东府的戏楼里却依旧笙歌四起，宴饮正酣。席间叫好的，划拳的，敬酒的，明珠忙不迭地支应着各路神仙，成德素来不善饮酒，又不好撇下父亲独自应承，擎着酒杯挨桌问候过，却见原本为家学里先生单独设的一桌酒席仍空着，随即唤来蔻儿道："捡几样可口的，去趟拾华馆，给严先生送去些，说知道先生不喜欢热闹，这边又脱不开身，不能奉陪，请先生自己随意用些。"蔻儿答应着去了，成德回身在角落里闷坐了一会儿，也抽了空快快出了席。

二

晓梦斋的暖阁里，翠漪捋着刚解了一半的头发，眼也不抬地吩咐着当地站着回话的一个小孩子："这会儿大奶奶已经睡了，你明儿再回吧。"

孩子应着刚要去，苇卿在卧室里听见，叫住道："是茹儿吗？严先生收下了？可说了什么没有？"

被唤作茹儿的孩子立即回身答道："回大奶奶，先生收下了，还夸画得好，再加上题跋就成了，还问那画儿是出自谁之手。"

苇卿笑道："知道了，劳烦你跑一趟，这么晚你去办事，你妈放心吗？"

"回大奶奶，我妈知道我给奶奶办差，高兴得跟什么似的，连连谢府上赏脸，赏口饭吃，只因时候晚了，明儿一早，我妈还要过来谢恩呢。"

"你们娘俩儿孤儿寡母的，一路吃苦受罪投到我的门下，按理我该帮个忙，只是如今并不是我当家，只好先让你们熟悉着，等府里认了，想留下也不难，回去告诉你妈，这里不比原先在咱们府里，凡事多留个心吧。"

"是。"茹儿憨憨地点头答应着去了。

翠漪打着哈欠进来给苇卿换了新香，又仔细放好了月白纱帐，看苇卿还没睡，道："小姐快歇着吧，想是身子也散了。"

苇卿止不住乐："我可是坐了一天的，可舒服了呢！"说着，美美伸了个懒腰。

翠漪笑道："我就知道一准儿是姑爷赏了我们东西，做小姐的没得着，心下不自在！哄了您这么许久，总算乐了。"一整天，翠漪都觉着苇卿怪怪的，从来不好动的她，缠着自己荡了一下午的秋千，连入夜后的七夕灯会上，坐在花车里，也是无精打采的样子，还时常问时辰，像是急着回来的样子，但凭自己对小姐的了解，怎么会是小肚鸡肠的人呢？

苇卿哼了一声道："呸，亏你也敢小瞧我？什么劳什子，给我还不稀罕呢！"重重翻了个身，不理翠漪了。

翠漪知道苇卿的性情，既说了这话，想是心里并没什么结了，此刻，虽然已经上下眼皮打架，还是举起六角团扇，边给帐里的苇卿扇着，边心事重重地唠叨起来："不就是插进两个人来？又不是什么大事，姨奶奶都做得了主，偏小姐你脸皮薄，不肯开口。"

"我是不想让人小看了我的人，哪就随便给个差做去了？又不是到我这里来讨饭？可一张口就替来人讨好差，只怕那起好事的又有舌根嚼了，传到太太和……"苇卿一时不知当着翠漪面该如何称那人了，"和你们大爷耳朵里，不要嫌弃？"

"那就看她们娘俩儿的造化了。"

"等着吧，定要做得体面些才好。瞧你困成那样儿，呵呵，快睡去吧，别在我这儿聒噪。"苇卿笑着推走了翠漪，独自躺在床上翻来覆去不知折腾了多久，才迷迷糊糊睡去了。

三

更点敲了四下时，苇卿被人轻轻摇醒，吓了一跳："怎么东府里才散吗？"苇卿撑着胳膊坐起来，一手不经意地挡在胸前，仍然遮不住水粉纱衣罩着的红绫抹胸，睡眼惺忪地问成德道。

"还没呢，康亲王府的几个贝勒起哄，闹着要通宵呢，老爷高兴，连姨娘都叫出来了，正唱着呢，我熬不住了，又怕你笑我失约，告了假溜出来的。"成德见苇卿面露愠色，自觉潜进卧室有些冒失，又是第一次细看苇卿这般妩媚娇柔的样子，也不好意思起来。

"失什么约？谁又何曾答应你什么？"苇卿桃花般的双眼一闭，又转身躺下。

"唉？不是说好的，你瞧，远镜都在这儿了！"成德举起手里的嵌金筒镜晃着。

"你嚷什么？"苇卿更有些不耐烦了："把人吵醒了，不知怎么样呢。"说着，探身听听外间屋的动静。

"她呀！早梦游呢，你听。"二人噤声听去，果然暖阁里悄无声息，只有翠漪正轻轻香鼾，苇卿不免窃笑。

四

晓梦斋后面，是蕙表姑娘住过的锦澜院，院子很宽敞，住的人少了便显得冷清，尤其凌月阁里已人去楼空，只有周遭的下房里仍留着做些粗活的下等奴才，分管收拾庭院，成德时常吩咐人把院中的花草用心打理，使得寂寂无声的院落里弥漫着应季的浓浓桂花香。成德牵着苇卿的手，绕过回廊，一路蹑手蹑脚，来到屋后的这处院子。

"黑灯瞎火怪吓人的，算了吧。"苇卿打起了退堂鼓。

"这才好，叫他们看见，又些些着着的，有我呢，都安排好了。"成德定睛在檐下找寻，果然在房山处架着一具梯子，直通屋顶："有了，在那！"成德兴奋地拉起苇卿奔过去。

"你先上去，我扶着你！"

"这么高？我可不敢！你别闹，我吓死了！"苇卿慌了神，拉着成德直往身后缩。

"哎？原说好的嘛，怎么往回杀啦？还当你见多识广，胆大心细，是个人物呢。"成德故意激她。

苇卿被成德抓着不放，硬着头皮上了梯子，可没爬两级，就俯在横梁上执拗起来："我什么时候说自个儿了不得呢？你说你成，就都包在你身上啊？现在来难为我？算什么英雄？"

成德眼见苇卿小巧的双脚上下蹬着，挣扎得可怜，可原本打算好一起过节的，又不甘心就此作罢，一拍大腿："好，我来就我来！"说着，扶下苇卿，揽过双臂一挺，把苇卿背在背上："你抓住我！"还没等苇卿反应过来，成德一个箭步已经蹿上了几级。

五

"我想问个事？"

"什么？"

"嗯……"

"什么？"

"你们汉人的女孩子不是缠小脚的吗？你不是。"成德问得若无其事，心里却突突地跳。

"嗯，母亲去世得早，我是没人管的疯女子啊。"苇卿咯咯地笑着："你们满人也嫌弃这个？"说着，她把两脚尖磕了又磕，那双淘气的脚不像是长在这个看似柔弱的女孩子身上的。白绫缎的睡鞋薄如蝉翼，甚至借着点点星光能看到藏在鞋面下的殷红的蔻丹，露在滚银白镶边锁口外的，是鲜藕般的一截脚踝，与光溜溜的脚面自然地连接出一条完美的曲线，因为鞋面上如意纹绣得密匝匝的，其实把双脚显得已经很小——当然是和满族的女孩子比起来，被她这一磕，小腿上涨满了丰腴香脂的粉嫩皮肤就微微震了震："后悔娶错人了吧？"

"不是，就是好奇。"成德盯着那对"鲜藕"不错眼珠儿。

苇卿不说话，仍旧咯咯地笑。笑得成德难为情了，便从腰间抽出留了许久的远镜，交给苇卿："看吧，还没到时辰，不过也好看，你看，我讲给你听。"

遥远的夜，恣意蔓延开来，给这些星子们铺上宽广的舞毯，那些沉寂了整整一个白天、原本就是散发着夺目光芒的星斗，就摇身闪出幕布，一点、一线、一片，满天的精灵，不安分地跃动着，非要和地上的绚丽灯火一争高下。

"西洋人管这个叫流星雨，钦天监的南大人说，每年都有，只是今年来得巧，竟赶在乞巧了。府里自从……"成德差点说出"自从小妹妹夭折，大姐和二妹远嫁后"的话来，细想这是节下，又是与苇卿相约，不便提起，便闪烁道："太太从没张罗过这个节，如今你来，竟也混忘了，我给你补上，高兴么？"成德仰望着天，头枕着双手，直挺挺躺在屋顶上，有一搭没一搭地闲聊。

"听过的，只是西洋的东西都让人喜欢，连这沾了晦气的星象，在他们看来也是好的了，若是府里知道，还不把咱们都当怪胎？"

"管他们做什么？咱们高兴就好。"隐约飘来东府里觥筹交错的声音，成德不喜欢，当然就更不理会那些人的看法了。

"第一次坐这么高，怪害怕的，还有心思高兴？"苇卿并没有把举在眼前的远镜拿开，她有他，她不怕什么。

"天上比地下热闹，也比地下简单，这么看着，什么都不想，怎么不高兴？只可惜万事古难全，你看，只有一牙新月，让这星星们欺负得没了光华了。”

"人说你发痴，可不是真的？今儿初七呢，哪又来的满月？再者，月满则亏，还是这样子好，有盼头儿，我喜欢。"

"就这么傻看着有什么意思？就着那边的曲子，咱们填词吧。"成德坐起来，笑笑地望着苇卿。

"你知道我诗词上是有限的，哪像你，张口就来？"

"那，不限曲牌还不成，要么你拣你喜欢的？"成德听着隔院的庸俗唱词早就腻烦，差不多是求着她了，像个讨游戏的孩子。

"哎呀，怎么都要被你比下去的，明儿传出去，说你家娶进门个笨媳妇儿，我可不是丢人啊。"苇卿被成德拽着袖口，远镜也抬不起来，气得抬手拍屋顶的鸳鸯瓦片，"啪"一声，那唱曲人也像听见歇板一样，偏也此刻止住了，二人一愣，彼此笑起来。

"做诗吧，硬凑两句给你，教你接好的去。"苇卿拗不过他，放下远镜，抚了额前的碎发，指着月牙儿思忖了半日，摆手道："不成不成，这样的起法也太多了，俗得很！"接着又想。

"俗中见雅才是你的本事，我可听着呢。"成德用胳膊肘轻磕着苇卿的背，等着她起。成德自己善于词令，却不想苇卿相形见绌，羞于露怯。

"嗯，"苇卿着实焦急起来，心下暗暗拜佛，希求神力相助："呀，来了！你看！"

漫天的星雨倾泻而下，任性地撕开了天幕。

六

府里一连几天热闹不减，都是朝廷里有头有脸的人物，成德少不得抽身应付，倒也没费多少精神，走个过场便又回西园来。宴席上客套多了，倒委屈了自己的肠胃，一脚踏进晓梦斋，就嚷着饿，翠漪笑向苇卿："自家的席，自家的饭，没的把个爷们儿委屈着了？他这是跟谁外道啊？"一面奚落一面吩咐备些家常菜来。

苇卿也笑："敢是咱们的菜好吃啊，不过就是南边带来的厨子，又不是一等一的，就把你勾回来了？！"

成德笑着收起洒金折扇，接过翠漪递上来的家常便服："菜好啊，还要个好心情才成，快把你们家的好菜上两个，趁着我喜欢。"

苇卿又撅起嘴："先前又没吩咐，现做也要些时候吧？那我就'以其人之道，还治其人之身'，也让你拣着剩儿，才称了我的心呢。"

成德不解，望向翠漪："你们姑娘了不得，连兵法都通，这屋子是待不下去了。"说着，笑向外走。

苇卿抽身拦住道："我倒不拦着，只是少了嘴吃，可别怪我们怠慢。"

成德才拿扇子指向苇卿，歪着嘴笑着回来。

"去把我教你们做的状元饼拣些来给他尝尝，"苇卿吩咐翠漪道，又向成德，"好吃不好吃，只管填上嘴，少了他笑话就成。"

苇卿说着，也不继续支会，只径自坐了，闲翻图谱，倒引着成德上前凑趣儿，见书页上皆是神佛人物，面目古怪，神态各异，可笑的是自己竟然多半不认得，不免吓笑："年纪轻轻，怎么竟看些这个？为讨好我额娘也犯不着这样，能看得进去么？"

"你这个人，也太偏颇了，难道我是为了讨好人才看这些？"苇卿有些不悦，道："俗语云：勿向君子谄媚，勿向小人仇雠，又说，不阿谀以苟合，不谄媚以求亲，你说太太是因为我刻意讨好而喜欢我，那是什么意思？"一句话说得成德哑口无言，却仍不解："那你为什么既不拜佛，也不参禅，却看这些？"

"世间万事万物皆是修行。"苇卿抬眼度量着成德，会心一笑。

少时，翠漪笑吟吟端着托盘回来。

"那回看你吃完的京八件儿，别的都没动，只这个没了，想是偏这口，就又做了些。尝尝吧。"苇卿轻摇着团扇。

"嗯，"成德一口下去，粘了好些粉末在嘴边，还不住点头："味道怪清的，不像吃过的。"

"听说你常犯些咳嗽发冷的病，又不知病根的来历，我私下猜着，想是这北方天气苦寒，小时贪玩，坐下的也未可知呢？"成德听苇卿讲这些，不置可否，只顾吃着，"若真是这样，则必要按'不病时治病'的法子才去得了根儿，可好好儿的，谁又拿药当好东西混吃呢，想来想去，便在这些日常的小吃里，换个法儿加进些温补的材料，就算不能当药吃，换个新鲜的花样也是好的，你觉得呢？吃出什么来了？"

"猜不着，反正水嫩得润口，比先前枣泥儿的清爽得多，我还想着，这大热天儿的，拿这干巴巴的劳什子糊弄我？"成德擒着手里半块饼，认真道。

见成德塞满了口还一副钻研模样，苇卿和翠漪都掩了口笑："那是荔枝！"

"那东西怎么做了馅儿？说来听听！真看不出来，你还有这手艺！"

苇卿笑着摇头："告诉了你就不新鲜了，祖传的，传女不传男。"说完主仆两个早已笑得抬不起头。

成德倒不在意："你别得意，我虽下不得厨，可也是认得高人的！上回你也见过的，朱彝尊朱先生，他就是个厨艺的行家，你们看低了我倒使得，人家可是写过《食宪鸿秘》呢，明儿你读读，可要认师傅呢！"

"我们倒想拜师，可这深宅大院的，怎么出的去？"

"当日你不是去过外头园子？这会儿又饶舌，得空儿我再带你出去就完了。"

"快别说这个，你们在外头做的那些事也够老爷太太头疼了，还搭上我？若太太说是我调唆的，我可担不起。"

"什么事头疼了？"

"你还装，上次你和那个张大人进宫？"苇卿迟疑一下，怕说得多了，教成德难堪，话说到一半，又不好咽回去，正杵着，成德接过话头："这个蔻儿，打小嘴上就没个守城的，竟传到府里来。"

"老人家并不知道，只我这么一说，你急什么？倒是你们想得也太简单了，就算若荟姑娘有心，那宫里可是想出就出，想入就入得的？怕路还长着呢。"听苇卿如此说，成德才心下慢了。

"只要心通了，再没有更难的了，贵在人心，以后的事儿才好办。"成德劝苇卿放心。

苇卿听罢，想着刚进这门时，凡事慵懒，皆因虽托个少奶奶的虚名，却分明受府里上下排挤轻视，更兼与成德不能走近，如今二人既已略略互通，太太也时时提点上进，眼下便少不得把心里盘算的事搬出来商量，于是坐下来递与成德一方帕子拭手，道："有件事请你拿个主意，不知你肯不肯？"

"什么？"

"先前跟你提起过的从南边投奔了来的故人。"

成德拭了口，又接过翠漪的漱盂。等着苇卿接话。

"那娘俩儿没个依靠，我寻思着在咱们府里找个差不多的差事分派，又看不好哪一处合适。"

"你跟我绕什么圈子，你自己心里早有主意了，怕我看不出？你只说就是了。"

"那日我支使那孩子去拾华馆学个舌，才知道严先生孑然一身，连个书童都没有，偏这孩子早年在家还上得几年学，粗识几个字，你看呢？"苇卿看成德默默不语，又道："听颜儿说，每月管事的给先生送月钱，先生脸色总不大自在，还想不起给赏钱，管事的只说是他嫌府上刻薄，故而也小气起来。我倒想着，府上待下人都做不出锱铢必较的事情来，何况是家学先生？他多半是心下顾忌着是寄人篱下，到底伸了手，于他颜面过不去，也是有的。"

"这样？亏你想得细，你想怎样？"

"我便想同你商量，把那孩子打发过去伺候，做个书童。这样一来，一则借着多了人手之故，可以给先生多拨些用度，他好看，二来，咱们再教那孩子也按府里的规矩行事，即便先生自己不上心，有个明白人帮他，也就没人笑话严先生了，不知这个主意怎么样？"

翠漪听苇卿说得头头是道，也搭腔道："再者，这会儿讨府里个空儿，安顿下苦命的娘儿俩，也算个积德的好事儿。"

"嗯，正是这样。这也是难得的巧事，只是那孩子什么样，别让严先生见笑才好。"

"自然怕你不放心，我娘家还发达时，那孩子虽不曾赶上，可这些年跟着大人一路奔波，想也见世面了吧，你若肯，这会儿就让蔻儿把那孩子唤来，你看看？成与不成，还替那娘俩儿先谢谢太太和你。"苇卿笑着做了个作揖状。

成德瞟着苇卿一脸坏笑："事又不大，你也不必去回太太了，若好了，定了就完了，你明知可行的事，偏拿出这副款儿来，明儿回你们娘家说我待你不好了，我又担不起了。"

一提到娘家，苇卿脸色忽一沉，半晌不语。

成德也自知说错了话，忙岔开话头道："翠漪去唤那孩子吧，咱们再说会儿话。"

七

按理，传唤人这类小事，是总也轮不到翠漪的，只是大爷既说了要与奶奶私下里言语，少不得转身退出来，再者，到底还是南边府里的老嬷嬷，与苇卿还有半个母女的情分——那茹儿的母亲原是苇卿的一个乳母，因当初当家的在外头还有些买卖，苇卿一行北上时，就没有跟来，谁知三藩一乱，当即丧了命，十来年挣下的些许银钱早零落殆尽，留下一对母子孤苦无依，想起主子从前的好来，便硬着头皮不知撞破了多少门上的铜钉，才投奔到明府来。想到此，就算不为向这对母子示好，为了奶奶的面子上好过，不至落个眼高压人的恶名，翠漪也少不得亲自往东府里北边的下舍来走一遭。

明府如今已是京城里少数显赫的大门户了，虽主子不多，自明珠及太太算起，总不过十几人，可是家大业大，不说府外另置的庄院、田舍、店铺、家庙等，就是眼下东府里，左一处亭台，右一处楼阁，翠漪平日净围着苇卿身边转，下舍这种偏僻所在，倒着实费了些周折才走到，翠漪一边擎着团扇挡阳光，一边眯起眼朝放马坪下角处那一片乌青瓦卷棚顶的矮房眺望过去，但见本来矮小的一片房舍坐落在最低洼处，使得人在这一片平整广阔的草地上，视野开阔得很，竟能一眼望得尽，那错落的房舍间一条狭窄甬路，直通府里的北小门，明府里对下人还算平和，平时下人有往府外办些私事，允许只从此门走，既然仅是为底下人预备的，门房的看守就设得少了些，人也猥琐，最会欺负老实人、克扣来人钱财的，安仁早就知道，因是下人的小事，所以从来不管，府里那些腌臜人等也知道这个道理，有什么私下不好明说的事，都在这里暗地捣鼓，竟成了明府里最乱最脏的去处。想到此，翠漪更揪心那母子的事，也不禁盘算着颜儿的居心：哪里不能安排两个外人，竟分派到这里？分明是要人家拉不下脸，挤走人家，终其心思，无非是给我们姑娘没脸罢了，如今大爷已经有了打算，还怕你再容不得人的？

正走在下舍的夹道上，忽从面前的胡同里，闪出个人影，吓了翠漪一跳，不禁捂住嘴退了两步，那人也是往前去，并没见身后有人，径自朝小门去，至门房，笑向里面的人递了些东西，便得意扬扬地去了。别的并不稀奇，只是那去的人一身褚石锦缎绸褂，若说在下舍间出入的人完全不像，若是往府里赴宴的客人，没有不走正门的理，倒让翠漪一头雾水，心下有事，也来不及多想，直奔房舍深处一间偏室来。

翠漪领着茹儿有说有笑回西园，一路上还不忘千叮咛万嘱咐要好好在主子面前表现的话，正专注说着，冷不防撞了面前人一个趔趄，那人"哎哟"一声，闪向抄手游廊，刚要挥起团扇骂，见是翠漪，又笑道："我当是谁，是你，我正要往你们那边走走，看看你们奶奶，同去？"

"姨太太好。"翠漪略略福了福身，茹儿腼腆，躲在身后不出声。翠漪又道："姨太太怎么也喜欢一个人逛？白省得他们落轻闲。"

"别提了，刚惹了一肚子气，说不得，阖府里，就只你们奶奶是个读书识理的，少不得受受教去，耳根子才真清净些。"

"原想陪姨太太的，只是大爷也在，正等着我回话去，失陪了。"翠漪知道这小姨太太的来历，虽出身不高，却是府里少数和苇卿主仆年纪相仿、又无利益瓜葛的几个主子之一，按苇卿向来的路数，既不亲近，也不冷落，便告了辞，先回来了，柳絮儿听这话，虽不痛快，也说不出大理来，只得落在后面快快摇着扇子踽踽而行。

八

待穿过月门，就着簌簌的竹林轻唱，隐约听得晓梦斋里，正有半大孩子在朗朗吟诵，细听去，道是："主人大醉卷帘起，招入青山把客陪。"后又有成德苇卿等的一阵笑声。

柳絮儿修整得粉嫩精致的脸庞上，浮起一阵艳羡与苦涩，迟疑了半晌，仍摇着扇子踱了进去。

"翠漪没骗我，大爷果然在的，怎么不过府去陪客？"柳絮儿一进明厅，就笑问道。

苇卿赶忙站进来招呼。

成德却起身拉着茹儿道："不错，跟我过去吧，就这会儿。"

"哟，这是往哪儿去？大毒日头的，这孩子刚从外头进来吧。"柳絮儿一面说着，一面拿手抚着孩子的脑门儿，茹儿是个厚道孩子，只把头压得低低的，也不懂叫人。

成德面沉似水，勉强应道："不妨的，姨太太可略坐坐，我先过去了。"拔腿便出门，临跨出门槛，又回头一句："姨太太既知多出外走动有不好的，不如只管在那边享清闲。到底我们是小辈，不敢劳姨太太三番两次的上门，有什么要的用的，只管打发人向颜儿要就是。"说完，径自去了。

一屋子人，都听出这话不是味道，苇卿不明就里，心下想着：按说柳絮儿虽是明珠的妾，但地位卑微，太太又尤其将其视作草芥，管事的奴才们忌惮太太的淫威，不肯给这姨太太一般主子的青眼也是有的，成德不是倚势欺人的人，为何也这般冷脸？瞧着柳絮儿脸上红一阵白一阵，上前拉手道："姨太太听他，连个客套话都不会说，让人分不出好歹来。"

"哼，平生就爱逛，难道还犯了谁家王法不成？老爷太太也不曾如此管辖我，可知哥儿真是要为官做宰了，脾气大得很。"柳絮儿素来不以自己姨太太的身份为资，当初进这明府来，不过是图个生活殷实、半生有个着落，并不想与人争利，又自知伶人的出身为人所鄙，私下里就从不拿腔作势，在府里的年轻主仆们面前只还像个不谙世事的乡下丫头，该说笑说笑，该玩闹玩闹，眼下成德这样无理，倒也只是让她吃了一臊，并不记仇，只是不免要和苇卿发牢骚："我也知他的意思，未必就是把人看轻些，不过多嫌着我不安分罢了。"

"怎么会呢？他都说自己是个小辈了，哪有小辈嫌弃长辈的呢？"翠漪也禁不住抿嘴笑道。

"扯你的臊！"柳絮儿挥起团扇拍了翠漪的头："都把我咒老了！我比你还小一岁呢！"

"北边不是有俗话说，萝卜不大，长在辈儿上吗？"翠漪一面躲，一面笑，苇卿又是笑，又是推挡。

玩闹了一会儿，柳絮儿也不理，抹了抹流海，扶着灵芝纹方桌沿儿坐了下来。

苇卿才缓和问道："许久不出来逛了，什么把姨太太绊住了？"

"这几日客人多，爷们儿吃酒吃到兴头上，就把我唤去唱曲儿助兴，哼，亏得老爷也是个场面上的人，竟也这么不知好歹，我再不愿意，哪敢不依，就受了些闲气，"柳絮儿说得眼圈儿有些泛红，"自要老爷不言语，也只能忍气吞声，这活死人的日子，什么时候是个头？他们家把人弄进来，不过当我是个玩物罢了，你当怎么样？过了这些日子，我也才知道，穿些绫罗绸缎，吃些山珍海味，原也没什么，难得人拿你当回事。"

"这话可没理了，真要轻慢了你，依着太太，早不知把你怎么样了，阖府上下还当你是主子？"翠漪执扇给二人打着，又推了一碟蜜饯向柳絮儿。

"这个道理我也是知道的。"柳絮儿轻哼一声，"原是你婆婆把孩子的事儿看得重着呢，我何尝没听过她催你？"说得苇卿红了脸。

柳絮儿又接着道："可毕竟我和你差着好几层天呢！我生了孩子，还不是管她叫额娘，能记得我是谁？你们看那乔姨太太，生生痛死也不见得有人怜惜。只是人家多少还是太太的老人儿了，我呢？外头人送的，那人还业已败落了，等到孩子大了，知道脸面高低了，更不会认我，到了那个时候，才真是'不知把我怎么样了'呢。"

"那也该做个打算，成日介只陪着花天酒地的，也不是个事儿。"苇卿叹道。

"正是呢，所以如今我能躲就躲，能避就避，大不了老爷回来，我再求个情，只哄他一个也罢了。"

21 | 梁园虽好

一

知道成德素有才名，又因耽搁殿试赋闲在家，京中便有那些真心喜好诗词雅趣的、找借口攀龙附凤的、希冀收藏名人手迹日后作价的，都凑了来隔三差五地来邀约，除每月三、六、九日往座师处研习经学外，应酬来往的日子几乎充斥了成德整个赋闲待考的日子，这让成德十分懊恼，幸好总有三五好友趁明府忙乱时找各种借口调成德出来散心。这日张纯修便将帖子下到府里，请成德来西郊山庄，其实授官的信儿一传出来，成德就在府里上上下下嚷了个遍，哪里还用专门通报？

成德特意着蔻儿在自家马厩选了两匹上好的百里云去应约。秋高气爽的玉泉山下，湖边的一片潮湿沙地已经因为水瘦而干涸，先前的大片蒲草也被漫布的野菇娘挤得星星点点不成气候了，只是蒲穗红通通的，单薄地在风里摇晃，草叶下若隐若现坠着火红的小灯笼，马蹄哒哒踏过来，惊起一片沙鸥，扑簌簌散开去，有羽翼健硕的，竟平地直冲起来，一头刺向高天，像要剪断整齐的南归雁阵。

与旁人说起时，成德总要为兄弟夸赞一番，背人处，却还要说句心里话："京官有京官的难处，看似风光，其实不过是个闲职，便是得用了也无非是在幕后谋划，难有实干的机会，外官却也有外官的好处，虽天高皇帝远，倒能放开手脚有一番作为。"

"正是呢，所以我并不以此为乐，况且京中趋利贪鄙的人事太多，身在官场，自持也要有定力才成，你也是知道我的，呵，向来自许清高，跻身如此宦海，若仍想保有风骨，只怕要茕茕孑立了。"张纯修勒马不前，望向秋波潋滟的水面，那年春天，他也是在这里，偷偷拾起她失落的簪子。

"那又如何？谁生来不是赤条条来，赤条条去，能有个清白名声留在身后，已是难得的了，我知见阳兄又是有情有义之人，既然能胸怀赤子之心，则必有至诚之交，怎会茕茕孑立呢？"

"我也知你这是肺腑之言，只是我又不免说句丧气的话，你我虽然都有淡泊名利之心、建功立业之志，焉知将来，没有无可奈何之处呢，就是你这名门贵胄，怕为难之处更多也未可知，至于我，"张纯修叹了一声道，"且看眼下境况，相机而动吧。若不是有她，我还真想放我个外任，落个逍遥自得！"张纯修扯着缰绳，双腿轻磕了一下马肚子，错着成德踱开去。

"是啊，咫尺天涯，不过总归有办法的。"成德不知道张纯修听到没有，喃喃道："总归有办法的。"

却听张纯修在前面大声喊道："你怎么样？都快当爹的人了吧？要么怎么羡慕你，记得要让孩子认我做干爹啊，哈哈哈……"

不知哪里窜来的海东青，呼啸着划破长空，哓哓声嘹亮地回响在一片秋色里。

二

秋来日短，天色早暗下来，晓梦斋里一屋子人等着成德回来用晚膳，只有苇卿独坐在渌水亭里发呆。

"奶奶回去等他吧，这亭子里风大得很，仔细着凉。"翠漪递来件镶边娇黄撒花缎面斗篷。

"你真聒噪，我等谁？谁用我等？不过躲出来清静一会儿，还不是怕了你这恼人精。"苇卿不知怎的如此烦躁，话出了口，便觉太过任性，紧抿住双唇，已冻得发紫的嘴唇反倒红润了。

"奶奶拿我出气也犯不上和自己较劲哪,快回去,"翠漪扶起苇卿轻声道,"这围栏上凉冰冰的,怕坐出病来,后悔都来不及。奶奶没见偏院儿里那位,才入秋,人家手炉就用上了,平日我冷眼瞧着,那身子骨比奶奶不知强多少,尚且知道怜惜自个儿,怎么咱们反倒不金贵了?看让她们笑话。"

苇卿忸怩着随翠漪刚出了亭子,就听成德"登登"的脚步声穿过藤萝架。

……

"什么新鲜东西,竟把大爷欢喜成这样?"翠漪身后,姗姗来迟的苇卿白了一眼被众人围拢着的成德,自顾自解开斗篷,正欲往里间去。

成德正向众人炫耀的,是刚从张纯修处得来的一对龙凤印章,本是吩咐好生收着,谁知那东西雕刻十分精巧,用料也考究,晶莹剔透煞是可爱,连盛着的盒子也用了木兰匣,匣盖一开,满室桂香,竟不是寻常的把件可比,小姑娘们见了,都惊奇起来,招呼着凑了来,见这些懵懂女孩儿如此,成德便兴致盎然地炫耀起来。

苇卿一面婉言驱散众人传膳,一面也好奇地凑了来,拿了一个在手中把玩,成德正扬着嘴角看苇卿专注的眼神儿,却不妨苇卿忽然"哎呀"一声惊叫,缩回手,低头直直看向脚尖。

众人都呆住了,慌忙俯身找寻起来。尤其成德,竟怔怔立在原地,眼也不知眨一下了。

待等苇卿娇笑声起,众人才明白乃是少奶奶的恶作剧,不禁哄笑一声,方才散了。

苇卿才缓缓收起手中的一件,和另一半一同收起,半开玩笑地问成德:"大爷可是好难过?怎么不过我一抬手,竟教大爷受惊了呢?"

"这?要说东西,原也不值什么的,只是那是至交所赠,若真碎了,不是辜负了他的情意了?"成德生怕苇卿笑自己小气,赶紧拉出张纯修。

"我自然知道是你的至交,我也知道,你的至交,必定不是俗人,只是他送你这样的东西,却忘记告诉你个典故吧。"

见成德疑惑，苇卿又道："古语云：好舟者溺，好骑者堕，君子各以所好为祸，不知此语是什么意思？"

成德默不作声。苇卿正色道："这虽只是小小两个玩物，却要耗费许多人力，咱们眼中，并没有不妥，只说是友人的交情，可别人见了，却未必不以为是豪奢之物，天长日久，就算你能把持，不至玩物丧志，能保身边生不出流言蜚语？人言可畏呀。"

成德自知理亏，也暗自感叹苇卿的明达："看不出来，你还有这份胸襟。"一面嘀咕着，一面嘟着嘴小心翼翼接过苇卿递过来的盒子，塞进外间屋里书柜的最下层。

"这也是父亲给我留下的最有用的话了。"

成德当然知道苇卿所指的，正是多年前苇卿先父卢兴祖因贪腐而罢官病故的事，想着苇卿竟将自己的伤心事揭出来提点自己，更是感激，自此，更是对她青眼相看。

三

"你这算什么？我原也不指望你能处处听我的指派，可怎么连个高低贵贱都分辨不清？你就这么不上进，连身家体面都不要了？我算是白栽培你了。"

延禧宫里，侍立在外、听到蕙嫔发火的宫人们面面相觑。

内殿里，若荟跪在榻前，鬓边的发髻散乱着垂下一绺，两手托着那枚白玉樱花簪，一言不发。只有主仆两人的殿中，沉寂良久。因此也能听出有人在啜泣，只是极些微的，极纤细的。

"主子教训得极是，奴才生来就不是上进的人才，教主子灰心。"若荟将双手又往上送了送。

蕙嫔不接，只转过脸去："你收着吧。我也不劝你，当初你说你不想留在宫里，我也依了你，现在把礼亲王说给你，在你，这个侧福晋已是难得的出路了，为了使你免去皇上的纠缠，我也是讨了太皇太后的示下才走通了这条路，你跟了我这几年，这里的规矩自然不需我多说，我成全你，你也不能为难我，何况你我主仆一场，今后瓜葛且多了呢，咱们还能荣辱与共，更进一层。"

"荣辱？"若荟抬起头，看着蕙嫔的侧脸，那美丽却清冷的面庞藏在朱红的茜纱帏帐后，辨不出表情。

"侧福晋，不是和嫔妃一样？"听若荟这话，蕙嫔没明白，转头正视着她，四目相对时，在彼此的眼里，都仿佛这是另一个世界的人，"都是人家的妾？"

"这是什么意思？"蕙嫔一头雾水。

若荟苦笑着喃喃道："在府里时，大爷讲过的，妾，就是女奴……"

蕙嫔简直不敢相信若荟竟出口说起这样刺耳的话，"登"地从榻上蹿起来，劈手抄起若荟擎着的簪子砸下去，精钢镀金的簪柄顿时断成两截，"你疯了？你敢再说一遍？！"

若荟痴痴地看着地上残破的玉片，良久抬头笑向蕙嫔，眼里却噙着泪不肯流下来："娘娘，我若再说一遍，只怕也是娘娘能听到的最后一句实话了。"语毕，不由分说站起身来就往外走。

"你？！我劝你还是省些事吧！就是死了，不过是一领芦席扔出去，哪能那么容易就如了你的愿？"蕙嫔冲着奔出去的若荟的背影大喝，"你能跑到天上去？！"

哭得上气不接下气的若荟往御书房来，见下了值的曹寅只身出来，便冲口叫道："曹大爷！"

曹寅笑："哟，姑姑可不敢再这么叫了，我可不敢当。"

若荟扑通跪在阶前的青砖上："娘娘逼我，把我赏给了外头的人，我不依，说了狠话，娘娘就翻了脸，料这宫里我是一刻也待不下去了，求曹大爷替我想个出路，出去吧。"

"这是怎么说的？这宫里就只你算是她的心腹，多少年的体己人儿，怎么这么不怜惜？"

"今非昔比了。"

"没得商量？"

若荟摇摇头。

"啧，这也难了。"按理身为侍中的曹寅与皇上朝夕相伴，母亲又是皇上的乳母，身份虽不算贵重，至少也是旁人眼中的红人，帮一个四品侍女并非束手无策，只是多年宫中行事的历练，使这个年轻的侍读多了几分心思，事到临头，难免瞻前顾后。

"怎么？曹大爷也不是昔日的曹大爷了吗？"

"姑姑小看我！我倒不怕担干系，只是你现在是有体面的人，平白无故就没了，阖宫上下哪有不起疑的？哪还容你有个结果？再者出去了你也需有个落脚地儿啊？至少还得等成大哥和见阳兄他们接应才行，姑姑是太急了些。你再等等我，横竖给你想个法子，啊？"

"等？"若荟怅然起身，她甚至不知该去哪儿等，呆呆蹭着回头，再听曹寅唤时，犹豫着转过头，挤出一丝笑，决然去了。

若荟满脑子里，都是蕙嬺那句狠话："就是死了，不过是一领芦席扔出去，哪能那么容易就如了你的愿？"

"死？死了，就能出去吗？"若荟痴痴想着，淅淅沥沥的秋雨打在身上也觉不出凉，等雨点越来越大了，若荟心里反倒暖起来，自入宫以来，她第一次快活地跑在雨里，这让她想起了那年春天，为了找那枚簪子，一个人冲进雨里时的情景，爽朗的笑声就那样在宫墙下响着，她想，她就能出去了。

四

"我就能出去了。"朦胧的灯影中，若荟含糊地笑着，耳边却传来熟悉又陌生的叹息声。

"出去？你去了，就留我一个孤鬼在这里。"榻边，蕙嬺怔怔地望着若荟苍白的脸，自言自语道。

若荟烧得满面通红，却忽然瞪大了眼睛："快了，他们来领我了，送我出去吧，我能去了。"继而又晕死过去，边上侍候的几个平日交好的宫女，想起这本是个没架子没心计的好人，却落得这般境地，纷纷落下泪来。

天色尚且不晚，殿中没有掌灯。见宫中唯一的故人已是留不住，蕙嫔难免不为自己的处境担心，想想也垂下泪来："就算那亲事你不依，也不必如此啊，真把个小命搭上了，哪个能心疼？别说死了，就是挨到正日子，到了二十五岁上，期满送出去，我看都未必有人肯等你到那时候。你倒好，白白地折腾。你自去了，可我成了没有臂膀的人，在这宫里如何过？原本筹算着过的日子，转眼就成了画饼，看来，终究不是一心人，走不到头哇。"蕙嫔失望地站起身。

忽有乳母进来禀告："娘娘，阿哥醒了。"

"知道了，"蕙嫔眼里，终于又亮起来，"去向苏麻姑姑通报一声，就说延禧宫从四品良人若荟，偶染重疾，良医无计，恐性命难保，不宜留内殿伺候年幼阿哥，因与本宫原是故人，不忍弃之，恳请送其归家，或生或死，皆与内廷无干。"窗外突如其来的一声炸雷映得内殿里恍如白昼，雨更大了，已经听不清若荟的呢喃，蕙嫔收起了眼泪，挥挥手："去吧。"

五

曹寅冒着大雨驱车来到明府西园，砸开了园门，不由分说，将车上早已不省人事的若荟背下车来，直奔晓梦斋。

不巧这日是八月二十九，正逢成德赶往徐乾学府第求学，"一大早儿骑马去的，这会子雨下得这么大，许是隔那儿了。"隔着橱窗，苇卿都能听见曹寅淋得湿漉漉的，翠漪领着两个小丫头忙着擦拭满脸满身的雨水。

"我只在苍震门外接到的人，也不知在宫里时，她是个什么情形，还请嫂子多操心，等成大哥哥回来再做道理。冒犯嫂子，实在事出紧急，除了府里，我也想不出送到哪儿去了。"

"这是自然。只是如今太太也不在家，前儿接了讣文，说瓜尔佳大人府上继太太去世，今儿是正日子，跟着送殡去了。少不得我先做个主了，子清只管把人撂下，我们好歹请个像样的大夫就是。就是不知道姑娘这身子可有大碍没有……"苇卿见若荟病重，也吓了一跳，虽胡乱做了主，却也心下慌张，一面命小厮去请王太医，一面忙吩咐将此事告知颜儿。曹寅不等成德回来，谢过苇卿主仆，告了辞又冲进雨里。

六

雨下得越来越大，本是来求学的成德被滞留在徐乾学府邸，除了经解学问，成德难得听座师聊起仕途上的事来。

"做官时少，做人时多；做人时少，做鬼时多。"徐乾学面有难色，"成德，仕途不易呀，你想好了么？"

"清者自清，浊者自浊，学生只想立一番事业，并不贪恋权势，如果进而入仕不遂心，退而求学不是更好？"

"两全自然好，只是，难哪。"

七

"你怎么这么胡闹？我总说这个家没了我，是一刻也不得消停，等我闭了眼，就什么事故都没了。"刚刚回府的太太，听说颜儿雨天里往西园来，不慎跌了一跤，正在偏院上房里不知怎样，登时急了眼，不顾有下人在旁，数落起苇卿来："这些出去了的丫头，又回来是准没好事儿！你背着长辈私自把人留下，本是好心，也不算错，可这大雨天儿的，你把颜丫头支出来做什么？你嫁到我们家这么些日子，没说给我添个孙子孙女的也还罢了，这好好儿的眼看就快生了的，还不多加小心，万一有个好歹，纵然你是没有恶意，保不准有人说你什么，不为我儿子，也为你自己想想啊。"

这一夜，又是头一遭亲见重病人，又是第一回自作主张拿主意，听说颜儿跌了，更是吓得魂飞魄散，这会儿太太不分青红皂白不顾脸面地一番训斥，让苇卿一时语塞，不知如何辩白，又怕婆婆瞧见眼泪更生厌恶，只恨不得把头低进地砖缝儿里，翠漪见此，急得面红耳赤几次要上前答话，都被苇卿拉了回来。

许久，太太的气稍顺了些，叫了顾儿几个起身往偏院亲自看望，苇卿则怯怯跟在身后，随着一声"大爷回来了"的通报，红着眼圈儿的苇卿正和刚跨进门的成德碰了面。

"这是怎么说？"成德见苇卿委屈的样子，顿生怜惜，正要细问，太太回头命道："那边你就甭过去了，你们且在佛爷面前多烧几炷香，保佑母子平安，万事大吉吧。"甩袖便去了。

八

苇卿一路匆匆往回走，脚下生风溅得裙子上满是泥点也顾不得，任成德在身后又是赶又是唤，径自进了晓梦斋，"吭当"一声将房门关紧，眼泪止不住流下来，小丫头们听见门响，都跑出来看，见这情形，都不知如何是好，缩在纱橱后聚拢作一团瞪眼瞧着。

"奶奶快开门，五更半夜的，把他冻坏了可不是闹着玩儿的。"翠漪忙欲开门，苇卿听见，让了门，疾步往里间里去，一进屋，便又赌气回身将纱门关紧，这还不算，索性向后一倚，将两扇纱门堵了个严实，任成德如何叫，就是不开，只听里面传来嘤嘤的哭声。

成德杵在纱门前，左敲右拍，听见里面苇卿的哭声，心中更是不忍："好好的，到底不是我得罪了你，何苦躲我？我也知道你受了委屈，在太太面前是强忍着，既然回来了，你有气只管撒出来也好，只是总不能不见吧？'结发为夫妻，恩爱两不疑'，我也不知道你到底能信我多少，可是说到底，在这里，除了我，你还能再和谁亲近些不成？我知你是个聪明人，我的心事，你总是一眼见底，私下里，我早认你是个难得的知己，为这个不知偷偷谢了几回天，寻思着，你也同我是一个心思，不然，我的事儿，无论内外，凡有不妥的，只要你肯说出来，我也没有不听的。怎么你有了事，就把我当外人了呢？"一番言语有情有义，说得旁人无不动容，翠漪在一边，又是擦眼抹泪地难过，又是欣慰地痴痴笑，又是摇头，一时也不知拿这对水晶心肝玻璃人儿怎么办才好。

只见那里间屋里的苇卿，倏地一转身，"霍唥"一声拉开了门，一肚子委屈倒豆似的朗声问道："我留人，也不是为我自己；我并没存心害人，怎么偏偏怨我？她有个好歹，我能得什么好处？她有福气，我又不攀比，为什么每每拿这个指摘我呢？我嫁到你家来，难道是专司生孩子的？！我成了什么了？！"虽然心中愤愤不平，不争气的眼泪却到底流了满脸。

"留什么人？又是谁有福气？谁指摘了你？这都是从何说起？"成德也急了，揪住翠漪问个不停。

苇卿仍气不过，一把推开成德："你还不去？只恐在这里耽误了你，仔细再出什么岔子，人家说不清也不算什么，再把大爷连累了可怎么好？你去，出去！"成德见她仍气得粉面通红，又是心疼又是好笑，只好由她撒娇，被推得连退了几步，一句反驳也没有，翠漪连拉带劝哄着苇卿，一屋子人正闹得难解难分，顾儿由小丫头引着亲自上门来唤："大爷、大奶奶大喜，姨奶奶生了！太太传呢，还不快去看看？翠漪，大夫和稳婆已经赏过了，你去准备府里人的。哦，大爷，太太还吩咐请大爷掂酌要请的客人，着书房里头开明白，满月的酒席要办得热闹体面些才好。"

苇卿收起了眼泪，躲在成德身后不言语，翠漪惊道："怎么？姨奶奶大喜？可把我们急坏了，奶奶刚还说姨奶奶是个有福气的呢！这会儿就传出喜信儿了！"说着，瞄了苇卿一眼，示意显出些喜色，又笑对顾儿道："打赏的事，没有先例，我也不知该怎么行，还请姐姐示下吧。先早库里没有定处的散碎金银，按太太的意思，都倾作了时兴锞子，知是预备赏人的，怕咱们作不了主，二门以下的人，姨奶奶也早有计划的，头几个月我侍候她作账时，就跟我提起过，说这一处不必动用官中的钱，宫里娘娘该有赏下的，下剩的总归是外头的，按大爷成亲时的成例打赏，这个我知道，不过，要照着太太的意思，怕花在外头的钱才大些，姐姐看呢？若觉有理，我这就去吩咐。"

颀儿说不出什么，诺诺着引成德夫妻一前一后往偏院去。

九

偏院上房里，太太、乔氏、柳絮儿和几个老嬷嬷及大丫头们围着成德，七嘴八舌说笑不停，成德抱着孩子，一时缓不过神儿，半晌才痴痴地笑了。苇卿一个人被挤在人群外，怔怔地不知所措，说是被挤在外，不如说是自己不敢进前，她怕此刻正在兴头上的太太，见了自己又要扫兴，扯出些无子有失妇德的话来，自己脸上挂不住，更怕见了那孩子，心里不是滋味。众人都不理会，成德却把苇卿一脸的落寞看在眼里。太太不是糊涂人，见成德心不在焉，也猜出是心疼媳妇之故，只因有个现成的孙子在面前，也已把先前对苇卿的误会撂下了，还特地命人说大奶奶近日劳累，先送回去歇着，苇卿也不敢违拗，向太太姨太太告了辞，又给床上疲惫的颜儿道了乏，因为颜儿自己执意出门才致早了几天生产的事，苇卿只字未提。

十

小丫头初莲提着灯笼，引成德回西园时，天边已发白，晓梦斋里灯火通亮着，还没进屋，就听见翠漪在跟苇卿嘀咕："按日子算的，本也快生了，硬是赖到奶奶头上，那小英死蹄子最坏，太太发火儿时，她只在旁边看着，姨奶奶自己要出来，她在身边侍候会不知道，明摆着要奶奶难看。"

"算了，都过去了，幸好没事，一家子和和气气的，比什么都好。府里上上下下人也多了，今后这样的事没准儿多着呢，唉。"苇卿并不是性情中人，只是俗事中的闲气却不能使她常挂怀，只盼望一觉睡醒了，不快就都过去了，好容易止住了啜泣，这会儿正迷糊着，无心和翠漪费心猜。

成德这一路上，原也想着，府里人事盘根错节，苇卿虽凡事不计较，却难免背后有个人多嘴杂，旁人料也无事，只是若总教太太过不去，一家人怕难和气。加之方才途中向初莲询问事情原委，那初莲原只在廊下伺候的，自然也不知详情，只说大奶奶本没有错处，怕是有干系的小人暗地作梗也未可知，成德更对府中女眷生出一层厌恶，心里暗自盘算如何还西园一处清静日子。

十一

东府里又是一番热闹景象，离明府长孙百日之期还有些时日，前来道贺的京中豪门轿马就已在明府门前络绎不绝，多是贵妇官戚，府里从正门到花厅后的小小抱厦，一路上都飘荡着女人们的真假嬉笑声。

颜儿位份低，来人道贺自然不是看她，代之受礼的苇卿自觉难堪，却少不得在太太跟前略站站，也学着迎来送往，按太太教的：这才是个头，待宫里的赏下来，府里才是大日子呢。只是此时的苇卿脸上已做不出表情，只顾着暗暗记住来人姓名，又怕忘记模样再见时认不出，时不时盯着来人看，翠漪则随着乔氏等人，高高兴兴地指挥小厮们打点贺礼。

及到天色傍晚，人尽散去，被呼来喝去一天的丫头婆子们才得了闲，有犯懒偷滑的，寻了僻静处自去打盹儿，有无聊手痒的，聚起来赌钱吃酒，因这府里主上也熬得人困马乏，这会儿待下人也宽了些，竟无人喝止了。太太素来知道府上的积习，遂命顾儿领着人，将东府各间茶房、耳房及角门各处通检视一遍，有太不像样的，也只驱散了完事。

原以为听说巡查的人到了，知道好歹的都各自回避就是，唯有一众嬷嬷聚拢来，仗着太太跟前有些体面，竟连顾儿这样的二层主子也不放在眼里，开了北小院的更房，吆五喝六地行起令来，吵嚷声自跨进院门就直贯顾儿耳朵，不由顾儿不悦，径自推开门，直闯了进来，一屋人见满脸冰霜的顾姑娘，都愣了，讪笑着起身赔不是，张氏嬷嬷刚输了拳，放下骰子正抄起酒碗往嘴里送，见这情形，酒还未及咽下去，憋得通红的脸上一双本就突出无神、有白无青的大眼几乎要鼓出来，却不起身，只直直地瞧着，等着顾儿先发话。

顾儿知道定又是张氏起的头，仗着是太太的陪房，得太太的宠信，从不把如自己样的下等家生子儿放在眼里，更可恨仗着有若荟陪蕙表姑娘进宫的功劳，更拿府里的规矩视如无物。今日虽也算落到自己手里，却也惮于小人之口，不敢深说，只强压着火，从牙缝里挤出一声冷笑来："婶子好乐啊，难怪，府里上下都是喜事，怎么不乐？只是唯独婶子你心大，自家出了事，倒却跟没事儿人似的，我也敬服呢。"

这些婆子们平日多只分管酒饭轿马，抑或夜间巡查，各房里的闺阁起居并不插手，加之与各房里的丫头生分，若荟重病回府的消息竟一直瞒得住，此刻张氏一听家里人的事，登时慌了，放下酒碗骂道："扯你娘的臊，老娘一个单在这里好好的，哪还有家里的？！敢是那傻子儿子死了？哼，倒好了！"说着，捡起一粒油炸花生丢进嘴里，"嘎崩崩"嚼得脆响。

"哟，您老还不知道？你姑娘从宫里回来了，可给您老争得好脸呢！"顾儿得意地一扬头，本来就高高的个子，这一挺，在众人中更高挑了，张氏抬头找她的眼，却只能抻脖数着睫毛，顾儿又环视了一眼屋里众人，轻哼了一声，疲道："诸位妈妈们今后也该仔细些，这次是我来，只当没瞧见，下回换了人，谁还顾得了？"转身引着小丫头们去了，众嬷嬷赔着笑跟出去："好姑娘，都知道姑娘心好，你爸妈平日也玩儿的，原是看他们玩儿，我们才跟了风，以后再不了。"

22 | 就中冷暖

一

前府的热闹把偏院衬得越发冷清，苇卿仍就贺礼和家账等事项与太太交割，抽不出身，便指使翠漪急急赶来看望颜儿。

翠漪领人端着补药挑帘进来，却见成德已经在了，正和颜儿对面坐着，见翠漪来，颜儿伸手接过成德擎在手中的汤碗，僵着脸笑道："姑娘怎么不进来？奶奶可好？这几日该是忙坏了吧？"

见颜儿已经能说笑，气色也大好，翠漪也笑道："可不是，没有姨奶奶帮衬，奶奶着实忙不过来，却还不忘支使我过来，这益母木耳汤也是奶奶照着大夫的方子着厨房里给新做的，"说着，将丫头手中托盘上的汤碗接下来，"倒不知道姨奶奶正用着。"翠漪边向成德问好，边近前挨着颜儿坐下，接过成德手中的汤匙。

成德瞥了翠漪一眼，笑着起身道："你来看看她，我也安心了，吃什么看她自己吧，我去瞧瞧那边儿。"说着起身向西厢房去。

"哎！"颜儿急唤道："这会子了，你去做什么？她难受了一天，才睡下。"成德迟疑片刻，又坐回来，颜儿才安心了。

"你看那若荟姑娘怎么样了？"翠漪问道。

"说是在外头浇了大半宿，就前几日那个雨天里。原是生得那样的人，还不冻坏了？烧得滚烫就给赶出来了。"颜儿扭头叹道，"大夫给开了退烧药，才好些。"说着，颜儿凑向翠漪，轻声道："心里不自在，受了大凉，可巧又来了月信，疼得满炕打滚，嘴唇都紫了，任是铁打的，也折腾死了。自送来到现在，一句话都不曾说，想是心里堵得难受。这些……"想到当年逃出家门的如萱来，颜儿说不下去，只顾抹起泪来。

忽听窗下一阵吵嚷声，道是："张妈妈做什么？查夜还查到这里了么？这会子主子们都睡下了，妈妈怎么不知道规矩？"

又有中年妇人叫骂道："死蹄子们！你们若荟姐姐在这里，居然都瞒着我，于你们有什么好？！我见我姑娘还不成？主子管得着？"

转眼小英进来叫道："大爷快去看看吧，张婆子吃醉了酒，往厢房里闹呢！"

成德眉头一皱，头一个冲出来。

颜儿在身后急道："大爷慢些，仔细台阶滑！"也从床上挣扎起来。

二

厢房里已经乱作一团：小丫头拦阻不住，张氏一冲进来，直瞧见昏睡在里间的若荟，不问青红皂白，戳着太阳穴骂道："作死的小娼妇，你妈被人戳脊梁骨，你倒睡得快活！你妈一把屎一把尿地白养了你，只顾给老娘抹黑，还有脸活在世上？我都叫你羞死了！你怎么不去死？！"说着又要上来揪头发，若荟被骂得浑浑噩噩醒来，又见了如夜叉般的亲妈，唬了一跳，登时哭叫起来。

成德见此，怒不可遏，一把揪住张氏的后脖领，拎起来扔出二尺远，指着惊魂未定的若荟，向张氏喝道："妈妈太不尊重！这是什么人？由得你如此胡来？"

被成德一吼，张氏酒已醒了一半，坐在地上大哭起来："我怎么这么可怜？守着呆子和病痨，辛辛苦苦熬了大半辈子，就指望着这死妮子能有个出息，家里像样的东西加上这一颗心哪，都发送给她，结果给我来了这么一刀哇……"捶胸顿足还不算，鼻涕一把眼泪一把抹不净，又拉着成德的栗色底子五彩团花袍子下摆哭东骂西。

成德心中着实厌恶，一把扯开，低吼道："如此不堪，亏得如何在府里这些年。"又转向好言好语哄着张氏的翠漪道："你去向太太说明，把这情形说清楚，撵了这婆子！"

若荟疼得撕心裂肺一般，又是一股急火直冲脑门儿，倚着靠枕，一手按着小腹，一手指着地下的亲妈嘶喊道："死活你我已无关，我就是死也犯不着你哭天抢地，你死了，说不定我还笑出来。"

刚被翠漪连拖带拽爬起来的张氏，一听这话，顿时炸了毛，死命上来厮打，随翠漪一同前来的初莲和小英一见都慌了神，冲上去护住若荟，头上、颈上都受了抓，登时显出几道血印。

成德头一次见女人们竟能闹成这般景象，气得发抖，跺着脚不住道："反了反了，这可反了，来人！都死了？快来人！"

那张氏还不住手，口里仍不干不净叫骂："下作的小娼妇，做宫里的差事你得了体面了？敢骂起你亲妈来了？你作得不知是谁，今儿打死了干净！"

正闹得难分难解，只听帘外一声沉稳凛然的喝号："太太来了！"一个小丫头打起帘栊。

苇卿这一计果然奏效，张氏酒已全醒，抻头往外瞧着，后跟进来的另两个丫头将母女俩拉开，若荟红着眼圈，端坐着不动，任由人帮着打理散乱的头发。

翠漪正纳闷儿：怎么奶奶领着太太的传话丫头来，却报说太太到了，顾儿却施施然跟在苇卿身后，见了屋子里的情形，不等苇卿开口，"哎呀"一声摇着身子晃到张氏跟前："妈妈怎么这副模样？"往跟前一凑，又道："敢是吃了酒？怪道的。"又笑向苇卿道："老人家酒后无德也是有的，等她酒醒了，自会明白，奶奶别动气。"

苇卿先向顾儿点点头，斜斜看了张氏一眼，并不言语，只笑向气头上的成德道："天儿也不早了，咱们先回去吧，太太的话顾姑娘说也是一样的。"

成德仍气不忿，被苇卿轻轻推着往外走时，和蹒跚而来的颜儿撞了个对面，又是抚慰颜儿，一面还不忘回头恫吓道："妈妈也该仔细些，她如今虽不在宫里，可也是我的人，你敢动她？"

张氏一听了这话，顿时如醍醐灌顶一般，抚掌大笑道："原来是这样，那敢情好！我竟没想到这一层，教大爷费心了！你瞧瞧这闹的，真是……"说着又是道福，又是回身瞪着若荟发笑。

谁知颜儿本因多年要好的若荟受了这般委屈心疼，又见成德苇卿气得无法，深觉这货闹得实在太过，不由怒从心头起，甩开成德指着张氏怒道："您老如意算盘打得好呢！别做梦了，我看你是太贪得无厌了些，你得了太太的恩赏，白白比人多了那几间房，光租钱你便宜了多少？爷们儿要用了，你不说痛快拿出来，还在我们爷身上揩油，我看你生了一把年纪，才不在太太跟前理论，你当我不知道？茹儿母子来，你瞧着那是外人，给了人家多少白眼，害得人背地嚼说咱们府里待穷人刻薄，大奶奶不肯声张，赏了你钱，你才不为难人家，你当我不知道？贪了昧了，主上不计较倒也罢了，你却这般不尊重，我们虽年轻，好歹也知道个上下，您老就算在太太跟前强些，也不该这么小看了我们！"

顾儿见事情愈发不可收拾，赶忙推着张氏往外走，张氏知颜儿骂得句句在理，不敢驳回，只一路咕哝着："主子们赏的东西，为什么我不能擎着好处？哪个血汗是白流的？说到太太跟前理也在我。"

提起太太来，颜儿还真发了怵，谁不知这老婆子的话在太太跟前有分量？怕的是小字辈们的委屈诉不出，倒叫恶人反咬一口，说对两三辈子的老人不敬，这罪名在家训严厉的明府里可大了。

苇卿看出了颜儿的难处，一把拦在颜儿身前道："我今天说了这些话，就没怕你背后告刁状，打量你也该知道个远近亲疏，我就不信，太太还能信你不信我们？"

见府里最体面的大奶奶也跟着撑腰，张氏恨得切齿却无法，顾儿笑得红粉粉的牙花子大半露在朝天的鼻孔下，假模假式地哄着张氏讪讪地去了，一路上却没多少和事的话，张氏从此暗地里挑唆陷害的事更多了起来，太太也由不得不信苇卿媚夫不尽妇德的传言，都是后话。

众人相继散去，颜儿放心不下，独留下相劝，若荟却将被子掩了脸，嘤嘤地哭着不理人。颜儿自觉与其也是自小的玩伴，虽性情不一，到底有些情分，便倾心开导起来："要我说，还是姑娘你性急了些，外人都在，怎就和她争执起来，这世上除了妈，哪还有人更知冷热？"到底是快做妈的人，行动都体贴为人母的心境。

若荟不应声，心里却尤其赞同这话："何尝不是这个理？可今儿这一出你也见了，便是亲妈，也不过如此，如今我是孑然一身，还能信得过谁？谁又肯为我打算些什么？人世凉薄，不过如此……"想着为了那仅有一语信诺的人丢了前程，未免后悔冒失，擎着被的双手才缓缓放下。

颜儿原不知若荟和张纯修之事，以为还在抱怨张氏，便又有说有笑道："拌嘴归拌嘴，到底还是亲妈，能教你一个人单在这里？临了，我还听见说你也不小了，要给你找个小厮配了，不是把你放在心上又是什么？"

"哼！"一听这样的下作玩笑，若荟忽地将被掀起，柳眉一竖，道："姐姐才是知好知歹的！不挑不拣的，煞是和气，人家怎么指，你就怎么走，我比不得你，活，就照着自己的意思痛痛快快活，才不枉人世间走一遭！"本来，若荟还想说些如做小、姜之类的痛心话，一闪念间想起在蕙嬷面前造次的情景，才咽了回去，也算吃一堑长一智了。可到底颜儿与蕙嬷不同，与若荟哪有几年朝夕相处的情分？闻得这又真又刺的话，怎不恼火，脸红了半晌，道："和你那如萱姐姐一个样，也是个心比天高的，哼，咱们倒看看，你的命能强到哪里去？"

"你们看吧。"若荟也不知哪里来的自信。

<h1 style="text-align:center">三</h1>

晓梦斋里也因为那母女二人的一场大闹难以成眠。

"依着我看，不提倒也罢了，知道她妈那个样，谁还敢要她？"翠漪从雕漆红木炕柜里，翻出一套五彩云锦被来，交与小丫头送进里间屋。

"是呀，可见女儿家，背后的娘家多要紧。"里间卧室里，苇卿一边为成德解衣，一边叹道。

成德甩开发辫，坐向床边，伸脚泡进木盆里，发呆般叹道："按理，那婆子也怪可怜，你没听她哭说男人没用，儿子指不上的话？一家子的宝全押在那闺女身上，难怪生气。"

"那也不该那般无情啊？看得人揪心，倒不如没妈的好了。"苇卿难得说句冷话，教成德吓了一跳。

"这也是常理。"翠漪在外间屋里插话道："难道奶奶忘了平日里念过的什么'孔雀东南飞'的故事？那刘兰芝被夫家休了，回到母兄跟前，可有好日子过？可知这女孩子大了，出了门，是再没有回头路了。纵然婆家不好过，在娘家也变成了外人。唉，清清净净的倒是省心。"

"好了！"成德被两人言来语去说得烦躁，担心若荟的出路，更不忍张纯修因为一人之故伤了君子之名，盘算着如何从中调停。

翠漪苇卿又暗暗慨叹为人母为人女之苦楚与烦郁，各怀心事睡去，一夜无话。

四

心系张纯修和若荟的事，成德自然两厢周旋，只是苦于若荟身处京畿之中，有废宫人的身份，而张纯修在官场之内，有碍于礼法和悠悠众口，成德不得不为友人的清誉着想，一时想不出两全的办法。

这日一大清早，蔻儿从明府角门急急出来，恰撞见一位崭新青衫、意气风发的年轻公子正在门前徘徊，细看正是上次科举中不幸落第、却因心高气傲被众人奚落的马云翎，想到他当时落魄的样子，再见眼前又是信心满满的神情，蔻儿便猜出了八九：想是大爷的盘缠果真不白拿，完全不是那副寒酸相了，只是想必是因着水土不服，原本细嫩的面庞上长满橘皮样的痘疤，颇不受人待见。也不没由多想，便上前问候："哟，这不是马公子？可有日子不见，小的给您请安！"

"不敢不敢，你家大爷可好？我是特来拜见的，此次一上京来，就想着来谢他。"

蔻儿迟疑了下，道："大爷要知道您来，肯定高兴，只是您来得不巧，大爷他，刚应了约，是急事儿，怕是已经出门了。"

"这？果然不巧，看来我想一睹他刊刻处的计划也泡汤了。"

"这倒好说，小的也能做主，等我叫他们开了那边的小门，您自去转转？"

"可使得？如此多谢小哥！"

蔻儿引着马云翎刚转过外墙，一阵急促的马蹄声飞驰而过，成德挥鞭之快，两人回头时已不见人影。

五

成德与曹寅在西郊的见阳山庄门前碰了面，将缰绳交与门人，便议起张纯修的事。

"成大哥也来了？可是也得着信儿了？"曹寅满脸疑惑。

成德点点头："昨儿差人到我府上，说他应了外差，就要南下，唬了我一跳，赶紧过来问。走时急，那日答应给他找的《箭诀》也忘了带来。"

"南方战事日益吃紧，在京的汉人都人心惶惶起来，这些日子总有汉臣告假南归，莫不是见阳兄也担心朝廷翻脸？"

"虽也算个理由，可见阳兄在旗，不至于遭嫉，从前也没听他说起啊，朝廷怎么就有了外放的主意？"

"遭嫉？"一句话提醒了曹寅："难不成为了那样的小事也会遭嫉？"

"什么事？"

"那天几份奏折是见阳兄誊写的，皇上见了，说了句字写得好。"

成德嘴上虽说不信，心头却翻起一阵恶心。

六

渌水园外的刊刻处，其实与园内相通的小门也开着，蔻儿是个机灵鬼儿，知道园子里管得紧，外人进来要通报盘查，马云翎虽自觉比先前体面些，在势利的看门人眼里，还是难免要遭白眼，便绕了远道从外街门进来，这几处先前的民宅，在蔻儿眼里，本与外头胡同无甚不同，各房中也无非是工匠们刀斧雕凿、尘屑飞舞，加之这马云翎原也算不上身份贵重的客人，便懒得侍奉，找个由头闪身逛去，留马云翎一人懵懵懂懂乱撞。

却不想马云翎乃是江南儒生，见惯了"四水归堂"的错落有致，在他眼里，这京城特有的胡同民宅都是一副模样，绕了几个圈子，仿佛还在原地，进工场去向工匠们问路本也不难，偏偏这马云翎又是个身居困囿眼净心高的秀才，不肯低头向粗俗人言语。正踯躅着，眼前闪出一口井来，井沿上坐着个年轻粉衣女子，无聊中正朝井里扔石子逗趣，便顾不得大妨，颔首上前探问。

不想这一开口，便引出多少故事，又是后话。

七

成德从见阳山庄回来，一路上回想着张纯修的话："偌大的京城，在她眼里只是一片伤心地而已，若只为我的求功之心委屈了她，那先前的信誓旦旦也算不得真心了。何况，京中虚华，原非我所愿。容易的路，其实最难，远赴江华小县这穷乡僻壤，于我，只是吃点儿苦，于她，则是得了大自由；她愿意跟我走，是我的幸运，人生能得一荣辱与共的知己，不知比那些许荣华要难多少，为什么不珍惜？"

"见阳兄说的何尝不是我的心思？'君子死知己，提剑出燕京。'他有他的知己，能以苦为乐，何尝不是幸事？相形之下，我身在这朱门高第，却时常喟叹'平生知心者，屈指能几人'？到底是我不知惜福，还是命运多弄人……"正想着，已身不由己拾阶来到通志堂。

原本只为来此找些闲书散心，进门却见到正在俯案作画的苇卿。见成德心事重重地进来，苇卿搁下笔，端身起来，二人竟对视无语，半晌，苇卿才抿嘴笑道："知你去赴约，家里没有客人，就溜进来了。"

成德嘟嘴嗔道："你又故意说这些外道的话来怄我，教我过不去。我知道那日翠漪的话我没及时应，惹你多心了，这些日子我又老往外跑，没空和你细说。"近前来，见绢上细细描画的是一幅工笔水烛，画虽容易，难得笔法纯熟，苍然出尘，成德虽在画上有限，却还是惊叹于苇卿的才华："自看到你的庚帖时，我就猜到你若是个通文解字的，必会有这个心思。"说着也提起笔，拿眼神儿讨苇卿的示下。

见苇卿笑而不语，成德便立于案旁，使拨镫之法，只聚大、中、无名三指，浅浅握笔，信手题下两句乐府诗："蒲苇纫如丝，磐石无转移。"笔力灵动，秀丽洒脱，和苇卿的画可谓相得益彰。见成德的神情，苇卿也颇动情，细看题字，不禁感叹起来："人只说赵体过于甜软，可我看来，却是儒雅至极，阳刚之气藏于圆融之中，绝非一干粗俗男人气可比。"

成德又不免有些得意："藏着，是因为有。"

"你说你自己么？"苇卿强装不屑嗔笑道："说你是个纵情的人一点儿也不错。"

成德正色道："你总这样可不好，为什么不肯打开心呢？说我纵情，我也不恼，在你跟前放纵一时也是有的，只是我原本也该与你赤诚相见啊，再者，自那日你说起伤春无益的话，我就知道你不过拘谨些，也是个至真至性的人，就更近一层。后来又有名字上避讳的事，你说别为些许小事徒生烦恼，虽然如今又叫了回来，可你的话我可还记得呢！"苇卿没想过成德竟将这些都放在心上，看来当真不是矫情，一时不知如何作答。

"这府里，恐怕只你我是最能知彼此心的了，若再藏着，掖着，又怕说错做错了彼此厌恶，又怕交出了真心反受其害，到头来，想说的说不出，或是先转几个弯儿，说出口的也变了味儿，落得个咫尺天涯，白白糟蹋了冥冥中既定的缘分。"

莘卿被这一番话说得胸臆盈盈，红了眼圈儿半晌无言。

成德也觉实话一出口，反倒难为情了，不妨岔开话头，因想到先前之约，便道："看我说这些话，让你多想又是我的罪过了，有件事还要烦劳你用心。"

莘卿才收了神思，嗔道："原来说了半天疯话只是为了支使人，我不依，看你怎么样。"

成德眯着眼谑道："你若不依，我也不收回，横竖你知道我的心。"

"别只要贫嘴了，到底什么事儿？"

"见阳兄请放了外任，说要带着若荟一同去。你看？"

"那可好！真真这若荟姑娘命运强些，到底拗过那个糊涂的妈了。"

"怎么说？"

莘卿才把这几天若荟在家中的情形说给成德听。

八

翠漪领了大奶奶命，来下舍领已被撵出偏院几天的若荟。眼见粗衣下人偶有出入，一闪身却见一褚石锦缎绸褂之人，因行踪着实怪异，翠漪一眼便认出正是那日于此地见过的，只是像和什么人犯了冲，气势汹汹而去，连门房里也不曾打点，一路喝骂着径自出了北小门，门里小厮跟了两个出来，面面相觑了一会儿，便垂头丧气回来，想是这一去再不进门，二人断了偏财路。

正疑惑着，那若荟所住的下房里，张氏正揪着女儿教训，叫骂声隔着两栋草棚仍不绝于耳："你一个被撵出来一文不值的老丫头，还挑三拣四的，有人要就不错了，还想赖着老死在我家里不成？"

"你看好的小厮，你只管自己去！我不给你陪葬！你不用拉，早晚我离了这里，咱们谁也别碍谁的眼！"若荟虽吃了许多苦头，嘴上可一点亏也不吃。

翠漪忙上来喝止："大爷明儿有要紧的客要见，奶奶唤姑娘使唤。"

见是翠漪亲自来唤，张氏顿觉脸上光辉了几分，放下若荟问好。

翠漪强拉起嘴角点点头，拉起若荟的手惊道："怎么才几天，竟瘦成这个样子？衣裳也太不像了，我倒是有几件没上身的，送与姑娘，这就跟我去吧。"

张氏又想到那夜成德说过"我的人"的话来，盘算着闺女另有好去处，把已说好的小厮扔在一边，只一味地千恩万谢起来。

九

"就这身儿吧，先试试。"深夜的晓梦斋里，成德捧着一身崭新的水红镶领月白缎面袍子从外间屋一直追到卧室。

"别胡闹了！外头都是你们爷儿们家，我一个妇道人家，在那些人面前抛头露面，成了个什么？我又不是你的丫头。"苇卿一路推着，一面嬉笑道："再说明儿是重阳节，咱们两个都往外跑，仔细太太挑理。"

"明儿是重阳节？我怎么混忘了？那更好，你忘了？老爷太太明儿一早四更天时定要进宫向太皇太后行礼的，还不折腾一天？咱们明天连早安都不必请，悄没声儿地走了便是。"成德终于捉住了苇卿，硬按着换上了自己的新衣。

苇卿一面被成德摆弄着，绕过成德肩膀朝着镶在床边百子柜上的穿衣镜里望，一面仍忧心忡忡道："你怎么知道？万一没去呢？这些日子太太可是看我变了好些，别再让她老人家拿着什么错儿。"

"外头的礼太太最是上心的，岂会忘了？你放心吧。难得出去散散心，高兴点儿。"

看着玻璃镜中女扮男装的怪模样，苇卿笑得直不起腰。

十

第二天一早，成德带着乔装后的苇卿和若荟出了西园的门。因只是文人好友的雅集，为不使人误以为以贵势压人，成德特意将贴身的丫头小厮们都留下，轻骑简从，乐颠颠地来赴约。

果不出成德所料，黎明即起的觉罗氏太太，也已大装整齐，由管家奶奶张氏引着，分管出门的婆子们簇拥着出了上房，见院子里停着的青缎楠木四抬轿，皱起了眉，想着进宫难免要去看望蕙嫔，因若荟的事，难保娘娘还在气头上，太过铺张恐惹有心人添病，便命换了专用于平时出门的那俭素些的湛蓝络子双抬小轿来。谁知等了半晌，轿马管家来回，只说是大爷出门用了，太太自然不信，直到有婆子上前说是起早便看见和若荟姑娘一起出了园子，张氏才辩道，原是奶奶的主意。当着众婆子的面，不好发作，但一块石头算是压在了太太的心上。

23 | 西山闲趣

一

　　延禧宫里，迎接太太的，是个被蕙嫔唤为玉犀的面生女孩子，因刚选秀入宫就封了正四品宜人，太太不由上下打量了一番，想着必是个贵重人家的女儿，才得这般抬举，少不了恭维奉承一番，只是这丫头看人似乎有些不屑，似笑非笑地应付几句便旁若无人地侍立一旁，不再理人。

　　"府里新添了小哥儿，是大喜，怎么嫂子不带来让我瞧瞧。"蕙嫔端坐在大红亮锦绣团花坐褥上，殷勤问道。

　　"蒙娘娘惦记，那小子还小，哪有福分进宫来逛，还怕烧坏了他。臣妾此次进宫也是代他向皇上和娘娘谢恩。"

　　"成德也是，孩子不到，媳妇儿也该领来瞧瞧啊，教我怪念想的。上次你说是前两广卢兴祖的女儿，我才知道那卢氏任上时也积了些阴资，想娶这样家里的孩子，嫂子得的可不止是人呢。"蕙嫔笑道。

　　"娘娘这是说笑了，成德媳妇儿尚且无品，不敢擅入，我也一并代她谢娘娘了吧。"说着，太太起身欲行礼，蕙嫔示意玉犀扶起。"说她娘家殷实，原也有些过，那卢大人故去得早，家道早就中落了，苇卿那孩子是投靠在别人家里多年，人家给做的主才嫁过来的，哪里还有什么积蓄，如今加上带过来的陪嫁，平添了几十口子人在府里，反倒吃紧了。"

　　"太太哭什么穷呢？"旁边的玉犀莫名一声轻声插话，教蕙嫔和太太都愣住了。

蕙嫔一嗔："没规矩！给觉罗太太赔礼！"

玉犀向蕙嫔福了福身道："奴才不敢造次，只是太太所讲的别人家原也不是别人。正是我家，才不得不说。"又转向太太道："卢姑娘出门时，嫁妆置办得可体面呢，让我们看了都眼红。"玉犀酸溜溜的话让太太一头雾水。

蕙嫔点点头附和道："你不认得她，她父亲是福建漳州一等公黄桐，去年过世，谥了忠义公的号。"

太太一惊，才想到先前提亲时，就是奔着这位外省大员的名头去的，不想黄氏太太为自己一儿一女皆另有打算，将寄居京中府邸的茞卿推出来做了明府的长媳。想到此，太太顿时面红耳赤起来："原来是黄姑娘，天下竟有这样巧的事！姑娘和我那媳妇儿也是打小的情分喽，看来都不是外人。只是我家老爷虽是两袖清风，可仗着朝廷的俸禄和恩赏，还不至于指望媳妇儿娘家的家底。"

"嗯，"蕙嫔笑得意味深长，"嫂子说的我何尝不知道呢，大哥哥执掌兵部，眼前三藩战事频仍，光扩充军备一项，国库就不够搬的，哪有闲钱往咱们后方家眷身上贴补呢？如此说来，是委屈嫂子你了。此番进来，也不能让你空手回去，皇上新赏的东西我一时也使不上，不如代他颁赐。"说着，又命赏了首饰、金银玩赏等物，坐了半日，蕙嫔又嘱咐成德开春儿的补廷试要认真准备、大哥哥为国操劳也要好自珍重等话，太太才谢恩出来。

玉犀送出来时，太太顺势从所赏之物中择了一件玉镯，趁拉着手寒暄的便，戴在了玉犀腕上。

二

西郊的见阳山庄迎来了最热闹的一次秋日雅集。张纯修将与会之所设到庄中一处敞亮高地，屋舍傍山临崖而建，与山下成德的外园渌水园遥遥相望，檐外有一带涓涓细流缓缓蜿蜒而过，及到山下，便汇入渌水亭外的瓮山泊中，此舍便唤为浣源山房。

成德领苇卿、若荟二人有说有笑沿石阶而上，却见早有严孙友带着茹儿，笑吟吟地迎候，身后又有马云翎、曹寅等也走上前见礼，另有两人在案后写画议论，见有人来，也搁下笔上前拱手。

"原来先生早来了！"成德一闪身，挡在了苇卿二人面前，笑道："怪道说你放了二弟的假，人也不在府里，原来消息竟比我灵通。"说着，也拱手向众人还礼。众人望向成德身后，见一个灵巧丫头，一个秀气小哥，皆局促不安，目光闪烁，不免好奇，正待问时，成德已揽着苇卿向前笑道："这是在下的内弟，卢荻，今科的年轻举子，大家只叫他苇卿便是。"说着，轻轻捏了捏苇卿手臂，示意不必见外，只管放心说笑。

谁知苇卿误会了成德，僵着脸拙手笨脚地拱手行礼道："苇卿见过各位先生，呵呵。"说罢，又退回成德身后。

在座只有曹寅认得此二人，见状指着苇卿发呆，待要说些什么，成德已将折扇一合，一把绕开曹寅的手，笑着岔开了。

"嘿嘿，今儿有意思嘿！"曹寅乐颠颠跟在成德身后，咧嘴瞧着红了脸的苇卿，若荟笑着推开，夹在二人之间往前去。一众人又各自相见，那后上前来的，一位是座中最长之朱彝尊，另一位即是先前与马云翎一同往渌水园与成德结识，并受了成德所赠路资才得以成行归乡的姜辰英，想是'为善不与人知'，独马云翎特意又道谢外，无人再提往事，成德更不放在心上，倒是因见了故人，着实喜出望外。

曹寅仍揣测着两位女眷的来意，已有侍女持攒盒进来，往廊下的空桌上摆设茶盘、茶盅等器具，也有丫头煽风炉煮茶，忽有仆从来报："各位先生少爷，这里的午茶还有工夫。我家大爷已在廊下备了玩意儿，请各位去呢！"众人皆好奇是什么新鲜物什，陆续出来往廊外的一片山石围就的空地望去，却被高耸出石的几棵虬枝挡住了眼，只听得偶尔木器铿铿脆响，继而传出一声喝彩。

绕过山石，只见张纯修正撩着袍子，将衣角勒在腰间，弓步凝眉，全神贯注往几步开外的一个木壶中掷箭，一支出手，竟不中，不免又叹起气来。

众人见此却都拍手称妙，成德更是称心，道："果然你是有趣儿的，这个好玩儿，怎么才想起叫我们来？怪不得你向我借《箭诀》，敢是你自己先练手了？"说着，抢先上来夺了张纯修脚边箭筒，晃了晃，大约仍有十来支，便招呼众人："来来，都来试试，试好了，咱们再立规矩赏罚！"

曹寅看向若荟："姐姐也玩儿吧，有人帮你的。"说完坏笑着走开，若荟怔怔地不知所措，苇卿却笑蹭着她："别听他的。这是投壶之礼，古人才玩儿的，如今他们爷们儿玩这个，是效古礼，可这古礼可烦琐了呢，还要有司射，还要三请三让，还要鼓瑟奏乐为投者打节拍，如今这儿都没有，估计他们赏了罚了，也就是作诗填词吃酒罢了，咱们一旁看着就完了。"

"这话便不合古礼了。"成德听见苇卿的话，纠正道："世法平等。古人玩这个时，连仆从孩子尚且一同列为主人一方，如今咱们这儿请来了若荟姑娘，怎么能不奉为上宾呢？"说完笑着双手递上一支九扶箭。

张纯修听见"若荟"两个字，猛然回头望去，若荟却礼貌地笑着施礼："给张大人请安。"张纯修缓缓放下手中的箭，朝成德会意地点点头。

成德接过箭矢，欣然一笑，潇洒出手，正中矢壶，众人目光随着箭头钉在壶中，遂皆抚掌叫好；成德笑道："别只顾看热闹，几位都下来呀……"张纯修便趁着众人不在意，引若荟去了。成德又回头望向苇卿，眼光也不朝矢壶看，又抽出一支箭来掷出，竟也中，苇卿抿嘴笑着等着看他的新花招；成德招呼几位友人各执了箭柄，纷纷朝口径仅两寸半的花漆大投壶中掷去，一时间箭矢纷纷，有中的，不中的居多，箭头插进壶中干豆时的撕裂声，箭柄落在地上拍击声，叫好的，叹气的，品评的，众人乐不可支，唯成德先站着不动，等众人手中的箭掷完，命小厮再递上新的，才越发大显身手，博得阵阵喝彩，苇卿早看得兴起，也跟着叫起来。

等那离众的两人说完了体己话，再来时，众人玩得正在兴头上，手也已练熟，曹寅便嚷嚷起来要计数。一时，小厮们取来了一摞托盘，顶上的盘中盛一湛蓝棉布袋，将黑绦解开，取出一把算筹来，在每盘中各摆了十个两寸来长的青竹算筹，均分给各人的书童，姜辰英与马云翎皆是独自做客，并无仆从，曹寅出门则向来前呼后拥，遂指了两个小厮与二人，蔻儿带着茹儿和张宅的一个小厮将先前众人掷出的箭皆收拾起来，又放回箭筒。

"还少司射一人。" 朱彝尊环顾四周，想不出合适的人选，成德抬头见张纯修已回来，笑道："这不来了？"

张纯修笑看了若荟一眼，纵身下了石阶，向众人笑道："怎么我来司射？为了今儿，我可是练了许久的。"

"我们都想玩儿！"曹寅先把自己摘了出来。

"这？"成德瞧着苇卿："你来？"

"啊？我？"苇卿正迟疑着，张纯修才注意起这位"新友人"，不由怔住了，低头嬉笑着道："嗯，这才好，只是既为司射，不可有亲疏偏颇才好。"众人皆点头称是，曹寅也在一旁撇嘴偷笑。

成德却极不屑："你们说谁？难道我还要走这样的捷径？真真小看我。"说着，已抽出一支箭在手里道："哪个先来？"

苇卿白了一眼那二人，向前正色道："诸位心有缔结，我若忝列司射之位，恐也难服众，现有若荟姑娘在此，何不烦她代劳？"

"哎，嫂……"曹寅险些说破，忙改口道："少不得要个明白的人哪！"

若荟也笑道："是啊，我又不懂。"

"没什么难的，我先替你说了，"说着，苇卿指着矢壶道："投壶之礼，需将箭矢端首掷入壶内才算投中；要依次投矢，抢先连投者投入亦不予计分；投中获胜者罚不胜者……"正不知如何赏罚，望向成德求援，严孙友在一旁笑道："莫不如先不定赏罚的东西，各人心里也没有忌惮，才放得开嘛。"

"也好，你们都仔细了。"苇卿令各人身后的小厮们只管按若荟的令，记清自己主人的成绩，待一局终了，再行比较。

"这样你反倒成了看客了。"成德担心苇卿一人旁观得无聊。

"我也不闲的，请张兄抬张琴来，"众人不知何意，苇卿又道，"我知按古礼，该作《狸首》之曲来和投壶之礼，可如今此曲早已失传，但节拍却断断少不了，不然，一支箭瞄了又瞄，耽搁了时辰是小，有失公平就不好玩儿了。现在我来弹曲，诸位皆按我所奏节拍动作，若荟司射官监视，再不怕有人说偏了。"说完得意地看向张纯修。

"哎哟，这可难了！"众人皆叹不易，又觉苇卿此言有理，张纯修遂命将山房中的一架神农式玉壶冰琴抱了来。

众人便按各人年岁绕矢壶四周散开来，自朱彝尊始，下首分别是严孙友、姜辰英、张纯修、成德、马云翎、曹寅，随着苇卿一曲《十面埋伏》信手抚来，忽而潮鸣电掣，忽而弦涩凝绝，每到拍落，众人手中的箭矢便次第掷出。朱彝尊毕竟有些年纪，膂力尚存，兴趣却不大，掷了两轮一中一流，便不再掷，只笑看别人游戏；严孙友跟在朱彝尊之后，两命两中，自己也惊喜于此，因生性不贪功，又怕后来不中反显得前番只是走运，也歇了手，让后者先来；谁知姜辰英太过认真，腕子反倒抖起来，自开局竟无一中的，不由摇头，又心有不甘，拿了朱严二人的箭再试，成德一边笑着安慰，一边手擎箭柄跃跃欲试；到底临阵磨枪有用些，张纯修成绩斐然，只两支流出，其余六支皆中，心下也算志得意满，偷瞄旁立的若荟，笑而不语；成德心思都在琴声里，向来不在府里卖弄的苇卿，此番技艺亮出，竟教成德也吃惊不小，前轮的箭无心掷出，流出一支，后面不敢再怠慢，越掷越巧，与轻重缓急无常变幻的节拍配合得天衣无缝；曹寅不甘落后，脚尖踩着节拍，投掷动作协调灵巧，自诩做功了得，只可惜技不如人，只中了四支，随同的小厮却配合着身段几次叫好，不由马云翎侧目。原来，与深谙戏曲乐律的曹寅不同，这马云翎天生乐盲，对节拍尤其不擅，不知何时出手才是，不是不及瞄准就急着出了手，就是等拍耽搁过了头，眼见自己一支不中，可成德等人的盘中，算筹已经快由纵列改成了横排，不免手忙脚乱起来。

眼见一局终了，苇卿的琴声也住了，众小厮便应若荟之令俯地计算，姜辰英仍心有不甘，嚷着再加一局，曹寅望向姜辰英盘中的算筹，笑道："西溟先生，你的算筹已太多了，三人的箭却不够使，再来一局，若还不胜，怎么赏罚？"

苇卿笑道："若真依着古礼，原也该设三局的，子清怎知西溟先生就不得胜？"

成德见姜马二人的技艺实在不胜，不肯发难，便笑道："原本是见阳兄待客的美意，真以胜负认真论起来，岂不辜负了他。" 偏此时仆从在石后禀道说茶酒已备下，成德便放下手中的箭，仍笑道："依我说，记着这局，咱们且去吃茶饮酒，并将此局的账了了，再来设局不迟。"

众人才你请我让回山房来，姜辰英落在众人身后，仍掷出最后一箭，却是"有心栽花花不开，无心插柳柳成荫"，此箭竟中了，姜辰英不免击节大笑，众人嬉笑着拉了他一同回来。

所有门窗尽皆大开的三间厅堂里，阵阵凉风穿堂而过，通透得如敞厅一般，一行人各自接茶漱口，陆续入座，便皆说起酒桌上做赏罚。

"自然是罚诗了。"张纯修不等落座便要命人去取韵牌。

"诗词上，我虽爱好，总不及在座几位，纵然输了，拿不出好诗来，可别怪我不用心。"姜辰英先捏了块重阳糕在嘴里。

曹寅以为自己是赢家，只管点将就是，便笑道："那就不赌诗词，换个新鲜玩法。"

若荟坐在苇卿和成德身后，"不知这赏罚的事，我还能不能做得主了？"

张纯修软语道："自然，有何见地？"

"几位先生都是有学问的，你们都谈讲些深奥的，我又不懂，怎么定夺呢？倒不如罚不胜的人讲些不为人知的新鲜典故，岂不来得有趣？"

"也该有个相关的题目才好。"

"这也容易，就选这屋里合乎现景的东西来，也不拘衣食住行、古今中外，哪怕是杜撰的呢，只管细细讲来，倘若是大家没听过的，就算，倘若出了破绽或是有人知道的老黄历，被人指出的，就该再讲一个，怎么样？"若荟歪头向张纯修道。

"这个果然新鲜，我也倒爱听些奇闻乐事。"苇卿知道成德有记随笔的爱好，想着那《渌水亭杂识》经今日一乐，必定又有新鲜的录入了，便笑着应和。

因方才主宾尚未到场，席中皆只布了凉菜和应时果品，有讲究的热菜此时才由几个稳重丫头依次盛上。众人看去，虽只是几样家常小菜，却包罗各地特色，精致讨巧，赏心悦目，尤其江南口味的菜式，让座中几位南人着实觉得亲切：八珍糕、笋鲊、卷煎、玫瑰火饼、杏酪，不一而足，当下朱彝尊便大乐，指着张纯修赞道："这个主人果真好客，不但为在下解了馋，连司射大人的难题也一并替我解了。"

众人皆问原委。

朱彝尊笑道："我若说起这些来，再没人反驳的，今日诸位只管点来，点到哪道菜，我即能说出它的做法来，算是应了罚，方才司射官说不拘衣食住行，不知可否？"

若荟望着一桌菜发了难："这原也算是个题目，可我们怎知先生对错与否呢？"

"这不难，等我唤了厨子来。"张纯修颇不服气，转身吩咐去了。

苇卿笑向严孙友道："孙友先生可有了？您怕是也落了第呢！"

严孙友摇头笑道："我虽中的少，可总共掷出的也少，算准头，我可要拔头筹呢！"众人皆笑说他无理。想来想去，严孙友只好一拍脑袋，唤来茹儿向后面桌案上，取来方才众人都赏过的那幅工笔绣像画来，向苇卿道："少公子我这算不算交令？"

苇卿接过细看，竟是自己刚入明府时所画、后交与严孙友的那幅小像，正不解其意，成德也已起身观瞧，见所画的正是自己，且形神兼备，颇费心思，连右鬓上隐约的伤疤也着意画上，只是衣冠不似时人，却着了身汉服长袍，衣袂飘摇，头戴礼帽，篷窗高卧，身旁硬石嶙峋，其间青烟袅袅，近水用飘逸的线条勾描，并以浓墨点染几缕劲竹。成德看了，不禁感叹："孙友先生何时作此画？果真高妙，可否送我？"

严孙友听了，顿觉诧异："此乃尊夫人所作，自谦请我指点的，你不知道？我见此画，深知尊夫人画功了得，更兼此为着意之作，断非我等俗人可议论的，今日带来，本有不敬，怎奈画得实在好，你看，连你也喜欢得不得了吧？妙就妙在人物为实，而构思却虚，尤其衣物的设计，亏她如何想来，方才我等已鉴赏过，皆赞精妙，尽得古风，竹垞先生还误将画中人认作了王羲之！"

成德听罢，惊喜望向苇卿，苇卿却早已红了脸，却仍辩道："孙友先生既这么说，就不该作数，其一，这不是您所作，其二，这与司射官的题目也对不上啊，哪有故事可讲？"

成德挑起剑眉，指着苇卿笑道："贤弟此言差矣，我替先生解释。"说着，坐下饮了杯中酒，娓娓道来："这汉服，且不说衣服的材料款式，单只说这鞋子，就有许多故事在里头。时人有位稼轩先生，曾写过《隋唐演义》的……"

苇卿随即笑着止住："你休胡说，谁听过辛弃疾何时写起小说来？再胡诌仔细罚酒，哪怕你中的多也无用了。"

成德笑着摇头道："此稼轩非彼稼轩也。原唤作褚人获的，打趣汉人女子说'绰板脚跟着象棋'，说的便是汉服女鞋中的高底鞋，此中所说'着象棋'之语，独指名唤'象棋子'的一种，是将多层草板纸相叠，再用合股丝线缝了，外包红素缎，这种高跟的鞋底虽呈椭圆形，而从侧面看去，却很像一颗象棋子，因而得名。"众人皆全神贯注听他说起，并无异议，只苇卿站起身，趁人不备，从身后轻触成德腰间，成德隐约觉出似有不妥，遂住了口，取了茶碗装作品茶。

曹寅不假思索地叹道："想来汉人缠足的陋习着实不堪，甚至于美丑都不分了，可悲可叹。"本是无心一语，却使得在座如朱、严、马等人局促不安起来。

姜辰英起身负手思忖道："有缠足固然不能为旗人理解，只是，剃发易服怕也不是顺天应人之举吧。"一时间众人皆哑口无言。姜辰英见状反倒来了兴头："说到这个，我倒也有个新鲜故事，说来算应罚罢了。"说着，坐下愤愤地饮下杯中菊花酒，道："故事本也无时无地，权当我杜撰了吧。原是改朝换代时的事，话说某朝正值内忧外患、民力凋敝之时，外敌大举入侵，虽有守将奋死抵抗，致使敌军死伤惨重，怎奈气数已尽，到底破了城，为报死伤之仇，敌军竟下令屠城十日！"说到此，在座几位汉人已是悲戚难掩，成德却听得脊背发凉，汗涔涔不言语。姜辰英又道："城中有一妇人，毅然投了井，我要说的，便是这井的来历……"

见提及明清换代时的忌讳话题，众人皆尴尬不语，又见方才所唤后堂的厨子已奉命进来，张纯修便插科打诨道："西溟先生离题太远，不如且听听竹垞先生的高见。"一面着那厨子上前应命，一面见成德对姜辰英的故事意犹未尽，便离了座，轻抚成德肩低声道："那本是前明史可法守城的事，投井的妇人便是刑部主事汪懋麟的母亲，此事南人尽知。"成德被张纯修按着，眉头紧锁，杯在唇边却咽不下杯中酒，只低头一言不发。

朱彝尊还未从慨叹中回过神，却又听厨子战战兢兢回道："敢问老爷们的吩咐。"本不是狷介不识时务之人的朱彝尊，便乐得缓和严肃的气氛，正欲挽起袖管逐一点评，恰曹寅也笑道："喏，评判来了，先生且说说看。洗耳恭听啊！"又悄声向那厨子道："他说的对错与否，你只答应就完了。"

成德担心朱彝尊只顾太过掩饰，却自己心下难过，便笑向曹寅："你倒撇得清，你瞧瞧你那盘子里，还不到五支，也是个挨罚的！"

曹寅登时把眼瞪得溜圆，向身后小厮道："哪里轮着我了？"小厮们面面相觑，伸手端出托盘让曹寅自己瞧。把几人的托盘一一瞧过，原本扬扬得意的曹子清，即刻像被泼了冷水，好在素来喜好戏曲传奇的他，讲个时兴故事倒不难，索性一迈腿跨过自己的七节苦竹方凳，拾起一根筷子，敲着小碟，认罚也理直气壮："讲就讲，我的故事可多呢！"说着笑道："家父在南边为官，年前有家丁回来，倒听他们讲起一宗传奇，便是前朝梁山伯与祝英台的故事。"

话未说完，若荪笑着拍着桌子道："快再罚他！这老套故事拿来唬谁？亏你在宫里伴驾这些年，什么好戏没跟着看过？这会子竟没新鲜的了。"

曹寅不屑道："姐姐哪知道这个，我也说编得新鲜才记下了，你们不听，那我不讲了。"众人只好哄他，才又说起："这原是流传在鄞州的一种说法，说的是，金代县令与明朝侠女结'阴亲'的故事。相传那梁山伯原是金朝鄞州县令，是个能干的清官儿，因带工匠治水，不幸殉职，当地的老百姓念他的好，便为其修了一座大墓。那祝英台则是前明上虞人，原是一位兰心蕙性的侠女，因劫富济贫闻名，待到几世之后，有好事的，竟将此两人合葬，再有一起杜撰的，就混编作如今化蝶的版本了。你们说，可新鲜不新鲜？"

马云翎沉默了许久，听了这段话，才点头称道："确实有这么个故事，在下家乡无锡也能听到这样的说法，不过，无论哪样，都只是后人的杜撰罢了，加上戏子演绎得真切，都当了典故传起来。"

马云翎一番话本是无意闲谈，却将罚则忘于脑后，竟不知这样一说，曹寅的故事便不新鲜，成了违令了，虽众人皆不理会，怎奈素日里曹寅就不喜马氏的行事作风，加之二人年岁相当，不拘礼法，便半真半假地较起真儿来："风凉话说得倒漂亮，你一矢未中，怎么还指摘起我来？"

马云翎顿时红了脸，不知如何接答，众人见此都笑起来。

张纯修道："故事虽有人知道，可原意毕竟是好的，原来，那女扮男装小女子的真身，竟是个不屈不挠的侠客，更教人感叹了。"说着，望向若荟，原本与之并肩而坐的苇卿，因听话中有"女扮男装"之语，顿觉不好意思起来，而那若荟知道张纯修有影射自己不肯曲就母意的脾性，一时也有些难堪。

成德因笑道："依我看，不论侠客，能臣，真做到极致，都要应了'猛志逸四海，性本爱丘山'的气节，这不正应了你我之志？看三藩败势已定，诸位皆必有用武之地，见阳兄明春又要远赴江华，不如大家举杯，为壮志得酬同贺！"

众人举杯同饮。成德不善饮酒，却是一饮而尽，凉酒刚一入喉，便闷咳了一声，放下杯，却见朱彝尊仍举杯在唇边细品，不免发笑。

竹垞先生却放下酒杯，捋着胡子一本正经道："饮酒不宜气粗及速，粗速伤肺。肺为五脏华盖，允不可伤，且粗速无品。"

成德止不住笑，咳得更厉害了，指着朱彝尊一时说不出话来，苇卿赶忙过来捶背。张纯修则向厨子笑道："来了，你且听着，"又向朱彝尊道："竹垞先生可是想好了，待我等洗耳恭听！"

众人都知朱彝尊好吃、会吃，提起美食烹饪，从来都是兴致勃勃、滔滔不绝，今日都有意逗他，便都做出一副认真的学生模样，束手听训，那朱彝尊也不谦让，信口诌来："咳咳，你这一席，真没能难得住我的，就从这杏酪说起吧。"说着，指着面前最近一碗盛在青花瓷盏中晶莹剔透的乳酪，看着那厨子道："北杏仁，取承德山区的最好，过热水泡，再入冷水冷却，加炉灰一撮，便于去皮，再用清水漂净，即可如磨豆腐一般带水磨碎。用绢袋榨汁去渣，便可得杏汁，煮熟了，加白糖霜就是美味，要想口感再好些，还可加个蛋清或奶子，再上火蒸，就可成膏，就如你上的这一道，我猜……"取勺尝了一口，道："里面定是奶子了。"

众人皆望向厨子，那厨子竖起拇指，笑道："先生是行家，说得句句不错。"

曹寅又提到玫瑰饼，若荟不屑道："这多便宜，任人都知道的，先前如萱姐姐最拿手了。"说完，知道自己说走了嘴，看向成德和苇卿，苇卿却轻摇着折扇，装作没听见。

"你怎么不考个难些的？这个？"若荟又指着一盘甜香扑鼻的糕点问道。

"这八珍糕也简单得很，只是原料繁多些，要山药、扁豆、绵糖各一斤，苡仁、莲子、芡实、茯苓、糯米半斤……"

"好了好了，快别再说了，你看人家厨师看咱们的眼神，就像看一群吃货，我不跟你受白眼！"严孙友听不下去，笑着伸手打断了他，大家又大笑起来，一众人有说有笑直挨到日薄西山，才各自告辞。

24 | 富贵着锦

一

傍晚时分，明府门前熙熙攘攘地列了十几抬官轿，估计是等得久了，有坐不住下轿来前后徘徊的，有交头接耳谈天说地的，但见一抬湛蓝络子双抬小轿、一抬素帷小轿先后停在渌水园正门口，一见前面成德下了马，这一众人等便将成德团团围住，寒暄起来，成德也顾不上，拨开众人，追在苇卿身后说话，苇卿却不理，一径朝晓梦斋去。若荟妈因惦记着闺女，早早地上夜出来，先至渌水园查访，偏巧正窥见了怪异打扮的苇卿，才知道少奶奶竟女扮男装去外园的事，不免又向太太告了状。

成德跟着苇卿进门，一心只想着在见阳山庄时，座中又填了新词，因词中有念旧之语，恐苇卿看到心生误会，再生些闲气，人前不好解释，回来时又轿马不便，下了马一路赶着上来连赔不是，翠漪见了，只以为是小夫妻闹脾气，便上前一面伺候苇卿更衣，一面打趣儿成德道："大爷把人好好地领出去，回来怎么这么不自在？难道是在人家敬菊花酒不到的，挑理了不成？"

"你忙着打什么趣儿，也不帮我哄哄，她这个人，心思细却又不肯发作，待到实在忍不住急了时，又说恼就恼，就为这么几句不要紧的话，也不值得呀。"说着，成德扔下手里的纸头给翠漪瞧。

只见上面题着一阕新词，道是："【御带花·重九夜】晚秋却胜春天好，情在冷香深处。朱楼六扇小屏山，寂寞几分尘土。虮尾烟销，人梦觉、碎虫零杵。便强说欢娱，总是无憀心绪。转忆当年，消受尽皓腕红荑，嫣然一顾。如今何事，向禅榻茶烟，怕歌愁舞。玉粟寒生，且领略、月明清露。叹此际凄凉，何必更满城风雨。"

苇卿却一把扯过来，嗔道："你别胡诌啊，把我看成什么人？小肚鸡肠捻酸吃醋到如此不堪？"

"既不是为这个，哪还有别的了？我也糊涂了。"

"我问你，你那稼轩先生是怎么回事？"一语问得成德红了脸，自知看闲书被苇卿拿住了把柄，不好意思起来。

"那些琐屑无聊的野书，怎么也入了你的眼呢？你素日里只知早起晚睡的，只说是你用功苦读呢，都为你心疼，谁知竟做这些？不教人伤心才怪。"

"原来，你是为这个。我也知道不好，在他家里，你提点我时，我就知道不好了，只是那都不过是小时候无聊时翻看一眼，看后就忘的，你生这个闲气岂不冤枉。"

"我若不在时，你再旁征博引些，不知扯出什么来，背后被人指点，说你不务正业的可怎么好？"

成德委屈地咕哝："既然你知道闲书不好，必定也是看过的了，怎么单只说我？"

"你！"苇卿语塞，竟将自己在成德书楼看旧书的原委也和盘托出："原以为你只是喜好藏书收书，能择其善而从之，谁知竟也不辨良莠。"

成德恍然大悟："好哇，你偷看了我的书，反赖我不务正业？！亏你教训起我这么理直气壮，我还低三下四地求你，这回你可怎么说？"说罢，便笑着伸手向着苇卿腋下挠起来，二人笑着滚到一处。因翠漪收了苇卿的乔装衣物，又回来伺候成德更衣，见此景不免红脸回避，二人也敛容坐正，谈讲起故典来。

翠漪自往外间暖阁去，派了个口齿伶俐的小丫头往东府里打听太太是否回府，又命廊下的妈妈们将先预备下的晚饭热上，自己则留下替苇卿打理送给小阿哥的针线。

二

卧室里，苇卿一面梳理鬓发，将浓黑的发丝只略略一挽，在鬓旁簪了一枝透红的掐丝云绦海棠，一面望向掷于桌上的那页纸，可惜道："好好的，怎么胡乱扔在这里？你一向喜欢不拘什么写些东西，日积月累，也能凑出一本集子来了，不如我且替你收着。"

成德懒懒地解了外衣："我还以为你是为这个恼我，差点儿撕了，这会儿你又说这个。"

苇卿听了，不觉好笑："谁教你胡乱猜度人的？何况你的词里，不过是写些所见所感而已，并没有议论，便是朝廷里见了，也说不出你的不是来啊？"

"你当我这个写法，只是为了让人拿不出把柄？词曲小令，不过是案头小技，哪禁得起你扣这么个大帽子？"成德扬着头，将解下的翠白竹纹领长袍搭在门旁红木架上，只穿了香云纱的裤子和月白绸中衣，俯身在盆里洗手。

"又说起小令不足道的话了，这诗上我又不大通，不过那日倒见你写的那首拟古诗，'白云如君心，苍梧远幽幽'，读来也是情真意切的，却并不见评论观点，难道不算'矫意'？"

"我说是你学得刻板，又怕你不高兴。在我看来，这诗里的好处，可不是只看几句空论就能见得的。你知道我素来不喜欢宋人的诗，多沦于史评，而少比兴，原因多在于彼时战事频仍，使诗道失传，早不复唐人潇洒的心境，是得了《风》《骚》的真意又有各人的品格，如李、杜皆是如此，其实，宋诗也有好的，只是，如苏黄这样，能突破唐人的珠玉在前，自成一派的名家少了。"

说到兴头，成德便滔滔不绝起来，不知不觉天已黑下来，二人才想起要向东府里太太请晚安去。

此时，正有颜儿步履蹒跚来到晓梦斋外间屋里。翠漪听得人声，见方才遣去的小丫头领着颜儿及小英一同到来，放下手中的针线迎上来："哟，姨奶奶怎么走动起来？可大安了？小哥儿睡下了？"一面赶紧让坐，却不急着向里间屋里唤苇卿。

颜儿缓缓坐下，一脸疲惫仍强打起精神笑道："刚从太太处来，有些要紧的事，遍寻了府里仍不见大奶奶，才唤了我去，说了好长一会子，才散了，正巧你的人过去，就过来了，奶奶可在？"

翠漪向里间一努嘴，又悄声道："这就过去呢，什么要紧事？先知道了心下也好有个准备。"

颜儿回身笑看了小英一眼，道："可是好事呢，一则宫里过节的赏也打下来了，奶奶一向不管这些，我也没精神，顾儿正分派，明儿就送过来，二则，太太动议了，说近来府里事情多，进饷也多起来，不如再买办些人进来，充进各房打下手，让问下去，立个单子好吩咐安管家去办呢。"

翠漪恍然道："这第二件可真真想得周到呢！如今小哥儿身边没俩像样的人，姨奶奶又忙不过来，说话儿大爷外头的事也多了起来，也该配得齐整些才好……"

翠漪只顾自己盘算着，却没注意身后小英的脸色："外头买来的，哪里就能立刻用得顺手？要紧的人、东西，咱们看都看不过来，再来些外头的，更难调停了，再有一起尖刺儿的、偷懒的、攀比的，更不知闹出多少是非呢。"

"哪里就有那么些不顺意的，白放着家法不行不成？你少泼冷水。"颜儿正色道，小英才撅嘴不言语了。

三人正议论着，苇卿挑帘引成德出来："听见你们闲聊，怎么这会儿过来？"

"问大爷安，问大奶奶安。"小英殷勤向前。

"你们奶奶来的好，再若过会儿，我们又出去了。"苇卿笑着拉起小英道。

"你们也不必再去了，太太说在宫里行了一天的礼，也乏了，就不用请安了，明儿一道说去。"颜儿以为苇卿是要过东府去，特特地谏阻，只说是太太受累才不肯受礼，也是不想驳了苇卿的脸面——因在东府里，亲耳听得张婆子向太太告了苇卿的状，太太心生不快才不想见，只是这样的事，怎么好传进大奶奶的耳朵？况且成德也在身边，大家岂不尴尬？因此，便顺口岔开，只绊住了二人才好。

成德笑向苇卿道："正好了，咱们就过去吧。"

"奶奶又要去哪里？晚膳可用过了？"颜儿忙问道。

"姨奶奶可用过了？"翠漪提点着苇卿，意思颜儿是客，也要给些面子。

苇卿不厌烦道："闹了一天，谁这会子还能吃得下什么？"说着就要先自出去。

成德拉住苇卿，体贴道："多少也要吃些，空着肚子仔细又要返酸了，"又向颜儿，"她既不想吃，就只吩咐做个紫米藕羹，送到南楼来吧。"

苇卿又道："沙谷米露吧，茹儿她娘来时说起过，北上时带些来的，这会儿我偏想起这个来了。"说完，笑着便闪身出了晓梦斋，成德也欣然跟着，走到一半，又回身道："哦，怕你不便宜，让她们操心就是了。"

成德这一句不说倒好，一出口，颜儿便红了眼圈儿，心想着到底不是一心人，这边月子还没出，就差点被当成了下人使唤，不体谅这个徐娘半老当了妈的也就算了，连亲生的宝贝儿子，居然也推给了老爷来取名字，想起名字之事，颜儿正要唤住成德，将方才东府里，老爷夸自己是有福之人，并将小哥儿取乳名福哥之事悉数告诉这个新晋的父亲，怎奈眼泪不争气，咸咸地堵着嗓子一声也出不来。

三

且说当夜，翠漪带了人，将新煮的沙谷米露和热茶送到南楼时，楼上已经亮了灯，见翠漪进来，二人不声不响地仍只静坐看书，连句话也没有，偌大的书房里，只听见沙沙的书页响，翠漪瞧这两个书呆子也怪好笑，不敢多话，只退出来和廊下上夜的婆子们轻声闲聊起来，及到弦月初照，二人依然不见出来，翠漪想起苇卿出来时只着了纱衣，唯恐夜晚寒凉，又回晓梦斋找出件橘红绣白萼梅的褙子送来，刚到廊沿下，便听得一声器物脆响，廊下上夜的婆子正打盹儿，都醒了，要进去查看，却被翠漪一把拦住："主子没唤，进去瞧什么？横竖都是自己家的东西，还短了不成？无非是个茶盅茶碗儿的，没的要紧，明儿再说吧。你们就守在这里，主子回来，只去叫我一声就是了，就算你们尽了职了。"婆子们答应着，送翠漪沿着回廊回晓梦斋去，翠漪亦步亦趋地回过头，见南楼上的灯影熄了，得意地加快了脚步。

四

颜儿却是堵了一肚子气，回到偏院儿，搂着福哥淌眼抹泪地哭了一夜，为了怕白天有人见到，第二天早早地起来梳洗，又将隔夜的茶包敷了一盏茶的工夫，仔细照了镜子，约摸瞧不出来了，才换了件体面外袄去见太太。

见颜儿领着小英及一个小丫头来东府花厅议事，院子里打扫的婆子们先住了手，早有安管家侍立门前，见颜儿来，殷勤施礼，颜儿也并不摆主子的款儿，谦恭回礼道："管家早！"廊下顾儿则上前打起帘拢，并悄声道："正经要好好议议呢，那两房说话儿就到。"颜儿探身向厅上瞧，果然老爷也在，太太正捧着账本端详，不时抬头与老爷商量。

颜儿心下一紧，想着昨夜没将事情要紧处向晓梦斋里说明，见厅上是将各房凑齐了来的，独大房里无人，不成了笑话？回身着让小英去请，自己则低了头进来请安。见颜儿鞋面被晨起的露水打湿，太太和言嗔道："这丫头，也没这么节省的，还没出月子，这么着可不行，那抬小敞轿，你就吩咐他们备下用吧。"

颜儿依依道："回太太，也不单只为节省，只因府里人口多，保不齐有那些说长道短的，倒让太太为难。"

太太明知这话是说那两房姨太太，放下账本，示意颜儿上前来，拉了手笑道："我的儿，阖府里都像你这样懂事，我得省多少心。"

明珠坐在太太对面，虽未抬头，却将颜儿的话听去，叹道："说人口多也不实，家私备办齐了，哪用得着争风吃醋？'仓廪实而知礼节'，这些年也多亏了你算计经营得好，成哥儿成亲时，正是府里拮据的时候，你竟也筹划得周到妥帖，如今宽裕了许多，虽不敢跟外人称家大业大，好歹又多修了那几处院子，也该裁度着添人进口了。"

太太听到一半时，还红了眼圈儿，心下感动于老爷体贴，到了"添人"一项，又将眼竖起来："老爷还打算添什么人？管保着添了就有用？"

"哎，你？"当着颜儿的面，明珠颇觉不堪。

颜儿红了脸岔开道："太太，昨儿老爷太太进宫，外头有送了礼来的，女客们的礼昨儿已向太太回明，只另有什么詹事府高先生的夫人，提起了大爷，说是曾在府里做过教师的，我瞧着礼也不大，只是些字画，因她言辞恳切，就自作主张先收了。"

明珠颇有些不屑："哦，高江村，刚举荐他补了个詹事府录事，收了吧，倒不是图他这点子礼，实在是这个人有眼力见儿，皇上没准儿能瞧上，走得近些不是坏事。"

五

这边小英得了颜儿的令，懒懒地沿甬路往晓梦斋来，却见成德夫妇正在院中晨练，想着自己主子强打着精神应差，这对儿竟有这闲心，不由心生不平，唤人的事也慢下了，索性倚着月门瞧起来。

成德自痊愈后，晨起除向座师徐乾学府邸求学外，还少有兴致勃勃地舞剑的时候，苇卿自然也是头一遭领略这位文武双全才子身上的功夫，不觉看呆了，连接过翠漪手中的茶都忘了，烫得翠漪"哎哟"一声，把茶盏撂进丫头手上的茶盘，直摸耳朵，瞧着苇卿的呆样发笑。这一声叫倒是把竹林后的小英唬了一跳，见人影晃动，成德才停下来，接过翠漪递上来的帕子擦了汗，又从苇卿手中接过红姜茶，问着小英来意，眼睛却仍带着笑意留在苇卿身上。

"回大爷，东府里议事，姨奶奶请大奶奶，说太太也在。"

翠漪纳闷："太太？昨儿不是说乏了？怎么起得这么早？昨儿还只说要报出缺空，怎么又要过去？"一面忙将昨日傍晚之事告与苇卿听。

苇卿思忖道："看来府里越发日子富裕了，昨儿咱们回来，你瞧门前车马都排了队了。"

成德哼了一声，随手耍了个剑花，叹道："这么个富裕法？"转念又一想，"你多虑了，都是那起苦心钻营的门人，阿玛不会的。"

苇卿仍心事重重地跟着小英和翠漪去了。

六

此番花厅议事在众人看来，是明府里少有的正经事，各房里都暗自打着自家的算盘。

太太本意不想平白多花出许多银钱，奈何老爷以体面二字引诱，少不得动了心思，加之府里上下少不了的开销确实一日多似一日，只好透迤在各房中调停——既要把钱花在刀刃上，又要在家下分出个轻重厚薄，又要堵住背后言三语四，连下人听起来也笑话，来往斟酌了几十回合，直到明珠太阳穴发紧，实在熬不过，先离了席，花厅里才算一家独大，见了分晓：

那乔姨娘见是小利，太太不会动肝火，自家又有好处，可以借着多出来的人口多领分例，怎会谦让，便硬是以家庙里事务渐多又有讲究，两厢来往检视频繁为由，先要了一抬专用的软轿，又另配了四个小丫头，算上先前的两个尼姑，她的西厢房里竟有六人侍候，原本的屋子自然不够住，就得陇望蜀地将厢房后几间空屋子要了去，太太也知那一处着实空了有些年头儿，再不放人进去，怕一点阳气都没了，自己的上房离着近，添了人，也是两处都使唤得着，便勉强应了，乔氏自然欢喜不胜，连连道谢，太太却无喜色，接着问苇卿的打算。

苇卿一路上多想着那日与成德两人偷上屋顶时，见身后锦澜院中一片肃杀景象，倒把院子里那一片桂花冷落了，便要了八个看屋子的粗使丫头放在那里。又想起后湖中的荷花、晓梦斋前的委竹、通志堂前小山上的草木，还有南楼旁花房里的各色应时花卉，先前都是交由杂使的嬷嬷们打理，虽然按时按令，却是大意的居多，便指明再要几个懂得侍弄绿植的女匠人，不拘年纪相貌，只要内行便可。殊不知，那真心通晓行家手艺的，哪里不要再多花些银钱才请得到？可怜懵懂如苇卿这不识人间烟火的闺阁女儿，自家还为老爷财路不正提心吊胆，却因一句无心之过，遭太太心下埋怨大手大脚。

柳絮儿对太太的不待见心知肚明，加之闪烁其词，似有不愿外人亲近之意，索性不等太太发话，自己就先推辞不受了；太太只说是伶人性情大多古怪，心下想着，这小蹄子平日得老爷额外的赏赐也少不了，自然不等这一处利益，乐得在她身上俭省。

太太自己身边原只剩下顾儿一个大丫头，虽在自己跟前不敢生是非，却生得粗笨貌丑，老爷每每回府，一会儿也不愿在上房里多待，便想着再从家生子儿里头选个年纪正当又出挑听话的，放在上房里，加上先前的四个二等丫头和八个粗使丫头婆子，太太的龙套也算配得齐全了，因此又将自己如何以身作则，节俭持家的品德向众人炫耀一番，故意说给乔氏和苇卿听。实则太太要的人或物早已心下定给了成德：出门增补的四个小厮、新贡的伊犁马、节时宫中所赐的几张琉璃围屏，又因成德有诸多外事，按众人所领分例增数三倍分派，总交于翠漪打理，爷们儿随意花费。

问到颜儿时，平时便多加留心的她，早掂兑好：乳母一个是现成的，现只需两个稳妥保姆专管福哥起居，两个小厮只管外头买办，加买一个识些字的丫头，眼下替小英分做些屋里头的针线，待福哥大些权当教师，帮着识几个字，又为二爷揆叙要了两个丫头两个书童，另外拾华馆扩建未竣工，新址外墙也迟迟未立，也该增两个有力的上夜人丁。明珠行前又有吩咐，穴砚斋扩建需有人力充补，便建议留十个即成年略上过学的家生子或远亲孩子，一则年纪长些办事稳妥，二则自家孩子少些提防。太太对其安排自然称赞，一一答应，遂令安管家按商议结果，或找牙婆子到外头采买，或在府里列了花名册甄选，自去办理。

只说各房人事分派妥当，唯其中又有另一关节：颜儿出了月子即分管监察各房中用度，无论主仆，都要将各项支出下账回明，按太太的意思，若是去处不明或花费不俭，皆从下月分例中扣除，有外饷的乔氏做账最明白，所以不怕，奈何太太补了一句："姨太太家庙里的事可放放了，只管一年几祭的设礼就是繁重的活计了，收支便都归在里头来，你也省得多费一遍心。"

乔氏原喜气洋洋的脸顿时成了猪肝色，众人也各自取笑去了。

七

虽入了冬，时令萧瑟，明府里却一波接一波地热闹开了。先是各房里添了人，新人认路走动得勤，新鲜笑话在东府西园里此起彼伏，再者福哥一天天大了，今儿会乐了，明儿会坐了，奇的是，还不满周岁便开口唤人，明珠夫妇哪有不高兴的？这日，颜儿无事，正会了苇卿在偏院正房闲聊着哄逗福哥，忽有揆叙红着小脸儿兴冲冲闯进来："两位嫂子在屋里干坐着，怎么不去外头瞧瞧，从没见过的新鲜玩意儿！你们不去？我这就告诉大哥哥去！"说着，一扭身蹿了出去。

颜儿抱起福哥交给新来的丫头采薇，跟在苇卿主仆身后出来一看究竟。扶着院门，隔了桃林便能听见放马坪那边众小厮们的吆喝声，"果然热闹。"苇卿伸头透过枯林细看,见二十来个十几岁上下的小厮正追着个非鹿非马的棕黄皮小兽边喊边笑,那小兽吓得在雪地里混跑,溅起一阵雪雾,因个头不大,跑得累了便往雪堆里一栽,顿时满口满脸的雪渣,小孩子们更乐了。

"怨不得奶奶也好奇,你们南边的,哪认识这个?每年都有送来,不过是外头庄子里的玩意儿,不值什么,只为哄着哥儿们玩的,大爷小时见这些也欢喜得不得了。"颜儿一边笑,一边想着:"是了,眼见得年下了,外头庄子里该上货了。"

翠漪不解:"什么庄子?什么货?我不明白。"

颜儿便将府里外置的田产一一介绍:远到纳兰氏祖上从龙入关前长白山下叶赫河畔的遗赠,近到上三旗的太太在顺义一带几个庄子的封地,再到今年入秋时从败落的吴氏家人手中新买的一处温泉山庄和一处围猎草场,按年节时令,向上缴租交利钱也该在这几天。

"真真是想不到的,你们北边有句话:包子有肉不在褶上,果真是这样,平日里太太精打细算,谁知竟有这么些进饷?"翠漪心里好笑苇卿多心——这样家大业丰的人家,还有什么不知足,需要向人索贿支撑?

"这还不算家庙里那一宗,许多香火捐赠,凑起来也可观呢……"

"香火钱不是要按捐主的意行吗?哪能算做府里的进饷?"苇卿问道。

"原是这么说,多有那别有用心的,知道那里是咱们家庙,借着捐赠的名儿,讨老爷欢心也是有的。"

"啊?!"

25 | 不虞之隙

一

　　果然不出颜儿所料，不及晌午，顾儿就奉了太太的命，过偏院来送东西："这是牧场那边儿孝敬的牦牛奶酪，稀罕物呢，福哥还小，怕不能吃，太太嘱咐别紧着喂，还有两包羊奶皮子，不比咱们常日喝的奶子一股腥膻味，又最能滋补气血的，冲了当早茶最好，正巧翠漪也在，就把这份带了去吧。"

　　"送东西的小事，怎么把姐姐你给支出来了？"颜儿命人接了自己这份，只当是顾儿无事，就拉住闲聊起来。

　　"哪里的话？"顾儿不光长得不出众，连脑子也比那些伶俐女孩少些灵光，竟不顾忌苇卿也在："我是来传话的，太太嘱咐姨奶奶午饭就随太太一同去花厅吃罢，今儿这不来了两处近道儿的庄头送年下的租子嘛，外头管事已经入了账，还有些米粮、年货、应时的东西还得等太太过了目，交给婆子们分派保管，太太嫌小事繁杂，就指你去替她操持——那两个主儿避还来不及呢。"

　　"怎么没唤我们奶奶？"翠漪不假思索冲口而出问道，苇卿在一旁皱了皱眉，转身又哄逗起采薇怀里的福哥。

　　顾儿看向苇卿笑道："不是说嘛，一点子小事，大奶奶就不必去瞧了，怕奶奶就是去了，见这些俗事也不耐烦了。"也没细解释，辞了苇卿，便拉了颜儿出了偏院。

翠潆拎着两包奶皮子在手里晃荡："小事？借口吧，难为她编谎都编不圆，谁还争个什么高低不成？"

"这有什么可争的？瞧你这点子心胸！"苇卿嗔道，"若你有操不完的心，回头你再来这边问问，姨奶奶可有安排不就完了？哪个把你当哑巴？"苇卿戳着翠潆的鼻头娇笑，"你先回去，我自去南楼。"

"这大冷的天儿，奶奶要待多久？回头我让她们送暖帽过来！"苇卿早已踏雪进了渌水亭。

二

南楼楼下的书房里，少有地传出阵阵木器声响，苇卿探头看去，呵！成德竟在做一把新弓，刚拉了弦，正校准，隆冬腊月里，折腾得满头汗。

"哟，我还以为是刊刻处搬家了，闹了半天，原来是咱们成大爷改行了！"说着，又是一阵银铃般的笑声。

见苇卿进来，成德抹了把头上的汗，笑道："不算改！礼、乐、射、御、书、数，要的就是遍通六艺！"说着，挥了挥手中弦槽锯到一半的雪松木弓身。

"你就编吧！谁说孔老夫子还要人亲自做弓箭的？仔细伤了手，太太又说你气她了！"

"别扫兴，你不说太太怎么会管到这儿来？我跟你讲，这是给二弟做的，他央搁我好久了，下了雪就磨我带他出去骑射，我想，他毕竟还小，带出去阿玛额娘哪能放心，就一直没依他，今儿一大早他又来找我，非叫我去看外头送来的狍子，我才有了这个主意——给他做张小弓，在家里头玩儿吧，他不来闹我，二老也说不出什么来。"

苇卿这才仔细看他手里的弓，果然小巧可爱，掂量着又轻便，禁不住自己也做了个拉弓瞄准的姿势，惹得成德笑她。可苇卿忽又想着，一个小孩子，竟也要舞枪弄棒打打杀杀，又回想起方才偏院所见，未免心伤，放下小弓叹道："佛家有云：同体大悲。好端端的生灵，被抓了来给人玩弄已是可怜，还要无端丧命，我实不忍见。"

成德听了，也觉有理，况且苇卿生性善良，自然不忍心看她难过，只是又不想在兄弟面前食言，正在两难，恰巧初莲被翠漪支使来送冬衣——一件苇卿的暖帽兔毛冬衾，一件成德的裘皮大氅。成德见了，拍手笑道："就是它了！"说着，接了自己的氅，命初莲取了剪子来，拿着便剪，那主仆两个吓坏了："大爷疯了？！这可是太皇太后万寿节里赏下来的，上三旗的子弟也不见得人人都有的！"

成德也不应，只管剪了一块巴掌大的皮子下来，对折了几折后，攒成了个小碗的形状，又把已经做好的羽箭上的马口铁箭头拔了下来，用荨麻绳将小皮碗绑上，一面仔细端详，一面自顾自地得意点头。

三

放马坪上，聚了明府里大半的年轻人。都知道大爷大奶奶领着二爷来玩儿，况且老爷不在家，太太和颜儿会了管家婆子们在花厅里议事，稍小些的孩子们都得了空，哪有不凑热闹的，都穿得结结实实圆滚滚地围拢来，绕着坪上的围栏又是叫又是跳。

二爷揆叙骑着匹小黑马，像模像样地跟在成德的高头伊犁马后，头一回演习骑射功夫，身旁又围了这许多观众，小脸儿上写满了一本正经，成德几次回头嘱咐动作要领，都被他这郑重其事的神情逗乐了。

"狍子这东西，生性呆笨，只要在你的射程里，你吆喝一声，它就站着不动了，只管射它，准中的！"成德没背箭囊，只将手中给二弟做好的小弓弓弦弹了一下，做出个样子，便递与揆叙。

揆叙便从背上的箭囊里抽出一支皮碗箭来，搭在弦上瞄了又瞄，稚嫩的嗓子清脆地喊了一声，箭便伶俐地离了弦，那小兽果然乖乖站在原地，远远听见喊声竟呆呆回头看人，揆叙的箭却不给力，根本连碰也没碰到。在围栏外的丫头小厮们都翘首等着给二爷喝彩，见此也不知谁竟哧笑了一声，成德"嗯"了一声，凝眉回头瞪了一眼，人群便没了声息。

成德又执鞭轻轻抽了黑马一下："你要靠近些，你的箭不比我的，慢呢。"那小马就颠颠儿地小跑起来，揆叙也不惧，只身子稍向后仰了一下，抓着缰绳的小手就握紧了，马下有三四个身边伺候的小厮都紧张起来，跟着跑过去，见追的人多了，那狍子开始警觉，也跑起来，一时间坪上也热闹，围栏外也聒噪，成德则远远地笑着看，不时回头找人群里的苇卿主仆，却不知什么时候，姨太太柳絮儿也带了丫头妙桃混了来，站在苇卿身后，二人伸头瞧着乐子，不时你一言我一语地闲聊，间或掩口巧笑，处得十分融洽。

远远看去，成德只觉这柳氏姨太太仿佛变了许多，身上的冬衣远不及苇卿的暖帽兔毛冬裘华丽，甚至比起翠漪来也更素净，举止也更稳重了，远不似先前轻佻浮漫，看那神情，不知底细的，竟以为是个落魄人家的闺秀，成德不免纳闷，虽已想不起上次见是什么时候，只说此时景象，绝想不出此人仍是明府春风得意的老爷的爱妾了。

正想着，却听上房里传话的二等婆子站在放马坪前花厅的后廊子上喊："都出来胡混了！太太在花厅上听着呢，仔细你们的皮！"小孩子们哄笑一声，刚要散了，那婆子已走了来："大奶奶，太太知你在这儿，正唤你呢。"

四

太太领着两个儿媳妇召将飞符一个下午，晚饭也没像样吃，又被老爷明珠请回上房议事。

"那房里的这几日呕得厉害，怕是有了啊。"太太并不把柳絮儿有喜的事当成喜事来说。

"哦？好啊！找大夫瞧了没有？"明珠乍一听便喜出望外，毕竟已是四十出头的人了，明府里过了十来年只有成德这么个宝贝独子的日子，如今揆叙上了家学，长孙虽不是嫡出，可也聪明可爱，这又报说要添个儿子，"真是喜事连连哪！"明珠甚是得意。

"哼。"太太嘴里虽气，脸上却浮起一丝不易察觉的浅笑。

"你别这样，都一把年纪了，吃这个醋不怕底下人和孩子们笑话，要不是你治家有方，哪能呢，也有你一份功劳。"

"别，我可担不起，那是你老爷的人，我哪敢多留半点儿心，行动哪不是按老爷你的意思？哼，我也犯不上吃个小孩子的醋，且看着吧，谁知底下还有什么？"太太笑得深不可测，"没什么要紧的，她身子也一向活蹦，我看就先别请大夫了吧，这娘儿们堆里，总来来往往的净些爷们儿多不便宜，你若放心，管保我们比外人还强些。"

"这不好吧……呵，这些小事，你做主就是，我回来不是说这个。"

"还有什么？"

"说来也奇了，今儿朝上出了件新鲜事。索额图那老东西本应该因为平藩之功受赏的，可也不知为什么，皇上竟又把他战前主和这事拿出来，又有人参劾他手下人渎职，皇上也把罪名算在了他头上，没赏不说，倒训斥了一顿，说他太过'贪酷'，教仔细些，痛改前非，否则就要办他！他这一没了声息，我就不乐观啦。"

"这我就听不明白了，你跟他斗法都多少年了，他在朝里不受待见不是好事吗？"

"夫人把事情想得太简单了，当今皇上虽然年纪小，心思可是缜密得很，加上太皇太后在身后调教，驭下之道日益练达了，我们这些做奴才的，不过是一枚枚棋子，既然是棋局嘛，纵横捭阖，平衡力量总是常理啦，朝里能跟他平分秋色的，除了咱们，哪还有别人？我听皇上的口风，没准儿也察觉咱们卖官的事，那话是说给我听的。"

"老爷是说，如今南边战事虽然好转了许多，也还用得着咱们，所以没有点名斥责？要我说，你是太小心了些，后海沿子上多少家上三旗子弟，谁家不比咱们阔绰？前些年圈地，咱们一分一厘也没有多要，老百姓都说咱们府是菩萨庙，平日家庙里香火不断不也都是冲这个来的？这会子不过做些任人都做的，怎么就成了'贪酷'了？何况老爷举荐的人哪个不合用？"

"说是这么说，还是谨慎些好。你进宫见蕙嫔娘娘，没探听出什么口风？"

"没见什么呀，哦，你不问我倒忘了，身边添了个正四品的宜人，行动做作得很，我不喜欢，不过也是奇了，你猜她是谁？"

"谁？"

"咱们媳妇出门子的那家——福建漳州一等公忠义公家的！"

"有这事儿？这可不好。"明珠轻轻摇摇头。

"怎么不好？我倒觉得很好，看上去像是个有心机的，比张婆子家那个傻丫头强多了。"

"越是有心机，越是不好用吧。当年，我主张撤藩的折子初被驳回，在朝里没少受白眼儿，那么个当口，他家扫了我的面子，扔出个没家世没背景的孩子代替，这可不算是善交哇。"

"那怎么？如今可是乾坤扭转，咱们扬眉吐气，她家主事的没了，她主子又是咱们妹子，难道我还得怕她不成？"

"不能这么说。正是因为咱们现在得了势，我才怕她恼羞成怒啊，她在蕙主子身边，就是蕙主子的心腹，咱们虽是亲戚，可毕竟不能朝夕相处，她若想使坏，也是信手拈来啊。还是那句话，谨慎些才好。"

五

小丫头初莲在园外逛了半日，才垂头丧气回了西园，有事差遣的翠漪见她这副神情，不由嗔怪："一天天大了，心事也多了？野了这半日，可舒坦了？你的饭可没人留啊，饿着吧。"

原并不是重话，谁知这孩子眼圈一红，竟落下泪来："颀儿姐姐嘲笑我，姐姐也欺负我？"

这一哭倒教翠漪摸不着头脑了："我说什么了啊？你就这样？颀儿又说什么了？啊？"一面拉了初莲给她抹泪。

原来，苇卿被叫进花厅后，玩狍子的几个西园孩子也散了，初莲乖巧，跟着来到花厅的廊下听使唤，谁知颀儿坐在围栏上无聊，就拿她打趣起来。颀儿自知无论相貌品行出身头脑都比上了位的颜儿差些，就连出走的如萱、放逐的若荟也都有过被人怜惜、追捧的风光日子，唯独自己，虽比那几个年岁都长，却总也看不出发达的迹象来，又知道在太太身边，苇卿并不讨好，顺带连西园中使唤的人也一并不尊重起来，便肆无忌惮地讽刺初莲个子矮小："怎么就长得这么矬？可惜了大眼睛双眼皮儿、高鼻梁儿了，不过也不错啦！谁知将来能修出个什么福来？你们园子里大奶奶也没见怎么出众，娘家也败了，不也鬼使神差嫁到这么个好人家来？"

初莲年纪小，只是个二等丫头，自然不敢和颀儿顶嘴，加之虽然长得五官周正讨人喜欢，怎奈身材矮小，颀儿原也没说错，只好装作无所谓，打着哈哈溜出了东府，一路赌着气又怕人看见，索性跑进西园花房里闷了半晌才回来。

放心将二弟交给几个稳妥的家丁玩耍后，成德便带了蔻儿回通志堂温习功课，又将前几日请徐乾学校订过的几篇自撰经解文章亲自送到刊刻处，并挨间工房检视了一番，及到夕阳西下，才放心往回走。

此时，正和苇卿谈论起方才在园外见到柳絮儿的丫头妙桃的事："还真是有其主必有其仆，那房里个个没事儿都爱闲逛，竟逛到外头我的刊刻处去了。"

听出成德没好气，苇卿上来解劝："她们都是些闲人，不逛可有什么别的做的？不像那边儿管事的，今儿争权，明儿又讨银子的，惹得额娘不高兴，就不错了。只是，谁知道呢，园子里转转也就是了，怎么到外头去？也不知那刊刻处小门儿的门房是做什么的，回头叫人问问，告诉少放人就是了。"

"我倒不是嫌她们好事，外头来往的人杂，倘或有一时不到的……唉，阿玛一向谨慎，怎么就……"苇卿知道成德一直对明珠纳这个伶人做妾的事心怀不满，只是成德是孝子，对阿玛，从来是敬重顺从，尤其是知道阿玛调任吏部尚书后，因之前在朝廷中曾议过几项有利朝廷的主张而开罪了要臣，如今在同僚间常遭攻讦，每每往明珠外书房里请安，见其做事更加殚精竭虑任劳任怨，饮食茶饭时常不调，哪还忍心指摘生活小节？只背地里替阿玛在这些小事上有失体统而惋惜。

但在苇卿心里，却是另一番天地，此刻见成德又露出鄙夷的神情，不免宽慰道："成德是个心高的人，眼里容不下那些近狎邪僻的事，只是要我说，单只为出身做派就看低了人，还是有些偏了。好好的女孩儿家，凭白的，谁愿意走到这步田地？还不是命运不济。说句不体面的话，她能凭自己本事走到这里，已经算是个好强的了，若真要分出个三六九等来，只怕还比那些靠着一人登天，就飞升三界的鸡犬们强多了呢。"

"我看你把她抬举得太高了。我们又不是欺男霸女的人家，进来还不是她自愿的，要说不是图些什么，谁信？她虽没什么坏心，到底轻薄些。"

"我看倒不是这样，平时听她言语，竟不像个有心计的，她是被人踩着过的一辈子，没见过世面，没人体恤，被一些金银财帛迷住了心窍也是有的。只是，"苇卿莞尔一笑，"确实野了些，什么都想看看，什么都想试试，前儿过来，还把我小时习字用的《三字经》要去了，也不知能记住几个字，随她去吧。"

"她跟着你识字？怪不得在围栏外头见她，好像变了个人似的，竟有几分书卷气了，原来背后有个女校书！"成德调皮地刮了一下苇卿的鼻尖儿，惹得苇卿红脸嗔他不庄重，两人正闹着，听见外间屋里初莲委屈的哭声，便将翠漪唤进来问。

本来以为是小丫头初莲不懂事犯了错，听完翠漪不无气愤的回话，没等苇卿细问，成德早哼了一声，甩袖道："没完没了的烦心事，谁有工夫挨个调停？这府里心思长歪的可不止一两个，你们主仆也别为这个赌气，早晚带你们出去，不在这里蹚浑水。"

正气恼着，蔻儿来报："姜西溟姜先生求见。"

六

南楼里，翠漪为客人奉了茶，因成德与姜辰英见面不免寒暄，旁人皆要退下，翠漪便吩咐下，若客人久留就命厨房备饭，自己仍回晓梦斋听苇卿使唤。

"这姜先生不是老来府里吗，怎么大爷却说好久不见呢？"

"你怎么知道？"

"人嘛，倒是不大真切，只是进了南楼，我见那姜先生脱了棉袍，里面的褚石锦缎绸裆，我可见过不止一回，就在下舍的夹道上。"

"有这事？他来找大爷，也该往园子里来，怎么往府里去？"

"肯定有新闻，等我打听去。"翠漪眼珠一转来了精神。

"你闲得筋疼呢，打听这个做什么？"苇卿嗔翠漪总没个稳重。

"奶奶甭操心，您忘了我可是'包打听'呢！"

七

南楼里，成德正与姜辰英相谈甚欢。这姜辰英还是先前那样口没遮拦，提起坊间对朝廷的诟病来仍是滔滔不绝，诸如京中权臣卖官鬻爵、正值战事边地官军却趁火打劫、皇上重用佞臣如高江村之流而不听谏言等等，正因耳闻目睹诸多弊端，这姜辰英便难掩心中壮志，竟露出些许指点江山的气魄来："在下枉担着'江南布衣'的虚名，想建功立业，却报国无门，至今孑然一身，浪荡江湖，唉。"

成德听去，虽然其口中有影射自己父亲的意味，甚或连自己上三旗的名分在其眼里也不过是平白换取功名的工具，听去甚是刺耳，却知道此人原就是个性情中人，心中只道是将自己也当作正人君子才肯直言相告，想到这里，虽起初对姜辰英稍显轻浮的举止神态不甚推崇，此时也释然了，倒为姜辰英仕途坎坷惋惜："我早知先生才名，也知先生有求取功名之意，只是如今尚在学里，要不是前两年一场重病，兴许此时也能帮上先生的忙。"见姜辰英面露憾意，成德又建议："不过，先生本就是锋芒毕露之人，必不会久居人下，依我看，毛遂自荐也是个办法，不如将先生的大作拿来，有机会我荐与家父，他如今主管吏部，眼下三藩不太平，京中皇上又有意修明史，文坛武学都正在用人之际，不愁先生没有用武之地啊。"

姜辰英听此话，难免纠结，因与成德有些私交，此番才剖腹掏心地将心事和盘托出，此刻，成德偏又提出明珠来，令姜辰英不免打起退堂鼓，一来担心在朝廷炙手可热的大人物面前，没家世互通，无银钱打点，只区区一点才名怕难以动其心，二来深知明珠官声并不清正，纵然得荐，也有损自己的名声，想来想去一时不知如何作答，只唯唯并言及其他。成德见他有所顾虑，也不强求，只说君子之交，当以赤诚相待，切不可瞻前顾后，顾此失彼。

姜辰英也知成德美意，奈何虽是寒士，却心高气傲，仍然不肯轻易为五斗米折腰，只与成德一起鉴赏了董其昌的《前赤壁赋》。因见姜辰英着实爱不释手，成德便索性拱手相赠了，姜辰英也不肯白受人财物，定要将一把前明白竹和尚头折扇相赠，成德见他隆冬时节竟将扇子随身携带，料是其爱物，推辞不受，姜受英却不容分说，匆匆告辞。

八

号称"包打听"的翠漪，却是空手而归。

先是借着看望福哥之名在颜儿处坐了半日，那颜儿虽对成德的事上心，却从不过问外头的事，自然不知道他平日都与哪些人来往，倒笑话翠漪："大奶奶平日与大爷谈讲诗文品评时事的，你也不留些心？我还白白地羡慕你呢。俗话说，龙生龙凤生凤，老鼠生儿会打洞，你在奶奶身边伺候这么多年，又拿着那园子里的钱袋子，还抓不住大爷的行踪？"说得翠漪满不好意思起来，只好告了辞，来上房找顾儿说话。

谁知太太累了一天，正在房中歇息，顾儿伺候又奉茶，又捶腿，哪里得空，倒是把几个小丫头闲得发闷，正聚在廊下商量着夜深后把白天偷埋进雪里的冻柿子拿出来啃，正被路过的翠漪听见，笑着揪起来骂："没见过世面的小蹄子们，说出去不怕人笑话，就馋成那样，仔细冻脱一层皮！就算这边管得严些，想吃什么得空儿到园子里来，要多少没有？"

小丫头们知道大爷那边的人个个是好人，从不拿腔作势，便乐得与翠漪攀谈，得知翠漪打听过府的男客，便猜到一定是求老爷办事的，只说："柳姨太太的丫头妙桃姐姐和北门上的门房陈富最熟，原是她的表舅的，有不要紧的门客来，她也能知道。"

翠漪只说是随便问问，哪里当成个正事，一面又出了上房，真个闲逛到东厢房这边来。

东厢房最早是给乔氏偶尔回府暂住的，自从明珠纳了柳絮儿进府，便成了柳絮儿的住处，为此，太太与这两个侧室还明争暗斗了一阵，如今日子长了，太太稳坐当家人的交椅，乔氏虽被夺了家庙的权，却白得了西厢房后面几处房产，也算虎死不倒威，柳絮儿年轻受宠，至此三足鼎立之势已成，明珠里外敷衍，三人倒也相安无事。柳絮儿平日又少与那二人有冲突，虽年轻不安分，却只爱往西园会苇卿，谈讲的都是年轻人间的闺房趣事，一来二去，有些不伤大雅的体己话竟也不避翠漪和妙桃这些丫头们了。

此刻翠漪抱着手炉趁饭点前，来到东厢房找柳絮儿主仆说话，但见已经有厨房送饭的婆子拎了食盒来，翠漪心下也不奇怪：如今这柳姨太太刚有了身孕，不再去上房伺候太太进膳原也有理。想着，便就着婆子们打起的瓜红绣锦帘椾闪身进来。

"姨太太怎么不见？"见外间屋里只妙桃一人指点婆子往炕上布菜，翠漪便寒暄道。

妙桃努嘴向里屋，轻声道："白天看热闹累了，正歇着呢。"

里间屋里传出柳絮儿懒懒的声音道："听动静是翠漪姑娘？这会儿你不在西园伺候你们爷，跑出来做什么？进来坐吧，妙桃，把饭也摆到里头吃吧，我懒得动。"

翠漪应声跟着妙桃往里屋挪菜，一面又回柳絮儿的问话道："我们大爷正会客，府里来了位姜先生，他正陪着，用不着我们。"

"哪位姜先生？！"一句迅急的诘问让翠漪措手不及。

"没有哪个姜先生，我也不认得，只是穿着一身旧褂子眼熟，像是常来的。"翠漪原是无聊来八卦新闻的，却被柳絮儿一句莫名的话问得有些语无伦次了。

"姨太太怎么了？姓姜的多着呢。"妙桃在里间屋里轻声安慰柳絮儿，翠漪却听得真。

柳絮儿却不听，又追问道："什么旧褂子？你细说说。"

"没，没什么啊，就是，就是一件褚石色的半旧褂子，我是认得的，别的，我也说不清了。"

只听里间屋里啪嚓一声玉碎之声，像是柳絮儿顺手摔了碗，又有几声疾步走近，帘子被扑啦一声打起来，见柳絮儿置身门里，厉声骂道："他还敢来？可是打错了主意！你去告诉那王八羔子，他瞎了眼敢再来我这儿闹腾，别说少爷，就是当着老爷、王爷、土地爷的面，我也不缩头！"几句话说得翠漪怔怔地，手里的碗送进去不是，捧在手里也不是，正不知如何是好，却见柳絮儿已经红了眼，泪珠儿直在眼圈里转："瞧着我日子过得好了，又来算计，我的油小时早被他们榨光了，还嫌不足，非要我扒皮抽筋了，他们才满意？我不怕，由着他们闹去吧，大不了一死，死了倒干净，干净了，就没人嫌弃了……"说着，缓缓放下帘子，里间屋里便传出轻轻的啜泣声。

妙桃抚慰了一会儿，又赶紧出来招呼翠漪："好姑娘别多心，这些日子总是喜怒无常的，我也不知道是怎么了，前儿老爷来她也没给好脸子，今儿又诌出这些胡话来，许是有了身子，人也疯魔了，明儿去请个大夫来瞧瞧。"

"这是什么话儿，我原也是无事串个门子，竟串出这么一出，姨太太身上不好，可不是闹着玩儿的，我也不好再待，这就回去吧，你们要什么，可及时告诉颜姨奶奶去，不好说就来找大奶奶吧。"说着，翠漪讪讪地退出来。

妙桃追上来千叮咛万嘱咐："这点子事，还找什么姨奶奶，更别告诉大奶奶，好姑娘，你千万别当回事到处说，她过会儿自然就好了，啊！"

九

"你说的是真的？"苇卿听了翠漪的话，惊得不由拿帕子捂住了嘴。

"若只是有外头人挑衅，告诉府里，哪个管事的不能出面出气，用得着掖着藏着？"

"说的就是啊，除非？"苇卿无力地瘫坐下，忽又腾地站起来惊道："可她不是已经，有了身子？"

"是个……野的？"翠漪也被自己的猜测吓着了，声音小得像只蚊子。

"别，别胡猜，这可不是闹着玩儿的，这样的丑事，怎么能出在咱们家？若是成德知道咱们这样胡编排，还不……"

谁知这边成德送别了姜辰英，正回晓梦斋吃晚饭，窗下听见苇卿一声惊叫，驻足将底下的全听了去，气得在门前发抖。

待房中寂静了，成德才若无其事踱进屋，虽不愿见苇卿担心自己而强压怒火，可到底还不是善于曲意的人，一顿饭吃得一言不发，面色通红，几次筷子都发颤，冰雪聪明如苇卿怎会看不出来，生怕他急火攻心就着气吃饭压出病来，便借口饭菜凉了，命下人再去热，只给成德盛了碗白玉瑶柱汤，柔声道："先喝汤吧，萝卜虽不是什么稀罕物，这季节倒在时令下，瑶柱也是我看着她们选发的，成色是上好的呢，我说不错。"说着纤纤玉手递上来。

成德仍不作声，木木地接过来，却不忘僵硬地回敬苇卿一个笑容，却笑得苇卿更加心疼。

半晌，成德还是按捺不住，不免一声慨叹："他屡次指摘科举之法的弊病，如今想起来，没准儿也是为自己屡试不第、有志难伸找个借口吧。也不知是我当初看走了眼，认下这么个朋友，还是世道不古，人心易变。"

十

夜已深了，门外北风呼啸着，夹着雪片打得脸生疼，苇卿仍命翠漪掌了琉璃灯，执意要亲自去通志堂催成德回来——她放心不下他。

"用了一天的功了，也该歇着了，明儿是二十九，不是还要去徐先生府上问学的吗？"翠漪打起帘栊引苇卿进门，自己在门外跺脚。

"哦，这些经书早温过了，就要回去的，偏雪下得大了，就偷了会儿闲。"成德揉揉发红的眼，合上手里的《南唐二主词》，起身为苇卿拂去斗篷上的雪。

"又有新词了？"苇卿呵着手，俯下身看向桌案，细读出来，原是一阕《木兰词》："人生若只如初见，何事秋风悲画扇。等闲变却故人心，却道故人心易变……"

"你别念！"成德正将斗篷交与翠漪，腾不出手来，只叫了一句，又笑着过来拉苇卿。

苇卿也笑着摇头："真是好词啊，只是太过决绝了。知己原就难觅，再若轻言绝交，人生不是太孤单了？"

翠漪也呵呵笑道："原来是写朋友的？乍一听还以为是情人告别呢，听得人一激灵。"

"死丫头，总有你插嘴的，还嫌自己话说得少？"苇卿嗔道，"用情人口吻写友情的古来有之，偏你这目不识丁的出来败兴，还不下去。"

翠漪总也想不明白，大爷何必为了一个白衣儒生动这么大气，竟要写绝交词来发狠，即便真有不堪，也是姨太太的事，与大爷何干？只是从苇卿的语气中读出几分不寻常，也不便多问，吐吐舌头往外头暖阁里等着。

　　"依我看，成德也无须想得太多，事情究竟是怎么样恐怕还要细问，先就断绝了，未免太武断，全当没有，找个知道轻重的人，背地旁敲侧击地打听，大家脸上都过得去，你说呢？"

　　"我还能说什么？唉，这样的人，也要在我面前说我求取功名只是沾了祖上的光，真真让我无地自容啊。"成德拳头攥得紧紧的，骨节轻轻敲着桌案。

　　苇卿正色道："那成德就正儿八经考出个功名，上不辱没祖宗，下不给人口实！"

　　成德紧握着苇卿柔弱的双手，热烈的气息在两人坚定的目光中凝结成沉甸甸的无声诺言，熨帖地压在两人的心上。

26 | 阴差阳错

一

不知不觉冬去春来，殿试的日子越来越近了，成德也越来越勤奋，每天都是早出晚归，每个清晨，苇卿都是在甜甜的墨香中醒来，枕边放着成德留下的新诗，虽然两人竟有几个月没说上几句话，可读着这些诗，苇卿心里还是有着说不出的甜蜜。

《渌水亭杂识》已经集了厚厚的三册，只是很久没听成德说起有趣儿的新闻了，苇卿便又着手将平日成德随手写就的诗词小令收集起来，誊抄成集，一面抄，一面背，一面幸福地回忆：

是谁看月是谁愁，夜冷无端上小楼。已过日高还未起，任教鹦鹉唤梳头。

一树红梅傍镜台，含英次第晓风催。深将锦幄重重护，为怕花残却怕开。

金鸭香轻护绮棍，春衫一色飐蜻蜓。偶因失睡娇无力，斜倚熏笼看画屏。

手拈红丝凭绣床，曲阑亭午柳花香。十三时节春偏好，不似而今惹恨长。

青杏园林试越罗，映妆残月晓风和。春山自爱天然妙，虚费筠奁十斛螺。

绿槐阴转小阑干，八尺龙须玉簟寒。自把红窗开一扇，放他明月枕边看。

小睡醒来近夕阳，铅华洗尽淡梳妆。纱幮此日偏惆怅，翦取巫云做晚凉。

却对菱花泪暗流，谁将风月印绸缪。生来悔识相思字，判与齐纨共早秋。

解尽余酲蓻进香，雨声虫语两凄凉。如何刚报新秋节，便觉清宵分外长。

菊香细细扑重帘，日压雕檐起未忺。端的为花憔悴损，一枝还向胆瓶添。

凝阴容易近黄昏，兽锦还余昨夜温。最是恼人风弄雪，睡醒无事总关门。

玉指吴盐待剖橙，忽听楼外马蹄声。问郎今日天寒甚，却是何人抵暮行。
漫学吹笙苦未调，娇痴且自阅楚椒。博山香尽残灰冷，零落霜华带月飘。
谩爇甜香谩煮茶，桃符换却已闻鸦。宿妆总待侵晨换，留取鬟心柏子花。
……

二

这天清晨，苇卿没有贪睡，和太太一起送走了成德的轿子，整颗心就悬了起来，在成德面前的淡定与平和一扫而光，想喝口茶定定神，水刚润了唇，又把杯子放下。对她来说，三月二十这个日子太特别了，以至于之前的一夜都没有合眼。她清楚地知道，以成德的才华是足以应付今天这个小小殿试的，可是，在全家人眼里，在成德自己的眼里，这个考试太重要了，成德就是承载着这许多的期许离开明府的，他迈出大门时的身影，一直在苇卿眼前重现，她没有太多的期望，只希望他开开心心地回来。

"这三天太难熬了……"没有成德在身边，苇卿觉得自己的心都被掏空了。

三

三天后的立夏节气，明府里上上下下都为等待发榜焦急，只有颜儿没忘为府里的孩子们，尤其是二爷揆叙过节，命厨房里煮了鸡蛋。这会儿，二爷正带着几个刚留头的小厮斗蛋，赢了的揆叙举着手里还热乎乎的红皮蛋满院子嚷："我的赢了，我的是小王！我赢了！"太太以为是个好兆头，直夸颜儿想得周到，众人紧绷的神经也稍稍放松了一些。

四

太和殿下，銮仪卫设卤簿于殿下两侧，礼乐响彻殿外，成德随着其他两百多与试的新科进士，由掌管朝会仪节的鸿胪寺官引领，也在殿下分列就位，父亲明珠有大学士的头衔，自然位列各级官员之首，也候在阶下观仪。

因为是立夏，皇上穿了件朱红翻江九龙礼袍，耳边是宣制官嗣唱殿试名次，俯视殿下正踌躇满志地等待发榜的新科进士们，难掩欣慰的神情，只是目光隐约扫到成德时，闪过一丝不为人觉察的犹疑。

宣制官洪亮的声音压住了热闹的礼乐声："丙辰年三月二十日，策试天下贡士，第一甲第一名彭定求，第二名胡会恩，第三名翁叔元，赐进士及第！"每唤一人，阶下的戍卫便接连向下高声报出此人的名字，那人便出班来到阶下正对的红毯上跪拜，成德听到自己名字时，是第二甲，赐进士出身，听到那一声"纳兰成德"时，长舒一口气的却是明珠，而成德等的，不仅是这个名号。

五

天安门外的长安街上，蔻儿早奉了太太的命，带着几个耳聪目明的小厮挤在宫门口，等着看墙外贴出的大金榜。

"第五名，第六名，第七名纳兰成德！"蔻儿冲口喊出来，"中了，咱们家大爷中了！第七名！两百多人，咱大爷是第七名！"几个小厮都跟着兴高采烈起来，一路嚷嚷着回府报喜。

明府里一下子开了锅，先前早备下的彩缎节仪瞬间把东府西园装扮得喜气洋洋。

六

挨到黄昏，下了恩荣宴的明珠父子坐着辇轿一前一后回到府里，在众门客和仆从的簇拥下，二人一言不发地迈进了仪门。

众人正预备着奉承的话被明珠一盆冷水浇了回去："散了吧，今儿着实累了。改日请诸位。"众人讪讪退去，明珠见成德还在，便安慰道："你也回去歇着吧，不用过来了，成哥儿要想开些，皇上有皇上的考虑。"成德行了礼，丢了魂儿似的回西园来，一进晓梦斋，散了架般地一头栽倒在床上，头朝里趴着，任谁也不理，不觉一滴眼泪不争气地滑下来。

"成德，成德！"苇卿听到成德得中二甲第七名的好消息，并没显出多高的兴致，只是心下替成德松了口气，却不明白此刻的成德为何这般沮丧，此刻轻推着他的背，安慰也不是，道贺也不是："殿试得中，全家都跟着高兴，就预备着你进翰林院呢，怎么反倒不高兴？"

半晌，成德终于坐起来："我，我没入选翰林。"说着，低下了头。

"啊？"苇卿一惊，原来，凡殿试得中的新科进士，还要由皇上亲自馆选，大多有两个出路——馆选通过，便可入选翰林院深造，若不通过，便要派往外任，转念一想，馆选题目无非文章诗赋，以成德的才学，不过是探囊取物，却在这一关折戟沉沙，其中定有缘故，还是安慰成德要紧："这也不是人力所能为的，许是名额满了也未可知，成德也不可因为这个伤了自己的身子啊。"

翠漪早听说大爷回来怏怏不乐，便也凑了来："难道大爷真要往外任去不成？老爷就是管官儿的官儿，什么名额不名额，还不是一句话的事儿？"

"要是得个外任还真好了，"成德咕哝着，满心的委屈，"我也得了职。"

"怎么？"

"也不知怎么阴差阳错，给我任了个，三等的……"成德已经哽咽，"侍卫。"

"这？！"

"狗屁不通嘛！就当个侍卫还用得着这么十年寒窗啊？！他什么皇上啊？顶着一头豆腐脑吗？拿着真金当黄铜！"翠漪真心替成德抱不平。

"别胡说！"苇卿心下也是十分不解，却仍喝退了翠漪，又嘱咐出去不可乱议论。

房中寂静无声，成德无力地靠在苇卿肩上，良久不语。

苇卿能隐约感觉到埋在自己胸前的成德压抑的喘息，轻轻把成德的脖颈按向小腹。成德腾地坐直，痴痴望向苇卿。

"高兴吗？"苇卿抚摸着成德的头。

"嗯。"成德又靠下来，轻轻点头，像个孩子，又像个饱经沧桑的男人。

"就这样高兴下去，咱们的好日子才开始呢，嗯？"

"嗯。"苇卿看不到成德紧皱的双眉，忧郁，第一次袭上他俊美的额头。

七

成德才领了三等侍卫的差，还没有到职，就得到张纯修得了外委出京的令，火速赴任江华县的消息。因若荟得信晚，来不及准备行囊，成德便嘱咐苇卿主仆帮着收拾，再着西园里的张顺儿等老成家奴将若荟送往家门口通惠河的海子闸口等，自己则邀请了最要好的曹寅一起为之送行。

因府上揆叙的书画教师严孙友与张纯修又同好书画，平时过从甚密，便会了朱彝尊和姜辰英两位同乡一同前来，正与成曹二人在见阳山庄不期而遇，原本的送行，变成了一场诗酒会，倒是众人料想不到。

张家的下人挑着家当沿山路先下去候着，成德等一行人则出了见阳山庄，沿浣源山房外涌出的一泓碧水向瓮山泊边寻春而来。逶迤荡漾的溪水悠悠流淌，与遍绕山麓的多处泉水一同汇入山下的瓮山泊。山势不陡，水势更慢，及到极缓的凹地，几处水源便汇聚成一处浅潭，因这溪水极清澈，更显得盈盈见底，有枯树俯卧在水上，湿润的枝干上结着浓密的青苔，岸上人探身看去，倒影就将聚拢来的小鱼吓得四散而逃。晚春的美景，多少驱散了些离愁别恨，几人的诗兴上来，少不了作诗相赠，便有人见这青山流水意韵别致，提起曲水流觞的主意。

"行色匆匆，哪来的酒，更别提漂流杯了。"曹寅立在下游沙石地上，掐腰叹道。

山间台阶上成德随手摘下枝头的一朵将要凋零的玉兰："为见阳送行，意到就好吧，古人也说，一觞一咏，无酒亦醉，我看，联句最好了。你说呢，见阳？"

张纯修接过花来，会意点头，弯腰将那花送进溪水中，沾湿的花瓣儿反倒精神了许多，打了个旋儿，顺水漂荡下去。

曹寅紧跟几步，在更远的地方俯下身等，当那花流过时，两指轻轻一捏，随口道："诗词上我不行，大家让着我，我先来：出郭寻青春已阑。"说罢，等众人跟上时，将手中的花掐掉一瓣，又放回水中。

张纯修没走几步便将花擒回手中，道："略等等，要慢些才好，东风吹面不成寒。"说完，却没放下花瓣，反坐在溪边的山石上，细细品味起住了多年的西山美景，不觉流连起来，愁容渐渐浮上面颊。

后面几人信步下来，严孙友望向正凝眉沉思的张纯修，笑道："今日先为张见阳送行，等我们也走时，送的人又少了一个。"

成德一惊："你们走？几位先生也要走吗？"

朱彝尊点点头道："是啊，容若，是该一并也送送我们，要不，也像这水中的鱼，成了'潜行'了，哈哈。"

"可是，我早听家父说起，科举应试刚过，朝廷为广纳天下贤才，特开了博学鸿词科，着各级官员推举有学识的名士，直接参加考试，以几位的才学，功名是唾手可得，家父已经在起草上奏的本章有意举荐孙友先生和竹垞先生两位呢，现在走，太可惜了。"

严孙友笑看向朱彝尊道："我们就是因为这个博学鸿词科才要走的！"

"这是为什么？"

"呵呵，朝廷，在我们这些汉人书生身上，可谓用心良苦啊。"严孙友摇摇头，不肯把话说明，却早已心如明镜——朝廷下诏纳白衣书生入朝，只是为了困囿这些能人。

姜辰英明白严朱二人的意思，道："我倒觉得这个博学鸿词很好。八股考试太过偏颇，多少有真才实学人都败在这个门槛上。有了这个博学鸿词科，那些被埋没的人也能多个机会啊，当然，朝廷这么做也的确有拉拢人心之嫌。"

严孙友终于忍不住："辰英太乐观了吧，何止拉拢？网罗天下人才，再给这些人戴上副银枷锁，他爱新觉罗的天下就算坐稳喽。"一声带着回响的叹息让成德不知如何作答。

这边张纯修见成德四人已经下去，便和曹寅闲聊："怎么没见马云翎来，听说他去年上秋就上京来了，不是常上成德府上去帮徐大人和成德校验经解书稿的吗？这会儿没跟你们一同来，我还想见见他。"

曹寅道："成德倒是说要请他来着，可是见阳兄你知道的，成德没入选翰林，可那小子却春风得意着，中了个二甲第十名，又有贵人提携，点了翰林院编修。唉，说他是鲤鱼跳龙门，可真是一点不假。我怕成德见了他，难免不自在，索性就撒了个谎，说他抽不出空儿。"

"哦，你想得周到，成德是个多心的，又逞强不肯诉苦，不见反倒好。"张纯修点头道，将那半朵玉兰放回水中，忽然又想起："哎，不对啊，那马云翎中的是二甲，点翰林也只能是个庶常，三年后才能入值编修啊？谁有这么大能耐提携，你怎么知道？"

"你算问对了，正是南书房里的侍读王士禛王大人！跟着皇上，我哪天不见几次？姓马那小子，人前装得清高得很，你瞧，也难免走这条道儿吧？"

正说着，那半朵玉兰已经漂进又一处浅潭，此处的潭水更平静可人，靠近岸边的岩石缝里，探出几叶星星点点的荷叶，刚打开了伞，和着微风轻摇慢舞。

"这可难了，够不到吧。"姜辰英原有句可对，却看着漂进潭水深处的花瓣叹息。

"定要够到才算吗？未必嘛，我来——青村几曲到西山。"严孙友笑道，"从那上边淤泥里漂下来的，一定是沾了泥，要不得了，换一朵吧。"说着，折了一张小小的荷叶，送进潭水出口。

被严孙友占了先，姜辰英就只好再想，追着荷叶跌跌撞撞往下赶，"并马未须愁路远！"姜辰英举着叶子向上面的几人招手，几人便笑答："这是个好句子！"只有成德恨恨地不出声。

朱彝尊有些年纪，行走难免慢了些，后面几句就留给他，几个先下山的便在山脚湖边等着。这老先生却自己手把着一朵硕大的白月季姗姗来迟，口中振振有词道："看花且莫放杯闲。"说着，将花递与成德："这句俗了，容若要扳回来才好。"

成德接过花，叹道："这会儿也没有好诗了，只有一句心里的话——人生别易会常难。"一语未了，众人皆慨叹不已。

朱彝尊跟着几个年轻人步行了许久，体力有些不支，姜辰英便先与张纯修作别，独自送朱先生回去，一路上又说起博学鸿词科的事来，暂且不提。

八

严孙友因要回明府拾华馆，便执意一直随成德和曹寅步行将张纯修送至海子闸口，蔻儿等小厮们则牵马跟在后头。过了闸口，就是直通直沽的漕运水路，一行人依依惜别便在此处。早有船工撑着小舟在岸边候着，唤道："大人，上船吗？今儿有南边儿的官粮船队上京，要封河道，咱们得快点儿。"

听见船头的船工叫嚷，知道张纯修几人已到，未施粉黛的若荟拎着包裹走出船舱，盈盈笑向张纯修。此番出京赴任本就合张纯修自己的意思，现在又见有红袖相随，不由心中生出一股暖意，奔向船头的脚步也轻快起来。趁着船工正解缆的空儿，成德不舍地唤道："见阳兄！到任早些来信！"

"放心，江华的风兰如何，成德等我的画儿吧！此一去不知何时能回来，家中长辈就暂且拜托成德了！"

众人正目送小船驶离河岸，忽听有女人哭喊着前来："死妮子！你回来！你给我回来！"原来是张婆子刚得着女儿出府的信儿，踉跄地跑来，小厮们没有准备，一时阻拦不住，眼见到了岸边时，张氏便一屁股跌坐在地上，紧抓住缆绳不放，呼天抢地号啕大哭起来："死丫头片子啊，你有本事插上翅膀飞，有本事永远别回来啊，你就眼睁睁看着你娘伤心死在这里啊……"

若荟远远看见亲妈这副样子跑来，已经急得满脸通红，又见被揪住了缆绳，顿时慌了，伸手一把抽出张纯修挂在腰间的承影宝剑，抢起来"咣当"一声剁在船舷上，吓得船工赶忙收回手，缆绳已经断成两截，小船便轻轻荡开一片涟漪，自由自在地去了。张纯修怕若荟举着剑伤了自己，忙夺过来，又好生安慰，若荟已是泣不成声，可到底还是血肉相连，仍哽咽着将随身的包裹用力掷向岸上："那是大奶奶赏我的，都给了你们，带着我哥好生过活吧，就当我死了！"

怎奈船驶出已几丈远，包裹分量重，落在了水中，成德纵身下了水，一手捞起包裹，一面又将垂下河岸的杨柳折了一枝，蹚着冰凉的河水送进张纯修手中："见阳，海内存知己，天涯若比邻。人生得一知己不易，你我要各自珍重，等建功立业之时，定能重逢。"

执手相送，竟无语凝噎。另有一人将这别离的场面看去，不免也心生感慨。

那人正在这闸口坡上一处名为散花亭的长亭里，将岸边那衣着锦绣的贵公子如何礼遇友人，又如何不吝财帛安抚女仆的场景看在眼里，此刻放声喊道："那下面可是勾吴严四？"

严孙友纳闷这里怎么会有人知道自己在家乡时的诨号，抬头看去，不由笑道："顾虎头！"

原来，这被叫作虎头的，乃是严孙友的同乡顾贞观，二人年少时一处游学，皆有文名，后来成年各自散去，如今重逢，彼此难掩喜悦之情。成德也早听闻这位先生早有侠义之名，慕名已久，得知严先生的这位故人如今只能暂居客栈，成德便欲将其邀请至自己府中。顾贞观与严孙友有一样脾气极相似，就是不屑与富贵人家结交，偏方才的情景能令之动容，又有严孙友的极力赞同，这顾贞观便也欣然答应，由蔻儿领着，回明府安置，曹寅则为了给成德散心，硬拉着往鼓楼斜街走来。

九

看着成德的落寞身影，许久不言语，曹寅叹道："见阳走了，剩咱们要开开心心的才好啊，我知道你羡慕他，可是你想啊，他被人排挤出京，不都是因为身在仕途，这水深着呢，你没去蹚，也该庆幸，何必遗憾呢？"

"我原本也志在翰林，却授了个乾清宫侍卫衔，不得不持戟金阶，值班待令，又不知什么时候是个头，有志难伸，如何不遗憾哪！"

"说的也是。侍卫也就算了，只是品级也太过低了些，以你的才华，且不说文采，就是舞枪弄棒，一个区区三等侍卫也太屈才了。"

"我倒不在意是几等。"成德叹道："俗话说伴君如伴虎，一想到在皇上跟前侍奉，半点儿不能有差池，我就打寒战。我是亲眼见过阿玛在他跟前如履薄冰的。"

"这倒不难，你只记着少说话，要说就说好话，就成了！"

曹寅为玩得尽兴，将平日跟在二人身边的一帮小厮都遣散，又找了一处新开张的别致茶馆，拉着成德迈步到了楼上，寻个素静雅间，刚倚了个靠窗的座位坐下，便听得楼下男女声吵嚷。

成德不耐烦，细听去，却由不得人更恼火，只听见一流气男子先吆喝道："爷今儿赢的可不少，陪爷这一遭，便都给了你，爷什么样的没见过，你可算是个绝色的了……"接着便是一阵浪笑。

曹寅抻头看去，见楼下进门的台阶上，果然立着两位美人，前面的一位虽年纪尚小，却粉面含威，顾盼生姿，后面的俨然是个丫头，年纪略大些，也不过十七八岁，生得聪明伶俐，正向那男子厉声喝道："哪家瞎了眼的杂种，不认得我们家格格，再敢满嘴胡呲，看我家老爷不剥了你个王八羔子！"

那一起流氓怎听得进去，还要纠缠，成德因为友人远行，自己仕途不顺，已是烦不胜烦，又见这种龌龊事，哪还能忍，便责问店家："这是在你门前，为何不管管？"

店家忙把窗户关了，双手一摊，懊恼道："曹大爷，成大爷！您二位是高门显贵，小的都认识您，可您不一定知道姆们这小店儿！那是姆们家少爷，那小爷就好这口儿，小的敢管谁？爷您甭动气，小的这就给您换个雅间儿，您二位请这边儿？"说着手巾把儿往下一拽，打手向外请。

曹寅笑着要跟了去，一时未留神，但听成德"哐啷"一声，将面前茶碗摔了个粉碎，骂道："狗奴才，难道我还非在你这匪窝里吃酒不成？！"唤了声蔻儿，又猛然想起小厮们已各自散去，便索性独自撩袍冲下楼去，众人也忙跟了下来，扔下店家在后面爷爷奶奶叫个不迭。

来到门口，那姑娘已是被逼得紧，未等旁人出手解劝，扬起手一声脆响，粉掌结结实实掴在那轻浮少爷左脸上。少爷怔了，捂着肿脸就要动粗。

这两位佳公子平素里都是金奴银婢低眉顺目地伺候，哪看得过这等恶俗粗鄙之人，眼看佳人吃亏更是不忍，尤其成德，一腔愤懑正无从了断，再联想起若是柔弱之如苇卿，要强之如如萱等，倘或遭此作践，自己如何眼见？到此来不及多想，血冲天庭，足下生风，一个箭步跨上前去，抬腿端在那小子肋条上，只见那浪荡少爷斜斜倒了下去歪在台阶上动弹不得，想是游手好闲惯了，拳脚功夫一概不会，身子骨也像纸糊的不经折腾，这会儿就只剩哼叽骂娘的份儿了。

　　见此情景，曹寅担心起是否出手太重生出是非，连说散了，却是那姑娘性急，见这厮嘴上还不干净，按捺不住，挥手又是几巴掌，把个嘴巴子打个稀烂还不住手。众人待要解劝，姑娘却向丫头怒道："福子！难道你是死了的？倒叫我费事动手？！"丫头得了令，伸手也要打，成德搭手拦下来，道："哎，姑娘这就没理了，他已输了，何苦自恼，你手下留情，放了他去，便是姑娘以德报怨了。"

　　"君子差矣，您只知以德报怨，却不闻圣人教导还有下句，'以德报怨，何以报德'？"见成德低头不语，姑娘也不好意思说得太绝，顿了顿，又正色道："我自然不必费事脏了手，只是倘今日安心便宜了这起混账，只怕连君子您出手解围的好意也都辜负了。既然君子您都要高抬贵手，我又何必咄咄逼人呢，瓜尔佳氏先谢过了。"说着翩然一礼，又伶俐摆手给丫头："你去说给他听。"

　　方才被唤作福子的，扭头一口啐在那少爷面上："呸，黑心的下流种子，还不快滚？等着领赏哪？"

　　这一对美人主仆得遇两位佳公子出手相救，回家路上一路喜笑颜开。